中国好文章书系

文字里的故事

《好文章》书系组委会　主编

光明日报出版社

图书在版编目（CIP）数据

文字里的故事／《好文章》书系组委会主编 . -- 北
京：光明日报出版社，2023.7
ISBN 978 - 7 - 5194 - 7376 - 1

Ⅰ.①文… Ⅱ.①好… Ⅲ.①故事—作品集—中国—
当代 Ⅳ.①I247.81

中国国家版本馆 CIP 数据核字（2023）第 139544 号

文字里的故事
WENZILI DE GUSHI

主　　编：《好文章》书系组委会

责任编辑：房　蓉　陈永娟　　　　责任校对：许　怡　贾文梅
封面设计：中联华文　　　　　　　　责任印制：曹　净

出版发行：光明日报出版社
地　　址：北京市西城区永安路 106 号，100050
电　　话：010-63169890（咨询），010-63131930（邮购）
传　　真：010 - 63131930
网　　址：http：//book. gmw. cn
E - mail：gmrbcbs@ gmw. cn
法律顾问：北京市兰台律师事务所龚柳方律师

印　　刷：三河市华东印刷有限公司
装　　订：三河市华东印刷有限公司
本书如有破损、缺页、装订错误，请与本社联系调换，电话：010 - 63131930

开　　本：170mm×240mm
字　　数：377 千字　　　　　　　　印　　张：21
版　　次：2023 年 7 月第 1 版　　　　印　　次：2023 年 7 月第 1 次印刷
书　　号：ISBN 978 - 7 - 5194 - 7376 - 1
定　　价：99.00 元

前 言

《淮南子·本经训》中记载："昔者仓颉作书，而天雨粟，鬼夜哭。"文字的力量，由此可见一斑。文字真是一种奇妙的东西，寥寥数字便在书写者与阅读者之间架起一座心灵之桥——娓娓道来的文字能够温暖人心，昂扬激越的文字让人心潮澎湃，蕴含哲理的文字能够明心见性，真情实感的文字催人泪下，让人心生感动。文字让我们的思绪插上了想象的翅膀，带我们飞入书写者用妙笔精心构建与编织的文字世界，让我们在知识与思想的天空中翱翔。

"中国好文章"大赛组委会从发出邀请至今，已收到数万名作者朋友们的踊跃投稿，让我们倍感欣喜与珍惜。欣喜的是，你们看到了我们发出的征稿邀请，并勇于展示自己的才华；珍惜的是，你们将自己精心写就的文章托付给我们，是对我们的信任。身处此位，将心比心，每日与文字打交道的我们，更懂得作者对自己文章的用心与爱护。在与这些美文的不期而遇中，我们感受到你们对祖国大好河山的由衷赞美，对故乡故人的深深怀念，对青春往事的追忆释怀，对亲人朋友的真切情感……字字句句皆自肺腑流出，每一段文字、每一篇文章都承载着书写者的人生温度，讲述着书写者的奇妙故事，蕴藏着书写者的岁月感悟。

著名作家莫言曾在诺贝尔文学奖晚宴上的致辞中谈到自己对于坚持文学写作的看法："我深知世界上有许多作家有资格甚至比我更有资格获得这个奖项；我相信，只要他们坚持写下去，只要他们相信文学是人的光荣也是上帝赋予人的权利，那么，'他必将华冠加在你头上，把荣冕交给你'。"如今投稿的你们也是这样，不论年龄几何，不论身处何处，曾经，当你的脚步穿过那一排排放满书籍的书架，指尖抚过那一本本微微鼓起的书脊，听到那纸张翻阅的沙沙声，想必有一颗石子落入你如静水般的内心，激起了一圈圈淡淡涟漪，你便也想让自己的文字化为铅字，让每一个爱书之人感受到你笔下文字那鲜活的生命力。于是你们日复一日、年复一年保持着对文字、对写作的热爱，这在当下，是多么难能可贵的品质。我们发自内心地佩服书中各位作者对文学梦的坚守，因此有了我们在"中国好文章"的相遇，才有了这本凝结着你们心血结晶与智慧闪光的诚意之作。

　　一纸素笺，这卷承载着心语的墨香，是你们个人情怀与美德的人文积淀，是你们"文如其人"的最佳彰显，更是你们收获公众好评和认可的绝佳机会。或许今天热爱文学写作的你，明天就能在中国文坛拥有一席之地，成为反映美好新时代的一面旗帜，成为用文字影响他人的文化摆渡人！

　　"文明如水，润物无声。"书籍作为思想文化的载体、人类知识的殿堂，读罢方知心渠如许不彷徨，人间至爽在墨香。本书这些沉睡的文字，如时光与心灵的对白，诉说着少年五彩的梦，低唱着中年朴质的影，浅吟着老年夕阳的红，并赋予各时的震撼或感动、温暖或骄傲、火热或炽烈的瞬间以永恒……此刻，她正散发着墨香，静待有缘相会的读者来唤醒。

"中国好文章"大赛编委会

Contents

目 录

随风作品

王晨威作品

杨诗松作品

周岩潭作品

蔡兆稳作品

史松斋作品 *

999 朵玫瑰

军是大学里为人称道的靓仔、才子。

他写得一手不凡的好诗，很令年轻人心动。除此之外，他还有一副天生的好歌喉，那天籁之音，简直是情震四座，歌惊四空，余音绕梁，不绝于耳，颇受老师和同学的喜爱和欢迎。

一次晚会上，军的诗才再次发挥得淋漓尽致，而他唱的歌曲《999 朵玫瑰》更是无比动人，甚至比巫启贤还要略胜一筹。因为这是他最喜欢的，也是他最拿手的好歌。

当他一曲歌罢正要下台的时候，坐在前座的芳再也抑制不住自己的感情了，起身不由得径直跑到台上，把一束火红盛开的鲜花塞进了他的手里。而军略感意外，欣喜得说不出一句话就匆匆地走下台去了。

芳是校园里公认的校花，学习成绩也总是名列前茅。而她又是某市级干部的千金。学校里像她这样拥有好的条件有谁会不羡慕啊？其实军也不例外。

在众人的眼里，备受吹捧的军似乎没有什么不满足，可暗地里，军总隐隐地感到一种自卑，这像铅块儿似的总是时时沉沉地压在他的心头。

军的家在偏远的乡下，家里老实巴交的父母终日勤恳在庄稼地里劳作，供着他上这个名牌大学。家里穷困的窘境时常使他暗自叹息，也许是为了掩饰心中的这种自卑而不平的心态，平时他总表现出傲人一等的姿态，以此来掩饰自己不为人知的那份脆弱。

同学之间经常起哄，开玩笑说要为军介绍某位优秀的女同学，军总是一脸的不屑。

有时闹急了，同学们便把校花"芳"搬出来做挡箭牌：

"像芳那样无可挑剔的好女孩总该使你满意吧？"

---

* 作者简介：史松斋，出生于 1971 年，男，来自闻名于世的"莱阳梨"的故乡——小城莱阳（山东省）。物华天宝的莱阳梨汁，甜甜润润地滋生出了人杰地灵的一代风流，才子佳人！

同学们笑扯着皮话。

"没什么了不起的，我不喜欢，咱不沾。"

几天来，"咱不沾"似乎成了军的口头语。谁料有一天，军和同学们正扯笑时，芳真的来了，她羞答答地走到军跟前，轻声地说："你好，军同学，请你收读一封信……"

好久，同学们目送着芳含羞走远，收不回目光，当他们终于回过神来时，军也愣怔了半天。

"哇！"

"好一个'咱不沾'！"

"若今儿不是有幸亲眼看到这明投暗抛的举动，我说同学们，你会相信这是真的吗？咱们学校的第一风流大才子，居然早跟人家谈上了、好上了。而我们却都还蒙在鼓里呢。"

"哈哈哈……"

"军，真是好样的。"

"……"

"……"

"别瞎说，咱可不沾！"

军又故作镇定，不屑一顾起来，顺手把那封溢满芳香的信片向空中一抛："谁愿看谁看好了，我没兴趣。"

"真的？别不好意思了，军，珍惜缘分嘛，咱哥们儿也不是外人，你真不想看？那咱就为你代读一下了啊……"

"思慕已久的军，你好！很长时间以来，一直都想极力撇开一个女孩子的羞涩和矜持，向你表白我心中一份圣洁的爱……"

"哗啦啦……"

同学们的掌声兴奋起来，军羞恼的神态又透着掩饰不住的暗喜，一封长长的情书随着同学的读完，也给军带来了一个辗转反侧、难以入眠的夜晚。

两天来，军心事重重，无精打采，内心的虚荣已使他在同学们面前无法展现一个真实的自我。

同学们又开始劝军了：

"找她去吧，找她去好好谈谈呀！……"

"咱可不沾。她要是真心爱我，除非她亲自到我面前求我。"

很快，军的话传到了芳的耳朵里。

那天，小雨淅沥，校园格外地美。芳撑着花伞轻轻地走到淋雨的军的面前。

"军，如今我就站在你的面前，用我的行动向你表达一个少女真诚的心，请求你能接受我……"

此刻，军的视线与发梢上流下来的雨水混合在了一起，他直愣愣好一会儿。正当他回过神来俯下身子，伸出双手准备去牵芳的时候，突然对面跑过来一群热心的同学，他们围拢过来，军的手不禁猛地一哆嗦，缩回了手，摇了摇头，继而仰起不屑的脸，冲出人群，消失在朦胧的细雨中。

之后，军再也没有见到过芳。

时光飞逝，转眼一年已过。

在军的生日这天，他突然收到一份非常珍贵、包装特别精美的特殊礼物——一个足有一人多高的梯形生日大蛋糕。上面镶满了形色各异的玫瑰花。

蛋糕的上面，插着一张纸条，军小心地握在手里展开来读：

"军，真诚地祝福你生日快乐！

请原谅我的不辞而别，为了避免伤感，我现在已留学法国了。纵然我无法得到你的爱，纵然今生不会再相见，但我仍很满足，因为真的爱过就永远不需要后悔！

"我为你定做了这个镶满 999 朵玫瑰的大蛋糕，送给你！真诚地祝福你生日快乐！幸福永远！"

凝望着蛋糕上那精美绝伦的 999 朵玫瑰，眼前模糊的视线，似乎映照出芳那美丽的身影，在玫瑰丛中闪闪烁烁，军的心如秋日的枫叶，在瑟瑟的秋风中一片片凋落。

玫瑰情歌唱何人？
愁肠难寻玫瑰心。
自古虚荣多误事，
飘散天涯一片云。
…………
玫瑰情歌唱何人？
谁知她心似我心。
芳留余香全寄在：
这 999 朵玫瑰。

高老庄自助饺子城的故事

元旦今至，新年伊始。

工作之由，离家数月。

今日重返故里，感慨良多。

思乡心切，更有心仪美食饺子挂心头。

提起心仪饺子店，自然非家乡名店"高老庄自助饺子城"莫属！

今日旧地重游，心情别提有多么美了。

看到久违的老板，还是那样帅气迷人、热情好客。

太多的感动，不止于此。

惊诧于店内的日益精进，推陈出新。

感慨于多种菜品的全面升级。精华所致，佳肴美味。悦目爽心，可口醉人！

更是高兴于店内的生意红火，客人络绎不绝。

这每一处变化，每一幅画面，都构成了此处的独一无二！

温馨、舒畅、祥和、醉人！

故事从头说起，也是去年的这个季节。

…………

"老板好！……"

"你好，欢迎光……"

老板的视线离开键盘，突然匆匆地站了起来，忙招呼着眼前的客人。

此刻，他笑脸相迎的表情突然又换成了语塞的惊诧。

"哦，怎么……怎么是你们二位？"

"是啊。不欢迎吗？"

"啊……不，不！欢迎，当然欢迎，呵呵。"老板惊喜的表情上，顿时有着掩饰不住的茫然。

"呵呵，老板还记得我们二位吧？"

"记得，记得，当然记得。"

"不好意思，老板，上次我们给你添麻烦了。"

"哪里，哪里，都怪我们服务不周，竟让你们二位打起来结成了冤家。你看看，哎呀，真是的……对不起啊，真是不好意思啊。"

老板连连点头，非常客气礼貌地招呼着他们。同时，又随口欢喜地调侃着他们问道："怎么，现在你们两个又好上了？呵呵。"

"好了。不打不相识嘛!"

"哦，好了就好，好了就好，呵呵。"

接着，老板走出柜台站在前面，笑迎着对他们说："二位快请入座吃饭吧，我给你们打开餐锅上的火灶开关。"

"好的，老板。先别急，其实我们今天不仅仅是来吃饺子的，更重要的是来向你道歉和还钱的。因为上次的事儿。"

"上次的事儿?"老板睁大了眼睛不解地问道。

"是的，为了上次的事儿，我们要向你解释清楚并道歉把钱还给你，请收下。"

"哦，这话怎么说呀?"

"老板请坐，我们一起边吃边聊好吗？肚子都饿扁了，呵呵。"

"好的，好的。不然咱们到楼上去边吃边说吧。"

"嗯，好的。"

…………

故事天天有发生，
今日自助饺子城。
连锁名店高老庄，
入驻莱阳兴旺盛。

…………

事情是这样子的：

知名高老庄品牌的"高老庄自助饺子城"，坐落在莱阳市旌旗广场对面路口，人民商场街南面路东。老板是东北人，这家饺子店是全国连锁餐饮名店。

店里经营的全是正宗东北水饺。其中还有十余种饺子可以任意品尝，各种的馅儿，品种多样，美味可口！另加二十余种凉菜、拌菜、小菜和水果，随便吃。除此之外，还非常周到地配备了营养丰富的汤类，真是爽口畅胃，好喝极了！每次尝起来都感觉余香绵绵，回甘香甜，令人回味无穷。

店里的环境、卫生、服务设施等条件非常好，老板更是一个帅气迷人，又好客热情的主儿。

最重要的是店里的东西都极其丰富，那无比诱人的美味和营养，保管人能吃饱喝足。

当然，饺子城因为本着"厉行节约，反对浪费""钱是你自己的，但是资源是属于全社会的"标准和极其人性化的经营理念，设定自煮自吃，能吃多少就下多少，不准有剩余，否则另有收费，剩余 1 个饺子罚款 1 元，2 个 2 元……以此类推。

甚至为了杜绝浪费，饺子城还规定客人们在用餐前都需要先付 20 元押金。

讲了这么多的好，还剩下最后一个最重要的好，那就是物美价廉，仅 22.9 元/位。

这么多种类的饺子、凉菜、拌菜、小菜、水果、汤饮，可以随便吃，却仍是 22.9 元/位。

这不是"值"不"值"的问题，而是"超值"，绝对的"超值"。

饺子城这连锁店，分楼上和楼下两层，客源不断，生意兴隆。入驻莱阳至今，大概三个多月了。

有天，史哥被他的朋友，约到了这家店，自助吃饺子。他第一次到这里来，还是蛮兴奋的。

不知道何时，莱阳这里竟然开了这样一家别具特色的自助餐厅连锁店，专门经营饺子。这还是头回听说和看见，要说这莱阳的自助餐饮店也不止一家，多的是了。比如，60 元/位或 70 元/位的火锅自助、烤肉自助等。大街小巷比比皆是，也早已吃过多次了，不足为奇。可是要说这饺子自助嘛，这还真是个新鲜玩意儿。

要知道，就本地来讲，所有的餐饮店，同样是上这么一盘饺子，按现在的行情，你就算吧，便宜的起码也得 6~7 元，贵点儿的 20~30 元，甚至是 40~50 元也不在话下。而且，它们还都是比较单一的馅儿。

所以，相较而言，这家全国连锁名店的高老庄饺子自助城，不仅价位设在最低廉实惠的 22.9 元，而且能够提供让客人随心所欲地品尝到的十余种馅儿的饺子，不仅如此，还另有二十余种形式各样的美味凉菜、拌菜、小菜及多种水果，外加四五种甘美清口、爽心入肺的汤类羹品饮料。

这根本就是无论从哪个方面算，饺子城与其他店都没有任何可比性的，饺子城太好、太划算了呀！

环境幽雅，形态多样，美味可口，物美价廉，这真不愧是当前，尤其是莱阳城饺子界的尊师、老大、第一了呀！

这真是应了饺子城那幅张贴画的广告宣传语：

"高老庄饺子，寻找舌尖上的美味！"

饺子，是平日史哥最爱吃的。

别说，这算起来，还真是有好一段时日没吃到饺子了。

那么，今日就要敞开肚皮好好地吃一顿了。

于是，推开店门，在门旁包饺子师傅们的热情招呼下，心情豁然开朗。

更让人眼前一亮的是，这十余种不同馅儿的饺子，都是由现场的师傅们，现包的。包好后，整齐地把饺子摆放在前面旁边的保鲜柜子里，一盒8个，按不同的馅儿堆放着。好看极了！

就连盛放饺子的小盘子都是精致的木料做的，上面还刻有"高老庄饺子"品牌的特有标记。

这真是名副其实地反映并展现出了作为一家饺子自助连锁名店的专业水准和独具特色的风采呀！

再旁边的一排保鲜柜里，就是凉菜、拌菜、小菜了。新鲜可口，荤素搭配。单单看看，就令人垂涎欲滴了。

还有好几种粥，有八宝粥、水果粥、银耳枸杞莲子粥、红豆香米粥等。

粥盛放在不同的电煲锅里，煮好了温热着，以备客人们随时饮用。

水果旁边的柜台上，是各种水果拼盘，摆放着各式各样、新鲜可口的水果。

真的不敢相信，这么多的新鲜水果，摆放在超市里卖的话，得需要多少钱呢？

水果拼盘旁边就是作料区了，就是吃饺子的配料品区，其中香油、酱醋、辣椒油、蒜泥儿等配料应有尽有。

再前面就是收银台了，结账、收账，用手机扫描二维码转账。

收银台后面，是专为客人们提供的备用计费消费品，包括各种酒类、饮料，一应俱全，应有尽有。

饺子城的服务也是非常周到的，更是尽力满足了大众的需求化。甚至还有生、熟饺子的外卖配送。目前是16元20个。

最特别的是，煮饺子的水可不是一般的食用水，而是大桶装的矿泉水。

饺子好，水更好，真正地让好水配好饺，好到一块儿去了。

更为有意思的是，餐桌旁边墙上的张贴宣传图画《饭前必读》中，记着：

"光盘有惊喜！"

"厉行节约，反对浪费！"

"素馅4分钟，肉馅6分钟。"

"请勿打包，违者罚款！"

"勿动电源，小心烫伤！"

"为响应号召，剩饺子的食客，请自觉交费。1个饺子1元，2个饺子2

元……以此类推。"

"温馨提示：罚款不是我们的目的，而是为了阻止你'犯罪'。"

"温馨提示：我怕摔，请把我放牢。"

…………

开始吧。

拿过来一盘盘不同口味的饺子放在锅前准备着；

盛装好一份份舒心可口的凉拌菜展在桌上；

舀放好一碗碗清美甘香的粥羹献于眼前；

收拾好一块块醉甜于心的水果置于手边。

蘸料、作料，一一备全。

饺子下好了，开饭。

蘸着作料，就着拌菜、水果，喝着粥……

此时此刻，谁能告诉我，这是在哪儿啊？

真是：

一味沉沉入食乡，

纵有万金不思量。

啧啧赞口好吃极，

不思迷返醉天堂！

今日一旦来品尝，

难挨数日总不忘。

抽空得闲便到此，

解我一顿醉饱胀。

就这样，史哥成了"高老庄自助饺子城"的老顾客。只要得闲，每次必进，每逢必来。

没办法，谁让他最喜欢吃的就是饺子呢。

…………

他来的时候，有时是在饭点，有时不是。

因为是老顾客，所以他对这里比较熟悉。但也有一点儿美中不足的地方，让他发现了。

事情是这样子的：

因为工作时间以及生活习惯的不同，有时候，史哥并不一定都能在饭点来吃饭。有这种情况的客人，也并非他一个。他发现，不在饭点儿，除了饺子外，其他的副食：小菜、粥、水果，基本上都没有。

可问题是，来这里吃饭的每一位客人，都是花了同样的22.9元。

同样的消费却因吃饭时间的早晚问题，而享受到不同的待遇。客人们也反映过、抱怨过、不平过，甚至再无回头过。

总之，各种情况，比比皆是。

而老板呢，可能因为种种原因，一直也没有进行改进和调整。

不管别人怎么想，这事儿，对于史哥来讲，他看在了眼里，记在了心上。

于是，就在那天，大家一起吃饭的时候，不由心生一计，即兴演出了一场为争食而打闹的表演闹剧。

那天，下午三四点钟，张帆单独一桌，杨波独占一桌，史哥一人一桌。

大家各自开始下饺子吃饭。

估摸吃了个半饱八分醉时，张帆和杨波二人，起身去柜台处盛凉菜、粥等副食，因为不早不晌，不是饭点，眼前的盘内、锅里之物已是所剩无几。

此时，就在舀粥的时候，张、杨二人为了争食而抱怨心生，继而恶语相向，互不相服，言激过重处，更是各不相让。

起初口角之怒，最后转为拳脚相加，以致双方鼻青脸肿，二虎相斗，两败俱伤。

当时，老板是看在眼里，急在心里。急忙伙同众人劝说、拉架。

综观那天的那场乱局，还闹出了一个带有戏剧性和喜剧性的结果：

他们不仅吃饱了饭，而且老板还补偿性地给他们退了饭钱，等于白吃了一顿。

更重要的是，老板因为这次事件，积极地、有效地进行了改进和调整。也就成了今天的样子，在每天的营业时间中，店内时刻都备着充足的副食、作料，让客人们满意的同时，也更好地提高了店里的服务质量。

为人为己，为来自不同地方的人们提供了更多的方便、喜悦和效益。

这样，岂不是一举多得吗？

…………

"天呐！"

"天呐！！"

"我的天呐！！！"

此时，老板听完事情的原委，已是激动得语无伦次了。

只见，他凝望着眼前的二位，紧紧地攥着他们的手说：

"真是，想不到啊……谢谢！谢谢你们啊……谢谢啊……真的难为了你们二位好兄弟，为了我这个店，竟默默地在背后付出了这么多！而这些，我竟然一直都不知道。现在才明白了。"

"呵呵，请你别这么说呀，老板，这是我们应该做的，必须做的。因为，谁让我们这么喜欢吃饺子呢，谁让我们这么喜欢你这家连锁店呢。这也是我们应当尽的一份责任和义务啊。如果我们所有行业的生意场上，都能够达到这样的高度和境界的和谐共存，没有欺诈，没有虚伪，没有假冒伪劣，没有人心伤害，永远实实在在的，以诚待人，良心经商，童叟无欺，一视同仁，从而实现真正的既利己又利人，整个人心和谐了，社会就更和谐了。你说那该多好呀！而老板你呢，作为现代的文明商人，已经全方位地做到并做好了这一点。所以，我们还要更感谢你才对，才好啊！"

…………

此刻，

目光如火，似水柔情。

六手合握，紧攥情深。

尽在不言，感叹无限！

…………

许久，老板回过神来，突然问道："哎呀，还忘了，你们上次的伤，都怎么样了？现在好了吗?"

"啥？啥伤啊?！老板尽管放心，要知道，我们既然是表演，那自然是做给别人看的，是演戏，是一场即兴表演，自编自导，逢场作戏罢了。当然也就没有受伤，更谈不上什么所谓的大伤了。哈哈哈……不过话说回来，倒也是哈，也许我们都太喜欢和追求现实的艺术感及逼真感了，为达到艺术的效果性，我们二人还真是入戏太深，动了真情，至今我腰部的那块青肿还疼着呢。哈哈哈！"

此时，老板的目光，从深情转为激动，从激动转为顾惜，从顾惜又重新转为深情。

…………

久而无语，

感慨万千。

波光如织，

深情无限！

…………

良久，老板突然从他们的回话中反应过来。

"老板，这是我们二人今天的饭费 46 元，再加上那天你退还给我们的补偿费 46 元，一共是 92 元，现在一起给你，请你收下吧。同时也为我们那天的欺骗、隐瞒而没有及时地直言相告让你受惊表示道歉和企求谅解。祝你生意兴隆啊！我们要走了，再见。"

"不！这万万不可！使不得，你拿着。"

"不可以。老板，你拿着。"

"哎呀，不行呀，快快收好，你拿着。"

"不行的，老板。还是你拿着吧，收下吧。不然我们就给你放桌上走人了哈。哥们儿，快跑！"

…………

不知道最后二位是不是还了钱。

…………

要想知道或解开这个答案之谜，不如，请您自己亲自到店里，莱阳市人民商场街南面路东——高老庄自助饺子城，去吃饺子，去亲自问一下这个故事的主人公——那两位好心的兄弟和老板他们本人去吧。

愿您在品味到如此美味可口的饺子的同时，也让这美丽的答案如同它一样，散发出醉人的芳香和温暖，一起照亮并点亮您的心灵，沁透您的心脾。

…………

也不知道那两位兄弟，是如何挣脱了老板的手而逃出了店门的？或是老板根本就没有让他们走出去。

这个就不知道了。

也许，这已经无所谓了。

…………

但是，

现在，

只知道：

此时此刻，整个店内店外都充满了快活的空气。

就像那煮饺子冒出来的雾气和迷人香气的混合体一样，在店里的上空不断地久久地弥漫，升腾……

特色大包

梨乡——山东省莱阳市。

熙熙攘攘的盛隆街每天都热闹非凡。尤其是这里靠着个菜市场，如此南来的、北往的、进货的、送菜的，简直是络绎不绝。

别说，这还真是应了广告语中的那句话："盛隆大街——天天赶集大世界！"

这大街的两旁，大多数是做买卖的店铺，什么小吃店、香油坊、炸鸡店、杂货店……一个挨一个。

店伙计们的叫卖声，给这喧嚣的街市更增添了一些气氛。大街的西边，买卖最红火的，是一家水煎包小卖铺，别看这小铺不大，生意可真不错。它那不时出锅的煎包香味儿，总是能令人多次回头。经营此店的是一对三十来岁的年轻夫妇——老姜夫妇，男的看卖、女的包，夫唱妇随，真是配合默契。

吃包子的顾客三个一伙，五个一群，时常把小店挤得水泄不通。特别是到了中午或晚上的开饭时间，那人就更多了。而且大多是一些贩卖蔬菜的回头客。

每当看着这眼前的情景，老王老婆的心里就莫名地涌出一种说不出来的滋味，是馋？是羡？还是妒？也许兼而有之。

老王老婆是个将近四十岁的婆娘，她穿着朴素的衣衫，普通的相貌，长时间来，她就在那老姜的煎包店斜北面卖硬面馒头。

说起这硬面馒头，这可是老王老婆的拿手好艺。在面食中，硬面馒头，也就是北方人俗称的"饽饽"，一般都是在过年前的时候做出来，方便正月吃，平常人们还是以吃普通的馒头为主。相比之下，这种饽饽吃起来口感好，且更易充饥。但做起来也比较费劲，况且还要在馒头上面装饰上漂亮的纹案，比如，像元宝的、像宝葫芦的、像大寿桃的、像老虎的、像金鱼的等，各式各样。

看上去也真称得上是一件独特的艺术品。

这种面食本来是北方节日中的特品，可随着社会的进步和市场的发展，这种饽饽竟也悄悄地登上了老百姓的"大雅之堂"，成了一种买卖的商品。

就像时下城里人常特意挑卖的野菜渣、玉米饼子一样，很受某些顾客的喜爱。老王老婆的娘家本是在乡下，她打小就跟母亲学会了这套饽饽面食的好手艺。她能做出种种不同的"花巧儿"，那可是远近出了名的。

如今，厂里不景气，不如出来做点小买卖，图个无本现钱来得快，也方便。虽说城里现在正时兴这个，它也算得上是个新鲜档儿，可买这玩意儿的人毕竟还是少数。因而，买卖也就这么做了下来。好在，她只租了一块小地皮，每月交上几个租、几个税，将饽饽盛在篮子中，露天摆卖，如此不疼不痒的倒也凑合。

由于买卖的清淡，她随时都能够仔细欣赏到南对面煎包店的红火生意，这几乎成了她每天眼中最耀眼、最亮丽的一道风景线！

每当眼馋那处风景中络绎不绝的食客时，老王老婆就会情不自禁地"啧啧"地咂咂舌头，心想：要是自己也能开一个如此红火的小店那该多好！

别说，这实现梦想的机会还真的来了。

是这么回事儿：这几天，老姜煎包店邻房北面的那家杂货店，房租到期搬走了，空了几天的房子还没有租出去，这不由得使老王老婆的馋心天天在暗暗嘀咕着、盘算着、琢磨着，打着自己的小算盘。要是我把它租下来，也开一个包子铺，那该有多好！

虽说5000元的年房租价，听起来是不便宜，可俗话说得好，这买卖好也不在那房租贵上呀！难道船高还怕那水涨不成吗？

"嗯，对！就这么着，干！我一定要干！"

于是，她回家跟男人商量起来："我说老王啊，你知道吧？那盛隆街有间门面房要出租呢。"

"那又怎么样啊？"老王问道。

"啥怎么样？你瞧咱对面那家煎包店多红火，看人家那钱赚的，你不眼红得发痒吗？我想把那间空房租过来，咱们也做包子卖，好吧？"

"那能成吗？"

"有啥不成的？别再死脑筋了，还继续待在你那发不下来工资的私人破厂干什么？指望哪天抱金砖呀？别做梦了。这'人挪活，树挪死'，没听人家说吗？看人家那早早就搞个体户的，谁不都发了现在？听我的，没错儿！"

不由分说，两口子一合计，说干就干，不几天，这包子铺还真的开起来了。

经营这家包子铺，老王夫妇还真是费了一番大脑筋。首先要考虑到尽可能别落老姜煎包店的那种老俗套。

哟，对了，如今城里不是正时兴"大"吗？诸如什么"大姜""大葱""大饺子王"的形式。

干脆！咱们就给它来个"特色大包"，先赶个当今市场的新潮流儿。

"呵呵……想不到我还能想出这么个好创意来?!"

　　老王老婆禁不住地笑了，带着暗暗的希望和憧憬。

　　于是，"特色大包"的牌匾就这样精精神神地挂在了小店的门旁。看着倒还挺惹眼的。

　　俗话说，"难做的买卖，好开的店"，开张几天来，老王夫妇的"特色大包"却并没有因那个"大"字而使之财源大滚。虽也有几个稀稀拉拉的买主食客，但一天忙下来，却不够成本费用，这滋味儿。

　　而对面的老姜煎包店仍一直红红火火的，照旧得毫无两样。这可真急坏了老王两口子，暗地里两口子不住地琢磨着、研究着，却也始终都想不出个所以然来。

　　"别信那个邪！也许是头三脚难踢吧！明天我保证要在质量上绝对胜过那水煎包。"

　　一个念头在老王老婆的脑子里闪现着、翻腾着。

　　第二天一大早，老王老婆的第一锅特色大包就蒸好了。

　　"嗨，特色大包，又大又鲜，爽口开胃。"

　　老王老婆吆喝上了，这一串喊不要紧，还真吸引了几个年轻的后生围拢过来。

　　"大兄弟，包大实惠，一个顶俩！吃个尝尝吧，有素馅儿的，五毛钱一个。有全红肉馅儿的，一块五一个。还有五花肉馅儿的，一块钱一个，共三种。肉是好肉，绝对的莱阳龙大无公害放心肉，而且全是刀切肉。菜是好菜，新鲜干净，天然种植，纯净无农药无公害的有机蔬菜。油更是好油，绝对的纯正莱阳鲁花花生油。我保证！你瞧瞧！"

　　几个后生品尝着、议论着，最后的意见几乎都是："大小是不错，就是感觉没有那对面煎包的味儿美。"

　　"啥？各有品味嘛，大兄弟，再来啊……"

　　暗下里，老王夫妇又议论开了：

　　"哎，你说这现在的人呀，可真是众口难调啊，所谓'一人难服百人心，百人难顺一人愿'。你说这包大实惠吧，就说没那个味儿，我看净是得了便宜又卖乖，我就不信那水煎包到底有什么好味儿得了不得?!"

　　老王老婆嘟哝着。

　　"别说，人家都反映说对面水煎包的味儿好，我以前也尝过，确实是不错。莫非他老姜的水煎包里有啥秘料不成，吃了会让人上瘾？"

　　"嗯，这也许还真说不定，你瞧瞧，每次看那菜市场的老张头儿吃完后咂巴着个嘴，那一副美不胜收、余味绵长'啧啧'的样子，说不定这里面还真有点什么门道儿。"

于是，他们夫妇二人开始明察暗访，也时常偷偷买它几个回来品尝、研究。可无论是看来看去，还是品来尝去，都觉不出有什么特别的不同嘛！

邪门了！

邪门了！！

这真是邪门了！！！

为什么我们的大包就争不过他们的小包呢？

这到底是生意上的头三脚难踢，还是人们真的不识货呀？

……………

又是几天过去了，"特色大包"仍是不清不淡地经营着，而对面还是照样红火得馋人。

不过此刻，他们早已不再迷信，也不再猜设对面那家水煎包馅儿里的奥秘了。反正是各人做各人的买卖呗，去羡慕人家的干什么？馋也没有用，不如就顺其自然，随它去吧。

那到底是怪什么呢？

说不清道不明，恰似迷雾一头水。

"哎，俗话说得好，买卖也是分人做，这也许就是命吧！"

老王呆立在一旁，显出一脸的疲倦和无奈的叹息。

"早知这样，当初还不如卖你的硬面饽饽，看那有花、有巧儿的多好！"

"对呀！老王啊，你说什么？有花、有巧儿？天呐！我怎么就没想到呢？"

"你又在胡想些啥？"

"老王啊，还真得亏你一语惊醒我这梦中人啊！我们为什么不翻新一下花样儿呢？你想啊，如果我把做饽饽的花巧儿转用到包子上，既美观漂亮，又美味实惠，那买卖不就好起来了吗？"

"那能成吗？"

"我看成，咱试试看嘛！"

说干就干，精神抖擞齐上阵，重整旗鼓又开张。

第二天一大早，老王夫妇的包子铺边果然围了一群又一群的南来北往客，人群中啧啧地赞叹声简直是此起彼伏，不绝于耳。

且看，这雪白软嫩的"特色大包"们真是美观漂亮极了！

图案也极其丰富：

有像宝葫芦的，有像寿桃的，有像金鱼的……各式各样。且看上去馅儿足皮薄，包子皮上，葫芦、寿桃的叶子栩栩如生。且不说品尝，就单单看表面，就会令人食欲大增，跃跃欲试了！

"哎哟，老王嫂子，怎么现在又改成开包子铺了？生意还好吧！我的天！这是包子吗？瞧一个个好看的，让人咋舍得吃，买去送礼更合适。我看这'特色大包'应改成'礼品大包'了，哈哈哈……今儿个我可是头回开这眼界，也开了吃界了。嫂子，快快，给我盛一袋，我早就忍不住了。"

"呵呵，快给你，大兄弟，请屋里坐，屋里有水、有葱、有蒜、有小咸菜儿，还有玉米粥，都是免费的，就着慢慢儿吃！"

"哎呀，味道好极了！回去我定要我们厂的伙伴们都过来。老王嫂子，我说这生意做的也只有你才有这好手艺啊，哈哈哈……"

人群沸腾起来了，过去曾是老姜煎包店的常客们也挤了过来，大家高兴地谈着、说着、笑着、品着、尝着这营养美食，面前一片咂巴着嘴的声音此起彼伏。

"一块钱五花肉馅儿的来十个。"

"一块五红肉馅儿的给拿二十三个。"

"五毛钱素馅儿的来三十五个，另外再赶紧给我订上十蒸屉五花肉馅儿的，我回去分给工人们当午饭吃……"

"……"

"……"

"……"

转眼间十几锅大包，带着它的固有特色和美妙香味儿，就这样一下子立马消失在众多食客们的喜悦里了！

此刻，在屋里掌锅看火的老王乐的呀，眼睛早眯成了一条缝儿，这个喜呀，忙得不亦乐乎，哪里还顾得上擦擦汗？

哎哟，看来这蒸屉锅也要赶快换成大锅，而且还要多定做几个才好了。

你说真是的，也怪，对面老姜水煎包店的买卖变得越来越清淡了，不久，老姜夫妇随着租房合同到期也重新搬到别处去了。

而老王夫妇的"特色大包"却越来越红火了，店前每天都是水泄不通，排队等候，热闹非凡！

后来，店里还雇了几个伙计，也重新装修了店面。老王夫妇二人的心肠很好，用挣来的钱将整个街面都铺上了坚固的水泥板。

老王老婆的包子花样儿也逐渐翻新了。诸如什么年轻情侣们的一对"鸳鸯情侣包"；生意人喜爱的"财猪包"；过往行人的"年年有鱼（余）包"；工薪族们的"吉祥如意包"。

还有包子馅儿的改进更是丰富多彩，营养美味，各种菜料，一应俱全。

深受各路不同口味的食客的喜爱和欢迎。

此时的莱阳盛隆大街更加盛隆了，而写着"特色大包"四个大字的店面招牌也更加明晰和惹眼了。那缕缕出锅的香气不时地弥散在店门的上空，更是香飘迷醉在每一位过客的鼻中和心头！

"特色大包"真的成了盛隆街不可缺少的一道最为亮丽的，耀眼的风景线。

相信不久的明日，"特色大包"的连锁店、专卖店也会陆续地在全国开起来。让人们在享受美食的同时，享受绿色、天然、环保，享受营养与美感的境界所带来的心情的愉悦。

与此同时，这夫妇二人的慈善义举及所具特色的爱与美的文化，也与这特色大包同步散落于更多的地方而深受欢迎、喜爱和尊重。

"特色大包"真正地成了扎根于全国各地的特色风景。

走一走，看一看，瞧一瞧。

"特色大包"

——风景这边独好！

星星知我心

九月的盛秋，正是硕果累累的清爽季节。

田野、山林，到处都呈现出一派丰收的景象。

同样，爱情也丰收了。

…………

洞房花烛，月夜良宵。

新婚燕尔，对对双双。

此刻，梅紧紧地依偎在松的怀里。含情脉脉，四目相对，风情万种，百媚千娇。

…………

"别摸了，怪丑的，不好看。"松轻轻地握住梅的手说着，嘴角扬起灿烂的微笑。

"疼吗?"梅深情地问道。

"不疼……"

"松，也许在你的心目中，这是你最想隐藏的疤痕，但是，你不知道，在我的眼里，这是你全身上下最美的、最可爱的一个部位。"

"呵呵，真的吗？哪儿有那么好？"

"当然是真的，我偏偏喜欢你，喜欢你的这里。"

随即，梅光滑细嫩的小手又再次地摸到了松的那个疤痕。眼睛里，心头中，都充满了无限的爱怜、蜜意和柔情。

是这样的：

松是一名退伍兵，曾是一名非常优秀的消防战士。在一次的执行任务中，从熊熊的烈火中救出了一对母子。从此，他的脖子后面，就留下了一块碗口大的烫伤疤痕。

"梅，你知道吗？平常，我总是喜欢对着我佩戴的这串陨石挂链祈祷，它是天上的星星做成的，多少次，我对着星星许下心愿，让我能够找到一位我的白雪公主。感谢缘分，让我终于找到了你。因为星星知道我的心。"

"松，其实，我也是的，多少次向夜空的星星许愿，让我在今生中找到一位我心爱的白马王子。感谢天地，让我认识了你。因为星星懂得我的心。"

…………

感恩天地来搭桥，

万谢陨石来做媒。

良缘一世情相牵，

皆因善念娓道来。

"松，复员回来后有何打算？"岗问道。他是松的朋友。

"暂时先帮我爸经营好这家珠宝店吧！等赚了些钱后，再做别的打算。"

"哦，那倒也行，哎，对了，你有对象了没有？"

"还没有！"

"是不是条件要求得太高了，还没有找到合适的？"

"呵呵，那倒不是。"

"哪里呀？主要是我的择偶标准与人家的不太一样，因为我喜欢古典型的美女，喜欢那种温柔善良，可爱大方，长发飘然的感觉。而现在的女孩子，大多数都不太符合我的审美，可能因为我本身比较保守吧。也可能，我的观念比较守旧，比较拘谨，但是我就是这样的人，没办法。呵呵……"

"哟，哥们儿听你这么一说，你要想找到一个古典型的长发女孩儿，在现实生活中，我感觉还真不是那么容易的，哎，爱情这种事儿谁也说不准，就让一切随缘吧。"

竹伫立在松的珠宝店的柜台前面，挑选着合适的产品。对于松刚才和他朋友的那段对话，他听了个一清二楚。

"老板，这串女士陨石鸡心项链多少钱？能不能再便宜些，因为我的钱不够。"竹问道。

松答："这样吧，情人节搞活动，把个零头儿去掉，正好 2000 元，你拿着吧，好吗？"

"可是这样，我的钱还是不够啊，老板，你看能不能这样，我可以把我的东西押在这儿，我先把这串鸡心项链带走，后面再给您补完全款。我之前答应过我女朋友，要在情人节这天送给她这串项链，我实在太爱她了，不想让她失望，而且我已经承诺她好几次了。她每次都不计较，她实在太善良了，我不想，再失去这次机会。所以老板，您能帮我这个忙吗？"

"哦，真羡慕你的爱情。陨石是天上的星星，是爱情的见证和最美的礼物。祝福你们，有一段这么好的爱情。好吧，拿去吧，也不用抵押。就算是我送你一串儿陨石鸡心项链，我也心甘情愿。祝你们的爱情万岁，永远幸福！"

"真不知说什么才好，太感谢你了老板。"

"别客气。"

…………

情人节这天，竹拿着这串珍贵的陨石鸡心项链，把它送给了他的女朋友兰。

兰陶然心醉，忘情所以。幸福得不要不要的。

因为这是她心慕已久的礼物了。因为陨石是天上的星星，它代表着美丽的爱情。

…………

一天，兰跟她的好朋友，闺蜜梅在一起。

"哇，好漂亮的陨石鸡心项链！是你男朋友竹送给你的？你们真是太幸福了，真羡慕你们！"

"梅，我相信，你美丽，又温柔，又善良，又大方，又可爱，你一定会更幸福的，你一定会找到一位更好的爱人。"

"呵呵……哪里，其实我也想呀，可总没那个缘分啊。所以也不知道究竟何时能够遇到。"

"喂，你们在这说什么呢？"

此时此刻，兰和梅回头看到竹正站在她们的身后。手里捧着一束美丽的鲜花。

"哦，竹，是你来了，这不刚才正谈论着像梅这么好的女孩儿，希望她同样也有美丽的爱情，找到幸福的真爱呢！可是她的那个他不知道什么时候才能出现呢？"

…………

此刻，竹静静地注视着眼前的梅：

高雅，大方，古典，长发飘飘、黑亮如油，温柔善良，美丽恬淡……

真是"踏破铁鞋无觅处，得来全不费工夫"。

这真的与珠宝店的老板，那个叫松的人是天生的一对儿，地造的一双啊！

于是，竹、兰分头做工。各自在松和梅的面前，将对方介绍得一清二楚。两人，在未见之前，已是，互有好感。

那天，天晴日朗，当竹、兰把梅带到松面前的时候，松感觉整个世界都陶醉了，天空透着从没有过的蓝，花儿透着从未有过的艳，阳光透着从未有过的灿烂！

两情相悦成知音，

陨石美玉来做媒。

善念感知天地和，

唯有星星知我心。

…………

洞房花烛，月夜良宵。

窗外，花儿醉了，鸟儿醉了，月亮醉了，星星也醉了。一切都陶醉在这金秋的美丽夜色中。

…………

春宵一刻值千金，

百年好合梦成真。

善心结得幸福果，

唯有星星知我心。

一碗面

"老板，请结账。"

"您好，先生，我们老板出门办事儿还没回来，我是这里的服务员，您把钱交给我就可以。"

"好吧。"

云阳明从这里路过，中午时分，奔波了一上午，肚子早就饿了，他随便走进了路边的一家面馆，刚吃完一碗面条，站起身来准备结账。

"哎呀，这不可能啊！"

"怎么了，先生？"

"明明装在兜里的，怎么会没了呢？"

"别着急，您再好好找找。"

此时，云阳明急切地翻遍了全身上下，还是丝毫没有找到一文钱。

"糟了，很可能早晨换衣服的时候，把钱包落在家里了。"

"没有现金，您可以微信转账，支付宝付款也行。"

"那好吧！"

"哎呀，我的手机呢？怎么手机也不见了，都怪早晨太匆忙，连钱包一起落在家里了。"

"那怎么办呢？"服务员问道。

"先生，那您附近是否有熟人，可以打电话向他们借点钱周转用用？"

"糟糕，我家离这儿很远，初到贵地，附近还真没有什么亲戚朋友。"

"这怎么办才好呢？"

"不行的话，您留点东西做抵押，可以吗？"

"行是行，可是我身上也没带什么东西呀，而且我还有件急事要办，来不及！"

"你看这样行不行？如果你相信我的话……"

"这样恐怕不好吧，先生。"

"如果你相信我的话，我记下你店的账号，回家后立马就还钱。"

"其实，说实话，先生。我也是打工的，我真做不了主，就算我做得了主，现代社会上言而无信的人太多了，我不敢冒险的！"服务员无可奈何地说道。

"你看这小伙子长得也算帅气，怎么竟做这种骗吃坑喝的事儿呢？"旁边饭桌上一位扎着小辫儿的女生疑问地嘀咕道。

"哎呀，人心隔肚皮，难测呀！"她同伴随声附和道。

此时，店内的顾客中，有的在嘀嘀咕咕，也有的投来了质疑的眼神。

云阳明搓着双手，急切地在原地踱来踱去。

此时，就在这僵持不下的当儿，"吱"的一声，老板推门从外面进来了。

"怎么了？发生什么事儿了吗?"

"老板，您回来得正好，是这样的……"

服务员急忙把事情的来龙去脉，详细地说了个一清二楚。

"哦，原来是这么回事儿啊，我还当什么了，大惊小怪的!"

"没关系的，小伙子，你方便的时候再付钱吧，若是不方便，我就不要了，权当请你吃了一顿饭。你说你还着急办事儿，那就快走吧!"老板说道。

"不，老板，请相信我，我非常感谢您，我一定会还您的。"

"好的，小伙子，我相信你! 现在是个讲诚信的社会，没有诚信那会寸步难行。永远记住：诚信是对人最大的尊重，失信是做事最大的破产。"

两天后，云阳明再次专程光顾了这家面馆，与老板见面并进行了一次倾心的长谈，也因而开启了他日后生意兴隆和广阔的市场前景。

事情是这样的：云阳明是一个刚毕业的大学生，那天吃饭的时候他刚应聘失败，事后因为还钱与面馆老板结成了好朋友，老板热心赞助，帮扶着他创了业，也相当于开了一家面馆分店。帮他开起了一家名为"我相信面馆美食大全"的快餐食品店。

2018年10月18日，这天恰逢是"我相信面馆美食大全"快餐食品店的一周年店庆日。

但见店内店外沸沸扬扬，座无虚席，生意特别火爆。可是今天老板却并不以赚钱为目的，而是以半价折扣甚至直接赠送的方式进行店庆大酬宾。

人们畅快地品尝着各种面的美味，欢快的笑声不绝于耳，那种幸福美满的美好感觉，使得整个的店内店外都充满了快活的空气。

本店特色大全包括：

龙凤面、长寿面、金丝面、阳春面、手擀面、肉丝面、手摔面、馍泡面、手拉面、油烩面、刀削面、猫耳面、热炒面、炸酱面、打卤面、大刀面、水捞面、凉开面、夹心面、疙瘩面、蝌蚪面、糊汤面、芝麻面、盖浇面、油浸面、炝锅面、鸡蛋面、饸饹面、牛肉面、担担面、拉条面、龙须面、锅盖面、肠旺面、油泼面、浆水面、清汤面、一根面、虾子面、热干面、葱拌面、虾鳝面……

店庆当天，云阳明和当初赞助他的那个面馆老板，也是他一生的贵人，一起动手把店牌重新涂上了一层新漆，但见那漆后的招牌，在阳光的照射下，"我相信"的大字显得更加光彩夺目，熠熠生辉! 而且"我相信"招牌的下方设一副鲜明耀眼的对联。

左联： 诚信是对人最大的尊重

右联： 失信是做事最大的破产

我相信品牌成名店，

生意兴隆通达四海。

热情洋溢天天拥有，

感诚故事扬名内外。

相信明日的"我相信面馆美食大全"将启动开设全国的多家合作经营连锁店，让诚信的美德故事广传四方，让多味的美食传遍中华大地！

让诚信得助于人品，人财两旺！

让诚信灿烂于美德，光彩无限！

请记住世上有这样一家店馆——"我相信面馆美食大全"。

佟宝昆作品 *

其实每个人都有改变命运的机会

什么是命运？命是必然性，运是偶然性。命运也就是两者的结合，是两者相互影响，相互作用的结果。

几千年来，人类社会的政治、经济、文化、科学技术等，都或快或慢地向前发展变化着。然而人的品性和人们的生活有着贫富差异的状态，始终没有多大变化。

人生来就是不平等的。有的生在动乱年代，有的生在和平年代；有的生在穷人家庭，有的生在平民家庭，有的生在权贵家庭。出生在不同的年代，出生在不同的家庭，命运也是不同的。

人性使然，人们都不甘于现状。穷人想摆脱贫困，平民想成为富人，富人想更富，当官的想升官，人们始终存在着这种意识。当然平民，特别是穷人若想改变命运，难度大，但也不是不能改变的。关键问题是他们往往没有那种思想和顽强的意志。

每个人的人生，实际都是自己选择的。路就在脚下，就看你怎么选择，怎么走。

不少人看似没选择，其实已经选择了。有的人，没选择对，失败了几次，便放弃了。还有的人，认为自己的父母不行，没有背景，没有社会关系，没有条件帮助自己，便自暴自弃了。

平民和穷人能不能改变自己的命运？回答是肯定的，能！可为什么那么多的人，没有改变呢？主要原因是，平民有"比上不足，比下有余"的平衡心理，

---

* 作者简介：佟宝昆，又名"佟宝坤"，男，72岁，大专学历。先后在《江城日报》《吉化工人报》和《江城晚报》发表过文章。工作经历丰富：担任下乡知青、农村卫生员、工人、兼职工人医生、职工补习班语文教师；1988年被单位职工民主选举为工会主席；被全厂（6800人）职工推选为区法院人民陪审员；担任过清欠队长、销售主任、私企副总；被聘过家庭教育讲师、被国家教育学会和国家家庭教育委员会邀请参加家庭教育研讨会。退休后，被小学聘过家庭教育辅导员和心理教师。

穷人往往人穷志短。因而进取的思想和意志都不强烈。

穷人和平民能改变命运，有事实为证。

苏联无产阶级作家、诗人、评论家、政论者、学者高尔基，出生于一个木工家庭，4 岁时父亲去世，他跟母亲一起在外祖父家度过童年。10 多岁开始独自谋生，先后当过学徒、搬运工、看门人、面包工人等。虽生活在底层，却一直有着文学梦，他笔耕不辍，并积极投身于无产阶级革命斗争。他成就了自己的文学梦，成了作家。

法国著名现实派画家让·弗朗索瓦·米勒，他出生在一个农民家庭，从小喜欢画画，立志成为一名画家。由于家穷没钱买颜料，就自己用炭做成笔，画素描。每天早上下田劳动，晚上就在暗淡的小屋里作画。边画边琢磨。画了约 10 年，为解生活贫困，把画拿到街上去卖，结果没人买。后来，到当时的画家保罗·德拉罗什那儿学习绘画。因为家穷，吃不饱，鞋破了买不起就用画去换。同学嘲讽他，老师也看不上他。他只好回家继续练，并改画农村风景画。又刻苦练了几年，到街上去卖画，得到了社会的认可，并得到了当时著名的画家亨利·卢梭的赞赏。他被誉为"伟大的农民画家"。一举改变了自己的命运。

我国著名数学家华罗庚，初中毕业后，就读于上海中华职业学校，可是因为交不起学费，被迫辍学。他酷爱数学，在家一边帮助父亲料理杂货铺，一边刻苦自学数学。用 5 年的时间自学了高中和大学的数学课。边学习边探索，后来在《科学》杂志上发表了《苏家驹之代数的五次方程式解法不能成立之理由》轰动数学界。因此他被英国剑桥大学邀请到那儿学习，回国后担任清华大学教授。1958 年，担任中国科技大学副校长兼数学系主任。1976 年，担任中国科学院副院长。

吉林化建公司的徐龙杰原是农民的孩子，只有初中文化，为了好找工作上了技校，有一天被化建公司招收为季节性电焊学徒工。他十分珍惜这份工作，发奋一定把这个工作做好，当别人休息玩乐时，他刻苦学习，努力钻研焊接技术。他很快就达到了高级技工的水平，得到了师傅和领导的赞扬，并被单位送到西安交通大学去学习深造，回来后继续努力，更上一层楼。其焊接技术获得了外国专家的赞赏。现在也成了享受国务院特殊津贴的电焊专家。

吉林省白河林业局的孟令杰原是个基层的小职员，父亲是林业工人，他初中毕业只上过技校。但是在工作中，他凭着勤奋好学的精神，刻苦钻研电脑技术，结果成了地区内的电脑高手。并结合本单位生产实际，创立了多个研究项目，为企业创造了上百万的效益。现已担任林业部门的高级电子工程师。

家庭经济条件很一般的曾祥博，从小爱学习，因家庭条件不好，不能上大学，只好上了技校。技校毕业参加工作后，他严格要求自己，放弃休息玩乐时间，刻苦地钻研技术。结果在世界第 45 届技能大赛中获得了控铣项目冠军，他被多家企业几十万高薪聘请。现在已是一个大企业的三个工种的高级技师。

…………

上天是公正的。你若没有一扇门，就会给你打开一扇窗。上天眷顾有大智慧的人，同时也关照肯付出辛苦，努力拼搏的人。

平民和穷人也能改变自己的命运。问题是我们绝大多数人没有那个决心和意志。有的是怕苦怕累；有的是见难就退，见艰就躲；有的是受到委屈就"窝火"，受到不公正待遇就来气，因此影响了自己进取的积极性；还有的是今天想干这个，过段时间又想干那个。这样的话，怎会有好的成果？有这样一句话要牢记的："无志之人常立志，有志之人立志长。"

人要想改变命运，不是件简单容易的事。"一分耕耘，一分收获。"没有耕耘，怎么会有收获。命运改变从来都是向有准备的人招手的，轻松地指望"天上掉馅饼"，那只能是梦想。

我经过反思，把人生分为七个阶段：1～12 岁为第一阶段，这个年龄段的孩子多不懂事，几乎全靠父母的抚养和培养。12～24 岁为第二阶段，这个年龄段，是人身体、生理、思想、素质、自主意识成长的阶段，是学习的黄金时机。24～36 岁为第三阶段，是人工作和交人的阶段，是奋力工作和交人的大好时机。36～48 岁为第四阶段，是人立业的阶段。48～60 岁为第五阶段，是人加强和巩固的阶段。60～72 岁为第六阶段，是人重点保护自己身体健康的阶段。72～84 岁为第七阶段，是人享受晚年人生的时光。

对于改变自己的命运，我结合人生实际，认为人从根本上说，都有四次机会。

一、学习的机会

这个机会，不单纯指"寒门出贵子"，进高等学府学习的机会。因为多数经济中下层家庭没有那个较好的环境。这个学习还包括对社会知识和专长、专业的自学。学习不仅能丰富自己的头脑知识，还能通过学习促进人认识社会、认识人生和人际关系的重要性以及提升自己的技能。

其实无论富人、平民，还是穷人，都有学习的机会，只不过是学习条件的好坏不同而已。关键在于想学不想学，用心不用心，能不能深入钻研和深刻领悟，能不能学以致用。

现在大人普遍都有手机（不少小孩也有）。实际手机上的大部分信息对改变人生，提升自己，大多都是没用的，既浪费了你的时间，也浪费了你的精力。有目的地读些好书，不仅能提高你的能力，还能提高你的素养和对自我的认知。可以这样说，凡是成功的人，没有不爱看书学习的。

人生的许多知识，大都是在 12~24 岁时打下基础的。因为这个年龄段，是学习的大好时机。记忆力好，即使学习累，身体也容易恢复。你不爱学习思考，就会失去这样的机会。这是步入人生旅程的基础，年龄大时再想学习，从精力上看，就比较困难了。正如古人所云："少壮不努力，老大徒伤悲。"

二、工作的机会

工作是人生存的保证。没有工作就没有收入，没有收入，人就不能生存和发展，也谈不上创业和立业。

当然，最好选择你喜爱的，或者适合你的特长的工作。如果没条件选择，那你在哪儿工作，就努力把它做好，做得出众。事实上，"三百六十行，行行出状元"。做得出众就是你改变人生命运的一个机会。否则你只是应付，随大流，为挣那点工资去工作，别无其他，那你改变命运的这个机会就失去了。

三、交友的机会

古今中外无数事实证明，任何人要改变命运，除了个人的努力外，都需要别人的帮助。而要得到别人的帮助，你就要有情商，会交人。情商虽有先天的因素，但是通过学习知识是可以改变的。交人其根本在于，会做人，平易近人，不自私，乐于助人，不损害别人的利益。注意"近朱者赤，近墨者黑"。遇到贵人，看着是个运气。其实得到贵人的帮助，那是有条件的，至少得占一条：一是你有发达的前景；二是你能知恩图报；三是你的某种精神或某个行为，能让人感动。你如果一条也不占，就不要幻想了。

24~36 岁和 36~48 岁是交人的机会。如果你不愿意与人交往，也不愿意交人。你就失去了改变命运的一个机会。

四、坚持的机会

成功没有秘诀。任何想改变命运的人，都会经历困难和挫折，必须有坚忍不拔的精神和顽强的意志。想干什么，不能坚持的话，往往会一事无成。我前面提到的高尔基、米勒、华罗庚、徐龙杰、孟令杰、曾祥博，他们的成功无不是坚持的结果。法国微生物学家、化学家路易·巴斯德有句名言："告诉你，使我达到目标的奥秘吧，我唯一的力量，就是我的坚持精神。"其实不少人也有过自己的目标，也做过一定的努力，因为不能坚持，都半途而废了。这个坚持的机会也就丢掉了。

上述这四个机会，你都能抓住，你就能改变自己的命运。你抓住其一，命运也能有所改观。一个没抓住，那就没办法了，也只能顺其自然了。

心情不好是人生的大忌

我们每个人在人生中，都有着需要和希望，都会朝着自己的需要和希望而努力去做，可是在努力的过程中总会受到环境和人际关系等多方面的影响而产生情绪反应。尤其是心情不好，这种反应是人的本能，看似平常、不起眼，但在无形中却对我们的身体、人生产生着莫大的影响。对此我们不能不认识和不重视。

情绪本身是人性的使然。喜、怒、忧、思、悲、恐、惊，谁人没有？爱、恨、烦、妒、怨，谁能逃避得了？客观来说，这些都是人的正常反应。

这种反应由三种情况产生，分三种状态。三种情况是：一是身体的感觉变化；二是有意识行为的体验；三是人的认知和对事物的看法。三种状态是：心情好；心情平和；心情不好。比如：身体舒服和身体疼痛，有朋自远方来和亲友突然离世，工作顺利和遇到困难挫折，找到满意伴侣和受到拒绝，夫妻关系和谐和夫妻关系不和睦，得到奖励和受到惩罚，得到别人的欢迎和受到别人的侮辱，得到意外惊喜和遭受意外伤害等，都会使人产生不同的情绪反应，影响到人的心情。

这些情绪反应，心理学把它分为两种：一种是积极情绪，另一种是消极情绪。积极情绪包括：高兴、热情、兴趣、灵感、活跃、决心、自豪、专注、欣慰、安心、愉快、有幸福感等。消极情绪包括：忧愁、悲伤、无聊、羞耻、嫉妒、紧张、不安、不满、焦虑、郁闷、痛苦、恐惧、憎恨、活得累等。

积极情绪使人心情好，乐观，自信，积极向上，斗志昂扬。干起活来，做起事来，劲头十足。而消极情绪使人心情不好，悲观，抑郁，自卑，冲动，冷漠，暴躁，懒惰。干活做事无精打采。这显然对个人的人生进取和建设美好的生活影响是很大的。

更重要的是，积极情绪能增强人对疾病的抵抗力，而消极情绪能降低人对疾病的抵抗力。俗话说，"有啥别有病，没啥别没钱"。人一旦有病，不仅受苦遭罪，还挣不了钱，并且小病发展成大病，"一病回到解放前"，甚至一命呜呼。

在我们的人生旅程中，身体健康是第一位的。正所谓身体是存折上的 1，后面什么都是 0。有了身体健康，一切都可以争取，没了健康，卧在床上，即使有千万财富，对自己也没有意义。

我们谁都不愿意生病，也都怕生病。可病是从哪儿来的？是上天施予的？显然不是，除了少数是父母遗传和外部原因外，绝大多数病都是自己给自己造成的。

据美国耶鲁大学医学院调查研究报告，所有疾病中，由不良情绪产生的占 76%。

如今，人们的生活、工作压力越来越大。随着两极分化，人们的攀比，对物质追求的私欲也越来越大。这种状况极易产生不良情绪。事实上，在我国，抑郁症、躁狂症、自闭症、恐惧症，有自杀倾向的精神病患者数量在不断增多。

怎么控制？就是及时调节不良情绪。

怎么调节？从根本上说，要有一个良好的心态。遇事看得开，放得下。世界多美好，何必要烦恼。人是有理智的，要学会控制自己的不良情绪。不能做到心情好，也要做到心情平和，绝不能让心情不好长时间存在。

具体地说：

（1）看人，看事，不要片面，要看到正反两方面。要变换角度地看。凡事有一利，必有一弊。有一弊，必有一利。比如：受到父母责骂，领导批评或朋友责怪。从正面去看，他们是为了你好，如果确实是自己做错了，就要勇于承认，以此为鉴，对自己今后也有好处，不要顶撞，维护那种所谓的自尊心没有必要。如果不是这样，也无所谓。父母是长辈，应该尊重；领导要面子，那就给他；朋友应该包容。这没什么，如果他们是错的，以后会证实的。何必郁积于心，耿耿于怀。

（2）一旦生气，要暗示自己，冷静，再冷静。"气大伤身"，"生气是对自己错误的惩罚"，"不要冲动，冲动往往会做出蠢事。我不能做出蠢事"。比如：如果孩子做错了事，事已发生，生气有什么用？应当指出错在哪儿，告诉他（她）有什么危害？以便让他（她）不再犯类似的错误。想想自己，谁还没做过错事，再说也与自己的影响和教育有关。想到这些，气就消了。

（3）当感到郁闷，心情不快时，要提醒自己，这样容易生病。有病后坏心情还会使病情加重，要尽快排除这种情绪。此时可以到大自然中去，欣赏一下大自然的美景。也可以出去做运动，运动能增加分泌胺多酚，胺多酚能排泄出一些不良情绪。另外还可以听听音乐、看看书，或做些有趣的活动等。

（4）当为某事感到焦虑时，给自己敲下警钟，不要"上火"，不要总寻思，晃来晃去。这样对身体不好，也于事无补。要逻辑思考，这样行不行，那样行不行？还有什么办法？拿不定主意，就找信得过的人倾诉一下，征求参考一下他们的意见。实在没办法，就顺其自然，天塌不下来。"祸兮福之所倚，福兮祸之所伏。"放松自己，自己唱唱歌，做其他该做的事，摆脱焦虑。

（5）当很多欲望得不到满足时，人就会抑郁，这时就要求自己减少欲望。人的欲望越多，烦恼也就越多。欲望越大，不满之火，也就燃烧得越厉害。人的欲望没有满足的时候，不要想自己能力做不到的事。想开了，心就坦然了。

（6）人之烦恼多来自人际关系矛盾。因此要有包容心。谁都有优点缺点。各有各的利益所在。人都不愿意和自私的人来往，因此不要私心太重。无私则无畏，无私者心宽。能看透人性，就能理解人，能理解人，就没有了那么多的人际关系矛盾。

总之，调节不良情绪有许多方法，关键在于思想认识。

只要你认识到了心情不好的危害性，就能尽快调整自己的不良情绪，至少不让它长时间持续。人活一生不容易，我们不能把握世界，但我们能自己把握自己。对我们自己而言，心情不好是我们人生的大忌。无论穷也好，富也好，身体好才是首要财富，要保住这个财富，就得努力保持好心情，消除不好心情，也只有这样，才能让自己健康长寿，才会斗志昂扬，才能让我们的人生充满阳光。

潘云岩作品 *

神仙湾，石壁滩

石壁滩沿岸，好一片浓郁的苦槠①林！

远看如一道墨绿色的屏障，矗立河边，拱卫着石壁村。立冬过处，正是成熟苦子脱落的时节！漫步在林荫深处，窸窣的叶落声与吧嗒的落子声清爽入耳。时已正午，几缕阳光穿落横柯，一地坚果散乱，俯身可拾……

朱溪港汇聚涓涓山泉，穿滩越涧，由南而北，漂游八十许里，注入下张村北永安溪。从大战村到下英一段十许里的山湾地带，因为山湾叠翠，溪港两岸仙气氤氲，号称"神仙湾"。

石壁滩便是镶嵌在神仙湾腰间的一颗亮晃晃的宝珠。

石壁滩而上，有一村庄，名曰：大溪村。朱溪港至此，河道加宽，水流加急。对岸有方国珍舍马处。传说当年方国珍部被朱元璋手下大将朱亮祖率兵追击，在此地放生战马，仓皇东渡。现在建有亭子，上书对联——英雄末路仁心难舍，烈马穷途侠义昭彰。真乃悲壮！

石壁滩而上，对岸有山外青山，山下有一村，名曰：下英，往日温馨祥和，山湾稻菽飘香。伴随着温泉的开发，一幢幢新楼拔地而起，这里人来车往，成了小有名气的温泉小镇。对岸的十里绿道，也以"下英"冠名。

从苦槠林跨越对岸，宽约百丈，有一条看似平常的水泥路，支撑着两岸的人来车往。中段有两条地下导流渠，平日里，溪水温顺地从地下渠洞喷涌而下；遇雨季水量加大，亮晶晶的溪水溢过路面，泠泠作响；暴雨季节，形成狂野的水平大飞瀑，巨石撞碎了飞流，飞花溅玉，声如奔雷。月圆之夜，水光与月光齐飞，溪水共天宫一色。

---

* 作者简介：潘云岩，男，出生于 1968 年，浙江省仙居县人，现供职于下各镇中心小学。1988 年毕业于台州师范专科学校，2005 年获得了浙江师范大学教育硕士学位。近年有多篇散文在各类公众号刊发。

① 苦槠：属乔木，分布于中国长江五岭以北各地，果实 10 月份成熟。楮：落叶乔木，叶似桑叶，树皮是制造桑皮纸和宣纸的原料。楮皮、楮叶和楮实等均可入药。

石壁滩而东，山崖峭壁之下，有小小村庄石壁，村东崖壁之肩，一根巨大的石柱突兀而起，晨光熹微里，它冲天耸立；对面的西山冈峦之间，有巨石娉婷袅娜，凹凸有形，栉风沐雨中，它风情万种。东山石柱与西山美石遥遥相对，隔河凝望，让人不得不惊叹于大自然的鬼斧神工！当地人称它为"石新郎""石新娘"，还流传有美丽传说。

石壁滩而下，是大唐水运码头旧址所在，这里三溪交汇，仙井溪、朱溪港、双庙溪在这里汇聚，水量骤然增大，河面陡然变宽，形成令人胆寒的石壁深潭。随着下游过水坝的修筑成功，这里高峡平湖，碧波荡漾，上游苦楮林与夹岸苍松翠竹相掩映，俨然一片令人心醉的"翠海"！炎炎夏日，畅游水中，无比爽心，泛舟其上，好不惬意！

石壁滩苦楮林也是远近闻名的下英绿道的起点，下英绿道从这里蜿蜒，二十里绿道，二十里溪涧，二十里幽谷，堪称"仙乡九寨沟"！

逢年过节，白领蓝领，暂别县城，休憩吸氧，赏心怡情。拖家带口，摆摊烧烤，设杆垂钓。

石壁滩苦楮林是大自然的慷慨馈赠，更是石壁村民的淳朴仁厚，他们的家园观念和长远眼光，纵然经历疯狂年代，也能让苦楮林逃过了斧斤之伐，柴火之运。

天地间大美的神仙湾，神仙湾上明珠似的石壁滩……

2018 年 11 月写于下张小学

消失的七星塘

"半亩方塘一鉴开，天光云影共徘徊。"我们仙居有不少"三台九门堂"建构的古村落，村落前后散布着一口口明镜似的方塘，它们与四合院交相辉映，共同组成了古典的人居环境。

我家附近有七口塘，依地势高低，分别叫前塘、小塘、大塘、横塘、上家塘、下家塘、亩七塘。它们占地多不过半亩，称"半亩方塘"，真乃名副其实。七口塘之间，有沟渠连通。现在想来，那布局，还挺讲究，恰似天上北斗七星！

横塘、下家塘与亩七塘处于田垟畈，地势最低，属灌溉塘。大塘最大，足有二亩见方，最是雍容大气。小塘紧挨着大塘，合称"双塘"。小塘岸边有一座老式的四合院，土地改革后，那便是我们十多户农户的家。

大塘岸的空地，是下园地的交通中枢，也是小伙伴们的"演兵场"。扔石子、打水漂，能把石子扔过对岸的，便是王者。对岸是一片菜地。有一次，小伙伴们激战正酣，忽然平地一声惊雷。只见一个老头，手扬锄头，怒气冲天，飞奔而来。小伙伴见状，呼啦一下，四散奔逃。

大塘岸长有一棵大樟树，庞大的根系悬空而挂。樟树底下的水塘，是生产队水牛的天地，游塘、反刍、驱蝇、摆尾，一入水塘，尽展欢颜。樟树底下的另一片阴凉，是小孩的世界，玩弹弓，捉迷藏，踏入水塘，凫水逞能。

遇大雨天，坑水大发，三三两两的鱼儿从水塘流窜到沟渠里招摇。我也学着别人，戴一顶斗笠，提一个捞兜，挽起短裤管，赤脚来回蹚坑水。但我与鱼儿，总是失之交臂！

同院的顺傻哥，总能捕到一篾篓的鱼。多是大大小小的鲫鱼，也有滑溜溜的泥鳅、长腰善舞的鳗鱼，有时甚至收获大草鱼。他好像从不失手。背起背篓回家之时，大人的脸上绽放着骄傲的笑颜。一院子的人，围着鱼篓，啧啧称赞。问起诀窍，顺傻哥总是笑而不语，一副傻傻的样子。

盛夏黄昏，四合院还是闷热难耐，小塘岸已经凉风拂动了。小孩子早早出来洒扫空地，摊一领凉席。入夜，灯摇影动，人影幢幢。小孩或蹲或坐，静听邻家大伯说书。什么薛仁贵征西、薛刚反唐，什么薛丁山、樊梨花。有一回，说到唐皇李世民落难中的呼告：愿与你江山对半分……我似懂非懂，但那个声色，那个情景，让我震撼。夜深了，夜雾渐浓，大人们纷纷起身回房。天上星汉灿烂，塘中蛙声四起，我以汗衫覆压心窝窝，直到东方既白。

冬天的早晨，天大寒，小塘结上皑皑的冰霜。撬上一块，稻草穿孔，提着一路显摆，寒意全消。有胆大的踩上冰面，还要跺上几脚。大塘冒着腾腾的水汽，只在四围结一层薄冰。

干旱的冬季，塘水见底之日，便到了清淤之时，社员们排成长龙，传递着手中的"四齿"，暖暖的阳光下，一片欢声笑语。有时，软泥中蹦出几条硕大的泥鳅，那真是小孩们意外的礼物了。黝黑细腻的塘泥，堆在塘岸风干，开春后便是上好的肥料。

20 世纪 90 年代初期，村民纷纷圈地建房。位于街边的前塘，最先遭瓜分。接着是小塘，直接被填平。大塘也遭蚕食，一退再退。看着他们填塘造房闹得欢，我心里却隐隐作痛，暗暗纳闷，这些人家呀，怎么能这样呢！

四合院的老人唉声叹气，这几口防火塘啊，我的四合院哦！

果然，没几年，四合院相继遭火，人人称美的下园地"三台九门堂"化为一堆堆瓦砾。从清朝晚期到民国初期，几代先人的心血凝聚，多少能工巧匠的智慧结晶，灰飞烟灭。

令人称奇的是，敢于填塘造房的人家，当初好像都很强势，但五年、十年下来，却大都没有好运道。《周易》有卦："天乾地坤乾坤定，泽兑山艮泽山通。"家乡的七星塘，你上应天象，下接地理，吸取了日月的精华，涵养着天地的灵气，莫非也是有生命的吗？

晚风轻拂疏影绰，浊酒一樽红尘醉，记忆微醺。逝水清尘，一指流沙！

往日崎岖还记否

——台州学院传统教育基地仙居纪行

在美丽的永安溪畔，在下张村的村落边缘，在一片田埂地边，有青砖砌墙的四围学苑——下张小学。这是一所有超百年历史的乡村学校。20世纪40年代中期，一场因缘际会让它突然声名煊赫起来。

20世纪30年代末，浙东南沿海烽烟四起。为免于兵燹，一群胸怀救国理想的知识青年，从海门出行，经黄岩，过临海，跋山涉水两个月，来到崇山峻岭的广度三井——仙居的大山深处。伺时局稍稳，在当地乡绅的鼎力斡旋与慷慨资助下，迁徙至下各镇的下张村——它是当时的省立台州师范学校，现今的台州学院前身。

恍如惊鸿照影，"泥上偶然留指爪，鸿飞那复计东西"。光阴荏苒，世易时移。师范学校早已经完成了非常时期的"南渡北归"，开启了本属于它的辉煌。下张校园则从师范到中学到小学再到完小，褪去荣光，回归其乡村小学的本位。

校园绿树浓荫，楼影斑驳，幽篁疏影，鸟语花香。近八十载沧海桑田，半个多世纪的风雨兼程，历史陈迹已然倾颓，坍塌沦落，再难寻觅。唯有这一苑的老树，还是蓬勃青春，奋发上进，无言昭示一代又一代学苑人的精神气度。

操场边高大魁伟的梧桐，围墙根耸入云天的水杉，西天井疏影婆娑的樟树，气象恢宏。刘禹锡咏《石头城》诗云："山围故国周遭在，潮打空城寂寞回。"徜徉其间，一股怀古之情油然而起，正如唐代诗人元稹《行宫》所述：

　　　　寥落古行宫，宫花寂寞红。
　　　　白首宫女在，闲坐说玄宗。

下张小学食堂北，围墙根下，逼仄的三角天井，保留着当年师范师生汲水用井的印记。青石板材质的方形井沿、井栏、石井盖。掀开井盖，可见井壁苍苔，并见井水盈盈。年近古稀仍不辍劳作的食堂阿姨介绍说，这井是在食堂改建时，特意保留下来的，现在是仅存的师范时期遗迹。

从三井到下张，从大山深处到平垟地带，学校得以成功搬迁，居功至伟且极具悲情色彩的是下张张家。

山高皇帝远的大山深处，物资供应极其匮乏，两百多名师生的生活用度难以维系。终致人心涣散，内讧骤起。学校生死存亡之际，下张人张定邦来了。张定邦，毕业于复旦大学，时任县参议长，从事党务工作并兴办教育。张家是本地望族，家富赀财，更兼张父时任厦各乡乡长。张家的声望如日中天。

"台师之得奠定于此，胥出公之力也。"20世纪80年代，下张张氏重修宗谱，省立台州师范学校校长许明远亲自撰写的《定邦公行略》成为《夏张张氏宗谱》最为浓墨重彩的一笔。

谋定而动，张家父子召集父老乡邻，大家有人出人，有钱出钱，张家则来个大兜底，出人出钱又出地，并亲自督促，遂以本村大祠堂和原小学为基础，师范学校半年落成，完成了搬迁安置。

其间逢校舍遭火，又是张家捐巨资以重建。"如此屡解台师于危难之中，其德行操守可知。"对张家父子的为人处世，甘苦与共的许明远校长一并予以高度肯定。张家父子泉下有知，当可欣慰含笑！

在师范学校危急之际，张家父子不惜毁家纾难给了师生以荫庇；在张家父子蒙难之时，师范师生还给张家父子一世的清白。义哉，许校长！壮哉，张家父子！

新中国成立初期，因形势所迫，张父远遁他乡。人劝定邦或一避。此时已任师范学校数学教员兼事务主任的定邦慨然长叹："我只是一介教育人！过去要办教育，现在要办教育，相信将来也要办教育！"毅然留乡，终致一死。张父从此杳无音信，道上流传其沦落在上海街头，最终客死异乡。

2008年12月，下张小学被列为"台州学院传统教育基地"，在大门旁立碑以志。

每年，陆续有台州学院的领导师生来下张小学参观寻踪。

人们从南大门进来，笔直走，走过回廊，走过花坛，走过两幢20世纪80年代的老楼，能看到展示橱窗，橱窗里展示的是"国立"师范从三井到下张的一段历史、一群人物。有创始人周继漈、有校长许明远、有来自四面八方的一群师生。橱窗正东面十多米处，有张氏宗祠赫然而立。穿过一个石板天井，推门进张氏祠堂，正东墙有张公祖像，南北墙悬套框牌匾，详细介绍台州中学（含简师部）从 1939 年 2 月至 1949 年 7 月烽火弦歌的一段历史。

今年夏天，学校拆除危房，也拆除了橱窗。这样一来，唯一能再现这一段历史的就唯有张氏宗祠。

学校里面怎么可能建宗祠？这还是现代的学校吗？乍一看，参观者疑窦丛生，但在阅读、了解这一段历史后，所有的疑云顿然消解。取而代之唯有敬佩！对张家父子的敬佩，对下张张氏族人的敬佩！

正是下张张氏宗祠接纳了师范学校，正是下张张氏族人接纳了师范学校的师生！

是的，从来就没有从天而降的英雄，只有挺身而出的凡人。站在历史的关键当口，只要他能够顺天应人，做出有益于国家，有益于人民的抉择，他就是一个纯粹的人，一个高尚的人，一个大写的人，就是大大的英雄。

人的生命是有限的，在有限的人生里，哪怕只做这么一件事情，都可以说不枉此生了。

俗话说："一方水土养育一方的人。"但不可否认，优秀的人也极大地反哺着一方的水土。所以古人常用"钟灵毓秀，人杰地灵"八个字把地和人、人和地完完全全地捆绑在一起。

省立师范在下张的办学历史不过五年，但它留给下张的财富影响是深远的……

2021 年 10 月 20 日，没有风，只是蒙蒙的秋雨，正逢校园桂花盛开。迟到的花期，有毫不逊色的花香。楼前楼后，花坛台边，一排排、一行行、一簇簇，如冠盖相属，如玉树临风。淅淅沥沥的秋雨，自天空笼罩下来，覆压了村庄，覆压了校园。桂花树如绿伞、如穹顶，浓郁而幽微的桂花香，追随着雨丝，丝丝落下，落到嗅觉，落到脑海，落到心田……

学校北边的围墙外，一排农家自建房正在施工中，红砖墙已砌至两层，混凝土车在鸣咽……老师们说，这是下张张家正在拆旧建新。

张定邦生前育有两子，老大老二长大后都顺利地娶妻生子，有家有室。大约两年前老二离世，已年逾八旬。

出校门口，偶遇年已耄耋的张家老大。《定邦公行略》有述："公体貌秀伟，天禀过人。"老人家额宽鼻挺，仪表堂堂，颇有其父之风。行动迟缓，但身子骨还算硬朗。先前，我曾几次见过张家老二的媳妇，她已一脸沧桑，常谈笑自若。平常日子，她养花种菜，浇水除草，亲事稼穑。她还告诉我，平湖的许校长儿子特意来看望过他们。老人言语间，一脸温暖……

眼下，老人的住宿都正常，后面有别墅规制的宅院，那是在义乌经商多年的儿孙辈的家——改革开放40年，张家儿孙辈再一次勇立潮头，翻开了新篇章！

中国人都追求香火的延续。一脉相承，香火不断是最大、最美好的祝愿。烽火弦歌，南渡北归的西南联大不仅延续了中国高等教育的香火，而且成就了中国教育的辉煌。仙居的三井、下张虽不能比肩西南联大，但是它使台州教育文脉不断，在某种意义上，它是台州历史上的"西南联大"。

汤归堰八百周年祭

有的工程，自落镐之日起，注定要名垂青史。每一镐都镌刻进历史，为后人所铭记。

汤归堰，始于南宋嘉定癸未年冬（1223年），成于南宋宝庆丙戌年（1226年）春。起于大战乡下末，达于怀仁下各，长约十五里，是仙居历史上第一条古堰。

大战乡下末（今下满）——那真是一个天选之地！若非羊汲二公本人深谙堪舆学，即或有堪舆大师相助。下末以下五六里，就是下张，就是永安溪。在下末垒坝，最大限度地利用了朱溪港的水源，同时又依山起堰，满足了堰渠对地势落差的要求。山川地理之精妙，全在掌握之中！

在下末垒坝，稳住溪流。自此，下末称潭——下末潭；往上，大战称溪——大战溪；往下，下张称滩——下张溪滩。自此，八十里朱溪港水源，尽入我彀中矣！

汤归堰纯朴自然，没有惊人的面貌。但这一渠碧水，环绕青山，青山因而妩媚；穿越村庄，村庄因而活泼；淌过旷野，旷野因而妖娆。

四十年前，我读书于下各中学，每个周末，都往来于大战村和怀仁之间。有大路和小路之选。大路经大战渡，越瓜州岭，循公路，一路平旷。

小路过下末渡，循堰行，绕山，穿村，越野，一行十多里，有田垄阡陌，碧水环绕。小路崎岖，却是我喜欢的上学路径。

当时我哪里知道，我这是走在具有八百年历史的汤归堰上，走在汤归堰最主体的一段上。

行走于野旷孤村之间，一渠碧水相依相伴，不必说周末回家因而轻松惬意，就连被迫返校时的烦躁不安也因而消解。

三年自然灾害时期，遍地灾荒。大战村也曾引下末潭水灌溉，免于饿殍。老一辈大战人谈起，仍是庆幸。至今，在大战与下满交界人称"水山困"一带，还可以寻觅到当年抽水机房的残迹。

汤归堰主体工程一旦落成，其巨大的经济效益，能立刻激发良好的示范效应。不久，下堰开挖，通黄梁陈，通湖其园，通下华，通下张，灌区由线到面，很快辐射了整个怀厦平原。灌区面积从四千亩蹿升到八千亩。又数十年，圳口感德堰、横溪胡公堰落成，与汤归堰并称宋代仙居三大水利工程。

千万年，朱溪港浩浩汤汤，汇入永安溪，怀厦平原旱涝相侵，看天吃饭。守着金饭碗去要饭！一代又一代的人们，宁愿掘地九尺，拿木桶提水；趔趄十里，推木牛流马驮水，也没有人做水利事业。

子在川上曰，逝者如斯夫，不舍昼夜！

旱涝相侵，坂田开裂，稼禾枯萎。先人们伫立河畔，凝视着这浩荡的溪流，他们未必没有心动，未必没有叹惋。

孔子叹时光如水飞逝，不舍昼夜。农人为生计煎迫，看溪水流淌，叹田地焦灼，稼禾枯萎……

筑坝！开渠！起堰！千万年，千万农人在呼唤！

但是谁挑头，谁愚蠢！甚至只要起心动念，就会引来旁人无情嘲笑。因为无论于哪一个个体而言，这都是一项浩大的工程，皓首穷经也难以达成！

愚公移山的寓言故事，传颂了几千年。寓言里的"智叟"——现实世界里的"精致的利己主义者"，比比皆是。"为你好"，使他们的劝说具有了莫名的优越感。而且，智叟的说辞也浅显好懂。

肉食者谋之，又何间焉！是啊，肉食者谋之！但是，肉食者鄙，未能远谋！春秋时期曹刿的论断，切中要害！肉食者自私贪婪，更加剧了人民生活的水深火热。

西方文化里，天堂与地狱，全在于人的一念之差。地狱里，众人争先恐后喂养自己，个个瘦骨嶙峋；天堂里，众人热情饱满喂养他人，人人红光满面。

为众人开路者，是先驱、是勇士，非有牺牲精神、奉献精神的大智大勇者不能为也！

他有理想不自私，"天地之不足，人力弥补之"；他有眼光不胆怯，认准方向，勇往直前；他讲科学不盲目，通晓天文地理，遵循自然规律。

这样的人来到世上，注定要成为英雄！南宋的羊溥、汲渊，向怀厦平原走来！

于芸芸众生而言，羊溥、汲渊是凡人。羊溥是仙居首任县令羊忻的第十一世孙，汲渊是羊溥的亲家。于千万年时光里，他们是怀夏土地上横空出世的英雄。"为天地立心，为万民立命。"以一己之力，行一方政府职责，此壮举，足令自称父母官的封建士大夫也汗颜。

从下末通下各，十五里路！其间涉及多少他人的山地、村庄、田产？这活脱脱的就是八百年前的拆迁工程！以当今政府之强，官员之能，也难行拆迁之事，多少官员，都困于拆迁，栽了跟斗。羊、汲二公，一介草民无权无势，难度之大可想而知。

有善意的愿意谦让，有开明的愿意奉送，有贪心的乘机索取，有恶意的横加阻挠……

怎么办？拿自家田产，置换堰渠用地！不管良民刺头，友善敌意，一律公平，童叟无欺！并且堰渠全乡共享，永久开放——不得不说，这是排除阻挠的最强手法！要还不行，良心何在！

历时三年，坝筑渠开堰成。光用石料就掏空了下末半片山。怀夏平原数千亩薄地眨眼间成良田，旱涝保收。乡民无不欢欣鼓舞，奔走相告。此时此刻，羊、汲二公却携其家人悄然退隐，迁往他乡。挥一挥衣袖，不带走一片云彩。今天，怀仁下各一带已经没有羊、汲二姓的存在，顾、应、陈姓是这片土地上最大的主人。羊、汲二公及其家人的去向，至今成谜，人们竟然无从考稽。

尽管说，汤归堰建成之日，羊、汲两家的数千亩田产散尽，女眷的首饰变卖，累世的积累耗光，但是，我绝不相信，他们两家会穷困潦倒，食不果腹。因为人终究是讲良心的，稍有人心者，都不会坐视羊、汲两家沦落到此地步……

功成身退，急流勇退，智者的处世哲学，羊、汲二公再次践行。

我别了江湖，我变成了传说……

他是李白笔下的剑侠，因为信仰而来，"十步杀一人，千里不留行。事了拂衣去，深藏功与名"。

他是救苦救难的菩萨，凌波而来，踏浪而去。

身前，他开一扇门，助饥馑者逃出生天；身后，他成一座塔，助迷途者看破红尘……

汤归堰源于朱溪港，归于永安溪。仿佛插上了天使之翼，羊、汲二公一朝的义举，化为绵绵甘霖，泽被怀夏平原千百年。汤归堰融入山川，融入自然，融入世世代代人的心灵，"与天地兮比寿，与日月兮齐晖"。

吃水不忘挖井人，灌溉不忘开堰者。后人在怀仁，在杨碑头，立碑建祠，永志纪念！

如今，汤归堰，狭义的理解，是大战下末溪通向怀仁的一段水渠，长约十里。广义的理解，泛指怀厦平原上，由此主体工程伸展开去的所有灌溉水网。

对于"汤归堰"堰名的解读，后人多取下各当朝进士顾拙轩之说，"彼桑林之祷，人颂汤不衰，是雨自天，而功归汤"的典故。我是不以为然。

《说文解字》载"汤，热水也"，将汤引申为大水急流的样子。"淇水汤汤，渐车帷裳。"（出自《诗经·国风·卫风·氓》）

《说文解字》载"归，女嫁也"，将归引申为返回、回到原处。"之子于归，宜其室家。"（出自《诗经·周南·桃夭》）

"汤"是诗情，是朱溪港的丰沛水源；"归"是哲思，是宇宙人生运行的大道所在。汤归合二为一，是诗情和哲思的统一，体现了缔造者的格局和情怀。

显而易见，羊、汲二公没有丝毫的官方背景，有家财万贯，但与进士顾拙轩之类鲜有交集。顾以其儒家入世的社会观来解读之，如同仕途经济之于贾宝玉，难免失之偏颇，甚至是风马牛不相及。汤归堰建成，纯粹的民间义举，官府没有作为，又何来"而功归汤"之说？并且当时的社会，也并非尧舜汤禹之世！

今天，我们参观成都平原的都江堰，崇拜两千多年前的蜀郡太守李冰父子；我们踏访浙里丽水的通济堰，佩服一千五百多年前的郡人参政何澹（民间称何丞相）。他们都是伟大工程的设计师，都江堰、通济堰毫无争议地被列入了世界遗产名录。

汤归堰与都江堰、通济堰相比，汤归堰不值一提。是的，论年代、论规模、论效应、论设计的精巧性，汤归堰与两者都不能同日而语。但是，请不要忘记，一边个是举国体制，政府背景；一边是一己之力，一介草民！

羊、汲二公是千年等一回的平民英雄！恰如鲁迅先生所说："虽是等于为帝王将相作家谱的所谓正史，也往往掩不住他们的光耀，这就是中国的脊梁。"

在一定意义上，下各的汤归堰更伟大！羊、汲二公更悲壮！

新中国成立后很长一段时间，作为古典命名的汤归堰淡出了人们的视野，取而代之的是一个平俗的称谓——张怀湖堰。

"汤归堰"蒙上了厚厚的历史尘埃！

轻掸，又是锃亮！这一块拥有八百年历史的招牌有着十足的成色！今天，富庶之地怀厦平原又敞开了怀抱，拥抱来自朱溪库区的近万移民。值此移民小学——汤归小学揭幕之际，展示出来！缅怀先贤，也激励后人。

回到古老的《愚公移山》，全是智叟，人类将失去足以传世的文化，也将失去足以立身的精神家园。

放到人类历史的长河里，羊、汲二公赢得了永恒。正如杜甫诗云："尔曹身与名俱灭，不废江河万古流。"

伏维尚飨。

水埠春秋

——黄梁陈百年观仙居永安溪治理

北群峰之阳，永安溪碧水东流。县城东十公里，永安溪之阴，有古村"黄梁陈"。

称黄梁陈为"古村"，也并不为过，这是一个有着 800 年历史的传统村落，但是，与印象中的古村又有大的区别——村里并没有像样的古民居、古建筑。历史上，除了宗祠、戏台寥寥几处公共设施略带古意，其余房子——木头的、石板的、青砖的皆为简陋！

仙居历史上有许多古建筑，意蕴悠然。大战有三台九门堂的气派，白塔有高迁古民居的奢华，皤滩有千年古街的精致……但是在这里，一切毫不沾边！

细探其究，我们惊讶地发现，黄梁陈位于永安溪河道的正冲方位，自然地理上，无遮无拦。据口碑相传的村名典故，800 年前，此地原居黄梁两姓，先后绝户。陈姓的先祖，善堪舆，不避讳，迁来此地，采取了类似游击战的生存策略——水发，人撤；水退，人回——房子毁了，可以再建！相中的就是这里有广阔的滩田林地，足够子孙垦荒种地，繁衍生息！人弃我取，累着活着，几百年下来，黄梁陈竟逐渐发展成为仙居东部的最大村！

仙居三面环山，唯东面汇海。旧时仙居陆路阻塞，仙居百姓开门七件事，大都要靠永安溪水运来维系。永安溪发源于仙居与缙云两县交界处的天堂尖，绵亘 140 余千米，横贯仙居西东，有大小支流 38 条。永安溪天然发达的水系极大便利于水运，"白帆如云云盖溪，竹排相接密如堤"。这曾是永安溪航运繁忙景象的写照。

上至县城的河埠头，下入灵江与海运相接，黄梁陈是仙居的"东大门"，是吞吐万机的"葫芦口"，是旧时仙居的重要水埠！从临海、黄岩、小海门等地溯流而来的食盐、鱼干，大都在这里卸货转运；仙居山区的珍贵木材、茶叶，也在这里汇聚成行，再乘水路销往四面八方……

"水里乾坤大，船上日月长。"黄梁陈还是东区乡下进城的必经渡头，这里沟通城乡，这里联结海外……

永安溪温顺柔和，善解人意；永安溪也桀骜不驯，暴戾恣睢。

汛来，溪水大涨，浩浩汤汤……"百川灌河，泾流之大，两涘渚崖之间，不辨牛马"。

汛去，茫茫苍苍，泥垢满滩，荆棘当道……彼有"白骨露于野，千里无鸡鸣"的衰败。

巫医乐师、挑夫纤夫、九流三教，各揣梦想，穿梭于黄梁陈渡头，往来于黄梁陈水埠。人们穷心竭力，所营何为？不过是"身上衣裳口中食"罢了。然而最终，大都还是忍饥挨饿，漂如浮萍，美好梦想如一枕黄粱，沉入无垠水底……

新中国成立初期集体化，黄梁陈有 24 个生产队，管辖着大片的滩田林地。偌大一个村庄的安危，全系于一条沙石土堤。洪水季节，险象环生。有人日夜巡逻，高度警戒，一旦发生险情，村干部会及时指挥村民连夜转移，撤往怀仁高地。

村头一片竹园子，护卫着岸堤与村庄，是黄梁陈村的又一道"护身符"，受到村民的严格保护！

"醉里不知天在水，满船清梦压星河。"永安溪，黄梁陈，多少回山雨欲来，多少回惊涛拍岸，多少回水漫屋塌……

《光绪仙居县志·灾异》记载，隋唐至清末，仙居共发生大小旱灾 31 次，水灾 25 次。从相关数据看，仙居历史上的旱灾要多于水患，且会引发饥荒，但水灾所带来的伤害毫不逊色——它流水漂屋，直接导致人畜溺亡，村庄毁灭。如"民国"期间的韦羌溪大水，一夜之间，使原本有七十多住户的白塔卢高田村变成了白滩！

鲁迅先生说："我们从古以来，就有埋头苦干的人，有拼命硬干的人，有为民请命的人，有舍身求法的人……这是中国的脊梁。"

千百年来，中国的脊梁与中国民众的苦难相伴相生——有天柱崩折，有女娲补天；有洪水滔天，有大禹治水；有成都平原的旱涝，有李冰父子主持修建的水利工程都江堰……挽狂澜于既倒，拯万姓于水火，创美好于人间！

俱往矣，数风流人物，还看今朝！

1949 年 4 月，人民解放军百万大军横渡长江，7 月解放仙居县城，而后一鼓作气，荡平了旧仙居猖獗的匪患。仙居人民扬眉吐气，翻身做了主人。勤劳智慧的仙居人民焕发了空前的建设热情与创造力。

20 世纪五六十年代，永安溪上的仙居小水电蓬勃发展，闻名遐迩。

它缘溪而起，循山而走，就地取材，又严丝合缝；源于溪港，又归于溪港。造化自然，若合一契！

它汩汩流淌，甘露所向，滩地成良田。方圆十里，民乐年丰，鱼米飘香！

近村小水电站，白天碾米磨粉，晚上发电照明。寂寞边村，平添了几抹人间烟火！

20 世纪六七十年代，仙居人民用箕挑、肩扛、小车推，在永安溪的支流上，建成了西岙水库、郑桥水库、括苍水库……方便洁净的自来水汩汩流淌，进入千家万户。

那真是一个激情燃烧的年代，开沟挖渠、垒石成堤、改滩为田、植树造林……千里广阔的永安溪流域，到处可见群众劳动的火热场景。

21 世纪，永安溪干流高峡出平湖，集防洪、灌溉、发电于一体的大型综合性水利工程——下岸水库脱颖而出，这是仙居 45 万人民勒紧裤腰带集资修建的，是仙居水电事业承前启后的里程碑。

永安溪支流上，盂溪水库、朱溪水库紧锣密鼓，又呼之欲出。

21 世纪，永安溪两岸的防洪大堤如巨臂伸展，以铁一般的胳膊护卫着两岸的土地和村庄。县财政先后投入十几亿元，实施堤防工程 43.4 千米，新建拦水堰 5 座，进行滩槽疏浚 8.1 千米；新建滨水防护林 707.3 平方千米。

其中，耗资巨大，长约 1 千米的黄梁陈大堤可视为杰作！

黄梁陈大堤分外堤和里堤。外堤高七八米，宽三四米，是防洪主堤。砌以大青石，护以大萝树，以防洪水冲击。里堤略低，但宽有八九米，两辆大卡车可以相向而行。里堤紧挨着外堤，是外堤的坚强依托。起段老桥头置传世镇水石龟，中段设置水文观测台，下段有宏伟壮观的虹形大桥飞架南北，气势恢宏。

堤外永安溪河道紧窄处，也有七八百米。

今日长缨在手，能否缚住苍龙？

2019 年夏秋交际的超强台风"利奇马"是一位冷峻的检验师。十六级登陆狂风裹挟满天暴雨，在浙江地界盘桓近 20 个小时。

霎时间，山塘告急，水库告急，永安溪全线告急，千年古城临海告急……

浊浪滚滚，超越了警戒线，高涨，继续高涨……平日里毫不起眼的外大堤凹槽处，洪水在涌入……

800 米宽的河面上波涛汹涌，如山呼、如海啸、如动车蜂鸣……

黄梁陈大堤在颤动，虹形大桥在颤抖……村民们纷纷攘攘，有提土堵涌者，有搬什上楼者，有两股战战者……

风住雨息，洪峰过处，大堤岿然，大桥屹立！

这是一个改变百年历史的时刻，这是一个改变千年历史的时刻！

黄梁陈大堤经受住了严峻考验！虹形大桥经受住了严峻考验！永安溪最薄弱的一环经受住了严峻考验！当昔日高地怀仁街淌水成河，下各诸村漫水上楼，古城临海岌岌可危之际，黄梁陈村村民平安，黄梁陈的房子平安！

"溪边照影行，天在清溪底。天上有行云，人在行云里。"

21世纪，永安溪的绿道工程日益延伸。2012年，县财政投资1.75亿元，规划了长492千米，由一条主道、多条辅道构成的"叶脉"形绿道，这条"叶脉"绿道串联起沿线的滩林溪流、村庄田园、古镇古村……

堤上鸟语花香，潭上墨韵飘飞。醉卧溪亭，眼前有驾雾腾云，耳际有万壑松涛……

三五之夜，明月照江。黄梁陈村内，"梨花院落溶溶月，柳絮池塘淡淡风"。永安溪潭上，静影沉璧，倒映万盏灯火！隔岸观赏，油然想起郭沫若的诗《天上的市街》：

远远的街灯明了，

好像闪着无数的明星。

天上的明星现了，

好像点着无数的街灯

……

又想起唐代诗人张若虚的《春江花月夜》：

春江潮水连海平，

海上明月共潮生。

滟滟随波千万里，

何处春江无月明

……

现今的黄梁陈，是远近闻名的"淘宝村"。一幢幢别墅、一排排新房、一条条绿化带、一道道街区！村头与村尾都建有公园。公园里游廊如画，檐牙高啄。秋千架上，常闻欢声笑语；绿荫丛中，时见莺歌燕舞。

永安溪畔，运行有省道一，国道一，高速一，高铁一，公路网和铁路网，网网勾连，四通八达。动荡破败的黄梁陈水埠，连同落后低效的永安溪水运，成为历史旧章，永不回头。唯在新桥头公园建一帆高悬，作为历史的纪念！

"道生一，一生二，二生三，三生万物；人法地，地法天，天法道，道法自然。"

21世纪，黄梁陈村的对岸，瘠薄广阔的永安溪滩地上，仙居的经济开发区崛起，诸如仙居制药、司太立、仙通股份等优秀的上市公司涌现，仙居的制造业从这里起飞；仙居的旅游业创出了品牌，网红打卡地的"神仙居"旅游方兴未艾，"绿道马拉松"又跑出了6000人的高昂人气；仙居的商业大发展，"仙居杨梅"深入人心，扬名海外……

"千里莺啼绿映红，水村山郭酒旗风。"从天堂尖一路走来，永安溪水落水起，人去人来，有多少人与水的故事在这条古老的家乡河中流淌，今天，终于谱写出水与人和谐发展的美好乐章，焕发出浙江省"最美家乡河"的迷人华彩！

中国共产党成立的100多年，中华人民共和国成立的70多年，尤其是改革开放的40多年，我们强大起来了！

行吟永安溪畔，回望仙居大地，耳畔回响着一代代中国共产党人的铮铮誓言：

"夺取全国胜利，这只是万里长征走完了第一步。如果这一步也值得骄傲，那是比较渺小的。"

"我们不但善于破坏一个旧世界，我们还将善于建设一个新世界。"

"让一部分人先富起来，先富带后富，然后共同富裕。"

"人民对美好生活的向往就是我们奋斗的目标。"

豪迈雄壮，掷地有声，如雷贯耳，久久回荡……

陈晓光作品*

缘　分

　　缘分是一妙词儿，谁都懂，却难得其释义，说出来未免心虚。我也不愿解释，只想说说我的缘分，也许借机能掀起这个妙词儿的盖头。

　　我的缘分与文字有关。最早发现这个秘密的，是我父亲。我两岁那年，父亲认定我钟情文曲，缘结文字。父亲是在全家人面前道出这一断语的，跟邻居也表达过这个意思。听者都点头，微笑，很赞同的样子。我不懂，不晓得人家笑的是什么，直到上了小学，才品出些许味道。不错，我喜欢文字，就像喜欢用泥巴捏的小鸡、小狗，喜欢蚂蚱、蜻蜓、飞鸟，一切入了我眼的字、词、句、文，都让我很舒适，感觉很亲切，舍不得撒手。小学一年级学拼音，我横竖听不进去，总打瞌睡，改学课文后，我才正常，上课再没睡过。我不知道父亲断语的依据，却认可他的说法。我确与文字有缘，这不需要理由，想说也说不出，只是感觉使然。如果你想掰扯，那我只能从头儿说起，这个头儿就是我的曾祖。

　　曾祖行二，清朝晚期秀才，被远近尊为"陈二老爷"。那时候，有资格称老爷的只有举人和进士，秀才白衣，没那么大面子。可是，二老爷自有不同，二老爷居住的村子以文盲为主，多少年才碰巧出个秀才，谁敢不敬，称谓必得讲究，称老爷没人敢说二话。曾祖是村里的文化权威，多年独领风骚，举凡私塾授业、婚丧嫁娶、修路架桥、求雨唱戏、矛盾调解，甚至题写春联之类，他都得亲自到场，或主持，或撑台，必要时还得镇场子。如果离了二老爷，任何仪式立马黯然，效果将大打折扣。曾祖去世时，父亲刚三岁，我还没影儿，但这不妨碍二老爷的文脉下传，二老爷的名号依旧响亮，二老爷用过的一切，哪怕是根棍子，都有文化分量，不能将其视为凡品。我出生后，二老爷的余威尚在，每逢我走出家门，总有人指着我，说哎呀呀，二老爷家的重孙子吧！

---

　　* 作者简介：陈晓光，男，"50后"，辽宁省北镇市人。曾经的文学青年，后来的职业军人，如今的退休老头。读万卷书，得小自在，不喜名人，不信名言。兴致来时，便写几段话，或者给万物命名，或者与路人开个玩笑。

在别人眼里，我出自书香门第，成长环境应该优于农家子孙。这显然是偏见，事实也并非如此。二老爷仅是虚名，生前做的很多事并无报酬，活得比较窘迫、尴尬。没人相信，他偶尔还会吃些糠菜，尽管吃相雅致，仍是糠菜味道。他老人家之所以止步秀才，缺的就是财力，当然也缺运气。更早的时候，吴敬梓看穿了底层读书人的困顿与狼狈，写了一本书叫《儒林外史》。父亲说过，我们家长期禁谈这本书。似乎书里某些人物神差鬼使地提前影射了我的曾祖，或是预言了曾祖的窘迫命运。我们家的人都知道，范进是个笑话，还知道范进后期运气超好，中举后又中进士，做实了老爷，孩子也成了官二代。曾祖没这运气，他的子孙也没有，我更不例外。我与村里的孩子一样，都在泥巴里长大，与虫儿、鸟儿为伍。如果一定要找不同，没准儿也找得到，比如：我过早地接触了书本与文字。

我的文字缘大概也与此相关。

曾祖有本《诗词自选集》，手抄，很厚，凝结着他老人家一生的心血，只是未曾传世，单留给了儿女。我出生后不久，没有玩具，母亲便把《诗词自选集》扔给了我。姐姐几年后对我说："你生下来好像就懂事，太爷爷的诗词集你玩了半年多，偶尔才撕几张，你是怎么做到的？"这事，我稍有印象，大体记得那本集子的消亡片段。我撕过也吃过，最后几页是母亲处理的。她忙着家务，顺手把曾祖余下的心血塞到我的屁股底下，成了我的尿布。撕书是幼童的趣味，为什么我没急于撕扯？我说不清楚，也许那些字像极了虫儿、鸟儿，看着有趣，让人喜欢。父亲曾盯着我，说这小子不简单，随之就认定了我与文字的缘分。两岁前的我，日夜与纸张相伴，与文字照面，彼此渐渐结下信缘，也是可能的吧。

据说，唐人白居易不足半岁，便认识"之"字和"无"字。在《与元九书》中，他提到此事，称自己："虽口不能言，心已默识。"到底是大诗人，半岁便有记忆，不仅记事，还能记住感觉。我肯定不行，我天生愚钝，上小学之前，除了文字之缘外，别的都相当平庸。文字之缘让我有了最初的面子，也得到家人公认。姐姐长我五岁，她上小学时，我摇晃着已能走路，且可以自娱自乐了。几乎从姐姐小学一年级开始，我便跟了她，天天翻她课本，看她写作业，只要她手伸向铅笔盒，我一准儿能把橡皮递过去。"你咋知道我写错了字？"姐姐纳闷地问。我摇头，我哪儿知道！也许是寸劲儿，或是恶作剧，总之我递了橡皮。

上小学前，我接触过很多汉字，哪个看着都面熟，却不能说认识，就好比你在街上见过好多人，明白他们是人，可你叫不出人家的名字，更不知道他们的来路和去处。也许就是从这个时候起，我学会了与文字共处，精神得以皈依。上学后，特别是读中学时，我对文字保持了十足的兴趣，识字量远远超过了教学要求。我知道了造字的仓颉，记住了"天雨栗，鬼夜哭"的缘由，甚至一度想归纳出造字的第7种方法。由字及书，我渐渐沉溺于课外阅读，闲书让我兴味盎然又自惭形秽，读得久了，感觉魂魄被抽象成字，歪歪扭扭，在书页中挣扎。有时，又恰似误入空城，风从秦汉刮来，挟着古意，穿街过巷，门扉锁牢繁华，我与孤影儿相伴，蹒跚而行。

高二那年，因为能借的闲书全部借过并且读完，我惶惶然陷入困境。曾祖留过训诫，为子孙指定了包括他的自选集在内的若干必读书目，爷爷似乎读得认真，到了父亲这辈，多少有些马虎。家里除了那本自选集，还有别的，都是父亲的必读之书。自从那本自选集成了我的尿布之后，父亲就把所有的书都收了起来，放在柜子顶端。后来，有了运动，村民破"四旧"的激情勃发，父亲担心出事，秘密地把那些书移送至东厢房。那是座摇摇欲坠的泥巴建筑，门却象征性地锁着。父母告诫我们要远离那间厢房，特别禁止淘气的我擅自进入。我忍不住，或者说忍受不了无书可读的痛苦，斗胆潜了进去。那是个静谧的午后，我钻进厢房绕过废弃的杂物，打开藏在角落里的木柜，一摞摞线装书赫然入目。书已脆黄，字却清晰，是曾祖之物呀，我心生敬畏，斗胆注视书本。少顷，只见轻尘低回，暗影幢幢。我仿佛看到古人藏于书中，面目微露，咳喘频频。于我而言，曾祖的书高深莫测，我勉强选出几本，背着家人开始新的阅读。文字引力超常，尽管选中的书一律竖版文言，啃起来万分吃力，可我还是能感觉到内含的情与趣。我连蒙带猜，渐渐有了意思，日子变得快活起来，直到高中毕业。

毕业时，我不得不抬起头，对天微叹，求学之路已到尽头，学校与我再无缘分。我忧伤地挥手，告别课堂，被迫开始新的生活。尽管我皈依了文字，却不得不放下书本，启动另类阅读，阅读土地、锄头和庄稼。土地诚实，锄头简朴，庄稼略为张扬，我把这些看作书本之外的文字，观赏之余，费心去读。没多久，心便腻了，土地诚实，难道不流于平庸？锄头简朴，你看不出呆板？庄稼张扬，谁说不是浅薄？

我渴望离开家乡，寻找更多的文字，尝试更好的阅读，终于我如愿穿上了军装。新训时，我比较谨慎，但仍以识字过多而小有名气。既然如此，就无须藏掖，我向班长、排长汇报思想：希望新训过后，能够从事文字工作，或者找一个有文化背景的岗位。班长、排长都说：革命战士一块砖，东西南北任党搬。总之，我对下一步充满自信，名气在那儿摆着，哪能没机会！

新训结束前的几天，福音接连不断，先是军务股来选文书，然后是政治处为电影组挑放映员，接着教导队也来要人。三次机会，初选都是我，最终又一一落选，理由也牵强，据说因为我个子高，适合在连队冲锋陷阵。我没怎么难过，离开书本，我也能阅读，没有文化的岗位，我也能干出文化味道，不信咱就试试！

我们是工程部队，驻扎在群山深处，秘密从事地下工程建设，有时也盖楼修路，重点是坑道作业。我被分到一连，于六班落脚。在连队，住简易房，吃大锅饭，球场只半个。宿舍之外，有一偌大饭堂，竹墙草顶，风来即摇，摇而不倒。尽管住室极简易，天花板还是有的，骨架一律由竹条搭成，上面糊着报纸。来到六班没两天，我就读完了头顶的报纸。接着，我把目光从天花板移到床头、报架。床头摆着领袖著作，报架上挂着《解放军报》和《军区报》。我开始通读著作，兼读报纸，读出了很多新的念头。当然，更多的阅读发生在工地，幽深的坑道、犬齿交错的顶拱、突发的冷石、怒吼的风钻以及弥漫的烟尘，都装扮成文字，排列有序，逼我阅读。有时，我置身坑道深处，回看洞口如镜，视线中一群壮汉，裸背弓腰，挥汗如雨，场面让人震撼。这是一种集体创作，数百人挥笔，苦心于一部巨著。山被肢解，被掏空，石块被反复辨读，石碴如废段赘字一律注销。有肉体倒地，生出墓碑，被列为注释。我融入了集体创作，完成了从阅读书本到阅读工地的转变。我熟读洞中岁月、溪水青竹，也熟读军旅铁骨、战友情深。

十年过去，日子重叠，留下了渐渐厚重的足印、不再飘忽的身影以及光阴中的勃发激情。每天，都有老旧文字消弭，隐入山石，随花飘逝；又有新字鲜词涌现，诠释生命与激情。如此十年，浮华剥尽，裸体粗壮，文字融入灵魂，坑道化作骨血，我也从战士干到班长、排长乃至指导员。我遗忘了二老爷，远离了书本，心安之处，尽是熟悉的面孔、蜿蜒的坑道，以及感人肺腑的系列文章。终于，我获得了一个高度，一份真情，一种新的文字排列方法。

离去时选在夜晚，且不敢回头，生怕目光触碰脚印，怕文字结队挽留。山是巨幅书卷，字是山间万物，路从字句中溢出，我垂首潜足，悄然而去。

我走进城市，走进机关，也走进中年。在我看来，城市是深山的延续，机关是坑道的影像。新的生活满足了我当初的心愿，天天从事文字工作。我起草公文，撰写会议材料，整个淹埋于文字的海洋。我用电脑，也用钢笔，更多的是催动大脑。我购笔一支，粗黑如壮汉，甚合心意。工作之余，我痴迷于书写深山，力求再现逝去的光阴。我试图描述坑道，描述坑道的深邃与神奇、丑陋及阴险，或者宽厚兼良善。我想起了曾祖，想起那本无辜的《诗词自选集》，想起我的文字之缘，想得我雄心万丈，野心勃发。我召唤旧时文字，让它们以我希望的姿态集合站立。每天，我静观笔纸，叹它们相亲相悦，听它们细语流连，体会文字蚕食昼夜的过程。我的笔下，文字有了生命，排成坑道模样，站成青春姿态，个个沉默如硬汉，沸腾如奔血。我让激情渗进每个章节、段落和笔画。每每思路梗阻，笔尖呜咽，我便起立驻足远眺。窗外，天高月朗，风清树摇。山中有无数这样的夜晚，有众多的生死兄弟，有流动的青春岁月，还有报纸糊的天花板。每想到这些，日子就重新排开，思维被心灯点亮，烟和茶如阴阳两极，凝成书写力量。身体被点点切割，化为文字，迤逦排开，一如山中景观，供人阅读。

相信文以载道，相信文字寄情言志。每见古魂仰天问道，虽受谤、绝粮、入狱及至冻馁，但心志不迷。每见坑道坍塌，冷石飞舞，总有人奋不顾身，勇气弥天。是的，为人为文，具此足矣。多少年间，我忍住非分杂念，固守初心正道，囚住一些文字，逼其自省；淘洗一些字句，令其纯洁。每写下什么，便摸心口，想想愧也不愧，直到与自己坦然对视，无憾乃止。

我于庸常中长大，曾以为与文字结缘，定能风生水起，卓尔不凡。我也曾经眼高手低，蔑视前人和坊间文字，无视奖牌后面的作品。时至今日，心早已醒悟，人与人、人与物，是否有缘，尽在心念之中。所谓缘分，不过是一种条件、一份便利、一座平台，最多是巧合，是运气。所有的缘，都源自你的努力。

舍此无缘。

两位"亲哥"和我

最早，我什么都不写，后来学诗，不成，接着摸索小说，又不成，这才弄了散文。这时候我已近中年，看过人间诸多风景，生了万千古怪念头，眨下眼儿就是一个题目，文字可能差些，但来得快，写得多。

那么多年，我写的散文数量过百，厚重者有之，轻灵的也不少，更有不重不轻正合适的，自感篇篇上乘，动人心魄。我让这些篇什依次拜访各种编辑部，留用的超过10%，余下的重回我的 U 盘，囚徒一般难见天日。这种用稿结果，我比较满意，商业社会，你没找人，不花钱，人家就登你的稿子，还发稿费，凭什么？所以我常想，世上是有好人的，比如我，或者帮过我的老马和大刘，还有那些刊发我散文的编辑们，大家都是好人。

我曾把在报刊上露过脸的文章收罗到一块儿，装进文件袋，时常掏出来读几段。读来读去，便读出了新意，又一篇散文由此诞生。有时，读得激动，还悄没声儿地骂几句，骂大刘再骂老马。大刘说过，我是他"亲弟"。老马也告诉过我，他是我"亲哥"。这话是三十多年前酒桌上留下的。那时我们一起混生活，也可以说成打天下，很投机，情同手足。因故分开后，我们仍属一个系统，只是小单位不同，联系不多但也没中断。那时候的我们都乐观，没人把分别当回事，又不是两口子！转折始于他们转业，开始还有音讯，后来信息越来越少，直至完全消失。说起来这也正常，时间一长，单位会变，住址可改，电话能换，走丢了的可能性严重存在。我通过电话网络、朋友熟人找了好几年，相信他们也找过我，毕竟是兄弟嘛！令人失望的是，两位都没着落，类似人间蒸发。我想念他俩，骂也是想念的一种。分别太久，该聚聚了，我有话要说，最好能像当初那样喝顿大酒，醉也不归。

可是，老马在哪儿？大刘又在哪儿？"望君烟水阔""青山空向人"。

那年，我从外单位调来 A 团，从事宣传工作。宣传股共四位：股长、老马、大刘，还有我。股长上任不久，管全盘。老马和大刘是宣传，前者负责理论学习，后者主抓教育，我是文化干事，后来又兼了新闻。我是被股长选中的，本不想来，但抵不住股长软硬兼施，故只能就范。

最初，这个单位让我很不舒服。报到那天，股长向大家介绍过我，便去开会。所谓大家，就是老马和大刘。两人板着脸，连表面的热情都没施舍。我走到角落，那里有张办公桌，桌上堆满书报、过期文件和杂物。我被告知将用这张桌子在这儿办公。看着乱乱的桌面，我一头雾水，正待收拾，那边的大刘警告道："最好你别动那些东西。"我看着他俩，希望听到解释，然而两人各忙各的，再不理我。我找个纸箱，把桌上的东西全放了进去。

熟悉了之后，日子正常起来。我观察，老马和大刘都是有想法的人。大刘自号散人，以写诗为副业。写诗的大多爱激动，大刘也不例外，诗兴一发，便旁若无人长吟短唱，直至两眼发痴，两腮泛红，像荷尔蒙分泌过量。老马又有不同，不动声色埋头苦干，业余时间专攻小说，每夜都能划拉几百字。我们熟了之后，大刘劝我搞散文，说咱仨各守一摊，像编辑部似的！我假装想拜他为师学写诗，他边打量我边摇头，说诗不是谁都能写的。话是这样说，但他显然愿意当我的老师，没事就同我说李杜元白，讲象征、形象、节奏、韵脚之类，末了，总要吟诵几首他写的诗。我本怀着假意，听来听去，竟真受了启发，感觉当个诗人也蛮好。我开始写诗，循着大刘的路子，写最熟悉的，于是就有了

《中锋》和《二胡》。大刘看了几遍，盯住墙角，说太像散文！

那时，我不懂散文，只听说过形散神不散之类，至于散与不散，怎么想都糊涂。我转而研究老马。老马是另外一副模样，喜欢独处，偶尔发呆，常常衔支烟，抱着大茶缸子，目光透过袅袅升腾的烟雾，投向某个神秘所在。他看到了什么？更多时候，他则埋头案前不停地写，白天公文，晚上私文，没见他烦过。最早他还能收到退稿，有编辑写信给他，既挑毛病又送鼓励。后来情况大变，可能作者太多，或者编辑过少，又或者这种挑毛病送鼓励的事情太过公益，因此退稿写信的事渐渐绝迹。作品寄出，便如泥牛入海，稿子用或未用，你得自己关注。他常皱眉，算日期，知道又未上稿，便胡乱唠叨，凑近了听，才知道都是粗话。骂够了，再打一份，找个信封装了作品改作他投。他屡战屡败，毫不动摇，有年除夕夜，竟在办公室搞了个通宵。老马勤奋，似乎成功的概率很大。大刘善谈，写的却少，有时发誓开夜车，写传世之作，实际上就是个笑话。

很长时间里，我也忙，主要是球队集训，参加上级组织的年度篮球赛。团长是球迷，球队的事，他亲自过问，没人敢马虎。球员都是老手，平时散在连队，需要时便集中。那阵子，十二个小子早等得不耐烦，接到我的电话，转身就来报到。全队驻在团部一侧，单独一土坯小院儿。训前，我外请了教练，自任助理，天天训练抓得很紧。有一次，我想到老马，心思活了起来。我把球员拢了拢，挤出一间房。我找到老马说，"暑假快到了，让你老婆赶紧来"。老马看过房子，既兴奋又紧张，怕领导知道了骂人。我说没事，我去领骂。随后，我在那个房间左侧开了个角门，让老马的老婆孩子从角门出入，很方便，至少不碍眼。股长嘴上不说，暗中也支持。

球队集训完毕，赛事历时半个多月，我们战胜了所有对手，荣获冠军。成绩惊人，以前最好的名次是第三，这次一战封顶，凭什么？凭的当然是我们的刻苦训练！我不会写诗和小说，也没把握摆弄散文，但我懂篮球。我干过专业球员，虽然是替补，只有几个月，但毕竟是在专业队，旅团级别的球赛入不了我的眼。我敢苦训球员，敢为老马提供方便，原因就在于我有把握夺冠。得胜归来，团长笑得没了模样，说要送我一条烟。我以为是玩笑，哪知晚上公务员就送了过来。烟是大前门，横在桌上，很贵族的样子。大刘抚着烟，嘴里不停地"啧啧"。我说就这一条，咱三一三十一①。大刘说"算了，团长的意思，我

---

① "三一三十一"是一俗语，三一三十一，本是一种珠算口诀，类似于"二一添作五"，意思是三个人分十个，分不均匀，一人拿三个还剩一个。北京老话，出自清代名著《三侠五义》。

弄一包尝尝就好"。我拆了包装,扔三包给大刘,拿三包塞进老马的抽屉,剩四包属于我。大刘点过烟,想作诗,哼了半响,甩了句:"你真是我'亲弟'!"

老马的老婆来过,住了一个月又走了。因为房子,老马对我好得不得了,非教我写小说不可。我忙完球队总结,顺便写了一篇我自以为是小说的东西,拿给老马。老马看完传给大刘,两人都摇头,说写得太散,像散文。两人打量我,很惋惜的样子,仿佛在说"写别的不合适,你试试散文吧"。

我没试,因为来了新任务。股长把新闻那摊子事给了我,因为出过假新闻,此前,一直由股长掌管。老马和大刘认为是好事,让我多往下跑,掌握素材,还说是机会,能练笔。最早的两个消息是我跑来的素材,大刘执笔,署名是我,登在《军区报》上。我曾让大刘署名,算第一作者,大刘轻蔑地笑,仿佛说几个小豆腐块儿,也值得署名!老马接着出手。老马先给在报社工作的朋友打电话,又与我合写了篇人物通讯,顺利出现在《军区报》的头版。老马本是第一作者,可是他通过报社朋友,把自己名儿抹掉了,光剩下我。报纸发来的当天,主任举着报纸踱过来,夸张地表扬了我。

他们在帮我,很真诚,至今我的心还暖着。

老马和大刘有才,但都傲,表面上互相恭维,工作上却很少合作。重要任务下来,股长组织集体攻关,一块凑文字。如此场合,立显微妙,老马说得少,大刘废话多,不知是谁是哪句话触了玄机,争执渐起,天南地北没完没了,必得股长大声提醒,才能刹车。常常凑半天,只堆几行字,效率较低。很快,股长改变方式:自己列提纲,让老马和大刘分头去写。考虑到任务均衡,股长的提纲总是四个问题,不管是领导讲话还是总结报告,即使是个小通知,也非得四层意思不可。时间长了,宣传股被人送了个"四节车皮"的绰号。四节指四人,车皮挺复杂,似含着空意,好像在说,你们四位做的都是空头文章,嘲讽我们呢。股长反着想,说车皮就车皮吧,毕竟是火车,车头拉着呢。言外之意,他就是车头。

除了写材料,两人关系还算好,也能说笑。有一次喝酒,两人没来由地弄高了,不只称兄道弟,还对对方的事业予以肉麻的恭维。酒醒之后,味又变了回来,不管谁发了稿,另一方既不看,也拒绝评论。当然,这是表面。实际上,他们都会背着人,反复地看,直到看出毛病来。

不久,"四节车皮"解体。股长升职上调,老马赴二营任副教导员,大刘去后勤成了协理员,剩下我,固守原位。我与大刘离得近,两个窗口,只隔一块窄窄的草坪。每天,我们都从窗口望过去,招招手,笑一笑。一次,他跑来闲聊,问我:人活着最重要的是什么?又自问自答:是快乐!他要我写篇散文,题目就叫《乐哈哈地活着》。我觉得不错，静心去写，用了大刘的观点和事例，写了半个多月，感觉挺不错，想听听大刘的意见。那几天，大刘窗口空着，我纳闷，以为他出差了，很快听到了他转业的消息。是的，大刘脱下了军装，准备去深圳。行前，他跟我告别，说诗歌完蛋了，他得活下去，而且要乐哈哈地活着！他要我好好写散文，暗示散文可能改变我的命运。话就这么一说，鼓励而已，我没往心里去。一年后，大刘有信来，说他活在深圳，就一个字："爽！"随信而来的照片证实了他的爽，只见照片上一西装男子，眼望蓝天，身靠轿车，手里举着"大哥大"，真是牛人呀，大刘！

曾经的诗人呢？

老马来机关办事，我拿照片给他看，老马首次背后夸大刘，感慨说这小子找到感觉了！老马告诉我，大刘也给他写了信，大意是恳劝老马早些弃笔，去深圳和他共闯天下。大刘很仗义，信中说："兄弟我这里缺人手，只要你来，保你再不想写什么破小说！"

大刘出自都市，繁华中孕育的生命，带有某种血脉上的优势。老马来自沂蒙山区，当兵前肚里塞满地瓜干，小学尚未毕业，就走进了土地。也许是灵魂负载过重，特别需要宣泄。那些艰辛和苦难，让他别无选择，只能在精神家园里营造孤独。守住孤独，便守住了自尊，这种执着的固守让他远离了磨难又陷进了更深的磨难。我暗问，这值得吗？面对生活，显然大刘是灵活的，在完成身份转换的同时，还在续写诗章，用的不再是笔，而是合同与利益。

老马呢？在二营，老马坚守阵地，继续灯下苦熬。一次，他去九江出差，庐山脚下，遇到一位为人谋算前程的老者。他凑过去找乐，老者沉吟半晌，说"你命相本来不错，但犯忌太多，只怕坎坷多磨，难成正果"。老马笑问破解之策，老者说顺其自然，可无大碍。老马来机关开会，同我说起这件事。他说啥叫犯忌太多，啥叫顺其自然？人活着就不能拼一拼？他说起连队，讲了很多"拼"的故事，似乎想打老者的脸。他让我用散文笔法把他讲的故事写出来，标题叫《风景》就好。风景？事后，我想了些有意思的东西出来，陆续写在纸上。

老马依然故我，日夜兼程，在稿纸上写着神圣而又无聊的文字。终于有一天，他在一份小杂志上发了个中篇。故事不算好，文字还凑合，他没显得多高兴，转而又盯上了名气大些的刊物。

这期间，我在练散文，主要是读和写。我不预设目标，没打算写成什么样，就是为了有事可做。那篇《乐哈哈地活着》，我改了好几遍，同时，又完成了《风景》的初稿。我发现，散文文体自有妙处，得其法，就能得其趣，就能写得快乐，否则只会痛苦。同时我也意识到，文学是个极富诱惑力的陷阱，最好不要招惹，至少不能全身心投入。至此，我完全理解了大刘的选择，诗人固然了不起，别的人也自有价值，任何正当的成功都是对生命的礼赞，都值得特别尊重。基于此，我对老马多了份担心。

转业时，老马早早回到家乡，寻找适宜他的职业。不久，他在长途电话里告诉我，在县文化馆谋得一个很好的职位。后来我才知道，他放弃了一些普遍看好的行业，去了极遭冷落的地界。与此同时，南方传来消息，说大刘奔忙生意的同时，顺手买下一座园林式的高档私宅，盛得下一个连队。

过了些年月，我碰巧调到了北京，在一个小单位开始了新的生活。有一次搬家，我找到了那两篇散文，抽空改了改，试着把《乐哈哈地活着》寄给了《中国青年》杂志社。很快杂志刊出，题目改成《乐呵呵地活着是一种境界》。文章受到好评，我收到了几封读者来信，中国中央人民广播电台还推出了直播节目。巧的是，某个早晨，晨跑的领导听了直播，隔天就把我调到政治部继续搞宣传。我走进办公大楼，颇多感慨，事实似乎验证了大刘的说辞，散文的确改变了我，尽管改变得微乎其微。我想把这件事告诉两位"亲哥"，打过多个电话后，我才发现，我找不到他们了。我被告知，大刘在国外，不知是暂住还是定居；老马已辞职，在地区电视台临时帮忙。两人都没留下新的联系方式。后来，我托人询问那家电视台，回答说查无此人。我有些蒙，一把年纪的老马搞的是哪一出呀？

时隔不久，我的另一篇散文《风景》也被《解放军文艺》刊用。我的某位喜欢文学的领导，恰好读到了《风景》。他对我说，他读出了眼泪。半年后，经这位领导提议，我成了一个小单位的"一把手"。

我想念老马，想念大刘，希望他俩能看到这篇短文。

粟艺菲作品*

随　笔

今夜无眠。

有感冒，有思绪涌上心头，有酒助兴，有音乐活跃细胞，有笔临摹心灵的足迹，有诗抒发思念的牵挂。

涌上心头的爱似乎已经走进灵魂深处伫立，那段走过的岁月之路虽然坎坷不平却不曾留下任何的遗憾。

心灵的路是通往宽阔的大道，思维的路是通往智慧的大道。

走过的路依然蹒跚，却从未停止停留，走过的精彩会使人不再留有遗憾。

单纯会使人愉悦，童真未泯才会实现青春不老的童话。

流走的是老去的沧桑，却依然留有优雅和浪漫。

人的世界里只有保持生机勃勃的状态，阳光才会一直普照着你。这样爱自然会走近你，喜欢你的模样，喜欢你的率真，喜欢你的自由，喜欢你的开朗，更喜欢你的为自己而活的选择。喜欢你爽朗的笑声，喜欢你纯朴的样子，喜欢你写字的灵气，更喜欢你善良的慈悲心。喜欢你的幽默风趣，喜欢你的性格两重天，喜欢你的现在，更喜欢你所拥有的当下一切的美好遇见。

回归最真实的自己，才会在拥有随性的自由之时却不放纵自己，才会在追求时尚与潮流之时仍能坚守传统的精华。

因为那是内在的修养与气质，是一份极致的美丽。专一而执着的人，喜欢独善其身，孤芳自赏，却也自在自治。

因为遇见总不能将就，即将遇见最好的自己，那个只属于你自己的东北妞，愿你安好，一切都是晴天，这就是老天最好的礼物。

晚安！

---

* 作者简介：艺名艺菲，1980年3月生于东北，现居上海。自幼喜欢读书与养生，热爱中国传统文化国学经典及文学哲学！喜欢六艺。座右铭为珍惜遇见、感恩做人、福慧养叁修。参赛作品见于《一路花开》第一版。参赛获得全国墨尘杯二等奖、现代璀璨诗词家三等奖。

家

回家，心灵会充满爱与喜悦感；回家，灵魂会充满爱与安详感。

释放久违沉重的包袱，舒缓长期紧张的情绪。停下脚步，觉得轻盈多了，留下来，心跳声都觉得平静踏实。家，是最好的避风港；家，是最好的心灵栖息地。

家，不再执念于拼搏奋斗的模样；家，不再固执于墨守成规的追求。家，让你淋湿的衣襟烘干熨平；家，让你受伤的心灵栖息归藏。

自然地伸着懒腰，被老妈叫醒，想依然沉浸在被子的温暖中，不愿起床。想要生活慢下来，心情静下来，身体缓下来。中午，老妈亲自摘的、做的小葱拌豆腐，老爸炖的酸菜炖排骨、青豆角炖五花肉、小鸡炖蘑菇，让我流口水，油炸糕好吃到无法形容，熏鸡就是每次我的最爱，海棠沙果酸溜溜的很开胃，饭后还嗑着瓜子，胖妞妞就是这样被家人宠大的。

家，不但可以让愁容展露笑颜，还可以褪去麻木和冷漠的外皮，坦露出柔软和火热的内心。回到家后，我变得慵懒了；变得耍赖了；变得跟个孩子一样撒娇卖萌，自由自在；变得哈哈大笑，无拘无束；变得即使被老爸老妈责骂也会幸福傻笑，仿佛一切都回到了从前。那些最喜爱的胶皮糖，三五个发小闺密满大街疯跑……思绪回到少女时代，仿佛一切都发生在昨天，笑着不愿停下来，一起愉悦地折腾着生命。最后，但愿余生都是你，不要丢了自己。

觉见养故事

波澜不惊
心志穷光之巅峰造极境

敬贤圣道
醒来之晨曦月悬崖勒马

弄堂大隐于市养习如画
随波逐流养圣落定尘埃

抓一把尘土
飞扬水润泽养花之恋

碎月拾起撒播
心中那一片光明天空

剪刺月季玫瑰
插满养庭院养花之道

炮仗盛典惊天地泣鬼神
卸下世俗伪装带上盔甲归养途

莫闲事悠然自得其乐养文化传播
践行养圣传承回归养道养生蓓蕾

游戏人间词话于养活种满地养心学
活着养技为匠心独具养艺结合顶配

水蓝诗录墨染成白发苍苍富贵养生

草儿葱绿水润泽兰花心若安藏书画

抓一把多种豆子
播一颗玉米
搅一杯养生浆糊
涂满腹诗书
养脾胃曙光

削几种维生素水果
榨成果汁润肺心神

继续几两碎银悠哉斋
窗外艳阳天雨过之后

谁都是一地鸡毛飞上天
不必谈笑他是非与恩怨

谁家锅底都有灰尘
不必客套终归尘土

笑声与相遇即是缘
养缘与邂逅即是分

不必担心天涯何处惹尘埃
从此天涯陪伴养习身边

一个场欲
探望窗竹卷帘莫贪婪躯壳

花亦落心染尘封迷途羔羊谁无忧

一份圣洁
笃定心中灵魂摆渡养之光
艺为境遇
心灵安藏

万花丛中过片叶不沾身
何必恋尘千古不必愁欲

一包草药
能量吐纳天地万物皆可抛
躯壳全部卸下防备
侵蚀浮躁躯壳
洗礼纯然灵魂

女君子何怨何叹息
苛求活好生死无常
当下落入明月清风
万古流芳百世清流

放空释放烟火鸡毛蒜皮坏事
净手里沾满柴米油盐酱醋茶

惜命珍时保容颜
心莫他眷恋无常

治大国如烹小鲜
养身躯如养小孩

流离漂泊灵魂有家
心有安泰天地为养
养为日复一日为生
养为年复一年为圣
养习谦伪装回归散
养习一生践行探索
养圣生世追寻心养
自然而然流淌养道

一锅熏透皮肤身体
补充全身丢失疲惫不堪身躯
重启开始唤醒心灵生命模样
沉默羔羊重启灵魂人生之养

拔尽修理脏腑器官之脏谁嫌脏
心灵清透灵魂干净不沾半分尘埃

草根追习上古卷轴问弘扬上古养圣
草凡寻古先古医圣贤传承草凡手法
何为相随
如影随形
何为相伴
朝朝暮暮
何为相知
从不相欠
何为相见
养缘觉见

眼睛见到久违心灵之窗
嘴巴尝到酸甜苦辣之甜

身体恢复如初珍贵如婴儿纯粹
躯壳疲倦不堪造诣醒来遇觉见

若隐若现迟暮咫尺天涯相忘江湖

素 缘

一盏茶亦知遇素缘　　　　　苍茫浩瀚宇宙心灯
展示素文化内在收获　　　　你极其微妙尘埃落定
识得素缘生态本体　　　　　您感动
讲述素文化内心灵舒　　　　是炙热的真诚
解读素生活烟火与圆融　　　您震撼
经历素文化心底沉寂　　　　是无声的触动
回顾返璞归真践行知见　　　您被剥开云舒云卷
繁华落尽朴实无华　　　　　您被重新空心
你亦一步步衍生传承　　　　您被空杯弃绝
脚步丈量素心那份仪式感　　您笃定活着的意义
你亦成为平淡的一束光　　　您找到灵魂栖息归宿
点燃内心燃烧激情路漫漫其修远兮　您寻到的不是避风港
你亦长途跋涉见另一方　　　而是灵魂初绽放的根
那是活着的一种激励　　　　寻根问祖亦学圣贤
那是生命的一种落地　　　　回归问道亦闻素心
那是心中一道指引　　　　　爱终于被偶遇
那是灵魂一道赋能　　　　　生活终于被变革
给予从未索取亦无求　　　　爱终于被和解
得到从未自私无怨　　　　　生命终于被融化
你修得今生今世福缘　　　　温暖的爱升华那根绷紧的弦
累生累世福报　　　　　　　灵魂终于被释怀
茫茫人海中寻觅　　　　　　浇灌的爱赋予那久违流浪
　　　　　　　　　　　　　生命终于被寻归

　　拾起行囊，踏上归途这一瞬间，已经注定脚步无法停止；心灵逐渐寻找到归宿，这是灵魂栖息的地方。弱不禁风又奈你何，心若安静，世界都充满和谐；

幸福如此简单，淡淡的忧，淡淡的愁，也无法挡住内心的愉悦感！随它去吧！任它飞翔吧！这就是属于自由的旅程！不管跋涉多久，终究有归途。

短暂的旭日东升耀眼到心灵里，瞬间的日出东方来不及回望夕阳。都来不及迎冬雪，看秋霜，观春柳，赏荷莲。转眼间，四季轮回。都来不及握手，邂逅，相遇，已芳华落尽。转瞬间，久别拥抱。聆听，胜过沉默是金。花儿与少年醉美相约，莲儿与少女清浊圣洁，蝶儿与少年邂逅春天，鸟儿与少女乡间嬉戏。心灵陶醉于音乐爱的节奏，心灵震撼于舞蹈爱的箴言。眼睛，触动心灵爱的钥匙，嘴唇，晕染灵魂爱的余温。心灵，无言以对温柔。灵魂，默默以诚陪伴。感动，是生命呐喊，灵魂倾诉，心灵倾诉。心声，是爱的生命，是思想博弈，不是空洞是情怀谱写，是自然舒畅，是赏心悦目，还是一丝丝涟漪与不舍，更是今生今世一点生命印记。气质不是外表浮华于装饰化妆，金银宝器无法修饰内在美。沉淀生命经历岁月洗礼依旧静好如初，重生灵魂历经时间磨砺依旧淡雅幽兰。心灵富足生命自然微笑。心灵相惜方能彼此吸引靠近，灵魂相默方能彼此影响陪伴。内外皆美岁月褐去的沧桑容颜，生命充盈魅力残留的从容淡定，不害怕迟暮之年布满脸庞皱纹，不胆怯年轮之脉刻下岁月痕迹。自己生命余生就是最好的礼物，自己灵魂境界就是最好的幸福。留下，女子修炼生命足迹，静好容颜依然珍贵。带不走夯实的情意绵绵，带不走坚实的避风港湾。敞开心扉寻找生命钥匙，谁翘起灵魂钥匙为你庆祝。是诗，短小带着灵动情怀，悄然带着心动情愫，让你忍不住沉默爱到尘埃里。是书法，让你忍不住安宁爱到骨髓里。是旅行，让你忍不住狂野爱到血液里。是养圣，让你忍不住修炼爱到健康里。是觉醒爱的细胞，是感情爱的臣服，是思考爱的真谛，是见证爱的誓言。精神共频已滋养情愫，情爱已红尘世俗扰，莫奈何情伤。自古空余恨，莫怨痴情伤。惹恼心灵火，何时灭心筋。纵然相思苦，何时了情缘。缘来惹得女子眉头绽，缘去惹得女子白发苍。百年修得同船渡，千年修得共枕眠。尝尽磨难同心苦，体验伤得心淋筋。莫悲，悲怜心界胸狭隘，叹得君闲思未豁。莫叹，悲伤心灵混沌濯，叹得君闲思未解。莫气，万般皆是宿命论，叹得君闲思未运。莫喜，无奈心凉酒烈性，叹得君闲思未开。莫怨，千言万语尽忠言，叹得君闲思未悟。莫感，宁愿化作虚泡影，叹得君闲思未道。柳叶垂钓春风来，女子心愈却未合。鸟儿叽喳晨起叫，情绪心愈起波澜。春天万物复苏生，盼望春雨心了凡。春天小草吹又生，祈祷春花浮尘埃。女子无德焦心性，修德邂逅遇良人。女子无才搅心智，修才遇见于聪慧。女子无品乱心方寸，修品坦然自若定。女子无善扰心魔，修善福报自渡来。如若心不动，风萧瑟吹散落。如若身不动，细雨梦回顺。如若念不动，谈虚夸一场浮空。如若魂不动，谈伪装一场演戏。若不懂何必深似海，若不明何必情意浓。若无智，无慧，无悟，无道，无忧，无虑，无语，无爱。若不洒满苦，留有苦，若种满爱，得到爱。若安好心灵，留有呵护，若留满温馨，心灵水云间。若安抚灵魂，留有境界，若留有美好，心灵彩云。

养诗录一

曾在寻觅文化传承元素邂逅　　　　　聚人
岁月轮流间在空间升华友谊　　　　　彼此之间
韧性十足中国式女传媒文化　　　　　那份生活烟火琐碎打磨
　　　　　　　　　　　　　　　　　聚心

你我初见时　　　　　　　　　　　　相互吸引
亦彼此陪伴　　　　　　　　　　　　一种生命磨炼升华精神
你那份韧性　　　　　　　　　　　　聚气
亦深刻吸引　　　　　　　　　　　　寻觅心灵精神能量宇宙
　　　　　　　　　　　　　　　　　聚性

我们灵魂思想一起相遇　　　　　　　朴实无华通透的干净
舞台上英姿飒爽的撼动　　　　　　　聚神
生活烟火你回归朴实　　　　　　　　极简与分散剥离躯壳
生命沉淀你境界顶级　　　　　　　　回归健康细胞生命
　　　　　　　　　　　　　　　　　聚光

浮躁社会世俗环境内守　　　　　　　孤单一盏心灯链接
宁静生命心灵沉寂安详　　　　　　　终于在流浪地球中寻找
　　　　　　　　　　　　　　　　　志同道合挚友知己

走着走远
走散在随波逐流　　　　　　　　　　微笑成了喜乐媒介
渐行渐远茫茫人海中　　　　　　　　开怀解忧唯有知音
变成陌生路人　　　　　　　　　　　颂诗泼墨
　　　　　　　　　　　　　　　　　通古今多少英雄豪杰
人与人之间不过一聚　　　　　　　　吟诗古今

畅谈中西合璧元宇宙

穿越时空隧道
上古卷轴神话
壮志凌云阁楼满胸襟
巾帼不让须眉女君子

自古人生苦短悲
自醒人间道践行

若相习技为百年匠工
习悠闲艺为千年陪衬

中华五千年文化博大精深
传统文化承载华夏祖辈远

磨得心如清风明月诗
见德行品两袖清风名
归来
仍是富贵如婴儿纯良
归兮
遥寄云舒云卷苍穹之光
归途
惊涛骇浪沉入深岩之底
归宿
心慧与聪智与勇敢之巅
终将
殊途同归于尽道
邂逅
终究
同光何尘于宇宙
和解

和谐
合赫同慈悲亦同源
朝歌四海为家同祖

不惧策马同归硝烟统战
今生来世通全生命不息
天籁之声呐喊
是心灵之思念

魂借古书蜡烛之签
若有情历史赤诚心

空悲观影苍天看
人心换余生好运

人之星耀亮点善
生之技艺福慧养

注定缘来随缘了缘
瞬间定干坤
离别与陪伴

品着品鉴
凝聚心灵与生命吸引
越来越走进灵魂深处
变成余生挚友

鱼遇水与谁争锋
花与蜜谁夺艳丽
若水善汇容纳百川
若缘养圣诞圣圆满

养诗录二

若今生未遇见养生
余生轻抚亲密养圣
错过人海茫茫寻觅
留有最后一缕清养
在你生活烟火里尘埃落定
生命却虚无缥缈流浪地球
遥望咫尺天涯望而却步
心灵无法触动心弦养圣
生活麻木鞭打躯壳疲惫不堪
生命灵魂呐喊修炼静守心灵
沉寂不灭之光
踏着谱写养道
如此柔软倔强
淡定清风幽兰
空皮囊亦千疮百孔
你被剥离躯壳脱壳而出
盔甲硝烟战场归来
你被消耗体力透支疲惫
皮肤本是日月星光
光泽通透干净美丽
上天恩赐灵魂宇宙链接于孩子
沾染尘世间世俗
化成一粒尘埃粒
你不愿苟活亦养习倔强生命
千锤百炼忍辱负重养习灵魂
深度睡眠这是游历沉淀
空虚亦感慨人生最好安排

慎独生命这是灵性觉醒
寂寞亦震撼生命最真安藏
神圣殊胜心灵洗礼养道
世俗亦脱俗不世故才是真的
洒脱亦不惧不贪私才是真实
你踏遍黄沙海洋沙漠风暴
莫高窟沙漠骆驼月牙泉默
迎着七彩丹霞白雪峰刺骨
娇小玲珑神曲被山峰围绕
穿越时空隧道一线牵挂谁
千玺徒步豪迈狂野角斗士
宇宙赋能你灵魂世界
太阳种植你心灵深处
天地之间滋养温柔心
养济天下沐浴养习心
初心不变曾背井离乡漂泊
初衷不改曾踏遍千山万水
情窦初开
这是一股泥石流淌留下清流
初识初见
这是一股浮躁雾霾留下纯莲
骨子里的流淌诗与远方
生命里的残留热爱生活
健康
识得有德之躯体
闻得养习养心殿
生命

养德有福之贵身　　　　修德博爱之通透
解读养生养善纯　　　　干净养圣养礼敬
灵魂

友　谊

养道
养诗录
（淡遇之养友谊之美）
二十几载闺蜜情
阔别十年初养缘
离别三载美学习
深圳引闻习美学
匆匆而过莫等闲
闻得养道初茅庐
未深留得草堂养道浅
但愿他日待续养生启
夜幕星河处草堂
草堂拾盂点散气
卸其轻松缓心魔
习养于在内躯壳
养习闻磁场相磨
喜于热爱二十几载精髓邃
借借草堂养习休养生息灵
大千世界芸芸众生皆灵性
宇宙万物皆可复苏解美学
粗得深简一陌草堂养
自在身心亦富足养气
繁华落尽终反扑归隐
落叶归根灵魂终清闲

百年孤独一生忙碌
你我之间早已陌路
修炼灵魂陪伴若干年
追寻心灵若渴兮容颜
唯心平实养德魂
唯有虔诚勿扰养
觉闻外见似非烟雾霾
湿得草堂洗礼清流颜
蛮义惜缘
微弱落燃
起养难眠入心涧
浮去尘埃心亦凡
人忆释签潜水远
醒来真觉悟德贤
百年匠工精神千锤百炼
何其自然养岁月迟暮艳
鸿雁传递养能量源
美学惜忆养习久远
自古英雄惜真义肝胆
无言缄默席卷养真缘
女子落花时节又焚香
德缘心养阴霾散
赤裸心灵浮云尘埃洗
恍若隔世今生藏

花开花落人亡两不知　　　　　情愫一盏养灯墨诗昙

养诗录三

悠悠寸草心　　　　　　　　天若有情

最深父母恩　　　　　　　　人思见

人亦惜福命修　　　　　　　人若迂腐

人亦养因果轮　　　　　　　脑难开

漂泊游子归故乡　　　　　　公理在于宇宙间

缘来缘续父母情　　　　　　上天明日人世间

亲情亦养与经营　　　　　　天苍苍

错过无缘迟暮见　　　　　　雪皑皑

孝感天下福在身　　　　　　人心鉴定

明德自善运在行　　　　　　地荒荒

行德良品传子孙　　　　　　风栖息

看娃家族显家风　　　　　　人性善变

若是错过憾终身　　　　　　自在天地炼

若行孝时方已晚　　　　　　养在宇宙间

泪奔追时愧疚感　　　　　　活在烟火尘

当醒惊觉心意明

茶

茶如其人亦吟诗　　　　　　探望茶姐品茶缘

茶如其心寓思人　　　　　　茶室久闻相默言

小雨蒙蒙牵茶室　　　　　　茶室初见亦了缘

茶香默契升茶悟　　　　　茶艺吟得茶意境
茶姐修炼醒茶道　　　　　　此茶一别一载
两盏老茶续茶音　　　　　　此处一续一别
一支梵香了茶觉　　　　　　亦养黯然神伤
若是初见如久远　　　　　　亦养心处生优
唯有淡茶清水尽　　　　　　饮茶本是遇知音
人亦内求灵魂修　　　　　　茶心本性遇知己
心亦寻觅生命养　　　　　　岂不知茶友别有滋味
顿悟释怀万事空　　　　　　殊不知茶道有几人知
随缘自在万心安　　　　　　世间百态真性情
茶叶品得茶艺醇　　　　　　人生演戏茶醒人

养咖录

养咖九载与咖啡 邂逅　　　　　繁华落尽之光养习之栖息
咖豆需咖品需咖德守咖礼　　　生命细胞费洛蒙活跃最佳
莫问前程万里停歇　　　　　　　何等味
闺女咖啡 驿站　　　　　　　　　苦咖啡 涩而润
养习咖心需休闲休养心灵　　　何其咖
养咖与咖道停歇灵感激活　　　咖啡豆深邃而苦
唯有忙碌思维方式需浪漫片刻　何其美
每次回归整理奔波奋斗与安宁　咖啡 情愫而滑
心生一丝活力似乎有种久别重逢　何其缘
新升一缕阳光灿烂有点心底舒服　咖啡 养缘相遇
烈酒浓烈爽口后温存　　　　　生活中鸡毛融入咖啡豆子里
山珍海味浓味后温馨　　　　　生命中修炼觉醒咖啡豆灵魂
品茶淡雅贵心一点　　　　　　人生苦短及时一饮咖啡
品书清风柔情一些　　　　　　心灵通透卸下忙碌品咖
若绵绵不绝品咖艺匠工精神　思想与思维重叠简写
唯有心美被咖啡诱惑而韵味　心灵与生命极简咖啡

你的故事经典亦平凡　　　　守静亦养习回归
你的世界朴实亦沉寂　　　　守礼亦养圣敬畏
守候亦养心归来　　　　　　何其性情与咖情怀珍惜

养诗录四

书法养习艺术心性　　　　唯有木兰从军值佩惜
养心　如流水划过内心　　唯穆桂英挂帅值敬惜
宁静致远如天籁之声　　　女子养习技在手
养心　储备能量赋能心灵　亦养济天下
养心　安于一心只想书写　女子养习艺在心
临摹亦养心寄诗亦寄寓　　亦养习境界
于千里之外遥远祈愿　　　女子养习文化思想
养习　心墨清新明月照书台　亦养习格局境界与纬度
养德　身心健康长寿源源不断来　养心可从容应对逆境苦难
识得喜好热爱生活养心甜　养习亦为心解读何为养礼
习得书法艺术境界养心安　何曾惧怕生活鸡毛飞上天
待你白发苍苍亦养非凡少女心　寻觅悟道于泥泞路陋室中
待你披荆斩棘凯旋仍是少年郎　宇宙天地自然浮眼前
千年不朽诗词歌赋　　　生命认知感悟瞬秒开
千古流传绝唱卷轴　　　启蒙养道何等缘分
追忆古诗亦解读古足迹　开启养圣何其幸运
青春少年亦迟暮与沧桑　不需路漫漫其修远兮
巾帼不让须眉婀娜多姿　不必祈忧身体修养性
东方女子才华横溢　　　当您养生躯壳亦破茧成蝶
女子何兮艺养习　　　　当生命心声呐喊重生涅槃
男子何兮艺养德　　　　您是否看到养与您顶峰相见
上官婉儿才女惋惜　　　脱离躯壳之后灵魂摆渡
昭君出塞慧女贵惜　　　颠沛流离时养与您狭路相逢
李清照诗词女珍惜　　　重回爱的避风港湾

您点燃星星之火燎己心灵之殇　　若是弥漫污浊亦慎独其身

心中烛光轻抚温暖心海　　　　　若是沾染尘埃亦脱俗清兰

心疗亦养疗　　　　　　　　　　养习播种亦养行

心养亦养圣　　　　　　　　　　养道传承亦践行

心开出一朵纯良是圣洁白莲　　　养生激活亦生活

心若栖息生命纯然春满桃源　　　养圣唤醒亦生命

您墨染诗牵远思量　　　　　　　迷离恍惚生活需清风明月

您沉寂书填满志穷　　　　　　　迷途羔羊生命需竹雅幽兰

*范梅芬作品**

银川平原

列车经山西、陕西，穿过太行山区，继续向西奔，居高临下，极目远眺，山不高，地不绿，人烟稀少，大地越来越昏黄，开始接近脑海中的想象：西部黄土的高坡，贫瘠的土地。其间也看到了一些矿山，有的还是大矿山，轰鸣的机械，尘霾的天，当然也意味着人创造和获得的生机，呈现的是另外一种生动，只因少见绿色，总令人不爽。可是这就早早对西部下定论那可谓是一叶障目，大错特错了！因为当车行至银川平原时，豁然开朗，完全是另一番景象！

一望无垠，公路一眼望不到边。汽车开动一两个小时，在两三百里内，不时可见到整齐的庄稼，植被不亚于华北，眼前这片诱人的土地就是银川平原。贺兰山突兀明朗像积木那样摆在大平原上，又由于当日空气极好，天高云淡，能见度甚高，大有宏大无边之感。

山岭逐渐清晰，像水墨画一样展现在我眼前，这是西夏王陵地界前的贺兰山，它和平原并列在一起，让人觉得中间地形没有过渡，山脉连绵起伏，既不高，也不险，无绿又不荒，不显雄壮，只给人静谧、温和的灵性感受。贺兰山的温雅、清丽是相当独特的，此山给人独特的亲和感。兼着清，透着爽，感觉特别安静。难怪这里出现过近两百年的西夏文明，其几代的李氏王陵也都葬在这片贺兰山前的平原上，被称为"东方金字塔"。历经数百年的西夏王陵群落，远远望去，若干硕大的圆形坟包散立在如机场般平坦的大地上，在和煦的阳光下，原始、原色地散发着和大地一样淡黄的光。历经千百年风雨，仍不失它简洁又宏大的尊严，似乎正讲述着它过去的故事。党项族曾经创造的文明，如今在博物馆里仍可以见到，艺术化再现的场景，展现的历史沿革，还有那出现的西夏文字，方方正正的文字远远看就像繁体字，好像都认识，近看则一个字也念不出来。那明显源于汉字的文字，所代表的文明不仅证明了同宗之渊源，也

---

* 作者简介：范梅芬，出生于 1949 年，黑龙江省哈尔滨市人，大学文化，于 2004 年从电站集团哈尔滨汽轮机厂退休（工程师）。

可以看出我们国家各民族源远流长，相互依存，本出一宗的天然系带。

这也是我们国家民族演变融合过程和人类文明史的一部分，作为物质文化遗产而展现眼前的"东方金字塔"，它的名字相当贴切！

银川平原上的另一个大亮点，那就是沙湖生态景观。未身临其境，你很难想象在伴着一片沙漠地的银川平原里竟有这样美妙的湿地，它孑然弗伦，不像北方的松花江湿地那样肆意地铺陈，更集中得像个大湖，泾渭分明地隔开，一边是淡黄的沙丘，一边是平坦的大地。湖中竖着若干大堆块的芦苇，那芦苇美得就像假的似的，最细致的工笔和精美的水彩也难现它的美丽，当然当游船接近它时，可以摄录它，但可以肯定地说，没见到沙湖的芦苇前，不会想到芦苇会长得这样美丽！它接近水面的部分身兼红、绿、黄三种颜色，大堆地一垛垛矗立水中，那芦苇的叶子因为长有一排牙印样的痕迹而被人想象成西母娘娘的故事……在那独特的叶型面前，你明知故事是编撰的，却丝毫不觉得牵强。只有感叹不已这大自然的神奇，感叹造化的多样！感叹之余我决定把一组苇叶带回家，用实物告知我的亲朋，一定要去西部。（可惜几天后它就枯萎了，也是我傻，忘了生物生机都有限，保存完好得做成标本。）

宁夏银川，就是西部的江南。虽然人较少，但原生态绝对好。原来上帝并没有给西部全部荒凉，也给了它山和水，给了它珍贵的美丽。我特别满意这次宁夏之旅，因为此行颠覆了我头脑中孤陋片面的对"西部"的无知臆想。

如今美丽的沙湖，清秀的贺兰山，已经定格了我对西部的印象。平坦的公路上较少的车辆更透露着这方天地的宽阔，宽阔中唯遗憾的是少些生息，与繁华相比当然还相去甚远。这是 2011 年的我对秋的初印象。

另附两次经银川的随笔如下。

虽然地处西北，但银川平原地貌、气候、生态难得的好，尤其是它独特的静谧之好。

银川城文明有序，给人的印象恰如银川给自己的定位："静""净""敬"。远处的贺兰山虽不如在西夏王陵处那么秀丽。但市里宽阔的马路，整齐的绿树，无尘、无喧的静谧悠然，还是一如既往，是许多城市远远不如的。公交车站候车长廊的造型很像"和谐号"的机头，它也成了街上一景。出租车有专门的停靠站点，告示牌上的标识都非常清楚，车很干净，人也真诚，街上很难看到衣衫褴褛的人，一些人带着回族人的小白帽，小小的帽子，非常洁白。回族人的爱干净不仅体现在穿戴上，更体现在生活环境中，银川所有的小餐馆每个桌边都有个垃圾桶，地下没有一点儿纸屑，干干净净。几乎家家如此。我到过的许多城市，无论闹市还是陋巷的小店都不能与之相比。这不仅仅是生活习惯的差异那么简单吧，应该也是城市管理的一个方面。在步行街上，我买了个用一小块蓝底小花布缠裹的发卡，颇有点儿伊斯兰的风格，另外我在乌鲁木齐大巴扎买了一张很受听的维吾尔族歌碟，这两件有形的东西是我此次西行中最喜欢的两件，而合起来也只有二十元。这里要说那张歌碟，还叫人颇有点念想，那是新疆的事了，另作叙篇吧。

再说这火车站，相当宽阔亮眼，不管什么时候来，这里都是"静""净""敬"的银川。

苍穹下安详，静谧的宁夏啊！

行走白堤

早春的西湖如羞涩的少女，静静的，说不尽的清纯。细柳沿岸，花儿初开，景致散而有致，韵味深浓。

神话般的"白堤"飘荡着远古美丽的情话故事洒满了断桥和湖舟。然而，"白堤"却远不止是神话的白堤，和许仙、白娘子的传说不同，这里留下的更多的是历史。

清晨小雨后的"白堤"，越走天越晴朗，沿堤满满的史迹，园林、景致让你走着穿越若干年代，体会当年发生在这里的名人轶事，即便是个坟丘也因其绑在了西湖边上，而少了凄美和凉意。想这生者爱青山绿水倒也罢了，死者也恋滞于此，是生者之遗愿，还是世人之执意？

是为了护佑方便？惜英爱才？还是恋着西湖，或为西湖人所恋，不舍去远？

于是这千百年的乾男坤女，才子佳人，甚至名媛艺妓，凡能与西湖有所瓜葛的也都聚集过来，带着他们的故事，情怀，伴着"不老"的西湖，如生永存。让"西湖"不只湖光山色，谭印明月，景致优胜，更胜于人文炫彩。

所以，要浏览地走下"白堤"就需要一天，慢慢走，慢慢看，走走停停，歇歇看看，才能略感满足。除感慨于堤上天上人间，或神话或实传，漫步堤上，还可赏迹书社画卷，遥听湖边越曲，吴侬软语，享尽人间悠闲。想那神话出处，人间天堂溢美之词源于此，是有风水地缘的。

还听当地人说南北山有路可攀登，结伴游山可走一天。游"白堤"已近占一天，看来择项而选的自助游，也少不得一周呢。

出"白堤"，沿路可经灵隐寺、六和塔等，最后，可走向著名的钱塘江……

登泰山琐记

——小感五篇

（一）

此行齐鲁地，尤念登泰山。
除却心梦绕，花甲始登攀。
今登泰山虽无伴，
上天不难老妪愿。
泉城遇"少小""全运"来爬山。
讨寻好经验，热情细细谈。
规划经济求圆满，路线食缩怎占先，
孤妪少小有话缘，胜过导游细指点。
有幸一面缘，胜算感在先，
别去频挥手，互祝旅平安。
多个朋友多条路，
相逢何必曾相见。

（二）

旅游吃饭正相反，
花钱吃不饱，好景不花钱。
乐在行走间，步步是盛宴。
世上无难事，只要肯登攀；
只有亲历者，才知其中甜。

背包执杖向高处，歌声豪言一路伴。
缆车、汽车不去想，不想不是怕花钱；
吃苦受累是考验，体力韧性受锻炼。
步履虽艰心旷怡，举步胜算意满满，
越是高处越壮观，十八盘处喻"登天"。
竭尽全力爬上去，疲累瞬间一扫完。
不叹人生懦愚顽，立刻便享成就感！
一行多遇老少伴，相携共勉吐真言；
吃苦受累心甘愿，人生能有几回攀。
说是：
"泰山登来悔一天，不登泰山一世憾。"
最叹尊信天道者，"小脚"匍匐登泰山！

（三）

为见日出登泰山，未寄包裹肩负担。
天街客房人满患，避风难寻支帐点，
山顶风寒两重天，后悔搭伴四少年。
改动先前好预案，黑暗迂回多周转。
也算此行添识见，甚谢上帝赐好天。
满天繁星慰劳倦，天街一宿未得眠。
预知日出多壮观，蜂拥人流见一斑。
泰山之顶观日出，盛况一生耐回玩。
观日亢奋不知倦，下山步步观文篇，
文章千古石碣传，帝王名家书法宴。
细看一天观不全，另路登山寄来年。
留影美书细观瞻，回望历史数千年。
此为最大受看点，只作登泰随感三。

（四）

名山大川，各占圈点。
今登泰山，不胜慨感。
泰山有景不在美艳，
它是座真正的文化山，
你看，多少皇帝，名流登攀，
意在征服，齐天览胜，
也意在尊崇，畏天！
自然上，
重在它的老成，厚重和地缘，
重在厚土黄天！
尤其更重在人文，
美在它的文化！
遗篇无数，延延千年，积重如山！
集文化之大成——
成实实在在的有形遗产！
人喻事件重，"重于泰山"，
重在人心的敬畏，
天子臣民，唯伏诚叩，
尊仰视瞻！
所以深感，
五岳之首，
实为使然！

（五）

此为后记。一元买地图，一元乘三路到红门，经岱庙，后登山至南天门，天街宿，后夜天冷风疾，辗转回天街，寻走廊加床。日出时间短，且观且留记，不必多置穿，山上租棉衣。此路线，本人接近中午始登，落日前到天街，日出前赴玉皇顶观日出后，一整天走下来，在泰安一小旅馆歇下，哪知亏在一鼓作气，劳累集中，第二天已不能下楼。登山的拐杖伴身一路，直到回家，故不可无视年龄，透支腿力，则是后话。

海边石书和寂寥学子

从妈祖庙的对面沿马路往回走，有一大片石刻赏区。和步行街街头的海边不同，那里人流如织，这里人不多，但有另外的好看。

自天桥下不远，遍地的"石头"，组成了一大片"石物开放的书法地展"。叫它"地展"是因这里就地错落地摆放了许多大小不一的大石块儿（估计是附近的石礁，或不远处山中的产物），却好像自然而然地随机般被扔置于海岸，被人稍加点墨，便形成了一片集中而别开生面的石滩。这些或近方，或似圆，大小不一的多种形状的原始石头，在它们不同的角度和立面上都有用草、隶、篆等不同书体刻写下的若干名言、名句、名段，也不乏大段的名言警句。有的是狂草，耐人推敲。正是这些名言、警句、诗词篇章的文字让这片乱石滩"高富美"了起来，成了一部真正的"石头记"！

若想无遗漏地全面观赏，还真需要你左看右看，前进后退，费些时辰，徜徉其间。

当然免不了不同的人因不同的人生际遇喜好，与石书共鸣，而各有难舍的偏爱，便倚石留影，记为"右铭"。

于"石文"中赏艺，于"艺刻"中受教，又可依石坐享，观海吹风，实是惬意！歇脚其中，使我想起海南那块"天涯海角"的巨石和那片海边横躺竖卧的巨石堆，若彼处的大石算是"高""猛"的话，此处则可谓"朴""廉"矣，这里不想作"赏石"说，况我对"石"也不敢作"赏"。又这两处的石应都和"美石"是不搭界的。

昔"旁拾杂收"记得由艺术家定义的"美石"是"千疮百孔""瘦骨嶙峋"（指天然成就的形态）。按此标准在故宫和苏州园林中有过对号，细琢那定义着实到位，造化中呈出的极致美！这两处石虽无先天之美，却都因字"高富美"了起来，又这样接地气，令谁能无视小觑？须知所谓美标也只考了其"形"而未考其"质"，石形虽不一，质却无二，经风经雨，浪打涛击的磐石，不管出身或山或海，总为人惜。我想就慕其质的坚毅而获千古犹存的品行吧。故"爱此顽石，玲珑出自然"的"石粉"应在少数。还蒙一忘年蜀籍挚友拜其涉习篆刻，于拙劣习作中有"爱此顽石"一枚。被老妪当作金石所爱，终不忍弃。大概也是如此，足令老妪宁舍别喧处，专两次到此，虽形单影只，有众石伴，哪怕简廉也赏心悦目，不悔流连。这也是我有兴为它专写一篇的动因了。

沿海边走，来到一片沙滩中名为"音乐广场"的场地，见一学生模样的男孩儿执着地自弹自唱。在无人干扰的环境下，估计是见我有意驻留，他停下来，弯腰从包里掏出一个小扩音器装置起来，尽管路人无几，他仍继续认真地弹吉他。随即，我自己也没想到，我竟本能地从兜里掏出 10 元钱，走向他并将钱搁在了他的包儿上，他回身面显歉意。其实我很少施舍街上的乞者（包括卖唱），虽然我相信他不是在这里卖唱，弹的也不算"高山流水"，我的突发举动竟如此自然，互无尴尬。我想我一定是怜这一远乡来厦学子，喜这清寂的海边，或寄心志于这"海阔天空"，乐此陶冶，当举赞之。

时代，人生，峥嵘岁月，沧海桑田，唯天不老，轮回演绎。而我们每个人或老或小也都不过一瞬时，一砂砾。

相对闽人悠久的传统石刻，这海边石书，男孩的练琴，一如福建小吃，一碟小菜，但别具一格，实是曾厝垵另赠予我的一道精神美餐了！

"鼋头渚"的小笑话

当大江河终流到近海的江南，或已疲惫，或恋江南的温柔，总之是徜徉折转着不愿轻易离去，于是就地携伴江南的青山绿水，在大地流动幻化出各样婉魅舞姿，绘出一方"富春"人间鱼米之乡。

安徽境内的"太湖"是江南水系中较大的一处湖泊，有一首老歌正如太湖的轻柔妙曼一样，女声吟吟吴语，婉软柔腔化成浓浓爱的音符，让没有见到太湖的人深醉其中。

2016 年，我顺道太湖，确实感到一种女生的柔美，和风吹不起偌大的水面，让人疑似来到了一处大江边。

山各有姿，水也各有情怀。想起几年前在西部青海湖边，那无边到天际的大湖感觉是一片汪洋，冷风袭人，湛蓝湖水深邃似海。水中醒目的军械战备标识线给人可望而不可即的感觉（军事演习之地），如立水中的雄男，另添浩气。

东西两大湖真是有巨大之别，江南的太湖则如弱女一般给人不忍惊动冒犯的亲和，虽然太湖有六千米长的湖岸线，平均水深竟只有两米，其如大江似的假象真的不可思议。

有趣味儿的是天造地设般在湖边有一鼋头状的陆地伸入水面，引出一片建有林墅的景地。此地高低有致，被早年的一些权贵相中，逐渐成了养尊处优之处。

在"鼋头渚"下船不远，立有一传统样的牌坊，牌坊中间有三个大字"鼋头渚"，而三个大字让外来者多有不识。为增先睹之快刺激，旅游不做功课也是常情，总之，一船人多不得要领的不在少数，据说"鼋头渚"是被一外来人读成了"猪头元"！说实话，此人着实幽默到家，可在博大浩瀚的汉字面前，这笑话倒也变成记字的另一捷（邪）径了，不管是否有此笑话，或纯属编造，我倒是愿意相信真有此事，由"猪头元"记"鼋头渚"，想那发明者也真是别出心裁的可爱了。

经查典可知："鼋"即"鳖"，但"鳖"为何物人们多知，而"鼋"字少用，很多人不识。至于"渚"亦不算常用字，有四面临水谓"岛"，三面临水谓"渚"之说，典中解释为水中的一小块儿陆地。于是这"鼋头渚"的字文解意可就再清楚不过了。且还感觉文雅不是？

"鼋头渚"这地儿谈不上有多深的历史和多大的景致，却能给太湖带来更多人气，鼋头湖边处杂丛苇蒿也不美，如篱护院，自成围挡，隔水一方，道旁有佛雕浮壁，也算好看。愿者登临上有庙堂，附近别墅楼所，点缀"鼋头"如女伶玉佩旁侍，风水佳地，为湖增颜。

苏柏文作品[*]

阿　珠

　　来到南方这个城市快两年了，还好认识了一个好朋友，让一切都没有想象中的那么糟。

　　前年婚姻解体，小孩归我，其他他看得上的东西都拿走，毕竟，我们在一起走过了这么多岁月，我还是希望他后面的日子好过些。作为成都户口的我，是家里的独生女，父母名下还有两套老房子，怎么着日子也不会难到哪里去。

　　去年，我把小孩留给父母照看，只身一人南下打工，远离了那个伤心的城市。

　　可这个城市也真是拥挤、破败。到处挖路不说，工资也低得离谱，消费又高得吓人。没办法，找了份茶餐厅服务员的工作，一个月3000元，包吃住，先落个脚，后面边做边找。生存是第一要素，小孩读书也要用钱，可不能依着自己的个性，为母则刚。

　　生存的本能让我没几个月便适应了这个地方的工作环境，也游刃有余地和这边的同事相处，虽说有时候她们抱团不给我好过，处处刁难我、给我"穿小鞋"，可我这个川妹子也不是好惹的，何况我们吃的辣椒还加麻呢。所以，欺负我的，我总要还回去的；那些待我好的，我心里也记得清楚。都是在外的打工人，各自扫好门前雪，井水不犯河水，如此，便也相安无事。

　　逢场作戏的交际我肯定会的，但是没必要。我不喜欢和这些人来往，除了上班干活外，其余的大部分时间，我都是独来独往，吃鸡、刷抖音、看视频，实在无聊的时候，我就跟家里打打电话，问问儿子的学习情况。几个月下来，过得也挺好，日子过得波澜不惊，风平浪静，没有失望，没有期望。

　　直到我遇到了阿珠。

　　阿珠是福建闽南人，操着一口我听不懂的普通话，她也是只身在这边打工

　　* 作者简介：苏柏文，"85后"，曾用名"鸟人苏"作为笔名，湖南株洲人，16岁独自离家读书工作，成长路上，用心体会和体验周遭的人与事，文字是我对抗虚无主义和离奇世界的法宝。明白要成为自己的使命后，我带上了叫"自己"的朋友，背上"文字"的干粮，继续奔往还没走完的人生之路。

的，相似的生活状况让我们很快熟络了起来。

阿珠在一家闽南餐厅做店长，我经常一个人在这边吃东西，几个月下来，我们就变成了非常好的朋友。我每次下班都会在店门口等她，一起走路回宿舍，我们住的地方挨得很近，有时候会一起吃吃夜宵，喝喝啤酒。经常商量好一起调休，然后去逛街买衣服、做头发，偶尔也会去夜店疯狂一把。

阿珠长得好看，自然免不了有男孩子追求，但她都会征询我的建议，其实我知道，当她在问我的时候，我就知道她是不满意的，作为过来人，肯定也是顺口打了差评。即使不那样，她真去谈恋爱了，谁还陪我玩呢。

反正，岁月也就在这样的生活中度过了……

有一天，接到家里的电话，说儿子跟同学打架摔到了头，要立马做手术，我心急火燎地赶回家中处理这件事儿。当时，手里还差1万元的手续费，实在不知道找谁借，便厚着脸皮跟阿珠打了个电话，阿珠也没说什么，问了账户，立马转了过来。

在家待了一个月，等儿子康复得差不多后，我又来到打工的城市。我从老家给阿珠带了老妈自己做的腊肠，那晚，我们一起在宿舍吃火锅、喝啤酒。烟雾缭绕中，我说这火锅可真是辣啊，眼泪都出来了，流了一脸。

三个月后，我还完了阿珠的1万元。再后来，阿珠谈了一个男朋友，也是我认可的，因为阿珠认可。

过了没多久，我带着满满的幸福回到了成都，跟朋友讲起了在南方那个城市关于阿珠的故事。

听说，他们要结婚了，真心地祝福他们。

窗

小学毕业后来到镇上读初中，那是个与我家相距十千多米的地方。

此时，我才发现，自己已对这个小小的村落产生了这么重的情感，甚至成了自己身体的一部分。

20世纪90年代的中国，广东沿海地区经济开发，打工潮席卷了内地的每个角落。父亲盘算着家庭的收入，计算着两个小孩的开支，虽然一万个不情愿，但是作为家里的顶梁柱，出门打工就成了他必需的选择。

我清楚记得那个早上，母亲很早就起床，帮父亲整理好了行装：一床被子，一个水桶，水桶里放了衣架，用化肥的袋子装了换洗的衣物。那天的早餐尤为丰盛，炒了三四个菜，有蛋有肉，荤素搭配。要知道，那个年代经常是四个人一盘青菜吃一餐饭的。

记不清父亲吃了几碗饭，反正吃了好久，还是在母亲的催促声中才放下了碗筷。父亲临走的时候，对我嘱咐了好多：要我这个老大多帮母亲干点活、多照顾弟弟、多替家里分担家务，要好好读书等。我家地势比较高，我和妈妈、弟弟三人站在晒谷坪的一角目送父亲远去。父亲背着大大的行李，拖着沉重的步子，时不时回头张望着。长大后等自己离家，我才知道，那叫——不舍。

在父亲出门打工的日子里，母亲一人在家里操持家务，干农活，田里地里，屋里屋外，没有一丝歇息，也赚不到几个钱。每个星期给我们两块零用钱，我也舍不得用。平时读书的时候，母亲就一个人在家，撑起家里的一切。

那时的活儿可真多，洗衣做饭，砍柴割稻，喂猪喂鸡……似乎永远有做不完的事儿。碰到下雨天，我们俩就待在家看电视、写作业，母亲则一个人出去干活。有一次端午节，母亲奇迹般地买了肉，用油豆腐水煮，非常可口下饭。这也是我在外面很多年经常做这道菜的源头，每次端上桌的时候，我就想起那个端午我们母子三人坐在一起吃饭时的场景，想起了母亲说："不知道你爸过节吃的什么？"

这样的状态持续了两年，让我印象深刻。跟父亲的联络除了他给我写的两封信外，就是提前约好时间去镇上大姑家接长途电话。我现在也不知道大人们是通过什么方式约好的电话。

初三的时候，我那个教室第四组是靠窗的位置。有次我无意中发现透过这扇窗可以看到大姑家的侧门入口，这让我欣喜不已。那会儿读书坐座位都是按身高排列，我也总是想办法把自己换到窗边，这是个看大姑家侧门的绝佳位置。白天，我可以通过这扇窗看到家乡远处的高山；夜晚上自习时，就看从门的上端透出来的光。如此，我就不觉得孤寂了。

也就是在这样的状态和思乡中，我养成了写东西的习惯。我把对家乡的眷恋、对父母的想念、对少年的忧愁、对未来的期盼通通用日记记录了下来。在这些稚嫩的文字中，我徜徉在家乡的山林、田间的稻谷、父母的身边，愉快得如小时候一样。想不到的是，在后来的二十几年时间里，这么一个偶然的习惯，成了我独闯江湖的秘籍，让我有了力量、有了勇气、有了毅力；让我在经历了这么多事，这么多人，孤独无助或是被人欺负时，依然坚强地面对他们，就像我的父母面对着艰辛的生活。

有个下午，天空晴朗。正在上课的我无意中看到窗外大姑家的楼梯上出现了一个熟悉的身影，是的，那正是母亲。透过这扇窗，我好像也听到了电话那头父亲的问候、父亲的牵挂、父亲的快乐。

…………

正是这样的惊喜和期盼让我度过了初中的每个日夜，度过了艰难的时光，也熬到了父亲可以骑单车来学校接我们。我永远记得，在那个普通的周五，我像往常一样等弟弟一起回家，因为回家要走两个多小时的路，我焦急地催促着：再晚点，天就黑了。在出校门的时候，突然看到父亲骑着刷了黄漆的二八单车，乐呵呵地等着我们，那一刻，巨大的幸福感袭上心头。

如今，我在外面兜兜转转也快二十年了，时常想起那扇窗，想起窗外的门、窗外的山、窗外的背影。

有一天，我听到同样在外漂泊的弟弟，有过对父母的埋怨，对家里的不理解，对生活的无力感。

同样有一天，我跟他说，是我们自己选择了想要的生活，快乐，痛苦……

此时，父母的意义在哪里呢？

我告诉他，我们还能从"窗"里看到他们。

你好，卢秀娥

"说了不要住在一起，你不听我的。"

"现在要她回去，小孩谁带？你有那么多时间吗？请保姆不要花钱吗？"

"好了，我来处理，你少说两句……"

"嘭——"

传来一声关门的声音。

卢秀娥提着菜篮站在门口，不知所措。

这是她在儿子家的第三年，却仿佛过了三十年之久。

自从来到城里帮儿子带孩子以来，卢秀除了需要适应跟儿媳妇的相处外，还要改变自己的许多生活方式和习惯，包括在农村的那些随性和"邋遢"，要不然儿媳妇不开心不说，儿子还夹在中间，两头为难。

卢秀娥心里自然清楚，所以，自过来之后，每天细心地观察着他们的生活，每天把家里打扫干净，擦拭干净，只要看到一家三口其乐融融的样子便开心快乐，为娘的总还是开心的，幸福的，也觉得他们二老熬到六十多岁的辛苦日子总算是有个回报了。况且，在乡邻的眼里，儿子是出息的，是争气的。

平时，除了在家里做好该做的那些事情外，碰到他们一家三口出去逛街或是游玩，卢秀娥就去小区里收些废纸和可乐罐之类的废品，卖了换钱用。

带小孩的这两年，没有任何收入来源，她有时候也想给孙子买点东西。虽说儿子经常时不时偷偷地给些钱用，但是，卢秀娥一次也没有收，她看得出每次下班后他那张疲惫的脸，也听得明白那些门内的争吵。当妈的，谁不心疼自己的儿子。

供到他读完大学出来，到城里工作稳定了，安了家，又娶了媳妇，卢秀娥二老这辈子是成功的，是有价值的。尤其是当她在擦拭小两口的结婚照时，内心里还是满足的、自豪的、溢于言表的。所以，只要是发现他们因自己而争吵时，哪怕是间接的、怀疑的，都会让卢秀娥如芒刺背，惶恐不安，生怕破坏了这难得的安定和幸福。

三年来，卢秀娥卖废品收集的几百块钱都存了起来，也从不乱花。过年的时候她给孙子包个红包，给老伴增添两套衣裳。

老伴在家也辛苦地劳作，不添乱，不给这边传递不好的消息，坚守着一代为了两代的使命。

卢秀娥每个早上都起得很早，这是她几十年来养成的习惯，来到这边以后，也没有更改。除了买新鲜的菜，对于这些从老家过来带小孩的父母来说，这也成了必备的工作。还有就是可以捡到人们前天晚上丢弃的纸盒和有用的废品，卢秀娥已经摸清了规律。

一天早晨，在停车场的位置，卢秀娥看到垃圾桶里有一张沾满了污渍的精致结婚照，新娘很漂亮，新郎也很幸福。

完美生活

我结婚早，走着典型农村女孩的人生路线，结婚后，不到半年就怀孕了，生了个儿子。老公是隔壁村的，在老家做点杂活，七七八八的收入加在一起勉强能维持正常的家庭开支。不过除了想给小孩更好的教育外，其他也没有太大的开支。父母也是健健康康的，也能干活挣钱，不需要我们帮衬。在儿子快四岁的时候，女儿也来了，这给原本的生活增添了许多压力。所以，在女儿差不多三岁的时候，我跟老公商量着去城里做点小生意。听说城里的钱还是好赚些。于是，借了几万块钱，年一过，就奔赴城里开始创业的路。

我们计划开一家饭店，因为老公在家掌过大勺，就是黑白喜事跑场的厨师，虽说没经过专业培训，但是在周边乡邻中，他的口碑还是不错的。

找门面的工作算是给了我们第一个下马威，除了各种转让和复杂的关系外，将餐饮方面的执照和卫生许可证拿到手后，我们俩的腿都快跑断了，这一趟折腾下来，两三个月的时间就过去了。在开业的前天晚上，我跟老公躺在不到二十平方米的出租房里感慨道，城里的钱也没那么好赚啊……

开业后的第一年，生意还算凑合，自己老家的阿姨过来帮忙做服务员，我负责配菜、打杂以及送外卖，每天忙忙碌碌，没有一会儿歇息。阿姨本着自家人的态度，也是忙里忙外，见事做事，更是不曾丝毫懈怠过。老公更是辛苦，每天烟熏火燎不说，早上四点还要去菜市场买菜，不论刮风，还是下雨，电动车都换了两台了。我自然是心疼得很，可又无可奈何，毕竟这就是生活！

本以为靠着这份辛苦，这份坚持，每年攒个十几万回去，给小孩添点好看的衣物，让父母少操一份心；这样的日子，也算过得去。同时，我们也在物色店附近有没有可接受外地户口孩子读书的学校，想着小孩能在城里得到更好的教育，将来出息了，也算是我们做父母的没亏待他。

2020年，新冠肺炎疫情没有任何征兆地来到身边，来到每个城市。把人都赶回了家中，把我们也打包送回了老家。

第二年，老公跟着老乡去了工地，三百元/天的工钱，只要开工的日子多，收入还是挺好的。虽然老公他们每年年底都被包工头组织起来去向开发商讨薪，我也经常看到讨薪农民工被打的新闻，可是，只要年底老公安然无恙地回来，并且能把钱交给我，我就会怀着那份侥幸对自己说：总算又过了一年。

2020年，我在家待了一年，后来，我又回到城市找了份保洁员的工作，每个月四千元的工资。碰到客户给个好评，我还能得点奖金绩效，这么些年下来，我对辛苦已经没有了太大的概念，只要有份稳定的收入，做什么事都可以，也没有羡慕过那些阔太太们对我的颐指气使。我知道，我只是个"保洁阿姨"而已。

我们的保洁时间一般需要四个小时，所以从早上八点就要搞起。但是周末对于客户来讲，确实是个睡觉的好时间，我们也经常因此被客户说教，甚至得到一些不友好的对待。那天，天气很冷，外面灰蒙蒙的，我很小心地按响了门铃，没多久，单元门锁打开了。我到楼上时，客户已经把门打开了，穿着居家服等在门口，看得出，很早就起来了。我简单地介绍了服务流程和公司的业务标准，便开始忙活起来。

这家客户的装修风格有别于我见过的欧式、中式的装修，看不出是什么风格，感觉似乎都有点。稀奇古怪的小东西很多，摆满了各处。在暖色的灯光照耀下，显得惬意又温馨。客厅开了空调，很暖和。电视机里放着早间新闻，他好像也没在看。家里似乎只有男主人一个人，窝在沙发上看着书，蓝牙音响放着轻柔的歌曲。其间，他没跟我说话，我认真地擦拭着桌子上的灰尘，话说这灰尘可有点多。快到九点的时候，他倒了一杯热水给我喝，称呼我为"大姐"，问我吃早餐了没有，说自己要做早餐，多做一份就是。

十点的时候，客户家里陆续来了一些朋友，背着吉他，带着礼物。好像是很好的朋友，客户也没有特意招呼。反正气氛一下子就活跃起来了，他们也都随意，什么都聊，像是在自己家中一样，有的坐在阳台喝茶，有的弹起了吉他，有的正翻着书看，有的在厨房做饭，着实是一幅动人的画面。

不知道为什么，今天我特别开心。多么好的生活，多么好的朋友，仿佛我也曾经拥有过。

饯　行

天渐渐黑了下来，明天就要出去打工。

晚上躺在床上，翻来覆去，辗转难眠，许许多多的画面在眼前浮现。

想着还有那么多的话没有说，离别的酒也没喝完。

可是说啊说，喝啊喝，话都说尽了，酒也没醉人。

高高的山下，小小的村庄早已入了眠。

月影落在旁边的"神仙塘"，像鱼儿游过水面。

我想着我的誓言，想着小时候犯过的错，哎呀，哎呀……

村里每天都有人上山下山，放牛砍柴，晒谷割稻，喊鸡骂娃。

一年四季，像一首不会停的老歌，裹着云朵，飘荡在山的周围。

山上的花开了又落，落了又开；小河的水干了又流，流了又干。

我像被惯坏的孩子，舍不得离开，舍不得过河。

月光陪我聊天，风铃催我入眠。

呼呼……呼呼……

呼呼……呼呼……

打鸣的公鸡跟黑夜道了早安，楼下厨房也响起了砧板声。

我睁开了双眼，看到了朦胧的光线。

不久，

母亲来到床前，端着煮了鸡蛋的粉，给我讲述她的经验：

"要懂事一点，要聪明一点。"

"要省吃一点，要俭用一点。"

"有饭吃要想着饿肚子时。"

"没钱用就要想着平时攒钱。"

"做人要学好，老实本分不能少。"

"不要什么人的话都信，什么人的话都听。"

"遇事多忍忍，你个子小也打不赢别人。"

"秋裤脚开了线，我给你缝了边。"

"走路左右看车，出门多看天气。"

"内裤有口袋，里面藏了现金。"

"父母不在身边，照顾自己勿挂念。"

"儿从此长大成人，要撑起半边天。"

"崽大不由娘，你勇敢去闯。"

"……"

"……"

哎呀，

哎呀，

哎呀，

哎呀。

天亮了，粉干了。

我起床了。

张孜作品*

我怎么舍得让你走

我从冰冷的寒冬走来
我从布满阴霾的荒芜中走来
我从充斥着恐惧与绝望的噩梦中走来
我从布满白眼与黑眼的无望中走来
…………
走进渴望园地走进希望之国
蓦然间我看到了一丝曙光一线希望
你正高扬双手向我召唤
那样亲切那样阳光
我心中那团奄奄一息的火苗被你砰然点爆
从那一刻起我便换了一个人
我发现真正属于我的那个我
发出了埋藏在心底多年的声音
呵，我来了
我可以肆无忌惮地说
——我爱你
我爱你心陪心的呵护
我爱你求真务实的态度
我爱你的言谈举止
我爱你我爱你我爱你
我爱你的一颦一笑一切一切

* 作者简介：张孜，男，出生于 1952 年，1971 年参加教育工作。先后在禅阁中学、南冬中学任教。虽教理科物理，却偏喜文学创作。1982 年始，先后在《沧州日报》《河北日报》《北京日报》《信息大观报》、河间文艺、冀东文艺、喜剧世界等报刊发表小说、散文、杂文、散文诗等文学作品多篇，后因故辍笔。以上各篇均为近期新作，文表心声也。

从此我变了

饭香了，茶醇了，路宽了道平了天蓝了水绿了，一切一切都好了有了美丽
与生灵

曾经的我啊
竟抱定轻生念头
一步一步走向无底崖边
只差轻轻一跳了
你唤醒我的希望
你把我从崖边拉回
是你救了我我怎么能把你忘记
我要抱着你搂住你拥着你把你轻轻呼唤
让你含着笑甜甜睡去又在甜甜睡梦中笑醒让你天天笑不够

我的我的月儿明
我还怎么舍得让你走

心之声

我做手术时，你没能在我身边将我陪伴，但我感受得到，在距手术台一百
千米的地方有一颗炽热的心，在分分秒秒为我牵挂。

我躺在手术台上，就体验到了这炙人的温暖。

医生问："疼不疼?"我说："半点儿不疼。"其实我正咬牙硬挺，我知道麻
药打多了，伤口会愈合得慢，那样，我就会和心爱的你，不知晚见多少天。从
医院出来后，我第一时间把我的现状发送给你，为的是消去你的惦念。拍照的
陌生人说戴着头套多丑。我说，咱要的就是这装扮。

说实在话，我的家人都反对这门婚事，包括我的大哥、妹夫以及众多孙男。
他们都笑我心太实，都什么年代了还贪图浪漫。两人在一起能搭伙过日子就行
了，一切还不就是为了吃和穿。妹夫说："你七十岁的年纪，却像十七岁孩子一
样没有经验，网络的事情哪有真的，你早晚要被人家欺骗。"

他们举着酒杯祝我再找到合适伴侣，我却把辛酸和苦楚吞进心间。我沉默无语。

我无话与他们交谈。我凭我的直觉，我能找到我的真心伙伴。前半生已经过去，我不能再像从前那样苦酸。哦，终于等来了两心相碰就火花四溅。我们都胜利了，我俘虏了你，你也俘虏了我，我甘心与你相互依偎共度晚年。

我每天早起晚睡快步走，但恐怎样练也无法将你追赶。

我晨练晚练但仍脚步缓慢。

但我不怕，心爱的你也会放慢脚步，直到我们老得相互搀扶。

那时，我们坐着轮椅静静地看日出日落，我们相偎相依着祝福对方健康平安。

我虽年纪渐大心仍年轻，还没痴呆到妄语狂言。

年轻人能做的我仍然能做，有时甚至比他们意志更坚。

我们都是从风雨中走过来的人，应该有属于我们自己的快乐老年。请你耐下心来静静等待，我很快就会出现在你的面前。

我把一个完全真实的老头儿展示给你，不知能否博得你的喜笑颜欢？

天 问

你搓碎了麻将，

也搓碎了我心。

我读书写诗，你狂热兴奋！

哗啦，哗啦，提溜做五，哗啦，哗啦，独调孤门。

日复一日，年复一年，搓烂了岁月，搓凉了爱心。

谁说你没有智商？

你的大脑比研究生还聪明三分。

我仰起脸看你，你低下头看我，虽然我比你高十多厘米。

我把自己缩进壳中，从此封闭了真实自己。

就这样安安静静活下去该有多好，

突然传出震耳欲聋的声音。你竟消失在一个寒冷早晨，也就安宁了哗啦，哗啦的杂音。

晨　语

我刚从冰冷的寒窟走出，怎可能再返回那封冻的世界？

我习惯了清晨的亲切问候与临睡前的晚安休息。但这一切就要在无奈中渐行渐远，马上变成伤痕累累的记忆。

宁可站着死，绝不躺着生，这是我七十年骨子里凝成的东西。

每天我抢着擦地洗碗，为的是让你们看明白真正男子汉的可伸可屈。

我有底线。触碰我的底线也绝不客气。

每天从城里到老家，忙碌一上午又匆匆赶回去。在路上我倍加小心，因为我知道，我已不完全属于我自己。有一颗心始终在为我跳动，我不敢有半点马虎大意。远在天边近在眼前的你，说句肺腑之言：我爱你……

是我错给了儿子电话，我自以为他会把事情处理好，怎知道，他不着边际的语言，深深伤害了你。我替儿子给你道歉，但看来这伤已深痛心底。

我白培养了他拿高学历。博士生又嗟何及，我千遍万遍问我自己。

夜不成寐，半夜晨起，公园空荡荡，只有我自己。吼吧，放开喉咙吼吧，想吼多狂吼多狂，这里没有人干涉你。

但转念一想，还是沉默吧，沉默比什么都好，不是在沉默中死亡，就是在沉默中暴发，一条道走到黑的倔老头儿，任凭八面来风，我站在风口浪尖，让寒风吹透全身，至死不会屈从别人！

自　语

我酷爱写诗，你却不识字。读给你听吧，你竟甜甜入睡。我轻轻把你摇醒，你一激灵爬起，虎着脸问：那玩意儿能值几毛几分？……哦，你鼾声轻盈均匀，我对着屋顶数一二三四……

问　答

谁人伴我赏黄昏，谁人与我把粥温？谁人同我担风雨？谁人帮我辨浊混？
无人伴你赏黄昏！无人与你把粥温！无人同你担风雨！无人帮你辨浊混！
有我伴你赏黄昏！有我替你把粥温，有我同你担风雨，有我助你辨浊混！
让独自在公园散步的白发老头儿，脚步迈得更坚定沉稳。

回　家

炊烟升起来
四面飘来饭菜清香
那是谁家媳妇
单手托腮，痴痴守在灶旁
火苗蹿出来
映红了她秀丽脸庞

哦
莫非你的那个他
也像我一样
竟不知在外游荡了几多晌
家，该回家了家有多好
但我怕走得进家门
却走不进那间闭锁心房……

苦　旅

折叠起沉重的记忆
收拾起杂乱的心绪
我要走了

走向远方走向新的世界
开始一程苦旅
我们都是神灵的子女

有时候不需要过多解释
你是我永远的偶像
怕再怎么努力也爬不上你竖起的
云梯

该走时还是走了好
让我们在不同的世界
互祝爱的心语

悼亡妻

一

生前两怨辨曲直，
四眼生烟怒对峙。
忽来一夜成永远，
顽妻弃我奔瑶池。

二

男儿有泪不轻流，
强忍悲伤苦笑酬。
倘若年轮能倒转，
甘心依你再从头。

雪后遐思

大雪纷飞四野白，
手扶门框盼妻来。
满腹心声无处诉，
雕只玉凤倾喜哀。

乡野有诗

乡野小路有诗篇，
顺手拈来补墙山。
乡亲多有不识货，
花农①痴愚成笑谈。

---

① 笔者张景桓微信名曰"老花农"。

说　情

人到七十应天情，
寡欲淡欢度残生。
花农偏偏不识趣。
硬要沿山攀险峰。

为大通钨钢兄画配诗

瘦躯细茎孤单女，
头扬头落酷暑风。
花开悄惹蜂蝶恋，
低垂金黄籽粒丰。

黄宗志作品*

"小区好人"李伟军

邵阳监狱茶元头小区。

夜幕降临，华灯初上。

晚饭后，人们三三两两地走出了家门，边散步边聊天。干部食堂前面的空地上，一群跳广场舞的堂客们放起了热情奔放的音乐《最炫民族风》。

我也加入了悠闲散步的行列，和好朋友李伟军亲切交谈起来。伟军今年五十有七了，从离退办领导岗位上退下来，主动要求去分监区带班。我被伟军对工作、对朋友、对同事表现出的热心、细心和诚心所感动，还曾为他写了一篇文章《一枝一叶总关情》。

伟军在离退办代理主任期间很忙，双休日不论是哪个老同志患病住院或者突然离世，他都会第一时间把组织的关怀送到位。伟军说老同志工作无小事，一头连着党的政策，一头连着切身利益。小区内李梅求因工龄问题多次打报告到监狱到省里。李主任不厌其烦为她修改、打印报告，并受领导委派陪同李姨去娄底、去长沙。

2012年，春节刚过不久，我和伟军被选进首届小区业主委员会，当时伟军是离退办副主任，工作很忙，但他非常关心小区的建设。小区的路灯、住房楼梯间的照明都是他利用休息时间搞好的。

小区经常停水、停电，伟军就把邵阳市水电部门的电话号码存进手机，以备不时之需。2012年夏天，监狱大门两侧施工，作业人员不慎挖断了小区的供水管道，我们正手足无措的时候，是伟军第一时间打电话联系到了市有关部门。

和伟军在小区转悠或去城里逛街，我好几次都看见他弯腰伸手拧紧正在滴水的水龙头。现在我不论身在何处，也学会了管"闲事"，将尚未关紧的水龙头

---

* 作者简介：黄宗志，男，64岁，大专学历，政工师，湖南省邵阳市人。年轻时就喜爱文学、热爱写作和演讲。在地方和行业报刊及公众号发表过数十篇散文、小说、通讯、相声等作品。今虽已退休，但对文学和写作依旧热情不减。

拧上一把。

不少人提起伟军都说他是"小区好人"。谁家嫁女娶媳妇，或者老人病故都愿意请他帮忙张罗。从发通知到收礼金到联系车辆再到组织人员出发、收队，伟军总是亲力亲为，安排周全。2016年3月，我儿子在娄底办结婚酒宴，在邵阳监狱工作的客人的来回都是他一手安排的，事后我给他包了一个小红包表示谢意，他坚决不要，说"既然你把我当兄弟，我们之间无须客套"。前年工会发给了我爱人一张2017年春节步步高超市500元的购物券，因我们已双双退休不在邵阳，我只在微信里提了一下，伟军两天内不但为我爱人代交了2016年的50元会费，而且将500元的购物券以现金的形式转到了我的微信上。这事虽小，但足以看出伟军为人处世的细致和品德，让我感动了好久好久。

爱上演讲

一、参加省局巡回演讲

昨天，应邵阳监狱朋友之约，我为他儿子写了份演讲稿《不忘初心跟党走，青春建功新时代》，他儿子准备参加单位五四青年节的演讲比赛。在写作的过程中，过去我演讲的情景像电影镜头一样闪现在我的脑海里。

我第一次登台演讲是在1984年5月4日，那是群力煤矿收押犯人后的第一个青年节，也是团委组织的首个演讲比赛。我获得了第一名，一夜之间成了单位的"名人"，那年二十六岁。团委推荐我参加省局演讲赛，我在二十个单位选手的角逐中脱颖而出，斩获了金奖。当时改革开放的春风已吹遍了大江南北，可劳改系统慢了一步。我在演讲中讽刺了这种现象，"有人说春风不度玉门关，改革不进劳改队"。时任副局长宋鸿余在后来的多次会议上引用我这句话。作为知识分子的他决心推动全省劳改工作的改革，指示政治处组织巡回演讲。1985年春节后，省局组织了一支巡回演讲小分队，由政治处陶副主任带队。队员由新生煤矿的杨和光、张凤山，长沙女子监狱的曹书田、钱小明、李少伟，一监狱的李敏，津市监狱的刘青安，群力煤矿的我八人组成。

二、我的"演讲时光"

看官，你还记得1985年长沙的模样吗？省监狱管理局在八一西路，离公安厅不远。晚上从火车站右手边出来的一路上几乎没有路灯，用长沙话讲是灭黑的。主要街道即使有路灯，其光亮大都是橘黄色的，只有灯杆下有点亮。有个成语叫"管中窥豹，可见一斑"，其他就不用多说了。1985年还没散宵，我就接到了去省局政治处报到的通知，参加巡回演讲小分队。那天晚上好像是从邵东坐车早上才到长沙的。下车后又坐班车到了李少伟在市内的家吃了早餐。李少伟是个女警察，人长得漂亮，尤其是两道眉毛向上扬着，既威严又妩媚，普通话和播音员一样说得倍儿棒。第一次见到着警服的她，我眼睛都看直了。瞧俺这点出息，见了漂亮姑娘就找不着北了。那时公安厅还管着劳改局，我们属公安编制，所以住在小吴门那里的公安厅招待所。白天我们学文件、听报告、写演讲稿，晚上自由活动。小屋门有条巷子，巷子里有一家津市牛肉面馆，一碗牛肉面四毛钱，有的人舍不得吃，但我天天早上去吃。我觉得，人不要亏待了自己。

小分队有个厉害角色叫曹书田，男性，也是女子监狱的，大了我好几岁。长沙的很多学校、工厂、部队经常请他去演讲。他眯眯眼，高鼻梁。他往台上一站，气质、形象、气场一下子就出来了，能立马吸引大家的注意力。他说演讲稿修辞语法很重要，要经常使用排比句、疑问句、反问句，语调要有起伏，抑扬顿挫，荡气回肠，效果才会出来。在他的点拨下，我在巡回演讲中被安排"首讲"，我不负众望，旗开得胜，总能赢得阵阵掌声。曹书田压阵，我们首尾呼应，每一场演讲都大获成功。让带队的陶主任眉开眼笑。

在长沙，在各监狱走走停停将近一个月。每到一个单位，监狱（那时叫支队）政委、支队长亲自设宴迎接我们，吃香喝辣，酒足饭饱后第二天再登台演讲。

演讲的时光真美好，可惜一晃而过，但我终生不会忘记！

三、大学里的"怒吼"

1985年秋，我考入了湖南政法干部管理学院。当时学校设在韶山一处老院子里，条件简陋，但比较安静，是读书的理想场所。那一届，是院校成立后招收大专生最多的一次。一共有三个班，法官班、检察官班、劳改劳教干警班。我来自湘五劳改支队，分在八十五级大专三班，即劳改劳教干警班。班里八十六名学员中只有五名女生。老话说，"命里有时终须有，命里无时莫强求"。我和建新农场的女干部李春桃坐在一起，一坐就是四个学期，桃花运躲都躲不掉。毕业时，我们看了电影，压了马路，她还送了我一件衬衫，一本春联专著，还在扉页上写下了一句赠言：用心灵去生活！

入学不久，语文课老师布置了一篇作文：《回家路上》，我写的是发生在春节回家公交车上一个让座的小故事。课堂上，操着湘乡口音的年轻老师拿着我的作文朗读起来："我挤在人群中，来了个'金鸡独立'———一只脚站着。一个穿牛仔裤的小青年……"他把"牛仔"读成了"牛子"，引得学员一阵笑声。

政法学院有不少老师在"文化大革命"中受到过冲击，对劳改劳教干部存在偏见。在教学过程中，我们大专三班或多或少感受到了"歧视"。个别老师和领导认为劳改干部没有文化，缺乏政策观念，只会粗鲁对待犯人等。

1986 年年底，院校组织了一场演讲比赛，好像是为了纪念一个什么运动。班长和支部书记要我代表三班参赛。班长谢强来自建新农场，他说这是为我们劳改劳教干警出气的机会，叫我针对学校的"不公"予以坚决回击。

演讲那天上午，我被安排在最后一个出场。我穿了一身笔挺的公安制服，上台一个精彩亮相后，"啪"的一敬礼，赢得了台下热烈的掌声。我一环扣一环，很快切入主题："如果没有我们劳改劳教干部日夜辛劳地守卫在火山口、炸药库和阶级斗争的最前线，那么罪犯就会像洪水猛兽四处乱窜，你们的家，你们漂亮的女儿，你们安宁的生活将会被偷、被抢、被破坏……"我话锋一转，手一挥，"让那些对劳改劳教干部的一切诬蔑不实之词见鬼去吧"。

台下沸腾了，整个大厅沸腾了。谢班长、赵书记带头站了起来，三班全体站了起来！掌声、呐喊声经久不息。

我毫无悬念地获得了第一名。

灯 火

四十六年了，那灯火时不时闪烁在我的眼前，温暖着我的心房。

那是一盏煤油灯。火苗在玻璃罩子里晃动着，不时往上蹿动一下，风大了还容易熄灭。灯火昏暗、橘黄，光圈十分有限。可就是这样的灯火陪伴了我们在湖南双峰县那个叫太平公社园艺场的知青点四百多个夜晚。

那灯火温暖。1976 年立秋不久，我们大部分知青从青瓦红砖、满目葱茏的茶场转到了杂草丛生的所谓"园艺场",开始都散落在周边老百姓的土砖屋里。白天我们集中全部力量建干打垒,晚上围坐在煤油灯旁聊天、唱歌。十月中央粉碎"四人帮"后,陆陆续续解放了不少电影和老歌。我印象深刻的是在一个雪花飘飘的夜晚,李场长在灯火前、火盆旁唱起了《洪湖水浪打浪》,多么优美流畅的旋律,多么抒情奔放的歌词!听惯了以吼为特点的革命歌曲的我们都像喝了酒一样的沉醉和兴奋。

那灯火迷人。干打垒建好后,女的住东头,男的住西头。晚上依然点的是煤油灯,窗子蒙的是不透明的灰白色塑料布。在外面,能看见窗户的光一闪一闪的。没有月亮的夜里,山里黑黢黢的什么也看不见,真的应验了老师教我们的那一句话:伸手不见五指。那时我见到最迷人的就是我们干打垒那一扇扇窗口放射出的微弱光泽,特别是住着心上人的那间。

四十六年了,那灯火还在我心中跳跃。

真想再年轻三十岁

车过永州时,我的心像飞起来一样。

仲春时节的一天,我乘坐早班车,中午时分便回到了邵阳。在 320 国道旁,在茶元头老乡政府的地界,鳞次栉比的建筑群似一道亮丽的风景线映入了我的眼帘。高大、庄严的办公大楼正中央悬挂着熠熠生辉的国徽。"忠诚、崇法、尚德、图强"八个大字格外醒目。办公楼前面两侧的草坪上花红草绿,春意盎然。我拾级而上,内心洋溢着一个老警察的自豪感,同时也燃烧起再度工作的激情,甚至生出了一个奇怪的念头,要是真能穿越时光隧道该多好,和今天的年轻人一样在现代化的社会为党和国家效力。

走进离退办,吴黔和刘海明两位"老群力"热情地接待了我。他们告诉我,邵阳监狱自从收押罪犯以来,没有发生一起逃跑事故,其他事故率也大幅下降。干警执法水平不断提高,言谈之中,吴黔和海明掩饰不住的自豪与满足感呈现了出来。他俩的情绪也深深感染了我,我羡慕还在上班的老同志和陆续加入警察行列的年轻人。他们赶上了监狱发展的最好时期!

来到监狱森严的大门外,看见大门两边蜿蜒伸展的围墙电网以及围墙外挺立的绿色护栏,我脑海不禁闪现出邵东监狱破旧不堪的硬件设施,不禁想起我在大队抓改造的那些日子。

  陪同我走访的海明说，犯人监外劳动彻底取消了，生产、生活、学习全部在高墙之内，犯人想跑几乎没有任何机会。干部出入监区必须着装、执证、面部识别、指纹印证，准确无误确认身份。即便犯人抢了干部的制服想混出门都会被识破、被擒拿。海明还说，现在犯人的监舍都有洗手间，晚上落锁后根本不可能游监串号。监狱还设有监控装置，犯人的一举一动都在干部的监视之下。海明最后说，里面生产区和生活区界线分明，不劳动的犯人没有干部准许和押解是不可以进入生产区的。

  离开高墙电网时，我注意到大墙之下那一块块绿草地上一朵朵色彩斑斓的小花在春风中起舞，在阳光下欢笑。

杨克德作品 *

思念天堂里的战友

凡是穿过军装的人，都有一个亲切的称谓叫"战友"，都拥有一个共同的名字叫"退伍军人"，也都有一个历久弥坚的情愫叫"战友情"。故每年的八一建军节，我们必有一场聚会，虽只是一种形式，但有见一面就少一面的沧桑情感在里面，聚的是当下，而回不去的是青春。

军旅生涯，是一段激情燃烧的岁月，亦是一首荡气回肠的诗篇。战友是一生魂牵梦萦的思念。战友是在生命的黄金时期、生活的浪漫时期、成长的特殊时期结下的生死之交。在人生各式各样的情感中，唯有战友情最特殊。那是用青春和热血结下的友情。它既是友情又可谓生死情、患难情，在军人的感情中它是最难忘、最刻骨铭心的，也是含金量最高的且贯穿了军人的一生，这是它独特的价值与分量。

记得离开部队时，我曾写过一篇文章，题目是《二十年后的我们》，那也是我在部队留下的最后一期黑板报。当时小小的年纪，却胸怀梦想，认为一切似乎都有无限的可能，如今已过去四十年，年岁已花甲，才发现自己未能改变这个世界丝毫，别说成就一番事业，就是想要衣食无忧、生活富足、活得体面有尊严也并非易事。在几十年的时光变迁中，大家各奔东西，有了自己的选择。战友聚会也仅限于每年的八一建军节，且人数一年比一年少了。在这静谧的夜晚，我独自一人，细细地回想着过往。如今，已有十几位战友在岁月的冲刷下离世，永远地离开了我们的视线，只留下一串串的回忆。曾经的相伴朝夕，见证了彼此的成长，天下没有不散的筵席，再好的战友，再深的情谊，也会有曲终人散的一天，聚与散之间，是时光的暗度，是人生的沉浮。越来越多的回忆，就像一张张发黄的老照片，静静地躺在相册里，愈发的泛黄模糊。

---

* 作者简介：杨克德，男，60岁，甘肃省景泰县人，高中学历，退伍军人，自由职业，文学爱好者。曾在《人民武警报》《甘肃日报》《甘肃农民报》《白银日报》及景泰人民广播电台刊播新闻稿及散文类文章若干篇，并被聘为通讯员、特约评论员。座右铭为阅经读典，一生傲骨；与文共舞，独自绽放；我手写我心，我笔抒我情。

　　军旅生涯，是人生的宝贵财富，亦是一种幸运而完美的人生记录。当年唱"战友"之歌，是革命把我们召唤在一起，同甘苦肩并肩；唱《驼铃》之歌，又有着分别后可能一生难以重逢的感觉，想想也是，战友聚会能相聚的毕竟是少数人，因为大家来自祖国的大江南北。更多的战友，一生中都难以寻觅，一生中都难以相见，这就是战友情的内涵所在，是社会上的任何群体也无法比拟的特殊情感。

　　四十年前退伍的情景，今天仍记忆犹新，告别军营，带着军旅的印记，戴着光荣的大红花，将再次扬帆起航。领取了在退伍费70元，医疗补助费50元后，在"昨天最光荣，明天定可期"的夹道欢送中，上了前往火车站的卡车。在一曲忧伤的老歌《驼铃》声中，留下了渐行渐远的背影，一转身就是一辈子，光阴似箭，当年的战友已远隔万水千山，日月如梭，从青年、中年到老年，时光的流水冲不淡记忆的底片，军营的情景越来越清晰地在脑海中闪回，当年的战友越来越多地在梦中出现。步入老年，自然会挂念当年的那一群好战友。我们因为曾经是中国军人而骄傲，因为是坚强的老兵而高歌！

　　军旅生涯，只是人生中的一段路程，军人经历虽有长短，但都是为军队建设拼搏过、战斗过、奉献过。不仅把最好的青春年华献给了军队，也把最有力的才干献给了国防。这是一段特殊而光荣的经历！它演绎了我们的七彩人生，铸就了荣光、辉煌、永恒。

　　一个人的时光总感觉寂寞，想想过去的日子，总是百无聊赖，任时光飞逝，任流年辗转。此去经年，寄语我那些在天堂里的战友们，别来无恙？天国还好吗？岁月带走了你们，也带走了战友间最美好的回忆，却并未带走我对你们深深的思念。情转流年，曾经的战友，曾经的军营，在我心里都是一首首轻柔动听的人生乐章，回荡在天地间，一切都是那么的美好，而你们却带着微笑离开了人世，带着对人世的无限眷恋合上了双眼，带着对广大战友的勿忘之情飘向了天国。就这样悄然地走了，离开了这个美好的世界。在青春激昂的年代终止了生命，走完了人生，给战友们留下了并不是最美夕阳的夕阳红！

　　再回首，往事如风。再回首，曾经如梦。再回首，烟消云散。曾经的我们，错失了多少。曾经的我们，朦胧度过。曾经的我们，不堪回首。曾经的曾经，翻得不经意会错过，读得太认真会流泪。脑海中的你，脑海中的他，脑海中曾经的对话，犹如在耳边，又犹如在天边。当年的笑脸，当年的声音，当年的美好回忆，一步步慢慢走远。纵有千年铁门槛，终须一个土馒头！这就是人生的归宿。再回首……

　　人生沉浮几十载，战友情谊始最真。如今想来，那一段风雨同舟的情结，早已嵌进每一位战友生命的年轮，彼此的情缘，东西南北海角天涯，最坚实，最永恒，一直到老！回首过往，一切都变成了回忆，相隔千里还是战友！不曾忘却，珍藏于心底，军营，沉淀了我们一生的成长故事。当然忘不了那激情澎湃的岁月，那青春懵懂的念想。当然也会想起那纯洁无瑕的友情。不管走过多少旅程，那些点滴都蕴藏在记忆里，豆蔻年华，当年就幸福无比的青春岁月；花甲之身，如今仍闪烁在万花丛中。半个世纪的挥手挥别，再把心路历程书写！

战友情深似海。相识时说好的即便分开了也是永远的朋友和战友，而真正分开的时候，一个挥别后的转身就成了一辈子！那个匆匆的你，那个匆匆的他，现在都变成了空空的影。唯将十八岁的青春，十九岁的少年，二十岁的天空，留在那魂牵梦萦的军营。

恍惚中，又闻一位战友已转身离去，带走了所有的缤纷，带走了如诗的情怀，只留下期待中没有辞章的残卷，将过往定格。岁月里的山河人事，早已物是人非。日子已经泛黄，萦绕的皆是聚散离合，即使还有一些曾经的缱绻与留恋，也落在一场秋风的清凉里，恰如下弦的秋月，落入秋水而无法打捞。也许，当浮华散去，生命只剩下一纸苍白，半笺余生，只能安慰自己，伴一声悠悠的叹息，说一句：老了自有老了的好！

老了，可以做一片枯黄的落叶，随风飘荡。顺着时间的脉络，落叶归根，去寻找生命留下的痕迹，不为重生，不为涅槃，感叹故去的战友们步履无迹，唏嘘翩翩的少年芳菲无影，余下之人，只能将思念寄于梦里，感慨苍老的过往，寻觅天堂里的战友。

祭母文

时维公元二〇二一年正月十四日，不孝儿率杨门阖家老小并亲戚邻里，齐聚家堂，备设清酌，致祭于吾母灵前曰：慈母之恩，人间至宝；萱堂之爱，天下至真；天地为大，父母至尊。母亲陈氏，生于"民国"二十六年（1937年）正月十五日，因病于正月十二日与世长辞，享年八十有四。

母一生跨越新旧两个时代，亲历见证了国家治乱兴衰、改朝换代的历史过程，亦是村里饱经沧桑，为数不多的跨世纪耄耋老人之一。其在五十岁之前，都生存在国家百废待兴、落后贫穷、社会财富极度匮乏的时代。年年岁岁都为温饱度日奔波，为子女费心操劳，不料父亲又于一九七七年病逝，致使家庭生活更加困难，孤儿寡母的艰难生活可想而知。然而，就是在那样艰苦的年代，母亲含辛茹苦地将我们姊妹四人抚养成人。至亲至爱，不离不弃，用心血和汗水甚至用泪水支撑着我们这个家庭。苦命的母亲，只是农村普通平凡的农家之妇，一生虽未有惊天事业，但能在那缺衣少食的贫困年代，将四个子女抚养成人就已非常不易，这不失为母亲对家庭、对社会的一种默默奉献。

母亲一生善良，虽不识文，却知常伦，实有懿型之可溯；明堂显化，躬身力行，长传慈孝之家风。虽出自脑泉川英雄文家之大户门庭，终生足不出家乡的山山水水，也未踏进过以前的商店合作社或当今的超市大商场，所见所识，无过于农家之衣食住行，然对于子女教育，则宽严适度，教导有方，使我们数十年言犹在耳，受益匪浅。

回首往事，千言万语也难诉思念之情。今天，我们怀着无比悲痛的心情，悼念追忆母亲，杨氏门庭的四世同堂，耕读传家，兴旺昌炽，正是由我们这位承载超重负荷，而又超常纯朴的慈祥母亲所奠定的，是她以惊人的毅力完善了一个家庭的圆满，展现了一位东方女人的坚强。她为儿女终岁竭智，她为家庭一生殚精竭虑，这就是我苦命的母亲平凡而伟大的一生。

母亲一生体弱多病，岁岁有关，皆赖苍天之佑而岁岁过关。我不知道她快乐的时候有多少，从我有记忆起，便知道她是众人眼中的"病人"，但她却用其一生的言与行，为我们阐述了生命的真谛，用一生成就了儿孙，更将"为人父母天下之善，为人子女天下大孝"这种无疆之大爱，贯穿了其整整一生，给后辈子孙留下了弥足珍贵的精神财富和无尽的悲伤思念。

母亲是我们家中的一本史书，对我们的爱，远不是写一篇祭文所能完全表达的。母亲的去世，是我们人生最大的变故，她不但给予我们生命，还用毕生的心血分别呵护我们兄妹七十年、六十六年、六十二年、六十年。母亲一生待人宽厚，与世无争。自我们长大后便皈依佛门，虔诚念佛，点一盏青灯，长香不断、诵经礼佛；燃一炷诚香，常为儿孙祈求平安。在其卧病时，亲戚朋友全来探望，这都是其一生宽厚待人的结果。她的勤俭、忍让和厚道也默默地影响着我们，成就了我们今天的家风。

以常理而言，母亲受苦一生，儿女皆至中年，子孙兴旺儿孙绕膝，冷暖有靠衣食无忧。床前不绝嘘寒问暖之语，身边常聆欢乐笑谈之声。直到临终弥留之际，无疼痛之呻吟，端坐圆寂，此实是人生完美之结局。然作为儿女，亲人再高寿，也须臾难离；伺亲再劳累，亦觉情难舍。四十年相依为命，朝夕相处，从此阴阳两隔，一在天之涯，一在地之角。追思吾母数十年人生之坎坷经历，阖家阖族之遗德遗风，不由得令人大放悲声。

人生至亲至爱者唯有父母，这个世界上没有做父母的是与非，只有我们做儿女的不周全。我苦命的母亲从容安详地走了，未留只言恩怨于乡邻，未留半点亏欠于子孙，磊落、坦荡地走完了自己的人生。把"人"字的深远内涵告诉了上苍，并书写在了人间，更铭记在我们的心中。人间自有真情在，唯有父母最无私。青山泪尽声声叹，融化的冰山换不回已逝的人！如今家中的日子好了，我们这苦命的母亲却走了。不孝儿自愧能力绵薄，供养不周，相比而言，母亲的世界很小，只装着儿孙；而我们的世界很大，因此常忽略了她！对母亲的愧疚，从此将伴随我们一生一世。"树欲静而风不止，子欲养而亲不待。"怎不让人遗憾终生！母子之情，血浓于水。怎一个舍字了得？又怎一个无奈收场？天若有情，必与我同。地若有灵，彼心我心。

呜呼！父爱如山山已倒，庶人知多少？母爱是河河流走，一去不回头！世上只有妈妈好，人间最深母子情。是故，人世之亲，崇尚孝道，生前赡养，身后哀葬，此皆做儿女之应尽本分。哀文虽拙，思念绵长，只愿彰老母之功德于字里行间，蓄思亲想母之情于心中。上敬双老为人之本，下育子女乃家之福。善终孝诚贵于重葬治丧，让双老平常生活有保障，临终走得有尊严，移风易俗，厚养薄葬才是真正的感动中国！

年事有寿而尽，生命无所不在。俗云："积善之家必有余庆，人间自有儿女情长。"母亲与我们永别了，瑶池莲座上将留下您的身影，天国金殿才是您修行的归乡。从此天人各异，云汉迢迢，我们默默凝望着您，哪怕能看见的仅仅是您纤小的背影。您即将要去的地方，那将是我们心中最神圣的天堂！无论春夏秋冬，您的音容将永远留在我们心中。言将欲尽，情不可终。字字泣血，句句伤怀。新冠肺炎疫情期间，谨以简单家祭之微仪，以示悼奠追记。感谢您一辈子对我们的养育之恩和浓浓的母爱。愿佛光垂佑，弥陀接引吾母早登极乐。愿将诵经回向给她的英灵离苦得乐！愿在三宝的加持下，生者吉祥如意，亡者往生净土。祝福母亲，一路走好！

最后，我谨代表全家人衷心感谢南滩村党支部在每岁年终给予我母亲的关怀和慰问。感谢左邻右舍、亲朋好友在百忙之中前来助丧，参加我母亲的追悼会并深情地送吾母最后一程。各位的深情厚谊，我们将永远铭记在心，没齿难忘。

伏维尚飨。

孤哀子泣血稽颡
天运辛丑年正月十四

张宇作品*

跟自己干杯

故乡的冬夜，寒风劲吹。今晚我想一醉，没有你陪，我跟自己干杯。往事历历，怎堪回味，多少酸甜苦辣，多少离合欢悲；几许风光得意，几许失意颓废。风风雨雨三十载，荣辱得失俱成灰。如今，我归野山林，孤雁单飞，只为迷恋这故乡的巍巍青山，悠悠绿水。

跟自己干杯，我的爱人，你我牵手，一路走来，你吃过多少苦，流过多少泪。事业上的风帆，我们一起撑，家庭的重担，我们一起背。命运把我们捆在一起，你注定要为我受累。我们历经多少艰难困苦，你始终无怨无悔。无情岁月的风霜雪雨，使你伤痕累累。人生的万般滋味，你我都一一体会。曾经美丽的小姑娘，如今已白发催。我们都老了，逝去的青春不能回。你辛苦了，老婆，我敬你一杯，这辈子，感谢有你；下辈子，还要你陪！

跟自己干杯，千里之外的双亲，感恩你们给我生命，感谢你们养育栽培。你们给了我太多的爱，让我感受家的温暖，亲情的可贵。在那个困难的年代，为了生活，为了家庭，你们走南闯北，流离颠沛。怎能忘记，为了充饥你们千里要饭；怎能忘记，我们一家人多年住在破庙里，相依相偎。你们当过教师，当过工人，但更多的是当农民。你们的美好年华是在温饱线上挣扎度过的。你们的青春，苦涩而悲催。如今，你们已青春不再，往事难追。爸爸老了，还在受累；妈妈病重，每天都在受罪。二老独留家乡，老来寂寞，孤单伤悲，每念及此，我怎能收得住眼泪！我拿什么报答你们啊，我敬爱的父母亲！儿子不孝，不能在家照料相陪。我向着北方，敬你们一杯，祝愿你们长命百岁。春节回家团聚，我再敬你们一杯。

---

* 作者简介：张宇，男，60岁，安徽省蚌埠市固镇县人。大专学历，经济师职称，安徽省诗词学会会员。当过公务员，创办过几个企业，也曾"归野山林"，经历比较坎坷。曾获得"中国农村青年星火带头人""蚌埠市光彩事业先进个人""固镇县先进私企业主"等荣誉称号。现任"安徽省固镇县振宇肠衣有限公司"法人代表及"固镇县环宇食品有限公司"总经理。热爱文学、音乐、山水。业余时间喜欢写一点诗词、散文。

跟自己干杯，我亲爱的孩子，你们已经长大，转眼大学毕业，走上社会。看到你们已羽翼丰满，看着你们帅气聪慧，老爸我好欣慰。爱情、事业，你们的人生才刚开始。美好的人生，你们慢慢体味。你们尽管远走高飞，往前冲，莫要把头回。好孩子，我为你们举杯：愿你们闯出自己的一片天地，前途一片光辉！你们就是我的希望，我的丰碑。平时工作再忙，也别忘了亲人，忘了爹娘。只要你们过得好，就是我最大的安慰。请记住，家是你们永远的港湾，累了就把家回，我等着你们载誉而归，我们好好喝一杯！

跟自己干杯，血脉相连的亲人们，打断骨头连着筋，我们心中装着同一个祖宗的牌位。从小到大，你们处处关照扶持，让我体会走亲戚的快慰。虽然平时联系不多，但每到家族有事，我便能看到你们亲切忙碌的身影，大家彼此是那么心领神会。家长里短，情深意长，恩重于山，血浓于水。喜庆宴上，我们共同为亲人祝福；清明时节，我们共同把失去的亲人追悼。你们是我生命中不可或缺的部分，是我短暂人生的宝贵衬培。亲人们，感激你们，待到我们再相会，多喝几杯。

跟自己干杯，我牵肠挂肚的朋友们，我的思恋跟着风儿吹。天南海北，相隔千山和万水，我心永相随。我们曾游戏于故乡的竹林山坡，我们也曾漫游在他乡的高山秀水。我们寒窗苦读共同成长，我们也曾共同创业辛苦劳累。我们为共同的兴趣而欢畅相聚，我们也曾为同一首歌而陶醉。我们曾为失意难过，我们也曾为成功举杯。我们牵手领略东南城市的繁华，我们也曾相伴体会西北荒漠的壮美。我们翻越高山，我们走过草原，无数次为友谊干杯。我们情意相投，常为你有家不回。我们肝胆相照，常常不醉不归。有欢乐我们共同分享，有忧伤我们互相安慰。好朋友，你是我生活的美好点缀，没有你，我的生活没有色彩，没有滋味。想着重相逢，念着再相会。友谊万岁，朋友干杯！

今夜，我想一醉，没有你陪，想着你，念着你，我跟自己干杯！

2012 年 12 月 29 日写于皖南旌德

同学聚会感言

亲爱的同学们：

新年好！平时我见到一个同学就会快活几天；见到几个同学，我能快活几个月；今天我见到了这么多同学，我能快活好几年了。是啊，一辈同学三辈亲，在某种程度上，同学比父母、妻子、丈夫、兄妹、子女还亲，还有吸引力。有些话只能轻松地跟同学说；有些快乐，只能跟同学分享。只有同学们在一起，才能无拘无束，敞开心扉。不知大家是否与我有同感！

同学们，我们自从 1983 年秋告别母校固镇一中起，各奔东西，各奔前程，转眼分别已有二十五个春秋了。

二十五年的缘分，你我终生牵挂！

二十五年的友情，你我永世不忘！

二十五年的漫漫长路，你已走得很远，我跟不上你！

二十五年的时光飞逝，你已飞得很高，我够不着你！

二十五年的峥嵘岁月，把你我从一个幼稚、单纯的中学生，磨砺成了一个熟透了的背着家庭和社会双重负担和责任的中年人。

二十五年的风霜雪雨，带走了我们美好的青春年华，把悠悠岁月的沧桑痕迹都印刻在了我们的脸上和心上，使我们伤痕累累。

我们都老了！是啊，人生能有几个二十五年！

二十五年了，我常常想起课堂上你那稚气未脱的声音；常常想起操场上你那矫健轻盈的身姿；常常想起校园边芳草如茵的浍河坝上你读书的倩影；常常想起我们一起嬉戏的美好时光……那是深刻在脑海里的一幅幅多么美丽的图画啊！那时，我们意气风发，朝气蓬勃，充满激情和幻想。这一切，都已成为永久的回忆和怀念，伴我度过了许多寂寞空虚的时光，给我安慰，给我欢乐！

久违了，同学！或许你已儿女成群；或许你已腰缠万贯；或许你已高官在做；或许你已事业有成。或许你过得幸福美满，春风得意；或许你过得平平淡淡，不尽如人意。但，大家有一份珍藏已久的同学之情在心里，我们的距离就不远，我们的心就靠得很近！友谊能给我们安慰，友情是一种别样的幸福。愿我们这份同学的友谊像美酒一样，越久越浓、越久越香！

同学们，今天的我们来自四面八方，欢聚一堂。让我们好好聊聊，好好叙叙旧，好好看看彼此，把心里憋了很久的酸甜苦辣跟同学说说，把对彼此的关心、问候和祝福表达出来！

有的同学走上社会后常有联络，彼此关心，互相帮助，情意浓浓；有的同学曾患难与共，有过患难之交，感情笃深；有的同学从毕业后便杳无音信，今天才得以相见；有的同学暗恋已久，却终未将心意表达；有的同学虽中途发出信号，然而爱情已不在服务区——但这一切都已成为美好的回忆，丝毫不影响同学之间纯真的友情。

有人说："其实你不懂我的心，当初给你那么强的信号，你不敢接受，现在又说后悔当初没下手了！"还有人说："真冤，写了那么多情书都没敢寄出去，只因我当时有贼心没贼胆，要是有现在一半的胆量就好了。"现在社会上形容感情深有"五铁"：一起同过窗——同学；一起扛过枪——战友；一起同过乡——老乡；还有一起嫖过娼，一起分过赃。后两者不好，我不赞成。但还是把同学放在第一位的。

同学们在成长过程中，由于环境和心理因素，总会犯一些大错误，我相信他（她）不一定给你改正错误的机会，但绝对会原谅和理解你的，对吧？今天，我们这么多同学难得聚在一起，有多少心里话，现在说吧！

最后，非常感谢我们同学之中的佼佼者，事业有成、风度翩翩也是这次聚会的发起人——梁学凯同学，给了我们这次相聚的机会。千言万语，难抒胸臆。好，下次再聊！祝同学们的生活苦尽甘来，充满阳光！祝老师同学们健康长寿，万事如意！

2008 年 2 月 10 日

养　蚕

工厂旁边有一棵野生的桑树，长得枝繁叶茂。平时没怎么在意，今天看到这棵树，忽然想起了儿时在皖南山区妈妈带我养蚕的情景。那还是 20 世纪 70 年代初"大集体"的时代，村子周边的山冈上、小路边都种着大片大片的桑树，桑树的叶子是用来养蚕的。当时大队养蚕是安排在离我家五百米的一个大地主的祠堂里。

有一阵子，妈妈每天都带我去养蚕。一进蚕屋，便看到一层层一排排竹匾里养着大小不一的白色的蚕虫。男人们采运桑叶，女人们喂蚕。蚕的食量很大，特别是大蚕，一大片桑树叶很快就吃完了，那些蚕吃起桑叶来还发出沙沙的声音。小蚕宝宝是黑色的，就像小蚂蚁一样，长着长着就变成白色的了。

我对这种软体的虫子有一种天生的恐惧感。看着妈妈经常用手把手指般大小的蚕放在手心里或衣服上让它趴着，很是羡慕。但那白色的大虫子摇头晃脑的样子着实让人害怕。在妈妈不断示范和鼓励下，我终于也敢把蚕拿起放在手心和衣服上了。到现在为止，除了蚕，别的类似的软体的虫子我还是怕得要死，是绝对不敢用手去摸的。说不准我现在也不敢用手拿蚕了。

那些蚕长到一定程度，就不吃东西了，一动不动地僵在那儿了，仿佛是睡着了，然后就脱了一层皮。如此这般，蚕的一生要脱五次皮，脱一次皮就长大一些。蚕脱五次皮后就被人们放在草笼子里吐丝结茧。据说一条蚕吐出的蚕丝有一千米长呢。蚕用吐出的丝把自己困在茧里，这就是"作茧自缚"的由来吧。蚕茧是白色椭圆柱形的，像个大胶囊。蚕丝最后被做成了丝绸。如果留种的话，蚕结茧后十来天，蚕蛹就会化蝶变成蛾子破茧而出，蚕蛾子很大，灰白色，虽然有翅膀却飞不起来。蚕蛾子交配产籽后就死了。蚕籽像小油菜籽一样，整齐地排列在纸上，到了春天达到适当的温度，就自然孵化变成蚕宝宝了。

蚕的一生是短暂的，也是神奇的，它们在历史上对人类的贡献是巨大的。那些古代皇帝穿的绫罗绸缎还有那著名的丝绸之路都是因蚕这个小虫子而起的。现在蚕丝广泛被用于被子、服装、化妆品、保健品等，蚕蛹还是高蛋白的食品。

记得我上小学时，老师布置的一个特别的"作业"，那就是养蚕。小伙伴们放学后的第一件事就是采些桑树叶回去喂蚕。我养的蚕自然成活率和结茧量都是很高的。

那时除了养蚕还有一件最惬意的事，就是到了春夏之际，桑树上挂满了紫黑色的成熟的桑葚。那真是上天赐给我们最好的免费的美味！那时节，我和小伙伴们每天都去吃这难得的酸酸甜甜的果子。嘴巴和牙齿都被染得黑黑的。

一晃，这些往事过去五十年了。在那个困难的年代，虽然我们常年赤着脚，穿的衣服也都是打着厚厚的补丁，过年才能吃上肉，可那是我这一生最幸福快乐的时光！

如今，妈妈走了，我也六十岁了。那遥远的童年时养蚕和吃桑葚的美好时光一去不复返了。

2021 年 11 月 15 日

张桂华作品*

悼大伯

接到大伯去世的消息，已经是几天之后了。没想到十几年前见到大伯的那一面，竟然是与他老人家的永别之见！

在我的童年记忆中，大伯是一个不苟言笑、高冷神秘的人。因为大娘去世得早，奶奶一直和大伯及他的两个孩子（我们的哥哥姐姐）一起生活。那时每逢我去塘沽奶奶家，大伯留给我的经典镜头永远都是穿着整洁，腰板挺直，走路轻快，目不斜视。他往往回家后放下公文包，就一头扎进自己的房间，然后背对着我们，自斟自饮着奶奶早已为他备好的白酒，下酒菜总有一样是必不可少的，那就是泛着香味的红红的花生米。

如果爸爸去了，便坐下与大伯一同喝酒，但是很少听到他们交谈。不过作为小弟，爸爸向来对大伯言听计从。由此可见，大伯的威望可不仅仅是在我们晚辈的心目中才高啊！

打破这种一成不变印象，是在我工作之后的那年。那年，我和妈妈、弟弟一起去塘沽看望奶奶，那时大伯已经娶了现在的大娘。那天，我们快到奶奶家时，老远就看到了从楼门口迎着我们走过来的大伯，他满眼堆笑、张着双臂，首先跟妈妈握手，然后拥抱了弟弟，最后拉着我的双手上下打量，又把我一把拥入怀中。我受宠若惊，在大伯宽阔温暖的怀抱里，第一次感受到了如父亲般的慈爱。原来，大伯也是像爸爸那样爱着我们的亲人！我一直拉着大伯的手走进了奶奶家，到家后还久久没有松开。

我调来北京后，与大伯又见过两次面。

第一次，住得离我们不远的哥哥给我打电话，叫我们一家三口去他家吃螃蟹，并且嘱咐我家先生要穿好军装，而且口气没得商量，还要全家马上就得到。我接到命令不敢怠慢，三口人打车快速来到了哥哥家。一进门，就看到了正对

---

* 作者简介：张桂华，58岁，退休教师。从事近40年的中小学语文教学工作，发表论文案例多篇。

着我们笑眯眯的大伯，他旁边还有可亲的大娘。我惊喜地走上前去握住大伯的手，扭头对哥哥嗔怪道："哥哥，大伯来了怎么不告诉我呢，我们空着手过来多不礼貌啊！""就是不想让你花钱才不告诉你的，我这啥都不缺，没必要再让你破费，这也是你大伯的意思啊。"哥哥回答道。

螃蟹是大伯大娘从塘沽带来的，大得一个盘子都装不下，吃剩下的还让我们带回了家。饭后，我们一家三口和大伯大娘、哥哥嫂子拍了张合影，我家先生穿的就是大伯最喜欢、最得意的军装，他已经把我先生当作自己骄傲的孩子了，看大伯合影中那开心的笑容就知道。

第二次是爸爸去世后的第二年，那时，我感觉自己已经从悲伤中走出来了。

那次也是哥哥打电话叫我们去他家吃饭。我们一家三口走出电梯来到哥哥家门口的时候，忽然听到屋里传来了爽朗透亮的笑声，还带着浓重天津腔的老家话，分明是爸爸的声音嘛。

我快步推开门走进去，那位长得跟爸爸一模一样慈祥的老人，正对着门口望着我呢。我一下子如穿越了一般，真好像在做梦，我亲爱的爸爸回来了吗？爸爸，爸爸，我在心里喊着，快步走上前去握住了老人的手，一下子竟然不知道该怎么称呼，泪水止不住地肆意流淌……爸爸去世后的悲伤情绪，一下子像决了堤的洪水又迸发出来。

看到坐在一旁的大娘，我才终于稳下神来："大伯，您现在怎么看着跟我爸爸这么像啊，不论声音，还是外形。之前可从来没有这么明显的感觉。"我紧挨着大伯坐了下来。

真的，看到大伯，就像看到爸爸一样！我拉着大伯的手说了好多好多的知心话。

随后，大伯大娘去我家坐了几个小时，我一直都是跟他老人家亲不够待不够的心情。当把他们送出大门，大伯摇下车窗玻璃跟我挥手告别的时候，我的泪水又一次止不住地流淌下来。我走到车前握住大伯的手依依不舍，但是却哽咽着说不出一句话……

哥哥把车开走了，我站在大院门口终于哭出了声。我多想跟大伯多待一会儿啊，哪怕只多待一分钟！

万万没有想到，那次，竟然是我今生与大伯的诀别！

以后的十几年，大伯再也没有来过北京。我时常想去塘沽看望他，但是考虑到他有心脏病怕受到刺激，就一直没敢过去打扰。

让我们惊喜的是，近几年，将近90岁的大伯竟然也学会了使用微信，我跟他老人家最直接的交流方式就是微信了。但是因为工作忙，我们晚辈往往只静静地看大伯在朋友圈里发的东西，发言的情况并不多。我总觉得，北京离塘沽并不遥远，想见面只是分分钟的事。

没想到，大伯在微信中仅仅一个月没有消息，便一下子离我们远去了，而且永远都不会再回来了！

大伯，我以后再想念爸爸，再想念您老人家，让我如何化解，如何排遣？

如果梦境中能够相逢，我宁愿从此长梦不醒……

过年的回忆之赶年集

儿时的乡下，没有商场超市，人们买东西的最好方式就是赶集。尤其过年，所有年货都要等着赶集时去置办，俗称"赶年集"。

我们小孩子呢，对赶年集那也是相当渴望的。虽然家里不需要我们置办年货，但是一年到头，再艰难的日子，爸妈也会给我们几毛钱去赶年集，让我们自己做主，买点平时喜欢又得不到的东西。还有谁不盼望通过赶年集，来满足一下自己积攒了一年的小小欲望呢？

腊月二十六，我与几个小伙伴约好了一起去赶年集。我揣着妈妈给的两毛钱，一蹦一跳兴奋地去小霞姐家集合。路过猪圈，发现地上有一卷暗绿色叠成喇叭状的小纸筒，颜色跟我揣着的两毛钱有点相像。凑近了拿起来一看，天啊，这不就是妥妥的两毛钱吗？而且还是两张叠在一起的！再往前走两步，地上又赫然躺着一张展开的两毛！什么情况，我扔下钱环顾四周，立马警觉起来：这会是谁故意扔到这儿的？我捡起来会不会被当成小偷抓走？我迟疑不决，不知道该怎么办才好……

钱就在地上老老实实地躺着，我故意路过了两次，都没有发现附近有其他人。我再不去集合，小伙伴们该来家里找我了。我又环顾四周，确定没人监视，这才小心翼翼，佯装弯腰系鞋带，悄悄捡起了地上的钱，与我身上的两毛钱揣在一起，快速向小霞姐家奔去。

集上可真是人多东西多，热闹非凡。路边的货架搭得高高的，花花绿绿的新衣服琳琅满目；干鲜果品从筐里探出头来，和它们满面红光的主人一样，冲着来往的顾客展开喜悦的笑颜；猪、牛、羊肉有挂着的，有平放的，它们最不急也不慌，谁知道今天哪个赶集的人不会带些回家呢？

集场的东北角，噼噼啪啪震天响。卖鞭炮的壮汉选了一个最高点站上去，一手举着一长串燃放的鞭炮，一手戴着棉手套捂着耳朵，头上戴着大棉帽子，帽耳一个上翘一个耷拉。壮汉黑红的脸膛满脸堆笑，露出雪白的牙齿大声招着客："瞧瞧这鞭炮，三十年五更放起来，谁家有咱这个响啊？一年的小日子红红火火节节登高啊！……"话还没说完，围观的人一下子把壮汉围了个水泄不通。

女孩子对鞭炮可不感兴趣，我们一步一挤来到了小商品区。你买两根大红的头绳，她买一支喜爱的头花，各自欢喜。

绕了一圈，又来到了干果区。看到了各种口味的瓜子，这可是我的最爱。每年过年，家里的瓜子都是用来招待客人的，客人走了就要收起来，我可从来没有吃过瘾。今天，我有了一笔从天而降的"巨款"，那就放纵一下自己吧。我掏出两毛钱要买瓜子，也不懂得问多少钱一斤，就看到两毛钱的瓜子在秤盘里有小半秤呢。卖家把瓜子倒在我的衣服口袋里，左边装满了，装右边；上衣兜装满了，装裤兜。好家伙，浑身的衣兜装了个满满当当。我满足地把小手伸进衣兜，一直伸下去，却根本探不到底。"四衣兜瓜子够解馋的啦。"我满心欢喜地想。这回，我可真正是过年了呢！

小伙伴们带着各自的"年货"，满载而归！

张根保作品 *

过大年

1970 年的小年刚过，天气特别寒冷，凛冽刺骨的风夹带着小米大小的雪粒儿像无数支利箭一样射向大地上的万物。不一会儿，雪粒儿变成了大片大片的"鹅毛"，铺天盖地……

农村，母亲们偎在破旧的被窝里为孩子们赶制过年的新衣。说是新衣，只不过是将褪了色的衣物用肥皂洗干净，把破烂的地方用一块对色的旧布缝补的衣物。

小孩子们却一点儿也不觉得冷，他们和刚骂过嘴或打过架的小伙伴们又团结起来，把公家喂牛的草屋有墙洞的地方用稻草堵得严严实实后把门打开，然后"埋伏"到隔壁屋里。

过了一会儿，一群饥饿难耐的麻雀们便进入了孩子们的"包围圈"，在草屋里寻觅干瘪而发霉的粮食。这时候，孩子们拿起棍子或破扫帚突然袭击，进行一场"麻雀战"。

结果，惊慌失措的麻雀"束手就擒"，孩子们如获至宝似的欢呼着、跳跃着来庆祝这场胜利。

那时的晚饭叫"喝汤"，每家每户基本都是干红薯叶加上几根手擀豆面条，然后浇上一碗高粱面糊糊，稀汤寡水一大锅，男男女女都穿着大裆裤，捧起一只粗瓷大黄碗，要么蹲在地上，要么坐在门槛上，一碗又一碗，喝得津津有味。现在，这样的饭既能预防三高又能减肥，但对于当时一个个面黄肌瘦根本不需要减肥的农民来说，只是为了充饥，天天进食如此食物也是别无选择。

晚饭后的煤油灯，火苗像黄豆粒儿那么大，稍大一点儿主人就要找来铁丝之类的东西往下压一下，因为这样可以节约煤油、减少家庭开支。家庭主妇们可以在昏暗的灯光下继续她们手中的针线活。

对于小孩子们来说期盼已久的大年终于来了。这时，爱睡懒觉的孩子们早

---

* 作者简介：张根保，笔名雨点儿，男，60 岁，高中毕业，自由职业者。

早地半夜就醒了，他们穿着新衣服，手里拿着正在燃烧的柴火棍摇晃着照明，忽明忽暗，就像一群萤火虫。"萤火虫"们要去每家每户的门前捡一些有捻或没捻的哑炮。然后把有捻的重新燃放，没捻的掰成两段做游戏。

天亮之后，孩子们高高兴兴地各自回家吃白馍馍，这样的白馍馍，一年四季只有麦收和过年的时候才能吃上几天，然后就是白加黑的花卷馍，再往后就过渡到正常的黑窝头了……

吃过早饭，三五成群的孩子一拨接一拨，挨家挨户地"抓包"，"抓包"的内容不是现在的五香瓜子和精致的糖果，而是自己家的锅炒制的带有很多哑巴豆的爆米花。碰着大方的人家，他们都能抓上一大把给每个孩子；碰着吝啬的人家，他们只用三根指头给每人捏上几粒，还不情愿放进每个早已撑开等候的不合体的大口袋里。

每家每户的团圆饭都大同小异，菜是八大碗四荤四素。最让人嘴馋的肥肉是餐桌必不可少的。那是拿着政府发给每人一斤的肉票，翻山越岭步行十几里，到人民公社的食品公司排着长队，六毛钱一斤买来的。

说是四荤四素其实是一荤七素，因为，"鸡肉""鸭肉""鱼肉"全是用酵母发酵过的面疙瘩油炸而成的。一个劳动日的工分价值为一毛两分钱，鱼太贵买不起，也无处可买。当时政府有规定：每家最多只能养三只鸡和两只鸭。政府的规定由村子里的最高长官（生产队队长）来监督执行。三只鸡和两只鸭，对于一个农村家庭来说，是每个家庭一年开支的指望，老百姓只好"望鸡生叹"，用油炸面疙瘩来替代鸡、鸭、鱼肉。

过年时，大人们带孩子跋山涉水到亲戚家拜年全靠步行。聚餐时除了大块吃肉便是大口喝酒。散装白酒七毛一斤，划拳喝酒轮流过关，酣畅淋漓不醉不散，临走时，小孩压岁钱每人两毛。孩子们手舞足蹈心里比蜜都甜！

日月如梭，时光飞逝。到 2022 年，中国农村历经五十年沧桑巨变，宽阔的水泥路四通八达，走亲访友自驾出行。大人孩子再也不盼过大年，因为他们每天都穿新衣服、每天都有白馒头、每天都吃鱼和肉、每天都像过大年！

回乡随想录

春节前，随着归乡的人流，我回到了生养我的故乡。外漂的游子踏上故乡土地的第一步就倍感亲切，因为，这里是我多年来魂牵梦萦的家乡。又因为，外面的金窝银窝不如自家的穷窝。

漫步在曾经奋斗和经营大半生的田间地头，我不禁浮想联翩：

20世纪八九十年代，刚解决温饱的农民穿着破旧不堪的衣服。庄稼成熟的季节，一家老小靠镰刀收割成熟的庄稼累得腰酸背痛。用架子车拉运带秆的庄稼，每逢上坡，单靠鼻孔的呼吸来不及供应肺功能的运转，于是就张大嘴巴，大功率地供应肺部的需求，为使车轮正常运转，磨破而红肿的肩膀，不得不挎上背带，而且伸长脖子，脚尖蹭破地皮留下两行深深的脚印。为了生存而无奈……

对于拉到打麦场的庄稼，趁着烈日炎炎，套上两头老牛拉着石磙，一圈圈一遍遍地碾轧。昼夜忙碌的打场人，为使其干活不打瞌睡，扬起牛鞭，唱起了打场歌，歌声中，饥肠辘辘的老牛，像拉车人那样，伸长脖子，张大嘴巴，跑得飞快……

打麦场旁边有一棵百年的海棠树，每到夏天，硕大而浓密的树荫下是人们纳凉打盹的好去处。劳累过度的人们头枕胳膊睡得像死人一样，任凭蚂蚁和蝇虫袭扰都不会醒来。

海棠树下有一口水井，井口距水面有两米多深，麦收时节，口渴的大人们为了赶活，就让孩子们掂着绑有破布条的玻璃瓶去井边取水来喝，忘带水瓶的人干脆一屁股坐在井边，叉开双腿，脚蹬井口，把麦秸秆的空心处一根根连接起来，像抽水机一样，咕咚咕咚地喝个肚儿圆……

而今，我已到了两鬓染霜的年龄，国家却到了科技发达民富国强的年代。大型播种机、联合收割机在田间唱着一曲曲社会主义新时代的赞歌。过去的生产模式早已成为前尘往事，在历史的长河中越飘越远……

曾经的打麦场早已失去作用被开垦成了耕地。那棵百年海棠树也被砍伐。只剩下那口老井，被一大块水泥板盖得严严实实，取而代之的是更为清澈纯净的自来水。但我更爱那甘甜的井水，更加怀念那棵百年海棠……

一阵寒风吹过，田埂上的艾草被不甘寂寞的空巢老人为挣得一天几块钱的微薄收入，给留守在家的孙子们买些文具，给在外打拼的儿女们减轻些负担，采了之后卖钱，只剩下赤裸裸的艾秆傻呆呆地站在原地。经过霜冻的折磨，枯萎发黄的狗尾草被冻得瑟瑟发抖，摇摇欲坠。只有那一望无垠的麦苗，焕发出青春的活力，摇头晃脑地匍匐在大地母亲的怀抱里，茁壮成长！

怕冷的冬日躲进了西山的怀抱，不遗余力地放射出缕缕霞光，染红了天上的云，令我心醉。望着那云，望着那袅袅炊烟，我豪情满怀地走进了村庄，走进了沁人心脾散发出饭香的家中……

祈　雨

记得，小时候，我家和全村庄的人家一样，住的全是破旧不堪的土坯墙淮草房。

我家共有九间房。

我家的堂屋坐北朝南，原先是三间房，后来在东头又接了一间。

堂屋前边一排有三间房，东间是灶屋，西间是牛屋，中间是大门。说是大门，其实，也就是由几块破木头拼凑而成的，因年久失修而摇摇欲坠。

院内，父亲"见空扎针"，又盖了两间东屋，冬天，贮藏牛草，叫牛草屋。

院外，有一公家的小池塘。池塘里是不流动的死水，很脏。夏天，水里面有很多深褐色的孑孓在蠕动。在牛草屋与灶屋之间，有约一米宽、五米长的空道，为了防贼，父亲就把空道用石头垒起了一小段围墙。

我清楚地记得围墙下边留有一个石洞，石洞有两个作用：一是每到夜晚大门紧闭时，石洞是我家的狗看家护院时随便进出的重要通道；二是每到下雨天，院内有积水时，石洞又担负起了排涝的重要任务。所以，人们也叫它：出水口。出水口旁边就是那个小池塘。

20 世纪六七十年代，每逢干旱天气，村里人就要"祈雨"，也叫"求雨"。

祈雨时的"主角"，必须是苦命人。因为，苦命人最可怜，可怜人能感动上苍，上苍的最高"统治者"，是玉皇大帝。玉皇大帝统治着各路神仙，负责降雨的两位神仙，一位叫"雷神"，另一位叫"雨神"。

村子里有一位八十多岁的老太太，姓赵，又矮又瘦，满脸的皱纹纵横交错，就像核桃的外壳。老太太年轻时死了丈夫，唯一的女儿长大后，嫁给我一个同族的叔叔，我们同辈人都叫她婶子。老太太老无所依，就到女儿家养老，因为，有婶子的辈分，老太太又是婶子的母亲，我们同辈人都叫她姥姥。同村人都认为姥姥是一个苦命的人，每次祈雨，都推荐姥姥来演"主角"。"配角"就是一群孩子。

祈雨的"舞台"就在我家牛草屋与灶屋那狭窄的空道里。

大地，被火球般的太阳炙烤着，绿色的庄稼干渴得萎靡不振，人们仿佛进了蒸笼，热气腾腾。

晴朗的天空中，飘着几朵不规则的云，不一会儿，云，被风撕扯成了条状。

祈雨，拉开了"帷幕"，姥姥头戴斗笠，身披蓑衣，双手握着锄头，表示"排涝"。一群孩子用尿罐提着水或用脸盆端着水，穿梭于池塘和"舞台"之间，不一会儿，我家的排水口就"哗哗啦啦"地流水，水又源源不断地流入池塘，形成良性循环。

姥姥一边舞动着锄头，一边张开她那无齿的瘪嘴高声凄惨地念咒：

"天爷耶——雷神耶——雨神耶——"

"人间的庄稼渴得要死哟——"

"行行好哟——快下大雨哟——"

…………

姥姥一遍又一遍地念叨着咒语，舞动锄头时，那双被裹成的小脚，几次险些滑倒。

孩子们，光着屁股累得气喘吁吁，一趟又一趟地从池塘里取水泼到我家院内的空道里……

那时候，农村人家里都很穷，每到夏天，十来岁以下所有的孩子，只有女孩衣衫褴褛，男孩子们即使有裤衩，那也是母亲们把烂得不能再穿的长裤，剪去裤腿在屁股处缝上不对色的补丁制成的。男孩子不害臊，都习惯了不穿衣服，也懒得穿，都是光着脚丫子，浑身上下一丝不挂，晒得黑不溜秋的像条泥鳅。

在祈雨的过程中，还要有人"助演"。

我家大门前有一条大路，大路对面是生产队的仓库，仓库里放着很多犁铧和铁片，"助演"们敲击着犁铧和铁片，发出"当！当！"的响声，给上苍发"信号"，以引起"雷神"和"雨神"的重视。

刹那间，天的东南方，渐渐地，渐渐地，出现了一大片迅速往上翻滚的乌云，朝这边席卷而来……

姥姥和孩子们被折腾得大汗淋漓……

还真灵！

祈雨时，倘若"雷神"和"雨神""当值"，立刻就会倾盆大雨。

祈雨时，倘若二位神仙有事：或"喝酒聊天"了；或"走亲访友"了；或"下棋打牌"了……下雨的事就要拖上两三天。

玉皇大帝也会"睁只眼闭只眼"，不会因"玩忽职守"去"惩戒"二位大仙，就算施了惩戒，那是他们内部的事，也不会让下界的老百姓知道。

祈雨，也有不灵验的时候，那可能是"当值"的二位打了个"盹儿"，没收到凡间发出的"信号"。关键是姥姥和孩子们，包括下界所有人，都不认识二位大仙，不认识就说不上话，说不上话，就没法拉关系，走后门。那姥姥和孩子们，还有那些"助演"们的功夫全都白瞎了。

嘿嘿，祈雨时，我也用尿罐提过水，那时的尿罐都是用泥巴烧制的瓦罐。由于路面光滑，跑得太快，一不小心尿罐被摔烂了。为了一个破尿罐，我的屁股还挨了父亲的一顿狠揍！

五十年后的今天，家乡，久旱无雨，然而，却无人再去祈雨，因为，那是迷信。

只有靠科学，靠人工降雨，靠兴修水利，干渴的土地方才有甘霖！

王志美作品[*]

那望不到头的绿呀，诉说着我对你的思念

我十六岁那年，高高兴兴地办理了我人生第一张身份证。谁知道到了1999年参加成人高考时，赶上了身份证换代。我的录取信息竟然和学籍信息、身份证信息是不一致的。更可悲的是，后来我的身份证到期了，又重新换了一个。竟然和前面的身份证号都不一样。所以我的大专学历无法被认证。本科学历，停课停学停注册。好不容易进了学硕的初试国家线，竟无法面试，求学梦化为了泡影。

可悲的是我为了解决学历问题和省招生考试院打完电话后，因为放了学晚出校门十分钟，竟然出了车祸。从此，我不仅失去了工作，还饱受车祸带来的病痛的煎熬。可悲的是学校不给我们进行工伤认定，天天骑摩托车带我一起上下班，和我一起出车祸的陈乐娜老师，不得不带着剧痛上班，休班就没有工资。更可悲的是，几个月后，她又出了一次车祸，去世了。

走在美丽的沂河边，望着连绵不绝的柳树，那望不到头的绿呀，诉说着我对她的思念。时值清明节，亲爱的老朋友，我拿什么来祭奠你呢？想起你对我的那些关心关怀，我热泪盈眶。想起你对生活、学习、工作的执着和热爱，我叹惜不已。想起你对自己的孩子，还有对自己的学生的那种喜欢、喜爱，如今却已离他们而去，啊，你该有多么恋恋不舍！

我们曾经约好，无论在哪里都要时常保持联系。如今，我将这些事情用文字记录下来，你能看得到吗？你知道吗？你说过，你喜欢看我写的文章，你说你喜欢我的诗，如今，只有眼泪化作诗行，化成对你的思念。

放心吧，孩子们正在健康地成长，他们正在积极地生活、学习。我会时常替你看望他们的。

---

[*] 作者简介：王志美，女，出生于1978年，山东省临沂市人。曾在滨州医学院，第二军医大学南京军医学院，北京师范大学，香港亚洲商学院学习。现为世界汉诗协会日照分会会员。用文字记录生活，抒写华夏风采，是我的心愿；回味生活，观察世界，感恩生命中别样的遇见，给读者以启迪，是我对生活的馈赠。

为徒者常思恩师

我还能记得我一年级老师的名字，并且记得相当深刻。我喜欢她的名字，就如同喜欢她本人一样，她就是崔秋芬老师。

她的名字如同她本人一样，散发着一种芳香。也就是说，她本人如同她的名字一样，散发着一种芳香。她有着极其温柔的性格，不论是读书、讲课，还是平时说话，声音都极其好听。她教会了我们怎样有感情地去朗读课文，分角色去读课文，教会了我们怎样去做人，写作文。她从来都是把孩子们不太听得懂的道理说得深入浅出，让孩子们在快乐的情绪下接受她的教导，在不知不觉中快乐地成长。她一直教了我们四年，从一年级到四年级。

在四年级结束的时候，她还领着我们在学校的广场周围种了很多很多的松树。她说小小的松树在我们的关心下，会健康地成长，也希望我们像小松树一样健康地成长，希望我们有时间多回母校看看，希望我们长大了，能够为家乡，为国家做出更多的贡献。

有时候，真的感觉为自己的故乡做得太少了。和小学时的同学、好朋友聊起天来，他们也都还记得我们这位老师，记得老师对我们的教导。他们也都是直到今天，还心怀感恩地去做人做事。

希望我们已经年迈的老师，家庭幸福，安享晚年。希望我们有更多的时间相聚，能够再一次聆听老师的教导。让老师知道，我们已在她的教导下，茁壮地长大成人了，正在祖国的各个地方做着对社会不同的贡献。

我眼中闪光的她，我的恩师

不知不觉，我已经四十多了。如今，我正处于我生命中的低谷。出了一次车祸，脚骨折了，只能躺在床上，好长时间都没出门了。

更为郁闷的是，在这个寒冷的冬天里，我的同事、我的好朋友、我的邻居，比我小几岁的小妹妹又出车祸去世了。她被大车碾压了，听到这个消息时，我的心脏也似乎被碾压了一样，既压抑，又痛苦。

就在这时候，我二十多年没有见过面的初中一年级时的李清芳老师，给我发信息了，问我的脚还疼不疼。在我的印象中，老师依旧是年轻美丽的样子，她对我们极好，常常牺牲自己的业余时间给我们补习功课。我像一个受了天大委屈的孩子，把一切的眼泪倾倒在老师的胸怀里。老师说，"到我家过年吧"。我真的感觉到了，老师发自内心的关怀。

我也想到老师家里去看一看，看看曾经教过我们的陈老师——她的老公。陈老师之前得了一次脑出血，很多人都不认识了，却仍然对李老师笑呵呵的。李老师说陈老师住院时，医生想让她放弃，她的头发一夜之间全白了。最终她没有放弃。

听着老师平平淡淡的叙述，我的内心有一种感动。感觉她身上带着一种光芒，给了我力量。那就是，世界上任何东西都比肩不了的爱的光辉。想不到在我经过了死阴的幽谷，在人生的低谷中的时候，却又遇到了这种爱的光辉。

这种光辉能够让人抵御生活中一切的艰难困苦，能够面向阳光，不见阴影，笑着活下去！

小小的我，小小心愿

我从小学一年级就开始帮助那些学习上、生活中有困难的同学。

现在我已是一名有了国家教师资格证的老师。我不是一个明星老师，但是我知道什么是青出于蓝而胜于蓝。我不喜欢应试教育，可是我总是能够在应试教育当中脱颖而出。

我教过的孩子们，从来不会让他们为应试而应试。我会教给他们基本的听说读写能力，当家长、老师都放弃那些孩子时，我总能发现他们的闪光点，鼓励他们。其实，学校里很多的知识要生活化，要和生活密切结合起来，他们才会有学习兴趣。比如，小学生那些圆柱、圆锥体的计算题，有几个学生亲自做了几个圆柱、圆锥呢？对应那些数字，让他们用工具，让他们亲自去做，有了更加具体的感受，也就有了更加深刻的印象。但是，学校里那种纸上谈兵的教学模式扼杀了很多孩子的学习兴趣，欲速则不达。实在是太遗憾了。

大孩子的英语和语文的作文其实简单得很。每个孩子都有他丰富的生活，你多跟他聊聊天，让他把自己说的话记录下来，分清时间、地点、原因、经过，还有其中的喜怒哀乐。有条理地表达出来，不就是很好的作文了吗？我从小写作文不打草稿，拿过本子就写，并且都是名列前茅，这都是因为小时候我的爸爸让我每天写一篇日记，并把有意义的事情记录下来，我才发现写作其实很有趣。所以，这样子我也教会了很多人。

现在的很多老师虽然学习了教育学，但是并没有把教育学活学活用在各科的教学当中去。很多学校领导到普通的老师都讲究花里胡哨的形式问题，这大大降低了孩子们的学习效率。

我培养了很多，大家都认为是差生的孩子，他们大都考上了大学，硕士，甚至博士。所以我想如果真的可以的话，天底下那些最普通的，最不受老师待见的孩子，我真的希望他们都能够来找我，我希望能够给他们最好的教育！

满满作品 *

母 爱

忽然有一天，我跟我妈说我想吃核桃，忘记了我不在家，哥在市内，不会有人带她去七顶山邮寄，就这样顺嘴一提。

几天以后我收到核桃的包裹，有今年新的，也有去年陈的，分两个袋子板板正正装好，核桃不是一块儿一块儿的，而是一片一片的，承载着母爱，翻越千山万岭，从大连来到丽江，来到我的口中。

除了核桃以外，当然还有我爱的地瓜干儿。晒过家乡的太阳，吹过大连海风的妈妈牌儿地瓜干，可能不如淘宝处理得干净，但是我却视若珍宝，小心翼翼地分装在瓶子里，每天吃一点。

每个人都认为自己的妈妈是全天下最好的妈妈。

而我妈，哪怕有一天她完全忽略我，把所有的爱都给了我哥，我依然坚信她是一个最好的妈妈。

她的善良和仁心为我积攒了独立闯世界的好运气。

她的韧性和包容，让我全然不畏惧每一次困苦。

就这样，就这样，我晃荡着我的日子，可能勇气都来源于家乡的父母。

一个人旅行的意义

2020 年 7 月 20 日，我一个人开车从大连出发

目的地——丽江，全程 3448 千米

---

* 作者简介：满满，出生于 1988 年，爱好行走江湖，记录人间小欢喜，一期一会，安住当下。

我从来没有自驾这么远过，更何况是一个人
父母、朋友都不同意
朋友甚至说，如果你非得想
那我跟你一起吧
可我不想，于是瞒着大家出发了
出发的第五天
果然
车子出现了问题，油门动力不足
我是有感觉的，我不会顺顺利利到丽江
我心急如焚，找修理厂修
心想还好就我一人
在四川雅安荥经的一个汽车修配厂
我坐等师傅检查车是什么问题
手机中"背包十年"的订阅号更新了
我点开，是一张背景图为粉色墙面的图片
上面有这样一段话：如果是一个人旅行，当错误出现时，我想的是如何解决问题，甚至还会觉得兴奋。可如果和同伴在一起，就会觉得内疚，尽可能事先想得周全一点儿，可这样也就少了那种无知者无畏的自由。
我的天哪！
我的天哪！！
我的天哪！！！
这不就是我当下的心情吗！
妈呀！他怎么说得那么好！
妈呀！他怎么说得那么有道理啊？！
瞬间感觉被治愈、被理解
他说出了我的感受
他毫不费力，直达我心底的最深处
直接抚平了我一个人开车出来那么坚决的疑问和车坏了的糟糕心情
我不知道那一天，还有多少人被治愈、被暖心
但我是五体投地地佩服
好像车坏了是应该的
就为了贴合我当时的心情看见这文字似的，我崇拜他
因为被治愈得服服帖帖！

因为他的话，在那一刻，温暖了我！

情　怀

做一个视频
背景音乐是《万疆》
音乐过长　我拉到末尾
慢慢往左边收回
呃呵！！！
别的歌我会直接分割选择删除的
歌跟歌真不一样
人跟人也不一样

我曾想过
如果有人问我
为什么？你如此操作有什么意义？
我还想　要不我再多写一点吧
我这个简单的小动作到底代表了什么意思
我国的国土是不可分割的
我只写出这一点往下就不是想不出了
是不用啊完全没必要
这一点足矣
没有比这个更好
无须多言

大连樱桃

家在大连，家有樱桃果园，数百余棵，每年雇人摘果子

新冠肺炎疫情那一年，樱桃也烂，烂数之多，我妈看了直哭
我爸对那些雇来摘樱桃的人说：
现在树上剩下的樱桃都是经历了那么多风雨
经历了那么多考验才留下来的
你们不要着急一直往前走
换树的时候蹲在树下看一看有没有被落下的
万一落下了这些大樱桃，它们不是比那些烂的更惨吗
你们不要觉得对不起我
你们就想对不对得起这长了一年的樱桃

那一刻我听了这话对我爸肃然起敬
觉得我们全家卖的不是樱桃
是百余年来，有文化底蕴的大连味道

我的无人区

我在丽江古城开店，做无人区
最近有两个朋友跟我讲
我的无人区牌子略显小，不显眼
乍一听，还挺认同
想定做个大点的，一目了然
但是就在刚刚，有一个念头闪过
大的，是我想要的吗
我希望自己慢下来
开店，在店里设懒人沙发和很多书，有咖啡和茶
也养花花草草，店里尽是让人欢喜的小物件儿
就是希望有更多的人能慢下来
而不是走马观花般看古城
如果是无人区的噱头吸引了谁走进来，并不是我想要的效果
我希望有人在慢下来的时候，发现我也喜欢你

之后惊喜地发现
天！原来这里是无人区！
我想要的惊喜和感动
并不是一块略大的无人区牌子就能诠释好
嗯，不换了
就这

许玲华作品 *

游　记

　　平时工作很忙，国庆难得的几天假期，便和朋友约好出去玩，放松放松。想起来对延安倒没什么向往，知道它是中国革命的落脚点和出发点，是中国革命圣地，这些与延安有关的知识，我从小学开始就略有所知，现在，我对它已算是熟悉了。

　　说起延安，我想到了黄河，可能是由于我对黄河垂涎已久吧，尤其是壶口瀑布，很早之前，我就想亲自体验一下它的雄浑与壮阔，它那奔腾的力量与风采。于是我们驱车，从延安一路往壶口奔来。我路上有点晕车，含了两片姜片，强打起精神望向窗外，因为实在不想错过任何一道风景。在城市里待久了，尤其在公司那个小地方，我一出来，满眼都是苍山青翠，小路徜徉，草长莺飞，这种感觉就像是行路口渴的人忽然遇见了一眼传说中的神水，带给人的何止是惊喜。

　　路上停车，我们在农家乐吃饭。老板娘是个很热情大方的人，一直诚恳地微笑着，操着不太浓重的口音向我们说着她家种了多少棵苹果树，她家这个店一天能接待多少客人，她家的酥梨有多甜……有着和城里人一样的诚实精明，一样的干净利落。我对陕北的印象一直停留在道听途说的黄土高原阶段，也许是偏听偏信，也许是孤陋寡闻，就这个问题问了一下老板娘，老板娘笑了笑说："我们这山上一直都这样，以前出不去，现在修路了，很方便。"言语中掩饰不住的兴奋与自豪。我的脸有点发红，为自己那愚蠢的发问与自以为是的好奇。临走时，我们买了一箱梨，老板娘很殷勤地帮我们拿到车上，并和我们告别。此时已经离壶口不远了，因为那梨就叫壶口酥梨。

　　又风驰电掣地开了一会儿，壶口已经遥遥在望了。路上的车突然多了起来，

＊ 作者简介：许玲华，女，46岁，陕西省西安市人，现在在西安一家企业做生产技术管理，闲暇时间喜欢看书和旅游，也喜欢用笔记录生活中的感触及一些美好的事物，喜欢写游记，每到一处都会留下一些文字作为纪念！写作使我的生活丰富而立体，并满怀感恩，我将会一如既往地坚持下去！

临近壶口时，车队已经排成了一条长龙，我突然有种近乡情怯的感觉，原以为能听到黄河的咆哮声，可入耳的除了车声就是人声。黄河可别干涸了，我心里默念着。我不远千里地来看你，黄河，你可别吼不起来。停好车，便急不可待地拉着朋友往人多的地方冲，黄河的气息迎面扑来，蒙蒙的水雾，震耳的涛声，翻滚的浪花，湍急的水流……小侄女突然说："阿姨，看，那白色的泡泡是黄河的皮肤，那鼓起的浪是黄河的骨头。"我哑然失笑，走过去搂着她狠狠地亲了一口说："对，你说得很对，黄河是条龙，它骨肉俱全。"这是靠近下游的小瀑布，离真正的壶口瀑布还有一点距离。我们沿着河堤往上游走，远远就看见浪花冲天，真是惊涛拍岸，卷起千堆雪，不过是黄色的雪。广播里不时播放着李白的诗句："君不见，黄河之水天上来，奔流到海不复回。"我站在瀑布面前，仰头看去，只见滚滚之水咆哮而来，突然依托断裂，水流怒吼着砸下来，翻滚，反弹，碎裂。咆哮之声不绝于耳，这气势，何止万马奔腾。我震撼于大自然的力量与雄伟，久久地仰着头，任这黄河的气息淋湿我一头一脸。不禁想到李白眼中的黄河该另有一番雄浑与惊险吧。"彩虹，看，彩虹。"突然听见有人喊。连忙望过去，只见翻腾的水浪上清晰地架起了一道美丽的彩虹，秀气而耀眼，和黄河的翻滚与浑浊形成强烈的视觉冲击，却又显得那么和谐自然。很久没见彩虹了，没想到在奔腾的黄河上竟见到了久违的彩虹。我心中有着一种无法言说的感动……

我们踏上了归途，看着渐行渐远的黄河，我心里默念，再见了，黄河；再会了，黄河。

和你喝杯茶

城市的霓虹点亮了夜的黑暗，疲惫的脚步重复着没有尽头的路，夜风吹起裙裾，它竟飘扬如孤单的蝴蝶。华灯初上的夜晚，一个人走在寂静的马路上，有一种想要飞的冲动。这座城市，离开了喧嚣与繁华，与它独自相处时，却感到无所适从。路人行色匆匆，互不干扰，都有各自的目的地。万家灯火闪烁迷离，似是夜的眼睛，而我们都是它眼里懵懂的孩子，被它永恒地注视着。

还是回来吧，繁华的都市自有它的好处，它容纳了我们红尘男女所有的忧愁悲喜，五味冗杂，也不拒绝个人孤独。信步走进路旁的咖啡厅，据说，咖啡厅是喧嚣城市中的人们安放灵魂的地方，抑或是欲望发酵的场所。它不如酒吧放肆和张扬，却有一种安静的蠢蠢欲动，点拨得含蓄却又恰到好处。咖啡厅里音乐轻柔，灯光旖旎。找了一个靠近窗户的角落，服务员走过来说："您好，请问几位？需要点什么？""两位，一壶茶，谢谢。"看着服务员诧异的神色，我轻轻地笑了，她哪里知道，我对面坐着的是我用灵魂邀请了的你啊。服务员上了一壶碧螺春，倒了两杯，在茶香的氤氲中，我向你举起杯。你曾说过，人生最大的幸事莫过于邀三五知己对月小酌，可知己大都散于江湖，终难聚首。那么今天我约你喝茶了，可我，可我们却看不见月亮。也许我们等不到月圆的日子了。不敢翻看以前的日记，我便毁了它吧，因为那里有你清晰的身影，可我颤抖的手怎么也擦不亮这根火柴。这世界很大也很小，我每天都会与很多人擦肩而过，但我在遇见你的那一瞬，那种令人震撼的光芒，我多希望它能照进永恒……人的情感真是奇怪的东西，强求不得，拒绝亦不得，那是深入骨髓的一种思绪，妖娆如花却又阴郁如蛊。你无法确定在什么时间、什么地点会有什么人走进你的生命。人生的惊喜与悲伤或许在这一瞬间就已经注定，而我们只是不自知罢了。等经历了那些悲欢离合的日子，我们才能体会到曾经拥有的满足与快乐；才会有岁月沉淀后优雅的从容与淡淡的怀想。那些我们一起走过的美丽日子……你说过，我们的交往，与情欲无关。红尘中的纠缠与繁杂只会把我们推向无情的深渊，那么我们便拒绝无情，曾经有你，足矣！人的心灵是最大也是最深的，有时一个深情的对视就可能让它幸福漫溢，其实就简单到如此的容易满足。茶渐渐凉了，望着壶中归于沉寂的茶叶，我的心也变得沉静而充盈，其实我们一直在理想与现实、希望与绝望中挣扎徘徊，而我们始终无法跨越的是他们之间或许只是翻翻手的距离。如果此生注定我们只能做朋友，那么就请你一定要幸福快乐！

夜深了，该走了，迈着没有饮酒却微醉的脚步来到街上，映入眼帘的仍旧是一派忙碌繁华的景象，那是活生生的人间。夜风吹拂，我却恍如在梦中。捋捋被风吹乱的长发，仰头望向天空，一轮如钩的弦月，如你微笑时的嘴角，清晰却遥远……有歌声隐隐传来，清丽婉转如夜的精灵："如果没有遇见你，我将会是在哪里，日子过得怎么样，人生是否要珍惜……"到家了，今晚的我将带着微笑入睡。

李凯峰作品 *

宁夏的月光

我常常为自己出生在宁夏而感到惊奇。

有歌谣：宁夏川，两头尖，东靠黄河，西靠贺兰山。大西北，贺兰山下，暖泉车站，黄河支流，黄沙掩映的一排排黄土砌成的村庄，这就是宁夏浙江支边青年点。父母在这里劳动生活，在这里生下了我。父母在家里说的是浙江台州方言，我知道了，父母祖籍是浙江黄岩人，出门，一百多浙江知青和当地人都说宁夏方言，我知道了我们身处与内蒙古交界的北方边疆。父母一边种地一边肩负保卫边疆，反修防修的任务。

宁夏气候干燥，天空高远。一眼望去晴空万里，天蓝蓝的，像是蓝宝石，又像是一口蓝色的大锅盖在头顶，白云白得如棉絮一般，常看到南飞的大雁排成行在白云间慢悠悠划过，传来"呦呦"的叫声。

宁夏很少下雨，一年也不用洗澡，一旦洗澡，皮肤能搓下几两泥。我却在那里度过了快乐健康的童年。洪南小学的同学们今天都通过微信群联系上了。月莲，她们都在。

春风吹来的时候，河流渐渐解冻，冰慢慢变薄，冰上开始不能走人。三、四月的时候，整个村庄都被满世界的沙枣花包围着，村里村外，一直绵延到沙漠，满眼都是沙枣花。它们缀满枝头，黄黄的，填满了村庄的道路，房前屋后，沙枣花浓郁的香弥漫着春天的日子。沙枣花可以吃。蹦蹦跳跳，随手在路边折一枝花放在嘴里，香甜香甜的。那个时候不知道啥是细菌，啥是不干净。饿了，在田间拔起一根萝卜，在裤子上擦两下就吃，能吃的还有韭菜、西红柿。

村头有一口老井，放十几米绳子下去才能打到水，水清凉甜甜的，直接喝

* 作者简介：李凯峰，笔名凯风，汉语言文学专业本科毕业，后进修民商法研究生课程。曾就职于新闻媒体和政府机关，下海经商后来到深圳从事国际贸易至今。发表数百篇散文、新闻稿及摄影作品。关注国内政治经济走向，关注民生，仗义执言。现任福田区红树文学社社长，福田区作协会员，深圳文学协会会员，深圳市作协会员。

了也不会生病。自从有一次看到当地一个老人跳井自杀，从此，不再敢喝井水。

夏日的傍晚，月明星稀，父母大哥小弟和我都在场地吃饭纳凉，听父母讲浙江的事。浙江的亲友、房子、黄岩蜜橘，大海里的带鱼蛏子有多好吃，听起来让我神往。月下的母亲，常常含着思乡的泪水。我知道浙江还有外婆舅舅。

秋日，沙枣红了，沙沙的、红红的，很好吃。到了深圳，还在网上多次购买宁夏的枸杞沙枣。一回又一回，寄托我对宁夏川的情愫。秋日赤脚在沙漠里玩，见到甘草苗，牵连不断拉起来，甘草埋得很浅，长的一丈余，拔起来了，随口就咬着吃甘草，直到鼻子流血。

冬天的宁夏平原很冷，零下十几摄氏度，手脚经常龟裂。知青点经常宰杀老弱病残的牛，家家户户都领一份，也不称，分成堆，看起来差不多，每家领一堆。大哥在黄河之流用冰枪捞鱼，黄河大鲤鱼，太鲜美。天气太冷，家家户户烧炕，一家人，睡一个炕，不同的被窝。

一九七四年母亲想念浙江的亲人，坚决要回浙江，终于领导批准，全家返回浙江。那年，我刚读完小学五年级。

后来浙江的阴雨霏霏，数月不开，广东一年到头的温热，总也不习惯，甚至月亮也没有宁夏的大圆。每每心底涌动再去看看我的出生地，却总也回不去。这辈子该有一次去见见月莲、洪义、欧朝金，吃一次黄河大鲤鱼，沐浴宁夏的月光。

不同的风铃声

多年前去拜访一位英语教师，老师家住五楼，寡居，气质高雅，谈天说地间，耳边不时传来悦耳的清脆风铃声，叮当，叮当……寻声溯源，声在阳台，原来，老师在阳台挂了一串风铃。在微风中摇荡，轻轻碰撞，顿觉，在沉寂的生活里，有这样一串风铃，有手风琴、钢琴的味道，宛若天籁，调节生活，舒缓情绪，真有创意。

回到深圳，我立马依样画葫芦买了一串铜制风铃挂在阳台上。南方夏季风不断，风铃声也不断，而且更响。一个多月后，渐渐觉得，这声音夜以继日地响，恰似马路上传来的汽车喇叭声，噪音连连，让我心烦意乱。管理处也来电话说，邻居投诉，你家风铃吵死人。不得已，摘而弃之。

于是，我便想，为何老师家的风铃悦耳，我的风铃却成了噪音？再好的声音，再好听的音乐，天天听，如天天看一样的美人，也会审美疲劳。为何老师不觉得是噪音呢？而且她的邻居也从未投诉过她呢？后来再见老师，问起原因，老师笑而不答。莫非橘种南方变成枳？

莫尔道嘎的秋天

莫尔道嘎在蒙古语里是上马出征的意思。

汽车在莫尔道嘎公家森林公园的山道上行驶，透过车窗，映入眼帘的是高远淡蓝色的天空，挂着几朵棉絮般柔软的云彩，云下是一望无际的橘黄色的兴安落叶松和高矗笔直的白桦林。白桦林数丈高的树干，金色的叶子高悬枝头。几百、几千、几万乃至无数，整齐排列，好像威武雄壮的古代兵团，齐刷刷地着白色军服，手持金色长矛，望山上攻击前行，对于第一次见到这样情形的我，被这壮观的景象震撼了。问了导游，他说这是自然生长的白桦林和兴安落叶松的次生林。淡蓝色天空下，洁白云彩高挂于金色的兴安落叶松之上，这样一幅蓝白黄三色图画构成了莫尔道嘎的自然景观，此情此景，无论三分法构图还是以任何一个色彩为主题，都能拍出绝美的图片。这使我在南方那个拥挤的都市的郁闷情绪一扫而空。怪不得北方的汉子那么豪迈豁达、健壮剽悍。

这就是莫尔道嘎的秋天？

寻找周庄的点睛之笔

梁朝张僧繇是吴地人。天监年间，任武陵王国将军，吴兴太守。张僧繇在金陵安乐寺的墙壁上画了四条龙，却没有画上眼睛。人们觉得很奇怪，认为应该画上眼睛，就坚持让张僧繇画上龙的眼睛。张僧繇说画了龙的眼睛以后，那些龙会飞走。可人们不信，认为他在骗人。张僧繇无奈，只好给其中的两条龙画上了眼睛。只见他在眼白上轻轻一点，过了一会儿，电闪雷鸣，两条龙乘着祥云腾飞，直上云天，而另外两条没有画上眼珠子的龙仍留在墙壁上。此乃成语画龙点睛的故事。这个故事说明写文章绘画和任何艺术之作，点睛之处往往只需一两笔，读文章要找出文眼，旅游景点亦然，都有它的点睛之笔。周庄富有灵性，它的点睛之笔在哪里呢？

江南梅子成熟的季节，我小心翼翼地踏上了周庄之旅。

天下着蒙蒙细雨，它不会立即打湿你的脸，像少女的长发一样从你脸际划过，凉凉的。周庄笼罩在淡淡的烟纱里，天空幽蓝幽蓝的，迎面牌楼便有"周庄"两个大字。

周庄镇处在澄湖、白蚬湖、淀山湖和南湖的怀抱里，四面环水，港汊分歧，湖河联络，咫尺往来，皆需舟楫，造就了江南水乡古镇的特色，井字形河存元明清古桥十四座，富安桥、石德桥、永安桥，互为犄角，人行其上，有一步跨两桥之趣。全镇千户人家，都寓于明清古建筑之中。七进五门的沈万三祖上的沈厅，有桥从门前进，船从家中过的张厅。临港背河，水墙门、旱踏渡、河埠廊坊、临河水阁，不计其数，风物宜人。

带上相机，徜徉在白墙灰瓦老树小桥间，此其时也，时间是属于周庄的，轻脚踮步，小心翼翼，别踩破了这 900 年的人文典籍。这本老书，记载了历代文人墨客、商业巨子在这里的足迹，一幕幕似乎都在这小桥流水间随摇橹的女人展现，唐人刘禹锡在这里写下"山不在高，有仙则名。水不在深，有龙则灵"的名句，沈从文在这里竹杖芒鞋潜心写作，沈万三的老屋豪奢，展示了这位商界巨贾的地位和富有。轻轻地，轻轻地，别惊动了这里的一砖一瓦、一木一水；别惊动了琵琶声，别打扰了陶笛的暗鸣，你听，它们正如泣如诉。

我明白了，周庄是一枚历史芯片，能把江南水乡所有的美兼容并蓄，以集约的方式统统给你打包带走，或者就让这江南女子彻底征服了你的心，让你流连忘返，效仿前人在这里住下来，把生命中最美好的时光交给周庄。让心灵在这江南水乡彻底地洗涤一番，看清人生的真相，懂得生命的美好。

周庄是一篇好诗，我伫立桥头，乌篷船从我脚下摇过，船舱传来周庄当地的歌谣。我虽然听不懂歌词，却明明白白地知道，歌唱的是周庄的美丽和周庄人的美好生活。

周庄的墙雪白，周庄的水清澈见底，周庄的桥玲珑小巧，周庄的人平静祥和。周庄，似乎永远活在乌篷船慢摇的历史长河中。

尹成果作品 *

我这辈子知足啦

我是长庆油田的退休职工，现住在银川市兴庆区石油城里。可退休前，我和我的家庭，却一直与城市无缘。不光居无定所，而且经常搬家。就像《石油工人之歌》中唱的那样："哪里有石油，哪里就是我的家……"

退休前，我究竟搬了多少次家？现在我已记不大清楚，但我总是忘不了过去家的模样。不管是临时搭建的帐篷，还是半阴半阳的地窝子，我至今还记忆犹新。石油工人，不光工作条件艰苦，就连住房也要论资排辈儿。即便是机关后勤单位的生活基地，你要是资历浅，职务级别不够，就是干打雷和土坯房也没资格住……

我挖过地窝子，搭过帐篷，打过土坯，上过房泥，也住过干打垒。我的孩子有的生在地窝子里，有的生在干打垒和土坯房里。几十年来，我拖家带口虽然吃了不少苦，但我始终有一个家，而且老都老了，还能搬进城市住上楼房，这是我过去连做梦都不敢想的事儿，今天却变成了现实。

我是 2002 年从马家滩搬到银川来的，因为住在这里的人都是油田的退休职工，所以地方上把我们这里叫作石油城。我刚搬来时，这里的环境与生活设施虽然还不如现在，但仅凭二十分钟车程就可到达市中心这一条，我就知足了。因为我不用再为领一张交通车票而发愁，也不用再为买一件衣服而有求于人，更不用为儿女上学或去医院看病而着急上火。

现在的石油城不光是一个社区，它还是银川市一道亮丽的风景线。每年春秋两季，南北迁徙的红嘴鸥，都要在燕鸽湖戏耍，四邻八乡的市民，也都来燕鸽湖旅游观光。公交公司不光开通了公交，还给老年人办理了免费乘车证。物业还多次对小区景观进行改造，并添置健身器材与生活设施，不光老年人住着舒适方便，就连我们的子孙后代也对石油城的设计拍手称快。因为这里的孩子从上幼儿园到高中毕业都可以不离开家。

＊ 作者简介：尹成果，男，74 岁。曾在集团公司"重家教传家风"征文活动中获得一等奖。

在石油城，如果你喜欢散步，这里有绿树成荫的健身步道；如果你喜欢锻炼，这里有设施齐全的运动广场；如果你喜欢学习，这里有师资雄厚的老年大学；如果你喜欢文艺，这里有进出方便的演出广场、音乐大厅和大戏台。而且每一个小区都有餐饮中心和老年活动室。同时还有保安看家护院……

如果说石油城是银川市一道亮丽的风景线，那么燕鸽湖公园就是这风景线上的一颗明珠。它绿树成荫，曲径通幽，亭台水榭，一应俱全。不光有小桥、流水、假山、瀑布和喷泉，还有燕子、鸽子和红嘴鸥在湖面盘旋。

更重要的是，这里的人都是为祖国石油事业奉献了青春，又奉献了儿孙的人。现在的他们不光按时足额地领取养老金，而且还被儿女们当成宝，被关爱、照顾。我有三个孩子，都已成家立业，而且都在油田工作。每逢年节或倒班轮休，孩子们都带着礼品前来探望，今天这家请吃，明天那家请喝，不是送米面，就是送鸡鸭，还带我外出旅游，让我吃山珍海味，让我坐高铁、坐飞机，让我住星级宾馆，让我喝贵州茅台。还教我上网、聊天、玩游戏，鼓励我漂洋过海去港澳，甚至去周游世界。

按一般人的理解，有这么好的物质条件，我还能有什么心事？但我心中似乎有一杆秤，有时平衡，有时也会倾斜。甚至时常惴惴不安。没有回报的付出会让人伤心，但无功受禄或滴水之恩，得以涌泉相报时，我的心中也会失去平衡。特别是每当养老金上涨和重大福利来袭时，我时常扪心自问：我这辈子究竟做出过什么样的贡献？让国家和企业如此厚爱？我只是一个普通的石油职工，没做过什么大事，之所以有今天，并非我有什么本事和能耐，而是我幸运地碰到了一个入职企业的好机会。我这是把机会当本事用啊！想到这里，我突然记起了白居易的几句诗："今我何功德？曾不事农桑，吏禄三百石，岁晏有余粮，念此私自愧，尽日不能忘。"我又何尝不是如此呢？

我的养老钱的确不多，房子面积也不大，没有私家车，银行里也没多少存款，可我能住在石油城，并享受企业社会和国家多重关爱。仅凭这一点，我就应当知足。和那些没机会入职石油企业的同龄人相比，我感到自己这辈子是幸运的，也是幸福的。因为我一直认为幸福不是汽车洋房，也不是有多少钱存在银行，而是一种感受，是一种满足。是别人生病时你还健康，是别人不能做事时，你还能帮助别人。甚至别人都挂到墙上，你还能在室外晒晒太阳。在阳光下沐浴，我的全身都充满了正能量。所以我健康，我快乐，我幸福。我这辈子知足啦！

祖孙三代"孩子王"

有人说，"家有二斗红高粱，不当'孩子王'"。我父亲生在旧社会，虽然没有家徒四壁，但家里红高粱不足二斗，所以这才当了"孩子王"。而且几十年如一日，在乡村小学岗位上辛勤耕耘，一直到退休。

父亲执教时，我还不太懂事。总觉得我家与其他人家不太一样，但究竟哪里不一样我却说不出来。在我的印象中，父亲不太说话，但家里规矩颇多，就连怎样坐，怎样站都有规定。父亲说，国有国法，家有家规，坐有坐相，站有站相，有了规矩才成方圆。我上学以后，这才发现，我家与其他人家最大的不同是，别人家的墙上贴的是画，而我家的墙上却贴满了标语和条幅。比如"十年树木，百年树人""知识就是力量""书籍是人类进步的阶梯"等。标语条幅有白纸，也有彩纸。上面的字都是爸爸亲手写的。父亲写字时，母亲站在旁边看，然后又念给我们听，最后再亲手贴到墙上，还问我贴得正不正。

我母亲是我们村迎娶的第一个不缠足的大脚媳妇。她小时候念过书，会写信，还会骑自行车。二十世纪五十年代扫盲时，她还当过速成班的老师。母亲健谈，经常与我交流。有一次我问母亲，标语上的"阶梯"是什么意思？母亲看着父亲对我说，阶梯就是往高处走的梯子。父亲接着说，"人往高处走，水往低处流。往高处走就得读书，书籍就是阶梯，知识就是力量。有了梯子，又有力量，你就会越走越高"。

我当时还小，对父亲的话似懂非懂，只是被动接受。长大后离开父母，不知为什么我也喜欢名人名言，并与书报结下了不解之缘。我不光有了读书的愿望，而且养成了读书的习惯。二十世纪八十年代，我还参加了全国高等教育自学考试，并以一次性四门功课及格的优异成绩取得了宁夏大学大专学历。一九八四年我被企业聘干，之后又被调到技工学校当教师，也像父亲一样当上了"孩子王"。

我父亲有四个儿子。我是老大，老二的脑子比我好使。他博闻强识能写会画，而且懂乐理，会谱曲，高中没毕业就被选拔到县文化馆工作。一九七八年国家恢复高考，他考上了师专。毕业后，先在乡镇中学教书，被评为地区模范教师后又被调入县职业中专任教。他在职业中专给我来信，说："我们不光是亲兄弟，现在我们还是同行……"老三没上高中，可吹拉弹唱都会。因此被选入了"毛泽东思想宣传队"。后来又在父亲所任教的学校打零工。虽是校工，但一有教师缺勤，学校就让他代课，他自己更是乐此不疲。老三说，代课也是学习，自己学懂了学通了才能更好地辅导孩子。在他的影响和辅导下，他的女儿（也就是我的侄女）在一九九八年高考时，物理试卷得了满分，是当年山东省第一名，被誉为"理科状元"。在山东大学本科毕业后又读研究生。二〇〇四年，还被公派到澳大利亚留学。现在济南某高校任教。

二〇一三年，我回山东探亲，与在大学教书的侄女碰到一起。在家庭宴会上，父亲对我们说："咱们祖孙三代都当'孩子王'，我八十多还是'小王'，孙女刚过三十却是'大王'，这是不是有点儿不公平？"听完父亲幽默的发言，全家人都笑了起来，而且都笑得那么幸福，那么快乐……

周继环作品*

我们车间的支部书记

大众机械厂铸造车间，像浓缩在过去烟雾中的一个废城。那寂静的车间厂房里没有半点生机。大型的砂芯烘干炉已无门敞开着，那静止已废的熔化炉，那空中无吊车的轨道，一切都是僵硬的，只要有一点振动便会从大漏斗中流出一股砂流——那是铸造用的从内蒙古运来的特用砂粒。而在我的沉思中只有记忆，我问自己："我也是这个车间的砂粒吗？是的。"砂子在人们辛勤的劳动中发挥了无穷的力量，它能铸造成产品，配上传动系统，电器配件制造成高炮指挥仪。我想讲的是一位当年的车间支部书记，他是最有凝聚力的一名共产党员，他曾带领着近三百号人在这里热火朝天地奋战过。

1969 年年底，我来到这个大型国有企业的铸造车间当了一名工人，进了铸造车间，看到的情景难以想象。这里常年机器轰鸣，连说话声音都听不清。当高高的大吊车吊起红色的铝水浇砂型铸件时，一股热浪冲天而起，难闻的气味扑面而来。抬头是不停地滚动的吊车，低头是铸工紧握捣砂震动的气锤，传送带把砂送入搅拌机，碾砂机加入化学黏合剂不停操作滚动，前面一高台上两台高温熔化炉二十四小时有人守护着……砂子、噪音、灰尘和有害气味，在这样恶劣的环境中工作的工人很不容易。而当领导更是难上加难，可我们车间的曹书记却是工人的主心骨，他有一种巨大的凝聚力把车间变成了一个大家庭，吃喝拉撒什么都管，给工友解决困难带来温暖，使大家团结一致，互相帮助，干劲冲天，月月顺利完成上级下达的生产任务。

曹效恩书记的个头只有 1.6 米，身材偏瘦，满面皱纹，但两只眼睛炯炯有神，他走路如风，说话如钟，别看他其貌不扬，却是山西机械学院毕业的学生。车间里开大会，偌大的厂房，他一声大喊，大家马上鸦雀无声，只能听见他一

---

* 作者简介：周继环，笔名周大琴，1951 年 8 月 5 日出生于河南省新乡市，1958 年随在山西矿业学院教书的父亲一起生活。在太原工学院附小、附中上学，1969 年以老三届身份参加工作，在大众机械厂铸造车间当模型工，5 年后推荐上了 3 年大专，后当技术员。退休后，65 岁开始写作，已有十多万字书稿。

个人的说话声。车间的人事复杂近三百号人，有 20 世纪 50 年代的老工人，有朝鲜转业的老兵，有北京、天津、上海大城市来的小伙子，还有 1969 年进厂的一批"老三届"，之后又转业一批工程兵……在这个大家庭里，我们都生活得很快乐。每逢遇到困难，大家都会说："快去找曹书记，他总是会有办法解决的。"

1978 年，我大专毕业到干部处报到，处长说："大众技校缺老师，刚成立的职业高中也缺人，你去吗？"我那时胆小，小声说："我嘴不行，要求不高，还是回一号铸造车间算了。"处长马上打电话告诉了曹书记，他很高兴。因为他知道从车间出来的，没有人愿意再回来，何况又是当了六年模型工，又上了三年学。他安排我见到了技术组长温体泉，之后到了技术组工作。

没多长时间，厂部便下达了一个涨工资的文件，按工人比例的 70% 升工资。只见他愁得眉头皱成了疙瘩，来回走动思考，如同热锅上的蚂蚁坐立不安。走到技术组，忽然看见我正在图纸上写国标仿宋体的技术要求，立刻有了主意说："小周，你的字写得不错，交给你个新任务，把咱车间工人的名字、工种、年龄、工龄、工资、考勤……都给我整理出来，刻成蜡版印出来，我需要发放到每个班组一份，给这次评比升工资用，广泛发动群众评选。"马上叫来人事员拿来了底部手稿，我立即加班加点行动，打表格，按要求刻蜡版，印好后装成一本本整齐的册子交给了他。他拿到后满意地说："不错，立刻通知各组班长来开会，让大家充分发扬民主讨论传统，打分按 70% 的比例升工资。"

以后每年有极少数的涨工资便都是各工段长、班长的事了。但是每年还有 1% 的农转非指标，经过曹书记广泛的深入调查，谁的老婆在农村，谁的孩子多困难，谁的年纪大身体不好，他都了如指掌。他多次召开党员支部会，车间大会小组会，充分听取群众意见，当难以决策时，他会跑到厂部"叫板"。有时真顶用，能要到一个名额他就会高兴得屁颠屁颠地跑回来，那可是一大家的团聚呀。当年，一个农转非指标户口是许多老工人望眼欲穿的事。家属来后，曹书记又去房产科找房子，联系家属工厂，到武装部联系当兵指标给工人。总之，曹书记尽力为工人争取最大的利益，使大家更安心地工作。

车间里男多女少，男同志找对象难。有一青年看上个女同志，经常主动帮忙打水，忙前忙后地献殷勤，可总开不了口，不像现在可以大方地去找曹书记。当曹书记把这层纸捅破后，女方家长坚决不同意说："找个司机都比你车间工人强。"曹书记就亲自上门做工作，他说："社会分工不同，铸工的待遇较高，有保健费夜班补助，再说小伙子积极上进，还上着大夜，毕业后还大有前途，姑娘跟着吃不了亏。"直到说得家长点头为止。由他牵线，车间的女吊车工找铸工，女油漆工找木工，女检验工找压铸工，女精密铸造工找机修工……曹书记成了红娘，更可笑的是他的一个女儿也找了我车间的一个工人，促成了许多美好姻缘。每当新人到车间开证明时，他满面皱纹笑开了花，还对别人说俏皮话："多好的一对，这叫肥水不流外人田。"逗得我们哈哈大笑。

还有一次，车间一名工人年迈的父亲从农村过来投奔儿子，媳妇嫌弃，死活不让进家门。没办法找到了车间领导，曹书记聪明得很，先叫人安排老人到招待所住下，又让人拿上儿子的工资买饭，再去做工作，直到说得媳妇心服口服，最终全家团圆。有一段时间，社会上流行跳交谊舞，下班后小年轻成群结队地去跳。没几天，有一对小夫妻因跳舞打架闹到了车间，女的找到曹书记又哭又闹，要离婚。只因男的下班不回家直接去跳舞，还不告诉老婆。曹书记大声训斥道："闹什么？这是办公室，要跳两口子都去跳，小伙子，我交给你个任务，先把老婆教会，不然，我罚你加夜班，夜班费都给你老婆，叫你嚣张不起来……"一下说得小两口都不吭气了，悄悄走了，看热闹的人群哈哈一笑也散了。

我们车间的曹书记虽然只是一个普通的共产党员，但他有一颗火热的心，有一股英雄气，有与群众的深厚感情，有全心全意为人民服务的动力，后来在群众评选中成为中层干部里的先进劳模。他如同我车间浇注的一束火花已升上了天空，变成了一颗星星，但我还是很怀念他，有时夜晚望着满天的繁星，我想告诉为祖国人民奉献一生的人们，中华大地已开满了幸福的花朵。

军工记忆之铸造车间的女吊车工

上午十点半从公园唱完歌回到家中，先打开手机，看到群里刚发出的一段视频：大众机械厂改革创新，在与太钢合作生产出了特种钢笔尖、圆珠笔尖……攻坚克难填补了我国这领域的空白，我为此十分高兴。视频还提到一批外宾参观了铸造车间军产品的生产遗址，不禁令我思绪万千。

曾经我在那个一号铸造车间工作了有三十多年，有一种情愫始终萦绕在我心中。在激情燃烧的年代里，一走进车间就会看到电影大片似的大场面：站在轰隆隆碾砂机前拿着铁锹的配砂工，紧握电动气锤汗流满面捣砂型的铸工，高温炉前搅拌的熔化工……忽然一阵长哨声响起，只见高高的大吊车吊起火红的铝液浇注着巨大的大机壳铸件，火花飞溅，一股热浪冲天，一股刺鼻的气味扑面而来，几分钟时间一个大型大机壳浇注成功，一天铸造一台，象征着一台高炮指挥仪的生产开始。我想起了几位给我留下深刻印象的女吊车工。当年，我们车间的体力劳动十分繁重，员工绝大多数是男同志，为了做到"男女搭配，干活不累"，上级便配的开吊车的都是女工。而且还必须眼睛好、反应灵敏，能做到眼快手疾，一举手起，一翻平放，一个眼神，一声长哨都有重物起吊，有大铸件、砂箱、盛满火红铝水的钢煲等，高空作业，安全生产非常重要。我们的女吊车工都是最棒的，不仅工作好，还把快乐和欢声笑语带给了大家，劳动期间还发生了一些有趣的故事，促成了几对美满的姻缘。

女吊车工小任的父亲老任，曾是一位从朝鲜战场转业到我们车间木工段当下料工的老兵。退休后，他的女儿小任接替父亲当了一名吊车工。小任大眼睛，中等偏高个头，苗条身材，大脸庞，又黑又粗的大辫子，稳重又大方，一来就被新分来的技校生小李看上了。小李高个头，也是一表人才，虽然是农村考出来的学生，但努力上进，一心想继续上学深造，边工作边学习，还不断追求小任。那时，人们虽然物资匮乏，但精神世界是非常丰富的，没有掺杂太多的功利色彩，没有附加条件，小任也没有嫌弃出身农村的小李，只有互相尊重、互相信任、互相帮助，当小李收到电大通知书时，他们也水到渠成地收获了爱情。

我们车间另外一个吊车工的故事也十分有趣。她，便是小张。个头不高的小张，白净的脸蛋透着红晕，有一双会说话的大眼睛，两小短辫羞羞答答，一脸的稚嫩。她心灵手巧，可爱得像个布娃娃。午休时，当看到别人织毛衣、钩花儿，她便默默地看着，转眼她就看会了，真是很会过日子，也很招人待见。男铸工一见她走下斜梯，就主动搭腔说话："小张喝水不？我有！快坐下歇一会……"有一天，一个长得比较瘦弱的铸工，终于忍不住了对小张说："小张，我喜欢你。"小张哪会愿意？她谨慎而又稳重地喃喃拒绝道："要是那个小秦肯说出来，我会答应的。"铸工的小秦，长得浓眉大眼，是个中等个儿的虎头虎脑的小伙子。他不知从哪里得知了小张这话，心中激动暗喜，悄悄地去买了两张电影票，乘人不备，塞入了小张的口袋。一个眼神，一个表情，小张便心领神会了，她遇到了一颗真挚的心，沉醉在那充满善良和信任的爱情中。

小崔的故事也深刻地印记在我的脑海中。她是与我一起在 1969 年年底参加工作的姐妹，是厂子弟，中等个头，不胖不瘦，一头乌黑整齐的短发，直到退休后都没变，精干的短发是她永久的标志。小崔不爱修饰打扮，经常一身蓝衣服或者一身紧身工作服，不过也掩盖不住她青春美丽的韵味，那双不大不小的眼睛炯炯有神，很爱笑，一笑嘴有些歪，但歪得可爱，她还是我们车间的文体健将。有色铸造五班、六班都喜欢与她一起工作，大家常高喊带比画："小崔吊箱起，小崔浇注慢点……"哨声不断，轰轰的碾砂机滚动声，隆隆吊车移动声，也掩盖不住大伙快乐的说话干活声。

有一次，军代表召开车间大会，二百多号人还没到齐，大伙就喊：小崔快来段《沙家浜》里的"智斗"。大伙便推搡着把木工段油漆工王师傅推了出来扮胡传魁，又把精密铸造的天津籍的彭师傅叫出来扮刁德一。只见小崔不慌不忙，拿块毛巾头上一扎，又把工作服脱下，把两只袖子往腰中一系，就等于把围裙系好了，就这样一场"智斗"伴随着人们的欢笑开始了，小崔那身段那精神把阿庆嫂演得栩栩如生，瘦高的彭师傅留着八字胡阴阳怪气也不甘示弱，较胖的王师傅拍着肚子也很有范儿，大家打着节拍，吹着口哨高兴极了。有人说最苦最累的除煤矿工之外，便是铸造车间的铸工，那繁重的劳动全都是由人工体力操作的，还有那恶劣的环境，沙尘的污染，蒸发的有害气体，我车间的配砂工、铸造工、熔化工、喷砂工、清理工……那一身工作的疲惫在欢声笑语中烟消云散了。里格楞口技伴奏似乎又在我耳边响起，我尊敬的老师傅们、伙伴们、姐妹们，此时此情此景你们还记得吗？

吊车工小董是一位太原十中"老三届"的高中生，她是烈士子女，父亲为解放太原英勇牺牲，是党培养并给她安排了工作。母亲含辛茹苦把她养大，两人相依为命。1969年参加工作后，她表现出大姐范。中高个头，浓眉大眼，一笑还带俩酒窝。文化高成熟稳重，车间成立女民兵班她任班长。里面有小任、小彭、小崔……十几个人。接到武装部训练的命令后，班长领着我们排队去武装部领了枪，且每人骑一辆自行车，带着一面红旗出发。前往厂后面的大井峪山洼地进行打靶训练，春季里田野一路风光独好。很快到了靶场，三面都是土山坡，把红旗往最高处插，把靶子量好一百米左右用土埋牢，然后每人发十发子弹练习打靶，前五发练习，后五发记录成绩交给武装部。把枪放在土堆上架好，再趴下练习瞄准，我有些激动，吊车工小崔非常老练地说："别着急，仔细瞄准后不要喘气，慢慢扣动扳机。"我用力憋住气，瞪大一只眼瞄准，轻轻扣动扳机，"嗵"的一声，子弹飞出靶。枪托后倾猛打了一下肩膀，真有些痛，成绩虽有好有坏，但大伙干劲高涨，一颗子弹比一颗打得好，打完后班长总结，拔旗，撤靶，扛枪骑车回厂。一路高歌："日落西山红霞飞，战士打靶把营归，把营归……"此时此情此景，这电影般的画面，我亲爱的姐妹们你们还记得吗？

三年后，听说吊车工小董被调到了厂部办公室工作，真让人羡慕。可谁能知道她在百忙之中，一直在上业校学习法律专业，当她把所有的考试通过拿上资格证书后，厂部需要人才把她调走了，机会总是留给有准备的人，她的努力给我们做了榜样。退休多年后的一天下午，我在五一广场的街心公园碰到了她，大声叫："董姐"，她看见了我也很高兴，坐在长椅上有说不完的话，她告诉我："儿子媳妇都是师范大学的老师，过得很幸福。"我也告诉她我女儿也是大学毕业，一代比一代强是我们的愿望，我们赶上了改革开放的伟大时代。我们今天所拥有的一切，莫不凝聚着劳动者的聪明才智，浸透着劳动者的辛勤汗水，蕴含着多少代人的牺牲奉献。分手再见后，我突然想起一首歌——《我们这一辈与共和国同年岁》。

《草原之夜》歌声中的爱情故事

20世纪90年代，在高等学府山西大学的大礼堂里，正举办着一场大学毕业生的文艺晚会。晚会上的精彩节目一个接着一个，当主持人念到音乐系硕士研究生女高音林俊雅的名字时，会场上鸦雀无声。因为人们都听说她刚从国外比赛唱歌回来，并且多次获得国内外大奖，大家都想一睹她的芳容。

9月的气温不冷不热，舞台下音乐池里一切乐器齐全，山西大学不愧为一流大学。看台上人群中的座位前五排坐的尽是省市级领导，还有院校各位有名的专家学者和教师。后面是广大教职员工和人民群众，还有一些文艺团体来挑演员的，各界名流不少，可谓是高朋满座。

在台下普通不起眼角落的座位，坐着一对近60岁的夫妻。看起来男的岁数较大些。男人虽然满头白发，却有着1.8米高的身材，笔直挺拔，目光如炬，军人气势浓郁。女的长得身材适中，五官端正，细腻白嫩的皮肤，举止娴静，衣着考究。也许谁也没猜出，这对夫妇正是台上年轻歌唱家的父母亲。

女儿穿着一身火红的裙子往那舞台上一站，体态优美，一对漆黑的大眼睛流露出热情的火焰，她有着东方风韵的俏丽容颜与无可挑剔的风度。一曲《唱支山歌给党听》，曲调深情款款，声音如泣如诉，唱出了对党的无比热爱。

"唱支山歌给党听，我把党来比母亲，母亲只生了我的身，党的光辉照我心。旧社会，鞭子抽我身，母亲只会泪淋淋，共产党号召我闹革命，夺过鞭子揍敌人……"当这首歌唱完之后，全场雷鸣般的掌声不断，久久不能平静，于是她又被特邀上台，举止大方自报幕说："我再给大家演唱一首草原歌曲《草原之夜》，这首歌也献给我的父母亲。"稍候一会儿，乐队音乐响起，屏幕草原美景如画，人们似乎随着歌声来到了一望无际的草原。

"美丽的夜色多沉静，草原上只留下我的琴声，想给远方的姑娘写封信，可惜没有邮递员来传情。等到千里冰雪消融，等到草原上送来春风，可克达拉改变了模样，姑娘就会来伴我的琴声……"

谁知这歌声一起，台下林俊雅的母亲就陷入了深深的回忆，她曾经是一位从北京去内蒙古草原插队的知青。许多具有画面感的影像，像电影大片一样地出现在她脑海中。那是 20 世纪 70 年代，她从北京来到贫困的内蒙古草原插队已有三年了。因为爱好唱歌，还会吹口琴，才被抽调到小学当了音乐老师。

每当她孤独无助时，她会静静地坐在校外树下，眺望远方吹起一首首曲子，《听妈妈讲过去的事情》是她的最爱。前年冬季时节，这个村子突然来了一个部队驻扎，一下子村子里就活跃了起来，但是她并没有太关心，她依然怀念远在北京的父母亲，想念曾经与他一起出来插队，远在新疆建设兵团的哥哥。

在这个部队里有一位新提拔的连长叫林加毅，他已入伍 8 年，勤勤恳恳，身姿挺拔，是一位如钢铸铁浇般的汉子。有一天，教导员领导把他叫去说："林连长，你已提干，当兵有 8 年，年龄也已 30 岁了，部队决定给你假期，让你回家探亲，并迅速解决婚姻问题，快去快回。"这位年轻的连长一下有些蒙了，他回答说："请领导放心，给我一点儿时间考虑，我会自行解决。"林加毅并不想回家探亲，他昼夜难眠，便悄悄地用手电筒照着，在被窝里写了一封信，装入信封。因为他一直暗恋着当小学老师的那位北京知青。

这封信经过一个小女孩的手，终于转到了女知青董碧云的手中，她拿到信后也觉得奇怪，没地址，没邮票，只有那苍劲字体写就的她的名字。在无人的时候，她拆开了那封神秘的信。

尊敬的北京知青董老师：

我给自己壮胆才给你写了这封信，你全部看完后就会明白了。我是一个来自贫困乡下农村的普通兵，我心卑微，无家世可炫耀。其貌不扬，生活简单，囊中羞涩。当兵 8 年在军营努力学习、工作、训练，我已入党提干，也已到适婚年龄，领导叫我探亲回家结婚，但我想找一个有文化的人，与我有同样温度的人，一个精神伴侣携手共进。

我知道我年龄比你大 8 岁，我也知道你向往着北京。但我真心喜欢你的歌声，梦中常出现你的笑容。我坦诚地希望你考虑一下我的条件，我虽然个高肤黑，无比严肃，但我有一颗上进的心，我想向你求婚。

我所在的部队很快要换防去太原，如果你愿意，我们可立刻结婚。

每看到你忧郁的眼睛，我都想告诉你：哪怕世界上有许多事都会让你失望，但总会有一种美好在暗地里生长。

在这茫茫岳岭辽阔的草原，我们都远离家乡，相隔千山万水，我是一粒尘埃，但我也向往着荣誉、名利和爱情。我依然想套上婚姻的枷锁，这是人生中每个人所必经的一个过程。如果你同意，就在晚上7点钟之后在小学教室里等着我。开亮灯，唱你爱唱的那首《草原之夜》。如果不愿意，就锁门关灯，我真心希望听到您那优美的歌声，更盼望看到那闪烁的灯光……

董老师仔细看完信之后，怦然心动，她坐在空旷的教室里静静思索。思索如何选择自己的命运，她想起临走时母亲那泪汪汪的眼睛，用一个漂亮的手绢包好了一个旧的口琴送给她，母亲是一位小学音乐老师，教会了她识谱吹口琴，并深切地告诉她，音乐可以给你带来快乐、希望和幸福。她还想到了父亲，他也曾是位党员转业兵，告诉她，要听党的话，到大风大浪里锻炼成长。

前两天刚接到哥哥从新疆建设兵团来的信，哥哥是"老三届"的老高中生。说自己正在写一部兵团里的知青故事小说，盼着有一天大学招生，能重返校园，如果要考试的话，他自信自己能考上。董碧云深深知道自己只有初中文化，没有哥哥的文化底蕴。即使大学招生，她也难以考上。

她来到这里插队已3年，22岁就结婚，摆在她面前的路让她有些心不甘，但她又不想做一只孤独的羊，永远在荒野上胡跑乱撞。

她心中又回忆起许多难以忘却的镜头，那时知青点轮到她烧火做饭时，必须到较远处的河边打水。去远处河边担水，她晃晃悠悠地担一桶水，挑回来仅剩半桶，因为边走边撒，甚至裤鞋都会湿透。偶遇到那林连长帮助，一路他挑着，一直快到时才递给她，暗地里的帮助让她感觉无比温暖。

寒冬腊月的日子里，那连长会叫几个兵，去河里凿出许多大冰块，叫人用平车拉入她们知青点，叫做饭时慢慢食用。无数的回忆反而使她心静如水，她突然觉得那个高、脸黑又强壮的连长，是她可以托付终身的人。从学生5点放学，她一直独自坐在教室里，拿着信，眼睛里的泪水滴答滴答，掉在手中那封信上。

她不再犹豫了，她去拉开了教室的一盏灯，又坐在一课桌前，从她带有自己绣的红字"为人民服务"的军用挎包里，拿出了母亲送的口琴，吹起了《草原之夜》的那首曲。

天渐渐黑了，已来到校墙外焦虑等候的林加毅连长，心中忐忑，却并没有急匆匆地走进学校教室。他知道有句老话叫"人贵有自知之明"。家是农村的他，总要比别人付出更多，才能得到回报。他想，即使回到乡下老家，七大姑八大姨，通过别人介绍，也都是更陌生的面孔。他心中也有许多不甘，才昼思夜想，写出了这封信，谈不上情书，却捧出了一颗真诚的心。

他不知道董老师为什么按约开起了电灯，却没有唱起《草原之夜》那首歌，正当他犹豫时，忽然听到了口琴吹起的《草原之夜》的曲子，他大步走进教室，看见灯光下吹口琴的董老师泪流满面，他顿时变得束手无策。他只是站着倾听，听她把那首曲吹完。

只见知青女教师慢慢抬起了头，看见军姿挺拔的他，轻柔地用一口北京话对他说："请允许我叫你一声哥，我刚 22 岁，你比我大 8 岁，我应叫你大哥。我有个哥哥也去了新疆建设兵团插队，照顾不了我，我没有理由拒绝你，我希望你能呵护我成长。"

林加毅连长坚定地点了点头，上去握住了董老师的手说："我保证不会让你失望，也不会让你受一点委屈，有些晚了，我们边走边聊，我送你回知青点吧，明天，我再汇报领导开证明，去领结婚证。"知青女教师微笑着把口琴包好了放入书包，俩人走出了校门，月光高照的树荫下，两人身影慢慢靠近走着，走在那车辙深沟坎坷不平的土路上。这弯弯曲曲的道路伸向了无边无际的远方。

时隔多年，俩人已白发苍苍，当年的情景仍历历在目，仿似昨天，点点滴滴在心中激荡难以忘怀，想到这里，年老的知青不由得潸然泪下。当爱人发现她用手绢擦泪时，关心地问："你应为女儿的成功而感到高兴，你哭什么？"她又微笑着说："我想起了内蒙古大草原，那里有我们的青春。"爱人一下子紧紧搂着她的肩膀说："那是我们生命中的绿洲。"

林春水作品*

献给母亲的歌

妈妈，生涯道路崎岖。孩儿不能尽子之道，服侍于你身旁，以享天伦。岁月折磨，迫使你的容颜憔悴，如今，也深深地刻上了皱纹。思悬心碎，衷托空虚。十载悲欢离合，唯有暗含泪眼，忍别于你。

亲爱的妈妈，你一生纯朴善良，任劳任怨，为开拓家道荒山，历尽艰辛。你不辞劳累，和奶奶用泪水与汗水精心地栽培、哺育和浇灌，期盼着我们能茁壮成长，成为参天劲树。虽然绿树成荫，却是三蒲弱柳。草木当春，怎禁得风吹雨残？

妈，你的心胸集中着人类的善良和忧愁，半个世纪以来，你受尽苦难，淘尽人间曲折坎坷。你的眼睛，包含多少恩怨和慈祥，不管春夏秋冬，肩负千斤重担。为我们熬尽心血，如今累卧病床，孩儿束手无策，不知如何，愿上苍垂怜，早日康复，你和天下的父母亲健康快乐！

我回来了，故乡同学

春天勃勃生机，夏日群芳绚烂，我唯有怀念着南国的秋声。不知此去几时回？

曾经，多少文人吟咏着锦情燕调的春天，多少墨客点缀了绚丽璀璨的夏花，然而，暑往寒来，又有多少雅士为我的故园秋声所破歌呢？

大自然的秋天，天高气爽，野花繁妍。它既不羡慕春天的温柔，也不趋附于夏日的"热烈"，更不屑于冬季的冷酷。色厉内荏的呼啸，更吓唬不了川疆儿

---

* 作者简介：林春水，出生于 1956 年，居住于福建省莆田市秀屿区，高中学历。

女。萧瑟秋风，仿佛是千里山川人们身上的精神，它不畏权贵。切切实实，也不趋炎附势。"终身进取，奋斗不息"，如同蚯蚓，食以黄泥败叶，有着献身于人类的高贵品质。用辛勤的汗水浇灌着寒山的秀翠碧波。

万里长空，道不尽壮丽秋赋。

朋友，同学，我何尝不喜欢那桃红柳绿、芳菲斗妍的江南春意，然而经受风雨洗礼的故国秋花实在让人难以忘怀。唐代诗人李白曾赞赏："不持芳姿艳质足压群芳而劲骨刚心尤高出万卉。"

是啊，人们往往把春天比作青年，朝气蓬勃，热情奔放。夏天该是壮年，开拓进取，成就谦虚。那同学们则是步入初秋的老年了。记得林语堂先生说过："山岚习习吹过，永远云淡风轻。"

亲爱的同窗，我孩提时期的闰土。神采飞扬地迈出人生秋天，永远保持年轻！

我爱秋天，我爱大自然的萧萧秋声，你毕生无私地贡献给野草闲花，推移着时间的进步，为春天布下了胜利的先声！

回首满山片片落叶，惋惜的秋天已经过去，我不禁想起《西厢记》警言："君不见满川红叶，尽是离人眼中血。"

我默默地怀念秋天，怀恋同窗三载朝夕与共的您，冷暖起居多关照，此情永不忘。

噢，山花已凋谢，流水落花春去也，天上人间。

龚益兴作品*

月夜星光悲伤

夜空中星光斜眼尽遍布，神话里夜幕下光怪陆离，扑腾下心不在焉碎步走，醉了酒，轻了步，忘了我是谁！梦乡中悲伤喜怒存无常，朦胧吧，明天还有晨现。

一路走来春随想

春天的季节繁色花样尽现，百花盛开吐蕊比娇，万物复苏露笑脸。季节是少年的梦放飞，青年的梦追寻，壮年的辛苦将醒悟，老年安详在痴望！啊……我表扬尊重那少年的梦……梦天、梦水、梦山！多么神奇的世界，快快长大……带着朦胧、怀着美好，走进那青春年华，乱奔的小鹿四处迷路，怀揣的梦想在幻影中游荡，世俗的心停留脚步，那天是美好的。紧随那年轮追梦，辛苦吧，坚强点伸手接住，过山川，历险阻，原来高度是要用遍体鳞伤、涅槃之苦及一种世俗带点荒唐的心去换取，时光荏苒，经年一轮轮。时人至中年，望着天空，听着不着调的小曲，东奔西跑，梦还是梦，高度还这高度！累了年，白了头，痴了心，回头不见岸！心悲喜，我的童心哟，我的处世观，从此也脱下了世俗……唯一庆幸，我还活在当下这人间！

---

* 作者简介：龚益兴，男，出生于 1968 年，生肖猴，江苏省南通市人。本人业余喜诗词、杂文，信仰一切美好，正直带点看透，佛心圆通行事！

冬　思

　　我站在那冬天的晨雾中，思考着人生的终极归点，灵魂在幻化着寒冬的冻，欣赏地看那人间烟火味，众生百态美是进步的根慧，思想随信仰从善开创精神律己，醒悟遵行"圆通"二字处世，也许这就是我来这世的目的。

叶维勇作品 *

母 亲

母亲今年 78 岁了，1944 年生人。

母亲很娇小，身高 1.55 米的样子，也许是小时候差点饿死，没有营养导致的吧。

还好母亲身体一向硬朗，勤于劳作。她最骄傲的是自己是那个时候的"老三届"学生，而父亲则小学都没毕业，大字也不认识几个。

因为读过书又是地主及资本家的子女，母亲对于读书有一种天然的敬畏感，即使在我 15 岁那年，父亲双目失明的情况下，她依然用她那羸弱的双肩，供我和我弟读完了大学，十里八乡都因此而惊叹。

母亲不但是我们村有文化的人，而且还具有读书人骨子里的韧性与品节，认死理，持气节，不服输，不求人……

但很多好的品格没有在我身上延续，母亲也因此常唠叨我们，不像是她亲生的。

辛劳一生，母亲没有什么大的追求，我和我弟就是她一生的全部。

哪怕我们长大工作后有能力带她出去旅游，她也因为我父亲失明，不方便出门，去了几次之后就不再出行了。

我们家几次差点湮灭，都是靠着母亲和父亲的坚强、坚韧才撑过来的，特别是母亲。

一次父亲讨要村里的工分，被打了还差点被诬陷坐牢，是母亲的据理力争，才让父亲免去一劫。

那时的农村还没有改革开放，一切都是工农专政，母亲是地主子女、资本

* 作者简介：叶维勇，常用笔名有叶子、曹勇、佚名、味道哥等，字之文，号慢花谷主。20 年记者生涯，发表报道文字近 500 万字。少时习书，稍长学文。诗歌、散文、小说、文章、新闻报道等在全国获奖无数；多次参加全国性书法大赛及展览，获得各类大奖。著有《牙慧集》《全媒体时代新闻传播创新理论与实践》《洁牙爆品》《口腔好店长执行日志》《风尘》等。

家小姐。

据说我那从未谋面的外公是国民党的旅长、中共成都地下党员，在成都半边桥街有半条街的产业，后来公私合营了。外婆在自贡荣县有一大片地。那时算是妥妥的中产人家。

但是，母亲读书读到初中毕业就不能再读了。

母亲的童年是苦难的，外公外婆在她3岁时就去世了。

母亲的大哥，我的大舅，在三年自然灾害时，被活活饿死了。

母亲也是水肿到大腿，命悬一线，还是大娘先出来工作，后将母亲接到学校，母亲才捡了一条命回来。所以母亲总爱把这句话挂在嘴边：大娘救了她一命。

后来，母亲28岁时遇到了我父亲，我父亲家三代佃农，一无所有，是根正苗红的贫农家庭。

我和我弟小时候，在农村也经常被称为"狗崽子"，为此，我没少跟别人打架。

母亲在我们家最艰难的时候常说："别怕，我是你爹的眼睛，你爹是我的拐杖，再难再苦不能苦读书，只有读书才有你们两兄弟的出路，必须跃龙门，即使卖血当房。"

为了这一点，母亲没少与父亲吵架，甚至有一次，母亲一气之下跳了堰塘，幸运的是被父亲的大哥，我的大伯父路过救起。

正因为母亲的这种执着与厚望，作为长子的我从小就被母亲奉行的"棍棒底下出孝子"的教育理念打到大，5岁时，我就被送去课堂旁听。我又天生逆反，读书一直读得磕磕碰碰，初中复读、高中复读，经常吓得不敢回家，直到如今都犹有阴影。我弟倒是一路顺风顺水。

总之，方圆百里，母亲和父亲都是我们老家的名人，盲人家庭供出了两个大学生，还是村里第一批修砖瓦房的。即使现在有时回老家，老人们不记得我和我弟的名字，都会叫盲人家的大儿子、小儿子回来了，一听总叫人泪奔。

母亲没有什么大的愿望，好像唯一的愿望，就是希望我这个学文的长子有机会能在书里为她简单地写写文章，也算了却了她的一桩心愿。

母亲的一生简单质朴，执着，认死理，不服输。母亲的一生经历了怕富，结果1978年改革开放，又开始创富。母亲常常疑惑，年轻时怕嫁给富人，不到半生，大家又开始向往富裕。这就是母亲的一生，也是中国时代变迁的缩影。

近几年来，母亲越来越活成了小孩，气量越来越小，我们都不敢惹她。不管怎样，从母亲的身上，我看到了中国广大农村母亲的缩影，她们已经老了，我们要照顾好她。

这就是我的母亲——曹淑美。

重滩河鲜赋

源自沱江,溪流旭河。玉带绕洞桥,平瀑过重滩。田连阡陌,山湾水足,中溪相合,滏溪交汇。旧时井盐发祥之地,今为城中飞瀑胜景。有江便有河,有河即存溪。江养江鱼,河育河鲜。

千年重滩河,盛产黄腊尖、石扁头、花胡鲶、船丁子、肥鲫壳、水米子、翘角参、黑尾草虾桃花鲤,河边田鸡谷桩鳝。月映溪弯水,微风拂柳岸。村汉渔姑轻划船,靠河吃河讨油盐。拦网浅滩口,放钩深水潭。览湖光夜色,摄梦乡老景。头枕波光,仰望星空,眼前海天朦胧,耳畔蛙笛缠绵。辛劳半夜时,清水煮河鲢,海椒豆瓣泡酸菜,鱼嫩汤美味更鲜。半斤红苕酒,野趣醉荒年。谁知旧时一锅鲜,今日名震大西南。

品河鲜,到重滩。

重滩河鲜,源出民间。古之人者,逐水而居,傍水而城,无论老幼,治鱼独到,嗜鱼如命者众。至清道光年间,相传善治鱼者范氏,秘制重滩翘角、河鲫,一时闻达于巴蜀,人争寻其秘,不得。后不慎遗失民间,辗转中吴氏偶拾,为谋生依秘治鲫,时人皆排队争食。

今之重滩河鲜,托千年重滩河文化,借百年古秘方之法,历十年现代烹饪新技术,走现代餐饮企业之途,以提供河鲜生活方式为己任,提倡时尚、美味、健康、营养、自然、快乐、积极之生活态度,挟河鱼逆流而上之精神,十年图治,欲打造"中国河鲜生活方式",以图域内。

有道是:重滩河鲜,河鲜中的河鲜。

乙酉中秋于盐都

林红花作品*

穿着我买的新衣服，奶奶开心地笑了

我刚才去河边散步，在桥头碰到了一个曾经几次在我店门口乞讨过的老奶奶，此时她正独自坐在地上，边上放着她的拐杖和一个乞讨用的不锈钢碗，碗里有几个五毛和一块的硬币。

我走上前去："奶奶，还记得我吗？"（每次奶奶乞讨到我店门口，我就会翻出一两块钱给她，或者有什么吃的就给她拿点）奶奶似乎也认出我了，很高兴地笑着跟我招手，我蹲下来跟奶奶聊天："奶奶，你老家是哪里的呀，怎么这么大岁数还出来呀？"奶奶可能是年龄大了有点耳背，所以她答非所问，她说了一堆话，可我大部分都没听明白，大概只听得懂她有两个女儿……出来乞讨三年了……

现在天气有点热了，可奶奶身上却还穿着两件衣服，外面是一件打满补丁的厚外套。不知怎么的，看着奶奶的满头白发和满是皱纹的脸，让我不由自主地想起了我的母亲，要是我的母亲还健在，应该也跟奶奶差不多年纪吧。

我看着奶奶满是补丁的厚外套，突然萌生了想去给奶奶买两件衣服的念头，我示意奶奶在这里多坐会儿，等等我，我去去就来。我快步走到一家比较熟悉的女装店，给奶奶挑了两件短袖，两件才 120 元，衣服虽然不贵但也是我的一点心意。

我又三步并作两步地走了回来，奶奶依然还坐在那里。我拿出了衣服叫奶奶试穿，奶奶激动得手都有点抖了。"哎呀，小妹呀，这衣服这么漂亮，我穿不出去呀。""穿吧，穿吧，可以穿的。"奶奶脱掉外套，我才发现她里面的内衣也破了好几个洞。新衣穿在奶奶身上很合身。老人家双手合十道："哎哟，这么好看，都可以穿到死了。""哎呀，奶奶你不要这么说，我下次还要给你买。"我也双手合十回礼道。

---

* 作者简介：林红花，笔名宁静，女，1968 年出生于福建省漳州市，自由职业者。喜欢的金句为愿你千山暮雪海棠依旧，不为岁月惊扰平添忧愁。

　　说真的，看到奶奶穿上新衣的样子，我仿佛看到了我的母亲，她穿着我给她买的新衣，开心地朝我笑……

　　这时候，有人走过来了，奶奶很开心地跟人家比画着身上的衣服，我就赶紧离开了，因为我不想再听奶奶说一些感谢的话，也害怕别人看我的眼神。我只不过是做了点自己想做的小事罢了，只要奶奶开心，不再穿着破衣服。这就是我今天做这件事的意义所在。

意外的收获

　　我晨起散步，被路边卖盆栽的一盆花给迷住了，一枝枝杨柳似的枝条上开满了一朵朵蓝色的小花。走近仔细端详，它的颜色其实是蓝里透点儿青，青里掺了些紫，紫里再泛着白，由老天妙手调成，犹如朝露清婉不凡。

　　太喜欢了便直接买了下来，还特意问了老板花的名字，叫"六月雪"。

　　回来的路上，一边欣赏着花一边想：这花的长相与名称很不相称呀，连膝盖骨都懂得雪是白色的，而这花开得却是蓝色的。难道到六月，这花会变成雪的颜色？

　　带着疑惑我特意查了下百度，百度上显示出来的花是白色的，花形小巧，洁白无瑕，不带一丝杂色，单纯素雅，好似一位白衣飘飘的仙子，这才是名副其实的"六月雪"呀。那我买的这盆花肯定不叫"六月雪"了，是的，它真的不叫"六月雪"而是叫"蓝雪花"。

　　老板弄错了花的名字，却让我多认识了两种植物，真是意外的收获呀！

芒　果

　　圆圆的脸，大大的眼睛，长长的睫毛下一双大眼睛扑闪扑闪的，深褐色蓬松的头发扎成了辫子，上面别了个粉色的蝴蝶结发夹，身穿一条粉蓝相间的裙子，今天的芒果显得特别俏皮可爱。听我这么描述，大家是不是都觉得芒果肯定是个漂亮的小女孩吧。其实不是的，芒果是一只泰迪犬。

芒果的主人是个指甲美容店的老板，因她平时爱吃芒果，所以就给爱犬取名"芒果"。但她对芒果的爱并不只是体现在名字上，据她介绍，每个月花在芒果身上的钱大概就要两千元。"哇！那不是等于养了个孩子了。""是啊，既然要养就要对它好。""嗯嗯，芒果碰到好主人了。""每次来都看到芒果穿得这么漂亮，它是不是有很多衣服呀。""也没有很多呀，冬天的夏天的加起来有四十多件吧。"妈呀，这比有些人的衣服还多呀，我心里想道。"你看这些全部是芒果吃的。"主人指着柜子上面的一堆瓶瓶罐罐说道。什么鸡胸脯呀，香肠呀，狗粮呀，营养品呀，应有尽有。

我觉得芒果真的就像人们所说的那样，有个好狗命。好狗命是因为它碰到了好主人。在感慨的同时，我也对老板娘多了份赞赏。因为只有心地善良富有爱心的人，才会如此的对待一只狗，才会把它当成家人一样的照顾。

狗虽然是狗，但它也是一条生命，拥有着和人一样好好活着的权利。狗对人类的忠诚是你想象不到的，虽然它不会说话，但它却听得懂你的语言，在它的世界里只有你，你是它生命的全部。

希望天底下所有的狗狗，都能够像芒果那样，拥有着一个温暖的家，有人爱有人善待。

在此也由衷地祝福芒果，健健康康地活着，快快乐乐地成长！

旭几作品 *

句 号

路口的彩灯倒计时结束
落下一个硕大的句号
放我一路向西

很远就看见这路口渐渐临近
等到平稳穿越
还是突生茫然错愕

一路上青葱突兀雾里繁花填满了
视界
一路上歧路转折颠簸蹒行耗废了
光阴
一路上暖阳如被寒霜似雪来不及

细品
　一路上斑驳晦涩尴即尬离错过了
交代
　还有伴行的云绮
　还有对视的星月
　以及枝蔓疏密的莫名牵挂
　……

在句号的这一头
一时竟有些想责怪
这条单行线的设计者

2021 年 12 月 31 日退休有感

最美的邂逅

　　一个素不相识的姑娘把雨伞举到了我的头上，那一刻，冷与暖在最美的画面里瞬间被转化，幻与真在沁脾的雨声中骤然定格……以至于今天，虽然艳阳高照，只要抬头倾听，那滴答滴答的雨声还能在耳边响起。

---

* 作者简介：本名付忠良，有写作（包括诗词、歌曲）、摄影等方面的爱好，基本上不参与
　投稿，原创的东西偶尔发在朋友圈、微博或公众号上。

　　5月10日下午，雨势一会儿大一会儿小，我时而停下来躲雨时而冒雨前行，到了广埠屯公交车站，雨势又渐渐增大，脖子里的雨水往下滑落，公交车没到，我从站牌边退到非机动车道外的一棵大树下面，淋着叶尖上收集的雨滴，好在刚过立夏，气温不太低，淋湿就淋湿吧。

　　站台上下，等车的乘客人手一顶雨伞，环顾四周，我一个人拥有成排的大树，这精神的胜利正要换来些安慰，一顶漂亮的花伞飘过非机动车道直接向我这边靠近，还没等我反应过来，伞下的年轻姑娘就冲我说话了。说实在的，她所说的具体内容我现在回忆不起来了，大意是要我和她共用一把伞，当时我客气地退了一步，摆手说不用不用，她边说没关系边把雨伞朝我头上举过来，我不好过多推辞，就定在了那里，脑袋时空错乱、内心腾云驾雾，网上的"最美"人物真实地眷顾我了？说出来朋友们会信吗？

　　之后我跟她要过雨伞举着，感恩和赞美的话轮流挤到嘴边，舌头却不配合，她为了打破沉默问我等哪一路车，我说593，她又指向天空，让我看雨中困难地飞着的一只小虫，我说嗯，我点头之后两人就朝来车方向安静地并立，雨点打在伞面上似乎在剧烈地跳动，我幸福地煎熬着，内心几番挣扎，还是强行蹦出一句："如果你等的车来了你就先上吧。"她说不急，送我先上了车再说，她等的是596，我说哦。

　　车停车走，人流如织，593和596，两个亲戚一样的数字，两路公交车一时半会儿不肯在视线里出现，这一种拖延是不是某种安排？要让我更真切地体会被打动的感觉吗？

　　其实我早就在心里向这位美丽的姑娘深深地鞠躬了，虽然想用手机自拍一张留作见证，也想打听一下对方的姓名或手机号预备回报她的善意，但这些念头刚一出现就被自己否决了，这只会给她善良简单的举动带来干扰，会使她在下一次展现正能量时有所顾虑。

　　终于，593先到了，几句苍白的感谢话语中，我退出了那顶温暖的小伞，一路上，我调动所有的神经仔细回忆她的样子：长发，偏瘦，身高接近一米六……再就不能勾画出更具体的外貌了，可惜，而且非常遗憾，就算哪一天有机会再一次碰上，我都不能认出这位美丽的姑娘。

　　雨天出门却没带伞本来是件糟糕的事情，而我却因此获得了最美的际遇，善缘福分这杯清茶我不能一饮而尽，而要留在这清香里时时品茗，时时回念，时时感悟。

　　一切都是最好的安排。

2014年5月

"逻辑"与"然后"

有个特喜欢把"逻辑"挂在嘴上的财金大 V，博文里论人议事频繁出现"逻辑"一词，遇到对立的观点，就拿出"逻辑"这把尺子，一量，没逻辑啊，于是认为对方的观点自然就站不住脚了。也时不时看到他一身西装革履的照片，坐下和人会面（二郎腿跷起来才是标配），一贯的西化做派可能在给人暗示，自己的"逻辑"来源正宗。其实，每次在他这里看到"逻辑"一词，我联想到的却是"然后"二字。

记得多年以前，"然后"二字只在一段话里该出现的时候出现，就因为港星们常常在麦克风前一句话里高频提到"然后"，然后，不管台上台下大街小巷、镜头内外，也不管明星粉丝、职员学生、姑娘小伙，说起话来都要想方设法地带出"然后"，一句话生怕少说了几次"然后"，甚至说什么内容不重要，只要不漏掉"然后"就行。这稀奇古怪的风气像浓烟一样，熏得我只想逃避，然后，在这里我把我嘴里剩下的"然后"说完，今后就对它敬而远之了。

那些年，港人说到"然后"是因为他们对普通话比较生疏。被采访时挂在嘴上的"然后"是用来延缓说话节奏，缓解表达的不畅。

2500 年前，西施因病痛抚胸皱眉姿态引东施效颦，想不到追星跟潮的今天，"东施"已遍地。

"逻辑"与"然后"，前者在大 V 那里还不是见帖就有，只是蹦出来的频率较高，每次见到有点碍眼而已，后者从不同方位强钻入耳成了日常，那种反感无处躲藏；前者被部分人认作来自西方，一有机会就马上把它挂在嘴上显摆，就像开着改装车上路，不找机会轰几下油门好像会被憋死，后者使用的频繁明明白白来自香港明星，是追星族眼里只属于膜拜对象的亮点，虽然追星的队伍并不限制名额，但那个争先恐后的表现，让人怀疑他们的前面是不是私藏了一座外人看不见的独木桥。

习惯性跟风居然形成潮流，有点匪夷所思，真希望有一天他们不再盲从，并能够清醒地认识到，在清一色齐腰卷发的阵列旁边，亭亭玉立的一个留着长辫的倩影，才更加别致，更有韵味。

王富民作品[*]

浅探中华文明

华夏文明指华夏族（汉族前身）所创造的文明。华夏文明以礼乐为制度、以易经八卦、丹书朱文、上古汉语为源泉，是世界上最古老的文明之一，在历史上一脉相传。

"华夏"一词最早见于《尚书·周书·武成》，"华夏蛮貊，罔不率俾"，意思是说无论是中原地区的民族，还是边远地区的民族，都对周武王表示顺从。其中的"华夏"即后来的汉族。

正义曰："夏，大也。中国有礼仪之大，故称夏；有服章之美，谓之华。华、夏一也。"中国者，聪明睿智之所居也，万物财用之所聚也，贤圣之所教也，仁义之所施也，诗书礼乐之所用也。中华者，中国也。亲被王教，自属中国，衣冠威仪，习俗孝悌，居身礼仪，故谓之中华。

可见，华夏是以服饰华彩之美为华；以疆界广阔与文化繁荣、礼仪道德兴盛为夏。从字义上来讲，"华"字有美丽的含义，"夏"字有盛大的意思，"华夏"本义即有文明的含义。"华夏"二字在现实中的实体展示就是服饰、礼仪、经典。华夏文明是炎黄血统、诗书礼仪文化和中华疆界统合在一起的实体。

关于华夏文明（古代中原地区居民创造的文明）的起源时间，西方学者根据他们的标准一直认为是 3000 年前，中国学者虽然存有异议，但一直无法证明这一观点的错误。红山文物的最新研究结果和关于文明标准的定义，可以证明华夏文明起源于 8000 年前。按照西方对文明起源的定义，华夏文明发源于 3000 年前。而红山文化的考古研究，使得我们对于华夏文明的起源有一个重新的认识——华夏文明的起源应前推 5000 年，应是 8000 年前。华夏文明起源时间前推 5000 年，不应以青铜器为标准。据"中华文明探源工程"的发现，尽管华夏文明的起源、早期形成和发展过程由于地理位置是东亚地区，是相对独立、自己

---

* 作者简介：王富民，男，出生于 1967 年 11 月 4 日，湖北省大冶市保安镇人。热爱历史、热爱祖国。喜欢写作，喜欢将自己的文字融进历史，表达自己的所思所想。

摸索向前发展的，但是在"古国时代"晚期，华夏文明在自身发展过程中，和其他外来文明有了接触。"良渚文化"实证了华夏 5000 年的文明。良渚距今 5300—4300 年，大体与埃及文明、苏美尔文明、哈拉帕文明同处一个时代。

华夏文明是人类历史上唯一没有中断的文明。

华夏文明是一脉相承、连续发展的，呈现出明显的阶段性。某一阶段的能量耗尽了就会发生变化，变化了血脉就会畅通，再接着生长、发展，如此螺旋式上升，使华夏文明生命力不绝、延续至今，正所谓"穷则变，变则通，通则久"。华夏文明的发展虽有阶段性，但从来没有间断和转移。

今天，我们还能读懂数千年前的文献资料，古代经书上的格言警句依旧活跃在我们的日常用语中。在历史演化中，华夏文明的中心有过多次迁移，但整个历史都上演在欧亚大陆东部这块广袤的大地上。史学领域，以顾颉刚为代表的"古史辨派"，用西方整理古代资料的方法，重新梳理了中国史书。他们认为，历史不断有各个朝代的学者在不自觉与自觉之间添加了他们的想象和解释，但后来者会误以为这是真正的历史。上古的记录本身就很模糊，但后来者不断追加，造成了今天所见的历史。

华夏文明在统一与分裂、兴盛与衰落中交替演进，但以统一和兴盛为常态，以分裂和衰落为变态。有学者统计，自夏朝以后的约 4000 年间，分裂时间总计为 1200 余年，而统一时间则为 2700 多年。即使在分裂时代，分裂政权大都不甘于偏安一隅，而是将追求统一作为最重要的奋斗目标。一般来说，统一与兴盛大致合拍，分裂与衰落基本同步。夏商周三代，尤其是西周，文明达到了相当的高度。到了春秋战国时期，礼乐崩坏，诸侯坐大，政权下移，社会动荡。同时，新的因素也在生长，周边文明的新鲜血液不断注入中原文明。至秦汉，我国实现了更高层次的统一。秦代首创了大一统模式，以后各朝代对这一模式不断进行补充、修复和完善。汉王朝大气磅礴，实现了疆土、经济、政治乃至思想的大一统，显示出朝气蓬勃的气象。从此，大一统意识在中华民族心中根深蒂固，华夏文明的兴衰也就随着统一与分裂的交替而不断交替。

华夏文明一经形成，就具有开放性和包容性，能够在开放中吸收异质文明、在包容中消化异质文明、在多元融合中更新自身。纵观华夏文明的发展历程，并不是没有闭关锁国、夜郎自大的时候，但总体上呈现开放态势。这种开放不像古希腊文明和近代西班牙、葡萄牙、大英帝国那样是全天候的开放。那种全天候的开放往往伴随着对外扩张，结果是发生大变异，分化、瓦解、衰落乃至毁灭。华夏文明的开放是在保证自我生命机体存活基础上的适度开放，只要对自身不构成伤害，都能兼收并蓄。有所坚守而又通达，这是华夏文明形态虽变而生命恒久的重要原因。在中华思想文化发展史上，无论宗派流派有多少歧义，都能经过一代又一代思想家的努力，兼综和合、融会贯通，最终形成同中有异、异中有同，你中有我、我中有你的多元统一的思想文化体系，化为推动中国历史前进的强大精神力量。

说到融会贯通，不得不提到中医学。

关于中医学，它本身也叫汉族医学，简称"汉医"，它起源于汉族，是由汉族人民发展出来的，它本身也是汉族文化体系的重要组成部分。中医诞生于原始社会，春秋战国时期中医理论已基本形成，之后历代均有总结发展。中医学对汉字文化圈国家影响深远，如日本医学、韩国韩医学、朝鲜高丽医学、越南东医学等都是以中医为基础发展起来的。

中医承载着中国古代人民同疾病作斗争的经验和理论知识，是在古代朴素的唯物论和自发的辩证法思想指导下，通过长期医疗实践逐步发展形成的医学理论体系。

根据《中国疫病史鉴》记载，西汉以来的 2000 多年里，中国先后发生了 300 多次疫病流行，由于中医的有效预防和治疗，控制住了疫情蔓延，得到了较好救治。中国历史上从未出现过像西班牙大流感、欧洲黑死病、全球鼠疫那样一次瘟疫造成数千万人死亡的悲剧。2009 年的禽流感防治中，中医药也发挥了很好的作用，中西医结合的成果发表在国际医学期刊《内科学年鉴》上。新冠肺炎疫情中，中医药在救治工作中也发挥了更加重要、更为广泛的作用。强化中西医结合、中医深度介入诊疗过程，成为医疗救治的鲜明特点，中医药在全国各地新冠肺炎疫情防治中的价值被极大地肯定。

谈到中华疆界，不由得令人想起"醉卧沙场君莫笑，古来征战几人回"的满怀豪情，也不由得让人想起"但使龙城飞将在，不教胡马度阴山"的爱国激情。

远古之时，华夏先民主要聚居于黄河中下游一带，即中原地区。在其周边，则环伺其他部族，谓戎狄。传说中的黄帝时期，曾尝试划野分州，置万国，其说固然荒诞，但也表现出时人已有疆域观念。

据传在禹生活的年代，洪水泛滥，禹受命治水，最终治水成功。据后世记载，禹在治水过程中踏遍天下山川，划为九州。如《左传》引《虞人之箴》的说法是："芒芒禹迹，尽为九州，经启九道。"战国时所著的《禹贡》记载的九州是关于中国疆域最早的文献记载。虽非禹时实著，然亦体现了战国时期人的天下观与地理观。其将中国分为冀州、兖州、青州、徐州、扬州、荆州、豫州、梁州、雍州九州。冀州在今山西省及河北、河南两省的部分地区；兖州则在今河北与山东省部分地区；青州在山东半岛；徐州在今山东省南部与江苏省北部；淮水以南之江苏省与安徽省则为扬州；荆州在今天的两湖；豫州指河南省；梁州指四川省与陕西省的汉中地区；雍州包括关中与甘肃省东部。虽然此说分歧很大，传说性质浓厚，范围也大于当时中国的实际面积，但此为古人天下观之萌芽与发端，具有重要的历史意义。

孕育华夏文明的华夏疆域历经先秦疆域、秦朝疆域、汉朝疆域、三国疆域、晋朝疆域、南北朝疆域、隋朝疆域、唐朝疆域、辽宋金夏疆域、元朝疆域、明朝疆域、清朝疆域、国土沦丧等历史演变，经过了数千年的发展。

如今，边疆民族地区的各族人民，始终把治国必治边，治边先稳边的重要论述铭记在心中，落实在行动上，守护好祖国边疆的一山一水、一草一木。爱国守边意识深深扎根在每一位边疆儿女心中。守护好祖国边疆，让五星红旗高高飘扬，以兴边、稳边、固边的扎实行动，谱写好中华民族伟大复兴中国梦的边疆篇章。

"黄沙百战穿金甲，不破楼兰终不还。"铿锵有力，掷地有声。习近平总书记说过："我们辽阔的疆域是各民族共同开拓的。'邦畿千里，维民所止。'各族先民胼手胝足、披荆斩棘，共同开发了祖国的锦绣河山。自古以来，中原和边疆人民就是你来我往、频繁互动。特别是自秦代以来，既有汉民屯边，又有边民内迁，历经几次民族大融合，各民族你中有我、我中有你，共同开拓着脚下的土地。""历朝历代的各族人民都对今日中国疆域的形成作出了重要贡献。今天，960 多万平方公里的国土富饶辽阔，这是各族先民留给我们的神圣故土，也是中华民族赖以生存发展的美丽家园。"

从华夏文明中理解岁月变迁，认识中国历史，真切触摸历史运动的脉搏，从而更加理解今日之中国，把握未来之中国。

中华文明之英雄情怀

盘古开天辟地，女娲造人补天；
神农尝草治病，医生救死扶伤。

三皇五帝开新宇，炎黄二帝奠华基。

一扫六合归一统，始皇隋文武功稀。

安平天下四海同，领袖思想放光芒。
华夏历史舒画卷，人民英雄斗志昂！

姜尚年高八十，垂钓奇遇周伯；
晏子身短五尺，使楚功拜齐相；
冠候显赫悍雄，漠北封狼居胥；
诸葛柔弱书生，茅庐三分天下。
霸王神力举鼎，兵败乌江自刎；
李广劲弓射石，武勇苦劳无封；
华佗神医救民，曹贼违天私斩；
岳飞英勇抗金，冤魂命绝波亭。

深宫美人，遭殃沦为娼妓；
低俗戏子，得势成功立业。胸怀雄略，良策或无用处；
鼠目寸光，小丑也可监国。虎陷平阳，竟成犬欺对象；
君子失时，屈居人渣手下。

祥龙飞天，播云雨润泽万物；
圣人造势，救苍生照耀千秋。

天不得时，日月无光；地不利时，草木无生。
人若敢为，珠峰可攀；和若顺势，百事可成。

胸忧天下分离，始皇独统九州；
心系民族苦难，领袖再造中华。

常闻古来百姓，执礼跪拜吾皇万岁音；
独见近世领袖，践行高呼人民万岁容。

风吼惊电闪雷鸣，
战鼓声声红旗高举，群英齐动，

试看翻江倒海乾坤转。

人欢跃马逍遥乐，
喜气洋洋神州合融，天下安平，
共享繁华昌盛世代传。

吕其航作品*

守 望

有一天我轻轻地走过你身边，

嘘，

你不要打扰我，

也别问什么，

让我自己去体会瞬息万千的世界。

我看见了天上的飞鸟轻掠水面，嘲笑海底的鲸鱼没见过世面，

而鲸鱼却嗤之以鼻说它肤浅，无法探索来自自然灵魂深处的空间；

我乘着阳光飞啊，一路上是鲜花清风做伴，可半路的乌云却让我摔得稀惨，我想抬头骂它，还没开口，暴风雨就赶趁地将我狼狈的话收走，我悲伤地走啊走啊，顺带捞起一块残破纸鸢上奄息的蝴蝶；

然后我又看见了你，递给我一把伞，眼里燃烧着什么东西。

你一直在吗？

你想说什么？

嘘，不用了，让我自己感悟这个世界。

因为我们年轻，所以我们热泪盈眶；因为我们年轻，所以我们走马挑灯泪沾裳。

如果离别带来无法避免的悲伤；那就以下次再见为约定，努力成就更好的自己。

---

* 作者简介：吕其航，常驻在一颗充满宁静与繁星的星球，从情感上来讲，我可能是一个悲观的理想主义者；而现实的我，只是一个努力且平凡的人，现阶段还在为了梦想而不断奋斗着。

绽放的旅程

我不喜欢精心打扮在包装袋里的花。

娇艳欲滴的花瓣是她们溅出的鲜血；

华丽的外表下是腐烂沉寂毫无生气的灵魂。

精心的打扮让她沉沦惊艳却失了真；

短暂的绽放和迷人使她们最终只能腐烂于不知名的仕途；

流浪了一生。再也找不到自己的根。

我爱的是田园里随风摇曳自由自在的灵魂。她们身上没有任何的胭脂俗粉，

热烈的阳光、温婉的雨水和行人不经意地触碰是其唯一接触的风尘；

朴素的根茎却连接着贯穿地球的强大生命力，

微微扬起的花瓣散发出的清香无一不显示着她的天真。

风霜带着她的花粉温暖世界，她的征途平平淡淡，却充满星辰；

没有什么能让她枯萎，只有时间，时间带她返璞归真。

成长随笔

幸福的时间真的很短，短到我现在已经忘了她的模样，只有一个模糊的轮廓告诉我曾经有过；她存在的时间好像很短，短到我还没有全身心投入去体会她，她就已经散去；她走得好着急，着急得我都没有感受到她的离去，只是偶尔看到什么画面，听到什么声音，才突然想起来当时拥有过一种东西，一种我不知不觉遗失了的东西，我迫切想知道那是什么，可她就像握不住的沙从指缝中漏去，回答我的只有风吹过的声音。

成长是一瞬间，一瞬间后你突然意识到那个东西和你已经天人之隔。记忆的碎片像星星般扑朔迷离，一瞬间什么都还没准备好就强制地将我的灵魂剥离。我狼狈地离开她，可她还在那里。所以不是她离开了，是我成长了。我的天真

和快乐也留了一部分在那里，是很大很重要足以伴我一生的那部分。长大后的我，现在能更好地诠释幸福的理论，但是我再也无法像以前那样什么都不用说就能感受到幸福的定义。

我在尽力寻找她，我在捕捉着身边微小的影子，我是谁？还记得自己曾经的那个样子吗？我将会走到哪里去？我能否找到遗失的曾经。

我爱你。我是谁？爱是什么？你又在哪里？

匆匆又夏天，时光奔涌着、裹挟着热烈的风和刺眼的光线，有人还在这里，有人匆匆离开，连再见也没有说一声，只留下匆匆那年里路遥马疾的人间。

毕业季，致敬我正在进行时的青春

午后的阳光总是那么刺眼，
教室里的闷热中意外地沁着一丝凉爽；
堆积成山的课本，写满笔记的黑板；
在热气中弥漫成尘。
拔下耳机，抬起疲惫的双眼，
空荡的教室影影绰绰地环绕着树影；
阳光调皮地闪过我的身旁，
又是一个蝉鸣的夏天，带来六月份的毕业。
青春就这样随着一个又一个的毕业季离去；
成长啊，就是马不停蹄地失去和一场会疼痛的呼吸。
年少的我们，总是为自己留下了诸多遗憾；
现在回想，那些不完美的痕迹，才是促使我们长大的磨砺之花。

周莲玉作品 *

老房子

我的钥匙链上，有两把旧钥匙。几经岁月的磨蚀，依稀能看出它们的铭牌是永固和双鱼。每次搬家要换新锁，旧钥匙就会被更替。可这两把锁头已不知去向的钥匙，三十年来，我始终带在身边，不舍丢弃。

大连市中山区职工街鼎盛巷 3 号。

这里曾共同居住着三户人家。爷爷家，三叔家，我家，十三个人，三代人，两个姓氏，周和杨。

有人打开门："喂！小周在家吗？"呼啦一下他周围会围上一堆小周。"你找哪一个？"……找老周，那就是爷爷、三叔和爸爸。还有剩下的那三个杨，是来自山东一个村的奶奶、三婶和妈妈。

住房日式结构，厨房共用，祖孙三代。几十年，大人们从未红过脸；孩子们有摩擦，但从未动过粗，只是在用木板条间隔的另一个房间里传出白天还气我的那个人挨揍的告饶声，我就在这边窃喜着。隔天，谁被外人欺负了，那怎么行，兄弟几个从后门徒手进家，再从前门出来，手里多了棍棒，对手自然作鸟兽散。

三婶借来本《林海雪原》，我们排着队看，临到我还期将至，晚上在被窝里就着手电筒，贪婪地看到天明。

日常逗弄堂弟，过分了他哭了，爸爸就认真地说："这是夹皮沟的小火车开来了，听，呜呜的呢。"

每逢周二，爸爸公休，我们在教室，心早飞回家。桌上这时肯定摆上红豆米饭，还有炉子上烤的鱼，锅里蒸着虾酱，有时再添上奶奶蒸的茄子包，三婶做的小豆腐。

然后，爸爸挨个喊来我们。我们头枕着他的腿，他给我们掏耳朵。阳光温

---

* 作者简介：周莲玉，女，66 岁，籍贯山东省，1989 年毕业于大连工人大学中文专业，政工师。曾在《大连日报》发表过几篇文章。

暖照射着我们。我心里觉得最有温情的人是爸爸。

物资匮乏的年代，我们的精神却快乐着。小小的房间，有睡在床上的，有睡在拉门门里的，有睡在吊铺上的。房间里，时常会响起吹拉弹唱的声音。妈妈给我们兄弟姐妹买了各种乐器。那时候，妈妈的饭盒里装的永远都是饼子和咸菜，想想她是怎样节衣缩食才能省下买乐器的钱？

我们堂兄弟姐妹七人，小学分属于枫林小学和风景小学，最终都上了二中。年终岁尾，开家长会，爷爷都上阵了。家长会后，三叔的手高高举起，却轻轻放下，成绩不好的孩子，免了顿揍，可我放假了玩疯了，中午没回家吃饭，被妈妈一顿胖揍。

爷爷奶奶都赶上了四世同堂。奶奶近九十，我也凑了一丁，生了个男孩。奶奶用手帕包了几个鸡蛋悄悄地塞给我。我知道，她自己舍不得吃，给了我，还怕别的子孙说她重男轻女，她常说，小小子，丑俊都是正经货。

姐妹出嫁，兄弟迎娶，小家庭不断派生时，爷爷奶奶爸爸妈妈还有三叔却相继永远地离开了我们。

1998 年，老房子要动迁了，带着难以言表的心情，我回到了老房子，用这两把钥匙分别打开了房门。家已搬得差不多了。环顾四周，泪眼婆娑。土暖气片，再也散发不出来自爸爸添柴续火后的温暖，墙角的缝纫机再也做不出妈妈缝制的衣服，厨房的油盐酱醋再也烹不出人间的美味佳肴，空空的房间里，再也走不出我们周杨两姓十三个人的身影……

中山区鼎盛巷 3 号，这里兼容着世间的悲欢离合，这里涵盖着生活的苦辣酸甜……

夕阳西下，一抹余晖蹭掉了一张北屋的墙皮；本已油漆成朱红色的地板，已成斑驳；那架老式钟表，叹息着无人给它上弦，早就罢工停摆；失修的门窗被秋风吹得发出痛苦的呻吟……

窗外，一群放学的孩子雀跃地跑向巷子的尽头，一如我们当年。

轻轻地，轻轻地，关上门。

记得装好钥匙。

鄢海波作品 *

游百乐谷

辛丑（2021年）春月，天微寒。雾罩四野，远山隐匿，近林影濯，水墨五色，杜鹃灼灼，大地丹青。

余驱车而返，家人五，友人一。酉时许，抵孙家口，停车，步入百乐谷。

入口处，狭窄，阴森。时闻鸟啼，作哭声状。树荫蔽日，举头，其天不足斗笠大也。又见一小桥，桥上有一绝壁前额突兀，人行其下，疑欲坍塌，无不疾走。桥下有一水潭，水尤清冽，疑有水鬼居住。上方皆有乱坟岗，旧坟接新坟，恐怖至极。相传此地是孤魂游荡之地，野鬼栖息之所，吾不敢言，反赞其鬼斧神工，天之杰作。

沿小溪而上，山路蜿蜒，斗折蛇行，或明或暗，杂草丛生，树林荫翳，鸣声上下，只闻其声而不见其水也。

约行五百步，天地忽然开阔，"柳暗花明又一村"。见小庙，见村舍，房屋古朴，青砖黛瓦，炊烟袅袅，鸡犬升天。

再拾级而上，见十里荷塘，其时尚早，荷叶小如铜钱，大如手掌，依附于绿水之上。真可谓"小荷才露尖尖角，早有蜻蜓立上头"。惜不能画，遂拍之，以存其梦。

再前行，道路平坦，房屋俨然。见垂柳，见乱石如人如畜如器皿，见行人四五，俱无表情，只低头玩手机。吾等皆不语。忽见一犬狂奔而至，皆大惊。唯友临危不惧，拾棍手舞足蹈，做棒击状，犬不敢前，仓皇而逃。吾侪追之，众人魂定，遂笑之，曰："畜虽劣，终不敌人也。"

须臾，至村部。环顾四野，沿游泳池环走，又指点对岸的稻田鱼基地，谈笑声不绝于耳。天渐黑，小孩兴有余而大人则不足。

归去来兮，归去来兮，不如归去。

时辛丑春月，余作文以记之。

---

* 作者简介：鄢海波廖素勇。中学语文教师，业余作者。湖南，新化，田坪镇万龙村人。

小区暮色

初冬的小雨，淅淅沥沥地下着，万鑫嘉园的小区静默在傍晚的暮色之中。一切那么宁静，那么安详。朝九晚五的人们，零零散散地回家，有的开着车，有的撑着伞，有的提着大包小包的食品。一点儿也看不出劳累了一天的疲惫，还露出淡淡的笑容。走在洁净柏油马路上，显得那么惬意，那么精神。不远处，还没竣工的大厦，也没有白天的喧嚣，脚手架上劳作的人们也陆陆续续地走进了小区。我站在大门口，在等待着即将回家的小外孙。

几分钟过去了，又几分钟过去了，小外孙还没回来，雨继续地下着。几位从工地上回来的农民工，带着满身的疲倦走在回家的路上，身上穿着有些泥土的工作服，脚上的解放鞋在洁净的马路上留下了一串串的脚印，看着身旁鳞次栉比的高楼大厦，我觉得这一串串的脚印仿佛就是他们的勋章。

雨停了，可云还没散，小外孙回来了，一同走向楼梯。过了一会儿，"昨日入城市，归来泪满巾。遍身罗绮者，不是养蚕人""陶尽门前土，屋上无片瓦。十指不沾泥，鳞鳞居大厦"，屋子里响起了外孙女薇薇那甜美，稚嫩的读书声。声音虽美，今天听了心里却怪怪的。

一年后，我也做了门卫，但对于农民工，我从来没有歧视过他们，因为我就是农民的儿子。

回乡赋

山峦嶔奇，青葱如画。于新化之北，梅城之南，有一高峰挺拔，名曰：香炉山。其下，有一亭，翼然于石级之上，由前清秀才李彩林亲书"指梅亭"三个大字，并附楹联，曰："指日计程，从此路通衡岳；梅城在望，于斯界划新安。"可谓其美，不可胜收。然经"文化大革命"之变故，亭联尽毁。于废墟之上，回眸北望，梅城历历在目，俯首南瞻，风起云涌之处，阡陌交通之间，有一小冲，名曰：史家冲。

六旬之前，余生于此，饮杉木之清泉，沐响鼓之香风，受山川天地之灵气，吾天生傲骨，易长成人。然岁月蹉跎，韶华已逝。白发苍苍之际，今驱车而返。风景犹在，老屋亦存。然杂草丛生，蜘蛛纵横，时有蛇鼠出没其间。审视良久，不禁满目凄然，心戚戚焉。

移步庭外，或紫薇，或月季，或石榴。应有尽有。虽无人侍弄，却也花开艳丽。更有一枣树，与夫子同龄。年过半百而巍然挺立，大有百年而不衰之势。伫立观之，久矣，心稍舒。

环顾四野，道路通衢；路侧广厦，星罗棋布；院落交错，熠熠生辉。唯吾等小屋，风雨摇坠，虽常以诸葛草庐，刘郎陋室自娱。然坐落于林林别墅之间，似乎有煞风景。儿却戏之曰："鹤立鸡群。"

今夏，儿于长沙购新居一处。我思之，十载，二十载，三十载……此屋危矣。皮之不存，毛将焉附。

良久，怅然而去……

二〇一八年，农历六月十三日，鄢海波作文以记之。

江南水乡

杨柳青丝涤垂纶，
青砖黛瓦板桥横。
双飞燕子呢喃语，
细雨无归蓑笠翁。

春

风吟两岸三分韵，
雨韵千山九色花。
几处新楼迷旧燕，
时常误入别人家。

村　居

蛙鼓蝉鸣北斗斜，
芭蕉树下呷擂茶。
可怜朗月清明①夜，
露似轻烟雾似纱。

回　家

寒门锈锁久难开，
一股霉酸扑鼻来。
往日喧嚣均不见，
二行热泪挂僵腮。

天净沙·还香

晨钟暮鼓薰纱，
昏灯老道袈裟。
香客低头叩首，
双膝跪下，
木头人在龇牙。

---

① 清明并非清明节。

薛增武作品*

王屋山猴趣

在王屋山，导游告诉我，要看猕猴，还是去五龙口，那里一年四季，满山遍野，猴子成群。

次日上午，我们来到了五龙口。这里山峦起伏，植被葱郁，林果满坡，水源充足。

我们登上了一块比停车处略高一些的平地，这块土地因山就势稍加整治而成。东南两边用石雕栏杆围着。西北两边是几间平房，北屋山墙边立着一块大木牌，上面写着大字"五龙口自然保护区"。

一位六十岁左右农民模样的人，从西厢房中走来，嘴边含着一只哨子，"嘟嘟"地吹个不停。十几分钟后，便见三五群携家带口的猕猴不约而至，将游人团团围住，给了游人一种强烈的惊奇感。

身边同行的小女孩突然一声尖叫，手中的塑料袋子让谁劈手抢去。惊惧中发现是一只猴子所为。那女孩啼笑皆非，站在一旁眼看着散落一地的花生糖果被一群不速之客抢劫一空。

我蹲下身子帮小女孩拣起地上的东西。不料一个活物突然跳到肩上，一只手抓住我的衣领，另一只手掰我手中的东西。情知不堪，我只好将手中的东西全部奉送给了那厮，它才从我肩上跳了下来，一边大吞大嚼着"战利品"，一边蹲在地上眨巴着圆溜溜的杏核眼左顾右盼，生怕谁来与它争夺。

吹哨子的农民走了过来，笑呵呵地说："不能把恁多东西都露在外面，要几颗几颗往外拿才中。"

王屋山的猴子养成了半自立半依赖的习性。现在山里的野果还不十分成熟，每天食不果腹的猴子就会乘人不备，先下手为强。

---

* 作者简介：薛增武，男，76 岁，河南省兰考县人。自考本科学历。文学爱好者。若干年前曾在《郑州晚报》上发表过两篇散文。退休前在某中学任教。一生的品格和信条是耐烦做事，低调做人。学问不休，开卷有益。

　　吹哨子农民是这里的管理员，一说起猕猴家族的趣事，他如数家珍，侃侃而谈。

　　据考察，这王屋山方圆几百里有近两千只猴子，共有八个群，每群一个王，统领着少则几十只，多则两三百只猴子猴孙。猴王任期四年，到了任期最后一年的十一、十二月间，便开始换届。当然，竞选方式不是竞选演说，更不是民主选举，而是战斗决定胜负，打架分出强者。

　　管山老人指着一只四肢粗壮，比别的猴子高出一截的公猴说："这就是这里的'一把手'。"说着，又从口袋里掏出几块饼干丢向那猴王。

　　据说这个猴王任了三届了，今年三十四岁。

　　管理员用衣袖擦了一下额头上的汗继续介绍说："这群猴子中只有它有资格把尾巴翘起来，别的猴子只能夹起尾巴过日子。"

　　这时，有人问起管理员是否目睹过猴子争王的场面。管理员欣然讲起了两年前的一个故事。

　　那是一个秋末，一群猴子在后山腰打架，几百只猴子坐山观虎斗。只有十几只自以为有称雄资格的公猴参战。这一架打到第三天，还有四个亡命徒不分高下，非斗到不是眼瞎就是掉耳朵才肯罢休。直到最后剩下一只，成了众猴公认的山寨之主。管理员指着离他七八步远的一个赤面猴说："这个家伙前年打架瞎了右眼，它现在非常老实。"

　　仔细看那赤面猴，许是伤残不方便，或是残酷决斗曾经给了他什么启示，它总是远远离开其他群猴，独自而又小心翼翼地拣食地上的残留物，显得很不合群，看上去有一种落寞的神态。

　　游人们听得十分专注，管理员又讲了一大串猕猴轶事，什么猴王下台如何的悲惨啊，猴王的大老婆如何失宠啊，老五老六（猴王的妾）如何不离左右啊，等等。看来王屋山猕猴的故事还真不少。猕猴家族中这许许多多有趣的故事，使人们对人猿同祖的观念更加深信不疑了。

　　离开五龙口，我踏上了返程的路。这时我在想，动物世界的这些现象与人类社会颇有相似之处。除了亲情、友情维系相互的关系外，族群要想兴旺发达，立身不败，加强自身实力实在太重要了。

乡思依旧

儿时的中秋是在农家院儿里度过的。那温馨，那惬意，悠悠在心。

中华人民共和国成立之初那几年，家里有六亩地，是分地主普老四家的地。在我的记忆中，地里种着毛豆、花生、玉蜀黍……中秋一到，果熟豆黄，大人们收打碾晒，忙了晌午忙后晌。那时我才五六岁，整天瓜果梨枣甜滋滋，田园野趣乐悠悠，没有大人们那种劳碌与艰辛。

吃月饼是离八月十五还有好几天就开始巴望的事儿。到了月圆的那个晚上，父亲在院子里摆上一个小桌，桌上放着石榴、花生、煮熟的毛豆之类。月饼绝不可少，但常常全家只有一个，远不如现在的月饼花样繁多，却又大又圆，像东屋脊上悬着的月亮。

愿过月（祝愿、祷告）之后，父亲将月饼按家里的人口切块分享。切月饼时，刀在案板上咯嘣咯嘣响。母亲说是月饼里的冰糖被切碎了。然后，全家人边吃还边听二奶奶讲月宫中玉兔捣药的故事。我扬头望着天上的圆月，总也想不透玉兔捣药是怎样一种情景。想不透只好唱起了那首老掉牙的不知哪个年代流传下来的民谣：

月奶奶

明晃晃

开开后门洗衣裳

洗得亮

浆得光

打发哥哥上学堂

…………

有一年，我吃伤月饼了（吃腻了），倒不是月饼太多的缘故。母亲找借口不肯吃，说吃了牙疼，把分给她的那一牙月饼塞到我手中。于是我就吃伤了。在后来的几天里，母亲还逢人便说："五子（我儿时乳名）吃伤月饼了。"后来渐渐明了母亲总说吃月饼牙疼的良苦用心，也明白了月饼吃伤这类话的内涵。

这是母亲对邻人们的炫耀，是她对美好年景感到由衷的喜悦。

长大几岁后，我便到离家百里之外的大城市读初中。那是"半年粮，瓜来代"的岁月。县里出了个焦裕禄，却没有从根本上改变家乡的面貌。不是没有鞠躬尽瘁，实在是那年月天还不够高，海还不够阔。

有一年中秋，我带了半斤月饼回家探望父母。凭票每人享有供应的半斤月饼庆中秋节是当时城镇户口居民特有的待遇，农民享受不到。于是，这半斤月饼自然成了我孝敬父母的一份厚礼了。母亲捏着分给她的那一小块月饼，依然称牙疼，不肯吃。我硬要母亲吃时，她只掰下手指肚恁小一块放进嘴里嚼嚼，十分欣慰地说："有你这份孝心就够了。"

在以后的两年里，我没有再往家里捎过月饼，总是在中秋节前几天给家里寄封信，信中让父亲将每个月给我寄过来的八块生活费减少到六块，以省下两块让父母买点好吃的过中秋。

…………

岁月如流，几十年弹指一挥间。

现在过中秋，孩子们并不热衷于给我买月饼，也从来不提过节的事儿。有时我买回月饼，月饼也常常被冷落在一边，说是太甜太腻不爱吃。

远离了农村，远离了大自然，中秋节竟被淡化到可有可无、也有也无的地步。再拿起月饼品尝时，自然少了那种特有气氛，少了一种再也找不回来的感觉。

儿时的民谣不常诵了，但东坡先生那首千古绝唱时时萦绕在胸。

> 人有悲欢离合，
> 月有阴晴圆缺，
> 此事古难全。
> 但愿人长久，
> 千里共婵娟。

如今，我已到两鬓如霜的年纪。儿时的农家院已不复旧貌，但每逢中秋将至，我总是乡思浓浓。

> 少小离家今白头，
> 世事朦胧几十秋。
> 如今家财用不尽，
> 乡思依旧难平休。

过华清宫

晚唐著名诗人杜牧官至中书舍人。他以济世之才自负，探究治乱兴亡之策。当时的唐王朝已江河日下，杜牧无法一展平生之抱负，又不愿苟合取容，曾一时纵情酒色，放荡人生。但其诗作形成了深广忧愤的风格，成就颇高。时人将他与同时代的另一位现实主义诗人李商隐并称为"小李杜"。

七绝《过华清宫约句三首·其一》，是杜牧将自己对当时社会的感慨与评价融入鲜明生动的艺术形式之中的代表作之一：

> 长安回望绣成堆，
>
> 山顶千门次第开。
>
> 一骑红尘妃子笑，
>
> 无人知是荔枝来。

华清宫故址在今陕西临潼的骊山上，是当时唐玄宗与杨贵妃游乐的行宫。是时的唐玄宗在骊山上大兴土木，广植树木花卉。驻足长安远望之，宛若锦绣成簇，故首句有"长安回望绣成堆"之述。汉未央宫有"千门万户"之称，后来"千门"就成了宫门的代称。这里的"千门"就是指华清宫的宫门一个接一个地打开了。在宫中游乐的杨贵妃此时远远地看到了一片尘土飞扬，在夕阳余晖的照耀下宛若一片红云，千里迢迢为她传送鲜荔枝的骑手来到了骊山下。

诗人在与华清宫有关的历史故事中含蓄而有为地讽刺了唐玄宗不理朝政、荒淫误国的事实，确有以微见著之妙。

这首诗前两句为背景铺垫。其妙在后两句。

唐玄宗终日不理朝政，纵情酒色，集三千后宫宠爱于一身。《新唐书·杨贵妃传》曰："妃嗜荔枝，必欲生致之，乃置骑传送，走数千里，味未变，已至京师，而人马僵毙，相望于道。"

这首诗托讽不露，直中见曲，读来脍炙人口，传诵古今。有一语"看破红尘"即典出于此。

余志辉作品*

残荷秋韵

"离离暑云散，袅袅凉风起。"

秋风习习，吹散了一塘荷香。花瓣在风中片片飘落，满塘的姹紫嫣红渐渐失去了踪影。淅淅沥沥的秋雨，恣意地把荷叶的青绿洗刷进了荷塘。冷雨无情地打弯了无数荷茎，莲蓬在凄风冷雨中摇摆着耷拉的脑袋，一粒粒莲子无助地跌落荷塘。一簇簇枯槁的残荷在风雨中呢喃缱绻。深秋的荷塘，"菡萏香销翠叶残，西风愁起绿波间"，常使人感到一种惆怅与悲凉之情。

然而风停雨过，倒影下的荷塘又幻化出另一番景象，残荷在蓝天与白云间穿行，恰似在走进新的生命轮回。这褪去的艳丽又好像是在为另一场生命绽放重新装扮。

晚霞泼彩般地晕染了荷塘，霞光中残荷闪耀着金灿灿的麦秆色。

沐浴在霞光里，徜徉在荷塘畔。那千姿百态的残荷根盘茎错，形乱却神凝，乱中藏序，连同涟漪下的倒影，移步换景，构成了一幅幅奇妙精美的画面。这大自然神来之笔，正绘就着荷塘秋天的脚印；冬天，伴雪的舞步；正把迎春的曲谱铺满荷塘。这莫不是诗与远方？

端详这神奇的画面，不难感受到菡萏在繁华落尽后的从容，更能领略到残荷面对风霜雨雪的禅定、顽强和对生命的感悟。

透过霞光，我仿佛看到了已隐于塘中那嫣红的朵朵荷花，仿佛看到了那绿茵茵的田田荷叶，看到了又一个春天。

"自古逢秋悲寂寥，我言秋日胜春朝。"

---

* 作者简介：余志辉，写作与摄影爱好者，在网络平台上发表过诗歌、散文、游记及摄影作品，均收到了好评。

紫藤花开了

春风裁下一片彩云，带着紫色的霞光，落在了藤蔓上，紫藤花开了！

微风拂过，繁茂的紫藤花如行云在风中移步，似流水顺藤而下，氤氲着紫气白雾。

阵阵轻风透过龙蟠虬结的藤蔓，繁茂的绿叶，带着甜甜的花香引来了无数欢快的蜜蜂和一群群翩翩起舞的彩蝶。

一串串紫藤花在风中摇曳，仿佛风铃在风中摇摆，不时发出悦耳的铃声。那是鸟儿在繁花绿叶中鸣唱。

一簇簇紫、红、白渐变的花朵在暖风中绽开笑脸。紫藤花虽没有牡丹的娇艳，菊花的芬芳，梅花的妩媚，却仿佛有着一个成熟美女绰约的风姿，秀丽端庄的容颜，贤淑典雅的气质。真乃"远而望之，皎若太阳升朝霞；迫而察之，灼若芙蕖出绿波"。

徜徉在紫藤花的云木架下，微风徐徐，清香阵阵。风中虽无酒，可是我已醉。

曾德超作品 *

重游北戴河

一次偶然的机会，重游北戴河。

第一次来北戴河，是在十年前为参加一个全国会议。会后，会务组安排游北戴河，欣然前往。北戴河，原以为不过是北方的一条普通河流罢了。经导游介绍，才知道北戴河古称渝水。清光绪年间，因沙河流经戴家山头，故改为戴家河，简称戴河。清光绪十九年（1893 年），修建津榆铁路，命名北戴河火车站，因此得名。

下了火车，上旅游车，不知不觉来到北戴河黄金海岸。这哪里是河？映入眼帘的俨然是一片大海。放眼望去，北戴河地处剥蚀平原，地势低平，西高东低，北高南低，属于低山丘陵，南丘陵北平原。东南临渤海。极目远眺，海天相接，无边无际。蓝天白云，阳光灿烂。海浪一波又一波涌上沙滩，又一波接一波退回去。沙滩上人山人海，穿着泳衣，有的躺在海绵垫上晒太阳；有的在太阳伞下，坐在躺椅上休息；有的站在水中拍照；有的跑来跑去，追逐海浪；有的坐在降落伞下，飘在空中，忽高忽低飞舞……辽阔的大海中，海鸥在蓝天上嘎嘎乱叫，忽地一头栽下水中觅食，忽地又从水里钻出来，衔着一条鱼飞向蓝天。在海里，有人互相拍水嬉戏；有人扑在海绵垫上；有人冲浪游泳；有人开着水上摩托艇，飞似的划着圆圈，激起一道道浪花……欢声笑语，不绝于耳。好一派人间乐土，天上人间，其乐融融。

我站在海岸的一块峭壁上，面朝大海，此情此景，秋风萧瑟，大雁南飞，浪涛凶猛，不正像一千多年前的三国时代吗？魏武帝曹操于建安十二年（207年）北伐乌桓，路过碣石山，登临观望，触景生情，赋诗言志："东临碣石，以

---

* 作者简介：曾德超，贵州建筑工程专科学校毕业。1961 年 8 月参军，1969 年 9 月转业。曾在山西刊授汉语言文学专业学习毕业。参加贵州省自学考试，获贵州大学、贵州师范大学汉语言文学专业毕业证书。参加鲁迅文学院学习结业。从 1965 年起，先后在《国防战士报》《云南日报》《贵州日报》《贵阳晚报》《中国医药报》和《贵州青年》杂志等发表散文、小说、通讯报道等 20 余篇。

观沧海。水何澹澹，山岛竦峙。树木丛生，百草丰茂。秋风萧瑟，洪波涌起。日月之行，若出其中；星汉灿烂，若出其里。幸甚至哉，歌以咏志。"可惜孟德，战袁绍，克刘表，败赤壁……戎马一生，壮志未酬，仰天长叹。

雄鸡一唱天下白。新中国成立后，北戴河才真正回到人民的怀抱，得到新生。1948 年 11 月 26 日，北戴河地区解放，建海滨区公所，属河北省秦榆市。1954 年 2 月，改海滨区公所为北戴河区。2019 年 9 月，北戴河入选首批国家全域旅游示范区。党和政府对北戴河景区建设非常重视，陆续修建了一批批疗养所、休养院。众多楼台亭阁点缀着这大好河山，更加山清水秀，桃红柳绿，妩媚宜人。全国各地很多干部和职工都来这里疗养，休息，康复后又重新回到工作岗位，真正享受到社会主义的优越性和人民政府的关心爱护。国家还开辟了许多国家级风景区，其中有秦皇岛野生动物园、老虎石海上公园、联峰山公园、集发农业生态观光园、奥林匹克大道公园、碧螺塔海上酒吧公园、怪楼奇园等。满足人民群众日益增长的文化需求。

1954 年夏，毛泽东同志满怀无产阶级革命家的伟大胸怀和改天换地的雄心壮志，来到北戴河，尽情畅游，感慨万千，然后，赋词一首："大雨落幽燕，白浪滔天，秦皇岛外打鱼船。一片汪洋都不见，知向谁边？往事越千年，魏武挥鞭，东临碣石有遗篇。萧瑟秋风今又是，换了人间。"

这首词，气势磅礴，豪情满怀，激励全国人民团结一心，众志成城，共同奋斗，在不久的将来，把我国建设成社会主义现代化强国，永远居于世界民族之林，无愧于伟大祖先。

满江红·爱我中华

千年古国，造就锦绣中华。
览山川，雄伟壮丽，气吞华夏。
万里长城耀寰宇，千年老树发新芽。
看今朝，雄狮已唤醒，震山崖。
忆往昔，家国破，人憔悴，黑云压。
我中华健勇，拼死厮杀。
前仆后继驱敌寇，满怀激情奔四化。
展宏图，巨龙将腾起，亿众夸。

七律·泰山

横亘齐鲁二百里，
五岳独尊数泰山。
孔圣登临小天下，
秦皇远奔为封禅。

南天门高通幻境，
十八盘险可登仙。
观日峰前人如海，
一轮冲出霞满天。

沁园春·大美贵州

大美贵州，乌蒙壮美，梵净俊秀。
看盘州天桥，举世独步。
织金妙洞，万古难求。
茅台美酿，享誉乾坤，五洲同乐载歌舞。
贵州瀑布，翘首环球。
问乾坤朗朗，谁能抖擞？
回首百年华夏，山河破，混战几时休？
赞英勇红军，长征受苦，激战赤水，强攻隘口，
两占遵义，兵逼贵阳，英雄血洒金沙渡。
乾坤转，看红旗挂满，赤县神州。

水调歌头·黄果树瀑布

君自太空落，带走上河泉，
冲出万岭千山，黄果亮奇观。
绽放银花朵朵，跌下幽幽深壑，翠谷卷狂澜。
绿涧映彩虹，雨雾罩丘岚。

群山笑，田野翠，万民欢。
各族儿女，笛声悠扬庆丰年。
抛弃千年贫困，辟地开天创建，欢乐幸福园。
巧手绘新寨，凯曲绕云端。

雨霖铃·送别战友

杜鸟啼鸣，军营帐外，细雨初歇。
重鼓喧天震耳，惜别战友，挥手离界。
笑脸欲哭无泪，竟相顾凝噎。
送别筵，美酒佳肴，悲歌泣唱英杰。
投笔从戎将数载，同风雨，青春建伟业。
车行万里江南，归故里，秋日烈烈。
此去经年，正值少壮，初心不灭。
勇登攀，步履虽艰，创造新世界。

邢译丹作品*

新水令·抗美援朝①

蓦地里烽火如涛，
一霎时聚九州英豪。
七秩江水潇潇，

犹赞先辈援朝。
与国同袍，
誓把那贼子扫。

驻马听②

战役迂回，
玄英玄夜金鼓擂。
寒枪染星辉，
烽烟须臾沸，
倏破贼。

碧血濯洗马訾水，
无悔无愧，
视死如归。
战功赫赫立国威，
图们③江畔铸丰碑！

---

* 作者简介：邢译丹，女，出生于 2002 年 1 月 17 日，延边大学大二学生，地理科学专业
（师范）。
① 新水令，曲牌名。作品名称为《新水令·抗美援朝》，抗美援朝精神是伟大的，我们应
继承和弘扬伟大抗美援朝精神，为实现中华民族伟大复兴而奋斗。
② 词牌名；记"行军出其不意，我军视死如归"。
③ 图们市位于吉林省东部，长白山东麓，图们江下游，与朝鲜咸境北道稳城郡隔江相望。

泣颜回①

宏愿做吴钩，
不为马上觅封侯，
唯求，
山河无恙亦如旧。

倾尽江水化奠酒，
遥望白袍怅悠悠。
忠魂犹把山河守，
智勇岂落他人后。

五马江儿水②

东方微曦，
滚滚硝烟战鼓声声起。
持长枪今去矣，
归期无期。
岂管这熊熊炮火燃棉衣，

岂惧这纷纷拥拥众顽敌。
裹银粟命何惜，
楚囊之情生做了殉身成义。
书罢青史不忍记，
松骨峰之役。

① 词牌名。
② 词牌名；记"松骨峰战斗"。

神杖儿①

远眺凭栏，
望君凯旋，
热泪沾青衫。
百战之师奏凯还，

功留青史乾坤间。
凭此身换山河俱安，
凭此生换山河俱安。

一江风②

望前尘，
怒把戏侃嗔。
兀自凭天问，
孰可忍？

将心儿扪，
先烈怎可嗔。
先烈怎可嗔。

千秋岁③

民安物阜堪换新天，
讵忘先辈挽狂澜。
生逢其时，
重任在肩。

不忘先烈悠悠捷报传。
且把那忠良叹，
且把那将士赞。
不朽战绩悠悠长怀缅。

---

① 词牌名；写作内容为回顾抗美援朝精神。
② 词牌名。
③ 词牌名。

大环着①

凭我党引导，
将群众依靠。
揽聚英豪，
塞井夷灶，
以逸待劳。
何俱风高浪滔，
何俱征程遥遥。
跨海擎天思报效，
何俱这雪虐风饕，

何惧这兵革满道。
诛宵小，
将国保。
看破敌功成，
羽书飞报。
来迎政通人和朝②。
国富民强是今朝③，
盛世中华看今朝④。

---

① 词牌名。
② 拼音为 cháo。
③ 拼音为 zhāo。
④ 拼音为 cháo。

丛淑梅作品*

知 己

你在哪里？我心灵的知己，我在心里千万次地问自己，难道我们今生只能在梦中相遇……

山谷的风，为我传递呼唤的信息，

天空的云，为我四海寻觅你的踪迹。

我的世界没人懂，只有月亮知晓心绪。

漫漫夜空下与星星为伴，与月亮窃窃私语。

淡淡的时光，静静地聆听共鸣的心意。

岁月慢慢地告别了青春的年华，留在春秋里的，却是一生中最美好的记忆。

风轻轻地吹吻我的面颊，云悄悄地对我把眼眨，它们微笑着告诉我小秘密，原来这个知己早就在我的心里。

幽巷里的蔷薇花

晨曦一缕温馨的阳光冉冉升起，照在杳无人迹幽静僻巷的蔷薇花上。

深藏在幽巷里的蔷薇花，默默的，静静的，无人知晓。它典雅的花蕾没被人留意，它淡淡的清香，散发弥漫在四野周围，它不与百花争艳，以它独特的性格，随意奔放蔓延伸长……

幽巷石径小路上镶铺着绿意的苔丝，蔷薇花攀爬在残垣断壁的土墙上。垂

---

* 作者简介：丛淑梅，女，68岁，初中学历，籍贯山东省威海市，自由职业者，爱好文学诗歌。喜欢在大自然的怀抱独处，因为安静；喜欢一个人漫步江边行走，因为清闲；愿意与简单的人在一起，因为不累；愿意做自己喜欢做的事情，因为快乐！

下一帘幽梦,像豆蔻少女的面纱!遮掩着错落不堪的残壁,点缀着孤冷寂寞的幽巷,如一首漫漫绕缱的诗,充满着浪漫惬意的遐想。

它纯朴自然的美丽,迷得了太阳与月亮!黎明的曙光为它披上朦胧的嫁衣,夜晚的月亮陪伴它诉说衷肠。

偶然间有人走近它的身旁,被它那种超然脱俗的美所迷恋,欣赏它远离世俗孤寂之美的韵味,与它倾心吐意,要将它迁出幽巷移入花房,但蔷薇花若惊不移,它早已习惯了幽静的小巷。

那是它做梦的地方,不敢奢望离开的心情会是什么样,它只想永远这样,独自欣赏,安静观望,东出拂晓的太阳,西斜暮色的月亮!

心声
——寄给自己

我独自徘徊,
走在无人的小径,
夜空下冷冷清清,
细雨蒙蒙。
泪水无声地涌出,
心却微微地颤动,
我的心已结冰。
月亮知道我的心,
只是没人了解我的苦衷。
我感觉生活得好冷好冷,
有谁能温暖我的心,
有谁能怜悯我的孤独寂静。
晚风啊,愿你吹走我的忧伤,
抚慰我受伤的心灵,
月亮啊,愿你陪伴我的左右,
安慰我落寞的心情。
如果人生就是场梦,

那么此时，我多么盼望从梦中苏醒。
我要把泪珠串成项链戴在心中，
那每一颗珠子都蕴藏着我的回忆，
都串联着我的故事与心动。
一切都结束吧，
我要挣脱这梦魇的枷锁，
我要有新的开始，
我要有新的生命，
去追寻阳光明媚生活的梦境。

蒋满根作品*

迎亚运

双塔外，吴山边，之江水连天。
波浪拍岸涛声吼，万里风传风。
南京南，北京北，友人云杭州。
一届亚运相聚欢，今夏宾朋多。
双塔外，吴山边，之江水连天。
龙腾虎跃掌声起，热情映西湖。
南京南，北京北，友人云杭州。
四年一度机缘厚，愿君乘潮来。

人 生

〇一，九九，生和死；春去，秋来，过与程。
高山旁，大海边，一壶浊酒，品酌人生，金银权术成过往；
秃树下，白雪上，一把二胡，歌泣命运，恩爱情仇化青烟。
北平，北平，是北京；海上，海上，是上海。
东边日出西边雨，西方江水向东流。
世风上，世风下，恰似太阳伴月亮。
太阳升起来了，落下来了，我心充满希望；

---

* 作者简介：蒋满根，男，出生于 1962 年 6 月，浙江省杭州市人。20 世纪 80 年代初毕业于杭州化学工业学校化工机械专业，后在一家国有企业工作；20 世纪 90 年代初被调入富阳区技工学校任教至今。偶尔有点文学创作。

月亮升起来了，落下来了，我心无限忧伤。
青山依旧在，白云仍在飘，严父慈母墓中睡，
天也空，地也空，江水不问行舟人，
一浮一沉，懵懂一生，孤卧榻头岁月流，
浊泪两行：诗与远方。

清明节

冥币上，画了三间泥墙屋，
那是爸妈建的家。
冥币上，画了菜园与池塘，
那是爸妈劳作的地方。

多年了，泥屋成高楼，
菜园、池塘成马路。
想回家看看吧，看看儿女。
担心你们找不到回家的路。

坟草已清，挂青已展，
冥币烟火中能看到吗？
弓背浇菜的爸，洗衣淘米的妈，
现界、冥界有门吗，青烟去了哪儿？

酒已喝，泪已洒，
头已磕，愿已许，
可我还想待会儿再离开，
可我还想等会儿再离开。

冬天的晚上

我知道她住在这地方，
我知道她的房间就在这楼上。
冬天的黄昏带有暖锅气味，
滞留在空气里。

身旁的路灯定感惊异，
哪来的，他乡的人？
它把灯光摇得时暗时明，
好像在问，是否找错了地方？

下雪了，夜深了，
街树挂雪七分白，
积雪无痕路人无，
雪裹的大钟子时敲响。

寒风阵阵，一条健壮的狗，
蜷缩在小吃店的炉灶旁。
可我还要等一会儿才能离开，
可我还要等一会儿才会离开。

偶　遇

她、他，已老，你、我，已老，
莫记仇，莫记爱，

一次偶遇，有亏有欠。
蓝天不语，江水不问，
一切天注定。

人生的圆圈可大可小，
谁是地？谁是月？
命运的步伐可急可缓，
而今步履蹒跚，
生命苦短，白幡等候。

今生若再偶遇，
道声：您好！
祝您：身体健康，子孙兴旺！
愿您：忘了我，也忘了自己。
来生再偶遇。

兰廷峰作品 [*]

红楼诗歌群

红楼
是我文字里的青楼，还是诗歌里的演奏者。
舞姿幽美诱惑洒脱。
在沉沦靓照中香欲朦胧，
穿越千万纵。
漫漫路程里，
踏诗私奔在广阔的沙漠。
虚幻笑声里，是哪座喷泉赤裸的思想者，在聆听诉说，
你来或不来，你在或不在，是风中的纸信鸽？
还是斑斓里飞向生活灯光的飞蛾？
我始终触摸不到你的面孔，竟然如此高深莫测。
看，你在天上，红圆的心，监视掌控我的生活。
夜里我只用水桶便能把你高挂模样装进我的心窝。
我们是彼此不分离的孩子，还是彼此不认识的猜测？
像波澜里敲打的海浪。似乎一切，都不再重要，
看那熟悉的文字里，流淌着我们青春的潇洒，
还是自由风吹拂过彼此的路河。

---

* 作者简介：兰廷峰，男，出生于 1987 年。性格阳光正直，高中毕业。源于生活的爱好和经历自 2005 年开始写文章，作品在 2009 年上过《南充晚报》。写出了许多优秀作品，如《真正的爱是什么》《爱付出与思念》等文，《记 918 中国钓鱼岛诗〈愤怒〉》《父亲》和《生活的诗歌》等共计 120 多首不同风格题材的古诗散文，充满正能量。

南充西山寻故人

雾里看花寒风碧进，独上西山望崖寻人。
瑶之天地冷暖照旧，不见豪杰故人常来。

海

我多想成为一片天上的海，
月儿像船，朵朵白云是浪花，
星星是漂浮的海草，漂荡在整个海洋。
那炽热滚烫的太阳在我肩头旋转。
任岁月的帆在它的心窝里追赶风的脸。
宇宙下便埋藏着整个海底世界的宝藏。
当潮水翻越敲打过的岩石。
我的细沙便随着你的海浪流进你的心脏。
它会守候在你戈壁滩彼岸。

红楼梦

梦别楼

思心头

一楼光影东逝流

歌声入耳锁清秋

红楼遗梦古今流

千古万代独上月楼

红尘往事数多少英雄风流

今朝诗篇记风景赏古楼

罗玉华作品 *

念　亲

传统节，雨纷纷，思亲人，携儿行，去祭奠，见照片，泪泉涌。
"既生光，何生玉？"光已逝，玉何在？十二年，儿长成，玉鬓白，
心中苦，无从诉，满腹酸，放心底，母子俩，相为命，常夜深，
捂被泣，羡别人，夫恩爱，为何我，形只孤，影只单，是缘尽，
是不合，千思想，万考虑，结不解，眉不展，人羡我，幸福多，
常因我，脸挂笑，无奈何，强欢笑，你虽走，心属你，心无属，
如浮萍，心深处，永念你，无人替，世纷杂，人心险，妻难应，
你活着，俩思量，可如今，诸琐事，皆妻担，女人肩，压千斤，
难痛重，心力瘁，面枯萎，清秀脸，变老态。当初誓，永相爱，
承诺守，永没变，十八年，好年华，给了儿，为了家。常念你，
对我好，不舍我，重担挑，皆因我，怀旧人，念旧事，儿在旁，
已成人，放宽心，为了儿，我俯首，甘做牛。愿夫君，深安息，
保佑家，永相安，保佑儿，学业优，佑父母，常安康，玉哭拜，
儿跪拜。
十年生死两茫茫，不思量，自难忘，千里孤坟，无处话凄凉，
纵使相逢不相识，尘满面，鬓如霜，夜来幽梦忽还乡，
小轩窗，正梳妆，相顾无言，唯有泪千行。

---

* 作者简介：罗玉华，女，籍贯江苏省盐城市，十几岁随亲人读书至江苏无锡，大专，团员，自由职业者，从小就喜欢文学、古诗词，喜欢李清照的词。"莫道不销魂，帘卷西风，人比黄花瘦。"成功的道路充满曲折，优秀的人生需要积累，每个人都希望自己的人生被照亮一次，遇见中国好文章就是我的幸运，让我想写作的想法得以实现。

乡　愁

　　未到弱冠离家走，独自闯荡在外头，浮躁年龄幼稚脑，眼高手低不成人，在家千日都是好，在外日日难，生病头痛自己熬，梦中妈妈端水来，醒来还是孤身人，二十多岁住次院，泪眼看见隔壁床，亲人端茶又送水，顿时伤心很想家，又怕父母来担心，独自面对离乡愁，几曾何时最爱听，费翔的《故乡的云》，精神支柱书海留，一年一次回家日，欣喜若狂不及待，看见父母心踏实，夜里被声猛惊醒，抬头看见妈盖被，摸脚摸被又摸头，一股暖流涌心头，蒙起被子泪尽流，化解在外许多愁，嘘寒问暖一周多，无奈又要离家走，天还没亮母催起，丰富早餐端口头，父亲整理物品送，一路叮嘱又吩咐，重读清华朱自清，一篇《背影》脑中现，在外自己照顾好，看见父亲一担挑，瞧见母亲远手招，顿时想哭泪咽下，汽车已动父不动，泪见饱经沧桑脸，一年只能一次回，年年回来父母变，母亲鬓角白了发，陡见父亲驼了背，一年一次原样送，送出牵挂带走心，儿行千里母担忧，女儿何时忧过母！记得孩爸灾难到，音信打给父亲知，他说一声不要哭，听见亲人一句话，顿时觉得心情好，去年回去看父母，双亲腰背挺不直，步伐已经很迟缓，外出三十有余年，未能尽孝一整天，半夜坐起睡不着，思念双亲心难受，感情不善外露显，只能深深放心头，一曲一壶老酒歌，寄托双亲相思愁，保佑父母百岁长，让我尽孝余日多，报答双亲一世恩。

林林作品 *

七律·私享花园有思想

安昌江畔飞来石，
上风上水群贤居。
雄姿万达纳广客，
清明上河图再续。

紧邻商潮激扬地，
万达公馆悠然立。
私享花园有思想，
篮球高旋共享曲。

七绝·好缘今生金不换

—— "夜妻好美" 藏头诗

夜路漫漫去远城，
妻子和泪别郎君；
好缘今生金不换，
美人离家不离心。

---

* 作者简介：林林，居住地在四川省绵阳市。挚情挚性。文学创作有《中外诗星》《头条》《美篇》。中国是诗的原乡，人间至情是好诗，世上诗意最养人，人生至乐是读写。

宋云泽作品[*]

太　阳

微风吹动沙沙树叶，溪水和着婉转鸟声，
翩翩蝶儿飞来飞去，蓝色天空白云朵朵。
乘着风起大声呼啸，远处山峦是否听到？
前方蜗牛慢慢移动，天真勇敢惹人又哭又笑。
啊，神奇的太阳，梦中过后你来到；
带给万物生长的力量，光芒绕尽千山万道。
啊，炽热的太阳，照亮大地每个角落；
挥洒身上全部的光芒，从未停止供给过。
温暖的太阳火又亮，悠悠冷气它全忘，
过去难言眼泪的痛，今朝酒意化追求！

相依相守

喜欢牵着你的手，漫步在岁月中，
一步一步靠近的感觉，有着最美好的体会；
喜欢夜色降临，你我紧紧地依偎，
对着天空美丽的星星，数着回忆中的甜蜜；
如果是天意，一生注定漂泊不定，
如果是命运，一生执着地追寻，

---

* 作者简介：宋云泽，笔名宋云飞，涉足词曲创作、诗词文学、山地自行车户外旅行、平面设计、摄影摄像、电商运营、短视频运营、宣传片制作、会务策划。

如果是一次次伤痛，如果是一次次悔恨，
如果是一次次失望，之后依然对爱的珍惜。
第一次相遇，我们认定了彼此，
心灵深处两颗颤抖的心，相融在一起；
相依相守，我们永远在一起，
日升日落爱到沧海桑田，不变的爱情，
第一次相遇，我们感动了彼此，
心灵深处两颗温柔的心，温暖在一起；
相依相守，我们永远不分离，
朝朝暮暮爱到海枯石烂，不变的爱情；
不变的真心。

深秋的枫叶

在这个宜人的季节里，你悄悄地来临，
面对世界的神秘，爸妈陪你追寻；
希望你有茁壮的身体，成长中努力学习，
追逐梦想锐意进取，将爱延续。
深秋的枫叶红满地，我为你弹起肖邦的夜曲，
一首深情的旋律，伴着你走进 18 世纪；
深秋的枫叶再飘起，飘逸起浪漫主义气息，
一幅如诗的美景，映照了无限美好的你。
你要传承祖先的博大精深，你要传承祖先的崇文尚礼，
你要保持坚定执着的心，你要克服困难战胜自己；
前进的路上坎坷崎岖，前进的路上荆棘横生，
就算遇到狂风暴雨，一定得拿出足够的勇气。
深秋的枫叶红满地，我为你弹起肖邦的传奇，
一生悲壮的命运，伴着你走过寒冷的冬季；
深秋的枫叶再飘起，飘逸起清心悦耳的声音，
一颗不落的恒星，映照了精彩绝伦的你。

随风作品 *

勿忘 "918"

铭记历史九一八，
日本豺狼侵中华。
杀我同胞三千万，
大好江山被践踏。

全民抗日将敌杀，
舍去小家保大家。

壮士出川显神勇，
八方英雄守华夏。

同仇敌忾战线拉，
党的方针未落下。
奋力抗战十四载，
换得今日新中华。

我问佛

我问佛：
我想踏入净土，
却摆脱不了凡尘，
丢不下家的责任。
佛说：
你尘缘未了，
你六根未净，
未报父母恩，
儿女未成人。

我问佛：
我乃本分人，
喜欢做善事，
性格也温纯，
与世也无争，
面对同伴笑盈盈，
热爱英雄和平民，
爱国爱和平，
唯一的憎恨，

---

* 作者简介：王珏胜，网名随风，男，43岁，重庆市黔江区人，职业农民，爱好诗词写作。因心态乐观，顺其自然，故名为随风，让烦恼随风而去，让快乐随风而来。

便是那些
刁难老百姓，
疯狗乱咬人，
我却有时无故受欺凌。

佛说：
鱼多水自浑，

心静水自清，
小事忍一忍，
淡看怨与情，
生气伤自身，
心中一片蓝，
阳光自然明！

勿　忘

八十多年前，
南京遇惨案，
日寇大屠杀，
同胞三十万。

可恨，可恨，
无故结仇怨，
可怜，可怜，
生命遭践踏。

只因势不强，
豺狼霸家园，

同胞在喊冤，
阴魂亦难还！

只因国不兴，
全民受灾难。
吾辈当自强，
家国才平安！

如今逢盛世，
莫忘老祖先，
勿忘家国耻，
祖国万万年！

哥唱的歌

哥唱着情歌，
歌还是当年的歌，
哥已不是当年的哥。
"千年等一回，
等一回哟！"

当年的哥唱着当年的歌，
唱出花开满山坡，
引来蜜蜂一窝窝。
唱得大地为情动，
引来佳丽三千多！

如今的哥唱着当年的歌，
唱出冬日雪花落，
引来大雪满山坡。
唱得苍天亦泪流，
引来世人打哆嗦！

当年的哥唱不了如今的歌，
如今的哥还能唱当年的歌。
哥已不再是当年的哥，
歌还是当年的歌！

洋　葱

它生长在土壤中，
它活着只为人类提供食品。
它是有心而生，
它又是生而无心。
当你剥开一层又一层，
最后发现根本无心，

朋友啊！
你可别误会，
被你剥去的一层层肉身，
本该是身心完整，
只是被你伤得再也没了心！

王晨威作品 *

雾中人

窗外大雾弥漫，
远处的灯光消失暗淡；
笔下岁月不堪，
悄然十行临灯夜战；
世间寒冷一片，
茫然四顾无我所看；
足掌弓硬僵寒，
白夜之中有冰霜长伴。

路中人在迷雾中看不清楚，
点起小烛笨手笨脚寻找出路；
雾中人在恶念中再次陷入，

脚步虚浮一错再错罪不容诛；
灰雾弥久未散，
该去哪里寻找答案；
烛灯厚灰不复燃，
只有单枪匹马不回头看。

愈冷的冰霜侵蚀五脏六腑，
我依旧不忘征途；
两旁人皮妖怪不时窜出，
我剥皮挫骨将其剔除；
雾气又起望眼又渐模糊，
有一人身影正直行动自如。

小城日子

小城日子总是很短暂，
走来走去经常很平淡。
欢声笑语从不会心烦，

人群中牵手永远不走散。
早晨出发迎着太阳很浪漫，
夜幕下归来没有觉得晚。

---

* 作者简介：王晨威，男，23 岁，山西省晋城市人，目前就读硕士研究生。普通文学爱好者，乐于感受生活，很荣幸参加文学比赛。希望自己不断提高文学素养，抵达更灿烂的远方。

小城的节拍不快也不慢，
我们穿过炎夏度过冬寒。

双份珍珠的奶茶很幸福，
不定期去的超市又加了些食物。
昨晚下的小雨让人很舒服，

静静看着你心无旁骛。
这一家餐馆让我们很满足，
路旁小女孩又发出了怪哭。
大风吹过来让刘海变虚无，
兜兜转转又一趟结束。

杨诗松作品[*]

春 吟

春回大地百花妍，
香气扑鼻醉欲眠。

望远登高呈锦绣，
姹紫嫣红遍山川。

德 行

养儿育女备艰辛，
父宠尊慈爱最深。

岁月匆匆弹指瞬，
双亲在世报鸿恩。

最美中年

平平仄仄仄平平，
坎坎坷坷逾五旬。

最是中年秋色美，
书香翰墨赋诗吟。

---

[*] 作者简介：杨诗松，男，出生于 1965 年，合肥市人，初中文化。参加过多家举办的全国诗词大赛并获奖，有作品经专家评审获得一等奖。人生格言是胸中有德春秋美，心底无私天地宽。

淡　然

地也风，山也风，
唯有青松不动容，
傲立极顶峰。

你也红，他也红，
名利场中各自雄，
得失老去空。

周岩潭作品*

纪念腊子口战役

刀削斧劈一险关，红军长征又遇难。
问道住民清虎计，以少胜多荡大昌。
越过天堑上坦途，以奇制胜战史传。
红色星火陕甘聚，北上抗日夙愿偿。

注：腊子口是当年红军长征途中的最后一个险关，当时腊子口守军是国民党鲁大昌师。红军几次攻击都没办法攻下腊子口，最后问于当地的村民，摸清了山上的地形，找到了袭击守军的办法，取得了腊子口战役的胜利。腊子口战役是军事史上以弱胜强、出奇制胜的著名战役，也是红军长征进入甘肃境内最关键的一仗。腊子口战役的胜利粉碎了国民党企图阻止红军北上抗日的阴谋，腊子口也成为中国革命史上举世闻名的革命胜迹。此役也载入了中国革命史册。

---

* 作者简介：周岩潭，浙江省缙云县税务局刚退休的普通公务员，喜欢游山玩水、摄影，也喜欢用诗词的方式记录"走"带来的快乐和人生感悟。

武功山

罗霄北望上武功，　　　　　　号称金顶无金铜。
十万草甸赏峥嵘。　　　　　　绝望坡上路尚远，
绵延峰峦碧浪起，　　　　　　好汉坡前女亦雄。
举目青翠入苍穹。　　　　　　逶迤峰岭二十转，
峰洞瀑石云松寺，　　　　　　驴道艰辛靠韧功。
春韵秋趣各不同。　　　　　　美景匆匆走马观，
吊马桩上没马吊，　　　　　　深秋重来捡秋容。

都江堰怀古

四川岷江都江堰，秦昭李冰父子建。　当年父子智慧果，利益西川福万年。
鱼嘴飞沙宝瓶口，两千多年今未变。　恢拓禹功名父子，创开天府古神仙。
一水浇灌巴蜀地，水旱从人沃千野。　登上玉垒宝塔顶，众山伏拜琼阁前。

葛仙山游记：回眸葛仙山

时光翻回赤乌年，葛玄游历铅山界。
参天古木甘甜水，仙翁留足道观建。
红尘悟道勤修研，九转丹成终成仙。
秀丽武夷一支脉，兼容并育两教源。
西方佛韵东方道，成就中华灵宝篇。
今朝群友睹神山，歌舞相融笑声渲。

浙江普陀山游记

转轮王子名不煦，随父伴佛修道行。
释迦佛前发誓愿，欲除尘世诸不清。
慈航普度苦难事，解救三道乐土引。
求解真谛衷觉悟，佛赐尊号观世音。

唐初原居五台山，东土慧谔渡重洋。
不与而取请大士，铁莲花阻莲华畔。
求哀忏悔问菩萨，梵音洞边得安详。
天然海天佛国地，结施善缘成道场。

慧谔普陀开山祖，随建精舍奉圣像，
梅岑山换普陀名，道教渐远经声扬。
香火绵延千余载，普陀珞珈九州传。
信众敬仰救世功，东海宝地矗铜像。

注：观音菩萨是佛教中阿弥陀佛的左协菩萨，《悲华经》上说观音原来是转轮王的儿子，名叫不煦。他曾与父亲一起跟随释迦牟尼出家修道，发誓"要排除众生一切苦恼、苦难"。释迦牟尼为不煦的决心所感动，亲自为他授记："善男子，你要拯救三恶道一切众生，断除众生烦恼，使他们往生乐土，我给你取名观世音菩萨"，法号"慈航大士"。后来应不同信徒的请求，其女性形象树立起来。唐时因避太宗李世民名讳，略去"世"字，称观音。

中国佛教从唐代传入日本，有很多求法留学的日本出家人，都到中国来访道寻师。其中有慧谔和尚，远渡重洋，寻师访道，参礼各处的佛教圣地。当来到山西五台山，朝拜大智文殊师利菩萨时，看见一尊观音大士的圣像，清净庄严，心羡不已。本想向该寺当家师傅商讨请回日本供养，又恐不允所求，以不与而取的办法获得这尊无上至宝的圣像，马上束装就道，买舟东渡回国。当船开到现在浙江省定海县所属的舟山群岛新罗礁的地方，忽然海洋中现出无数的铁莲华（今称莲华洋），挡舟不能前进，三日三夜船始终无法开出，只有远远在普陀山四周打转。如果向东开，即有铁莲花从海中涌现出来，阻道不前。慧谔和尚惊惶万状跪向佛前，求哀忏悔。想起这尊菩萨是不与而取偷来的，这时他恍然大悟，引咎自惭，祷告说："大士！弟子因见菩萨圣像庄严，我国佛法未遍，圣像少见，我想将菩萨圣像请回日本供奉。假使我国众生此时无缘见您，当从所向，弟子即就该处，建立精舍，供奉圣像。"祷罢舟行，竟至潮音洞边，安然停下。那时普陀山还是一片荒岛，野无人烟，只有几个以捉鱼为业的渔翁，在山上搭几间茅草棚子。汉时有光武皇帝的好友严子陵先生的岳丈梅子真隐居在这座山上，修身养性（今梅福庵，内有梅福仙人炼丹井。普陀山又名梅岑山）。慧谔祖师靠舟上山，在潮音洞旁，找到一间渔人茅舍，舍主人叫张渔翁，经过慧谔和尚说明来意，他大为感动，说此山与菩萨有缘，才能得到观音菩萨显化。就把住的房子和地方让出来，筑庵供奉菩萨。慧谔禅师因此不再回日本，建造了"不肯去观音院"。他就成了普陀山的开山祖师。观音道场自此而始。宋乾德五年（公元967年），赵匡胤遣内侍（太监）王贵来山进香，并赐锦幡首开朝廷降香普陀之始。元丰三年（公元1080年），朝廷赐银建宝陀观音寺（今前寺），普陀山佛教得以很快发展。

蔡兆稳作品 *

仰望老师……

老师，早时曾想问您安，未敢。因学生不才，多次高考，都未如愿。今读了张世俊、您那位优秀的学生、省教育厅领导的爱作《我的英语老师》，思绪万千。值此，学生我壮次胆，几行心语，权代纸钱问您安……

老师，您不惑之年拾起教鞭走上讲台，一站就是 30 个春秋。您将自己的一生都奉献给了教育。

您 1919 年出生于浙江一个名门望族，1951 年于上海圣约翰大学毕业后，调入由周恩来总理主持的国家政务院（后改为国务院）工作，1954 年，调入国务院法制局工作，1961 年，响应中央号召，主动要求下放，到桓台一中任教，成为桓台办学史上第一位英语教师。

您视教书育人为生命，呕心沥血，诲人不倦。1978 年恢复高考后，您建立起桓台一中第一个英语课外学习小组。在您的引领带动下，桓台一中英语教学团队在全市教育界创造了辉煌，1900 至 2007 年 18 次高考，有 11 次取得全市英语高分率第一的骄人成绩。从教 30 年，您桃李满天下，学生有驻外使节、留学生、大学教授、政府官员、企业精英……遇上您，是学生们一生的幸运。

您视功名利禄如浮云，为了心爱的教育事业，您一次次放弃了离开桓台到大城市高就的机会。一次是国务院有关部门公函，允许您回原单位工作；还有一次曲阜师范学院希望您去任教……按规定，您 60 岁就应退休。可您舍不得自己的学生，舍不得您一生为之奋斗的教育。一生未娶的您，把自己的后半生完全奉献给了桓台一中。直到 1989 年，您才依依不舍地放下了那根熟悉的教鞭。那时，您已年届七十！

您放下教鞭但不离教育，无私支持学校英语教学。您退休后在校园橱窗创

* 作者简介：蔡兆稳，男，出生于 1960 年 4 月，山东淄博人，副高级教师，2021 年 4 月退休。永怀感恩之心，感恩新时代，用热情和温暖拥抱新时代美好生活。

办了一个"英语壁报栏",把自费订阅的英文报纸精华部分张贴出来,并亲自为学生讲解,直到新校搬迁。2008 年奥运会期间,您把比赛项目、运动员餐厅的菜名都翻译成英文,让学生对照参考学习、学以致用。

您生活俭朴而又慷慨大方,倾尽所有,济困助学,大德高义。您独居老校区一间 40 余平方米的陋室,除了满屋子的书,找不到一件像样的家具。两只煮粥的钢精锅,是 1951 年买的;家里的桌椅都是二十世纪六七十年代置办的;一台"文革"时期的红灯牌收音机还摆在桌子上;洗手间里的肥皂盒已用了 30 年;一件衬衫可以穿 20 年,一双布鞋底子磨不透就一直穿。多年来,您的工资都用在了捐资助学、扶危济困上,这样的事,您从不对人说。

2010 年 11 月,您拿出自己的全部积蓄 11 万元作为本金,在桓台一中设立"黄高助学金",资助桓台一中优秀的贫困学子。2015 年 6 月和 2016 年 1 月,您两次分别为"黄高助学金"注入资金 10 万元。截至 2016 年 7 月,桓台一中已有 78 人次享受了 82400 元的"黄高助学金"资助,其中有 15 名受助学生被武汉大学、南开大学、山东大学等重点大学录取。

老师,逢年过节,您都提前给贫困学生准备好红包。2016 年 10 月 17 日,学生们在整理您的遗物时发现,您已经把明年春节的红包都包好了。可遗憾的是,您老人家再也无法将这些红包亲手送到您最爱的孩子手中了。

老师,您几十年如一日,躬耕三尺讲台,如醉如痴,桃李天下。您高尚却不孤傲,优雅而不做作,超脱却不自闭,您以崇高的思想境界、高尚的情操、真挚的情感、忘我的付出、无私的奉献、仁爱的情怀、精湛的教育艺术,让我们仰望到了心中永远的老师……

小菜地

在我家的"天井"里,有一块小菜地,母亲在世时,每年都在这块小菜地里种些菜。

小菜地挺懂人、挺神奇的,虽然母亲去世好几年了,我也不在家住好几年了,但这小菜地却依然如旧,每年都长出菜来,而且这些菜,大都和母亲在世时种的那些菜是一样的。它们生长旺盛,有的长出了小金黄花。每当我回家看到小菜地里那些菜时，就感觉母亲还在一样……

农历四月，是我出生的月份，便回了家一趟。朋友，你知道吗，当我回到家里，看到小菜地的时候，我"醉"了。小菜地里的菜碧绿碧绿的，绿得清新，绿得舒适，绿得平和，绿得宁静。这绿色正是母亲在世时喜欢的颜色。绿色是生命之色，是生命的象征。小菜地里那小金黄花正默默地开着。金黄色是太阳的颜色，代表着温暖；金黄色是一种鼓舞人的色调，又意味着素雅、超然物外。这金黄色是母亲在世时期望看到的颜色。

站在"天井"里，望着小菜地里那静静长着的菜，那默默开着的小金黄花，甜蜜的往事轻轻划过心底，触动着我的心弦。母亲在世时，吃过小菜地里的苦菜，也吃过外面的苦菜，母亲一生吃了好多好多的苦菜……

站在"天井"里，望着小菜地里那静静长着的菜，那默默开着的小金黄花，感觉就像母亲在一样，就像母亲在一样……

苦菜花开

今天，虽细雨蒙蒙，我还是到田野、地头散步去了。

在田野、地头，又见苦菜的身影。

看，春天的苦菜迸发勃勃生机，有的刚从田野伸出嫩嫩的小手，有的在地头含苞待放，有的花儿已开，有的花儿盛开。

苦菜，顾名思义，苦寒性质的菜。

苦菜，一种天然的菜，也被称为苦苦菜。

苦菜，有苦香，但没有一点毒性，大多数人都没吃过苦菜，所以不知道苦菜的滋味。

苦菜刚吃进嘴里有点微苦，过后嘴里会有阵清香。

苦菜虽为苦味菜，但苦菜的苦别有功效。古医云："苦寒，主治五脏邪气，久服安心，轻身，耐劳。"

夏季天气炎热吃不下东西，来一份凉拌苦菜，既清热又解毒。

苦菜虽为苦味菜，但鲜嫩的苦菜别有风味。苦中带涩，涩中带甜，新鲜爽口，清凉嫩香，营养丰富。

勤劳的人们把苦菜从田野、地头请到农家的饭桌上，成为美味佳肴。

我喜欢生吃苦菜，特别是苦菜根，确实是苦，别样的滋味。但只能吃上三两棵。

苦菜生命力强，耐干旱，耐贫瘠，适应性强，以前的那个年代，人们常用其充饥。

一种曾经毫不起眼的苦菜，是过去物质匮乏时的"救命菜"，现在的"健康草"，以及成长为未来的"幸福花"。

春雨蒙蒙的今天，苦菜则别有情趣。一条条白根拥抱大地，一片片绿叶吸吮春雨，一朵朵黄花亲吻春天。

看，那几朵黄色的苦菜花在春雨滋润下显得格外鲜艳夺目；那几朵黄色的苦菜花也仿佛在和春雨一起微笑。

听，那几朵黄色的苦菜花在春雨的滋润下正歌唱着：苦菜花儿开，金灿灿的爱，一朵花儿一个梦，甘从苦中来；那几朵黄色的苦菜花也仿佛在和春雨一起低吟：苦菜花儿开，金灿灿的爱，斗转星移岁月长，心中春常在……

每当我走过这排竹子时

在我们前毕小学的院子里有一排竹子，每当我走过这排竹子时，总会情不自禁地去闻一闻它那沁人心脾的香气，看一看它那秀丽的身影。

竹子啊，你清高又纯朴的气质，清丽又脱俗的风韵，你不为尘世所打扰，自净自清、自善自美的精神，还有你那节节高的品质，使天下多少文人墨客由衷地赞你、爱你、敬你！

你听："千磨万击还坚劲，任尔东西南北风。"（历尽磨难，依旧坚韧挺拔，傲然挺立，任凭你四面来风。）竹子，这是清代官吏、书画家、文学家郑板桥对你竹子的咏颂啊！咏颂了你生在恶劣环境下，长在危难中，而坚定乐观的性格。

竹子，郑板桥对你的咏颂，也能给人们以生命的感动，要在曲折恶劣的环境中，战胜困难，面对现实，像你竹子一样刚强勇敢。

竹子啊，你再听："秋风何自寻，寻入竹梧里。"（秋风哪里可以找到？要找到它可以到竹林里。）竹子，这也是清代官吏、书画家、文学家郑板桥对你竹子的咏颂啊！

竹子，你是否还想听？"宁可食无肉，不可居无竹。"（宁可吃饭的时候没有肉，也不能居住的地方没有竹。）竹子，这是宋朝大诗人苏东坡咏颂你时发出的感叹呀！

在我们前毕小学的院子里有一排竹子，每当我走过这排竹子时，总会情不自禁地去闻一闻它那沁人心脾的香气，看一看它那秀丽的身影。

亲爱的朋友你可知道，松树，使人想起志士；芭蕉，使人想起美人；高大的槐树，使人想起将军；而竹呢？它使人想起了隐者。竹轻盈细巧、四季常青，尽管有百般柔情，但从不哗众取宠，更不盛气凌人，虚心劲节、朴实无华才是她的品格。竹不开花，清淡高雅，一尘不染，它不图华丽、不求虚名的自然天性为世人所倾倒。清代诗人郑燮这样赞美道："一节复一节，千枝攒万叶；我自不开花，免撩蜂与蝶。"竹子心怀善念，甘于孤寂，它不求闻达于莽林，不慕热闹于山岭，千百年过去了，却终成这瀚海般的大气候！

在我们前毕小学的院子里有一排竹子，每当我走过这排竹子时，总会情不自禁地去闻一闻它那沁人心脾的香气，看一看它那秀丽的身影。

亲爱的朋友你可知道，昨夜突来风雨。风雨中，花儿草儿被风刮倒了，被雨点溅倒了，然而，竹子却勇敢地立于风雨之中，那样的自然。雨过天晴，风中透着一股泥土的清新，再看那一棵棵竹子，仍然立在那片属于它的土地上，如一位位窈窕的少女，依旧是挺拔的，亭亭玉立的，给人一种坚强的无所谓的美！

在我们前毕小学的院子里有一排竹子，每当我走过这排竹子时，总会情不自禁地去闻一闻它那沁人心脾的香气，看一看它那秀丽的身影。

亲爱的朋友，我始终念念不忘我们前毕小学院子里的那排竹子。近来，我校院子里的那排竹子总是频频入梦。竹子那亭亭玉立的身姿，深深地烙在了我的脑海中，挥之不去。我想，也许我是爱着我校院子里的那排竹子，爱它的高大挺拔，爱它的四季常青，更爱它的顽强不屈的精神。

在我们前毕小学的院子里有一排竹子，每当我走过这排竹子时，总会情不自禁地去闻一闻它那沁人心脾的香气，看一看它那秀丽的身影。

今天，我又走过这排竹子，拈起一片竹叶，放在唇间轻轻地吹起，悠悠的曲儿声荡漾在我的心田，竹之雅乐也。千古以来，竹为雅乐的历史渊久，其枝可做笛、箫等乐器，音色清美动听，是乐舞者之爱、画者之妙笔、诗者之词作。在众多乐器中我最爱笛，在落入清雅的竹林中，望着竹之清雅，耳边听着笛之悠扬，那该是怎样的惬意，乐哉妙哉也！

在我们前毕小学的院子里有一排竹子，每当我走过这排竹子时，总会情不自禁地去闻一闻它那沁人心脾的香气，看一看它那秀丽的身影。

今天，我又走过这排竹子，在徐徐吹来的带着竹子气息的清风中，我沉醉在了竹海之中。此时此刻的竹子在风中翻浮涌动，绿得幽深，绿得诗意，绿得宁然，我宛如置身于一汪碧绿的竹海浪花，宛如见到了一抹天上飘落人间的绿纱，轻轻地来到我身边，静静地、默默地凝望着我……

秋　雨

秋雨频繁，频繁秋雨，没常回家去。

不知家里的那辆脚蹬三轮车，受潮不？长锈不？那是母亲在世时骑的。

母亲在世时，经常骑着它出去玩，有时也骑着它去赶集。

秋雨频繁，频繁秋雨，没常回家去。

不知家里的那台小彩电，受潮不？还出影不？那是母亲在世时看的。

母亲在世时，很喜欢在这小彩电上看京剧，也经常看天气预报节目，看看有没有雨。

秋雨频繁，频繁秋雨，没常回家去。

不知家里的那块挂表，受潮不？还走不？那是母亲在世时用的。

母亲在世时，什么时候起床，什么时候做饭吃，都会看看这挂表的。

秋雨频繁，频繁秋雨，没常回家去。

唉！今又秋雨。

谁言寸草心，报得三春晖

母亲，今天，农历九月二十四，您的祭日，我和兆来，来给您上坟了。

母亲，这是您平时爱吃的饭，您多"吃"点。

母亲，俺大哥和俺大嫂都去广州了，因老孬的媳妇快要生了。兆好在外地干着活。

还有父亲，您过来和俺母亲一块"吃"吧。

还有二婶、三婶，你们也都过来和俺母亲一块"吃"，一块"说说话"。

母亲，您那些孙子们现在都很好，不要挂念他们。楠楠有楼房，他的孩子都两岁多了；老孬买的那新楼房又卖了，因离上班的地方较远，他说有合适的再买。老孬的媳妇这农历十一月就要生了；顺达研究生毕业后当了教师，也开始挣钱了，找个对象不成问题；新新有楼房，他爸兆好挣钱又不少，新新找个媳妇也不难。

母亲，俺知道，您心里还挂念着雪燕和红云她们。雪燕家石磊的孩子已两岁了，雪燕自己还开了个美业小店，方友开三轮车给人拉东西挣钱，买卖还行，方友挺听雪燕的话；红云家的宋达大学毕业，有了工作，红云卖菜也不那么受罪了，不在路边卖了，搬到屋里去卖了，房子是她村里盖的。母亲，您就别再那么挂念她俩了。

母亲，俺知道，您还想知道二叔、三叔他们的情况。

母亲，二叔、三叔他们身体挺好的，精神状态也挺好的。只是，二叔左脚上长了个脚垫，有些不便，但不碍大事。

母亲，俺知道，您还想知道哲哲他怎么样。

母亲，哲哲他还行，在张店一个制保健品的公司里干，他没走弯路，也正准备买楼房、找对象。

母亲，俺知道，您在时，曾有个心愿，就是能吃上您孙子楠楠的婚酒，坐在结彩的堂上，娇美的孙媳妇亲切地叫您"奶奶"。

母亲，俺告诉您，楠楠的对象可好了，也是个大学生，不但会日语，还会英语呢，说话时总是带着甜甜的微笑。

母亲，您给楠楠准备的那床被面，楠楠他很喜欢。

母亲，您知道吗，您在时，楠楠挺向着您的。他在外工作期间，经常打电话对我讲："爸爸，你和俺奶奶说话的时候，不要那么大声，声音小一点。"

母亲，俺没忘，我在张店的那段时间，是您照顾着楠楠，给他做饭，给他洗衣服，催他起床上学，您受累了。

母亲，您知道吗，儿子我有件事很遗憾。就是农历九月二十三，您将要走的那一刻，儿子我不在你的身旁。那天，我正在上课，接到您病危的电话，赶紧往家赶，还是没赶上看到您最后闭上眼睛的那一刻。

母亲，俺知道，您是不会怪儿子的。记得您病重在床的那段时间，俺想多在您身边待会儿，您总是催儿子，快去学校吧，别耽误了上课，您没事，有兆来在就行了。

母亲，听兆来说，您走得很慈祥。

母亲，儿子还有一件事想和您说。知道您听了后，也不会生气的，不会怪罪儿子的。就是农历九月二十四，您的出殡日，大哥、兆来他们（她们）都哭得声音挺大，可那些围看的村民，没有听到您二儿子我的哭声，没有看到您二儿子我的泪水。

母亲，俺知道，只有您懂二儿子我。您病重时曾教导俺说："当我永远地闭上眼睛的那一刻，你们不要为我哭泣，为我坚强吧！"

母亲，儿子还有一件事想和您说，您可能知道的，兆来可能和您说过，就是您病情突然加重，要去县医院检查的那一次发生的事。那天下午快要放学了，我突然接到了兆来的电话，说您病情有些加重，明天上午要到县医院检查检查，问我有没有时间。母亲，您知道吗？那时儿子我好难好难给兆来回话。因为省里复查验收团，正好明天上午要来我校复查验收，可是教室里刚喷涂了墙面，整个教室都要打扫整理，明天上午 10 点前必须打扫干净，整理到位。母亲，当时学校人人都有任务，谁也替不了谁，当班主任的我要是不在，教室真的打扫不完。检查时班里一旦出了事，咱担不起。母亲，当时我给兆来回话时，也是这么说的。母亲，兆来听后对我说："二哥不要紧，你忙你的就行，别给人家耽误了事。我问问咱大哥，看他有没有时间。"母亲，兆来打电话的那天下午，兆好正好从外地干活回来了，兆好说他有空，是兆来和兆好和您去县医院检查的。那天上午，雨下得很大。兆来说，您检查完后，大约一点多回的家。母亲，俺心里知道，兆来的左腿走路久了不方便，上下楼梯更不方便。母亲，那天上午我没亲自和您去县医院检查，兆来他没怪我，理解我。儿知道您也没怪我，也理解我。可儿子我却对自己耿耿于怀。

母亲，俺还有悄悄话对您说。

母亲，保佑家里大人、孩子，无论是在家的，还是在外的都健健康康的、平平安安的。

母亲，现在社会很好，新时代盛世。

母亲，给您磕头了！

遇见香樟树

来到苏州，时间虽不长，可收获还是满满的。最值得欣喜的是遇见了香樟树。

你看！那香樟树，虽个不高，可它的情最浓，它挤满全身的翠叶把枝丫都遮掩了，倒像一把结实的大伞，能挡烈日炎炎的太阳光。

你看！那香樟树，虽个不高，可它的主干粗壮挺拔，像一个胸怀宽广的伟岸丈夫，有着铁一般的腰和脚；枝干舒展弯曲，又像一位温柔多情的少女，舒展着婀娜多姿的身子。

你再看！那香樟树的樟叶，就像一个热情如火的男子。尽管在春天里，它不可避免地也要走向生命的尽头，但它始终不像别的树叶那样枯黄衰老，它仍保留着那耀眼的红色。它在由绿变红的过程中，如一个男孩，由天真逐渐走向成熟，魅力贯穿着它的一生，直至最后，它纵然离开了树枝，飘落在大地之上，仍能展示出洒脱不变的红色！

朋友，香樟树的外表虽然是粗糙的，饱经风霜，不能与别的树木相媲美，但是它的内心是美丽的。这是因为它能够时刻散发出阵阵香气，那若有若无的幽香啊，不仅能驱赶一些绕在它周围的令人生厌的蚊虫，而且能让靠近它的旅人展眉舒怀、解困消乏。更可贵的是，这种回味悠久的芳香不会因生命的轮回而淡去，能历久而弥香。

朋友，香樟树虽是一种平凡的树，可它却有一种朴实的精神，处处显现出那种"质朴无华""从不张扬""默默奉献"的品质。

朋友，香樟树四季常青，无论是夏天还是冬天，它总是那么蓬勃；无论遇到的是风、雨、雷、电，它永远葱绿；无论颜色如何变换，它永远红绿相对，即使叶落了，也要释放生命最后的灿烂！

遇见香樟树时，清晨苏州尚未完全苏醒，我正散步在一条人行道上。香樟树的花香扑鼻而来，虽不浓郁，但那淡淡的味道让人心旷神怡，有一种说不出的温馨。恰如密友间的倾心交谈，又像恋人间的窃窃私语，静静地享受，妙不可言。即使在花谢的日子里，也不会有丝毫的忧郁伤感。到了香樟树跟前时，一阵微风轻轻吹过，香樟树飘飘洒洒的花瓣缓缓坠落在我衣襟上，带来的幽香沁人心脾。抬眼凝望香樟树那枝叶，由紫变红，由红变黄再变绿，又经花的洗礼，处处散发着成熟风韵。它似乎在向你展示宁静致远的风采。

民间常把香樟树寓意为吉祥如意的风水树，人们既欣赏香樟树的风采，又敬仰香樟树的品质，更期待能从香樟树身上得到点启示，学到点精神……

朋友，苏州市民把香樟树选为"市树"，把它栽种在道路的两旁。香樟树每天站立在马路边，迎送着"公仆们"上下班。

和香樟树临别时，我静静地伫立在香樟树前，抚摸着它那挺拔的树干，灰褐色的身躯，四季常绿的叶子。香樟树沐浴着阳光含着露珠，轻轻地摇曳在风中，端庄而美好。

香樟树啊，遇见你，这样的清晨我的心醉了……

春华秋实

在我家大北屋里挂着一幅字"春华秋实"，是我二叔给我的。

朋友，你知道吗，这幅字是我二叔的好友、山东画院高级画师、淄博市艺术研究院副院长、淄博市花鸟画研究会副会长、国家一级美术师王学春特为我二叔写的，是我二叔的"挚爱"。

有年中秋节，我去二叔那儿时，二叔对我说："这幅字是我的好友给我写的。我知道你也挺喜欢字，你拿去挂吧……"

亲爱的朋友，每当我看到这幅字时，就会不由自主地想起逝世的二叔。

我二叔英俊有才，能屈能伸，是我崇拜的偶像。

二叔1955年以优异的成绩考取了山东省桓台县第一中学"桓台一中"；1958年考取了山东体育学院运动系，是中华人民共和国成立后我们李贾村的第一个大学生。

1958年12月二叔被选入山东省手球代表队；1959年1月调安徽省体育专科学校和湖北省体育学院集训学习；1959年代表山东省手球队参加了第一届全国运动会，受到山东省委、省政府的表彰和领导人舒同省长的接见并合影留念；1960年代表山东省参加了第一届全国手球锦标赛，受到了王任重等领导人的接见；1961 年秋山东省委抽调他去齐河县支农工作组三个月。

听我三叔说，二叔读高中、考大学时，因家里生活条件差，在校吃的是家里送去的萝卜蛋子，一天也就能吃上两顿。二叔在桓台一中学习时，任学生会体育部部长，多次被评为三好学生，学校优秀干部；在山东体育学院学习时，任学生会体育部部长、山东省手球代表队队长，多次被评为三好学生、学院优秀干部、劳动模范等；在齐河县支农工作组时，任齐河县华店公社中油房村生产队队长等职；1959 年被评为国家一级运动员、二级裁判员。

啊！二叔是那么的英俊，那么的有才。可命运却跟他开了个不小的"玩笑"。1962 年山东体育学院被调整，他的工作未得到分配，回到了家乡李贾村。

回到家乡后，二叔于 1962 年 9 月任李贾村民办教师，1964 年 8 月调桓台二中任代理体育教师。1969 年，回生产队任小队饲养员两年，1971 年任大队电工、广播管理员、兽医。

二叔不惧命运，坦然面对；积极乐观，笑对人生。

回家乡李贾村的那段岁月，二叔不仅工作上行行出色，他的业余生活也很丰富多彩。过年村里唱京剧，每年都少不了二叔。二叔唱过好多京剧，扮演过好多角色。他扮演的"杨子荣"，不但赢得了本村人的叫好，也赢得了三里五村人的美赞。"杨子荣"朴素、人道；英俊、神勇。二叔演的那一招一式，一言一行，真乃"杨子荣"再世，把"杨子荣"给演"活"了。

二叔不仅京剧唱得逼真精彩，他打篮球也打得很潇洒，很出名。无论是本村的还是邻村的，都知道二叔是个篮球高手。他组织的那个"李贾村过年篮球队"，三里五村都很有名，十里八村也都晓得。篮球场上他是一道靓丽的风景线，过年举办村篮球联谊赛，赛场上他双手举球投篮，场外观众目不转睛，鼓掌喝彩。进了！真准！

二叔业余生活丰富多彩；生活嗜好也挺有魅力、很动人。

前些天我碰见了二叔的同事立尊老师，他对我说二叔是个好人，自 1962 年任教师后，曾多次被评为校级、公社、县级先进工作者，并对我二叔的去世深表心疼。

二叔是个好人，好人有好报。1984 年 10 月落实政策，给二叔补发了大专毕业文凭。1985 年，二叔被分配到索镇前毕中学，负责体育教学工作，是年由农转非。

二叔是个好人，好人有好报。二叔在教师岗位上退休后，晚年很充实很幸福。乡亲们都很羡慕他敬重他。

二叔，您知道吗，您给我的"春华秋实"那幅字，我一直挂着……

二叔他虽然离开了我们，但他永远活在我们心中！

春天终于来了

我家的前面是一块块绿油油的麦田，麦田里的麦苗是那么富有生机。

每当我看到麦田里那绿油油的麦苗，心中总有一阵的豁然开朗，似乎有一种情结凝聚在里面，让我心中泛起了波澜。走近三月的麦苗，那绿油油映入眼前的是一片一眼望不到边的绿毯。泥土散发出的气息，让人如痴如醉。麦苗在茁壮地成长，绿意正浓，使人们振奋。春天的希望、梦想在这三月的麦田地里展翅飞翔。

今天有空，我走在这绿油油的麦田边，头顶阳光灿烂，万里无云。我欣赏着脚下的一望无际的麦苗青青，心旷神怡，乐而忘返。

快看！右边那大片大片的麦田，像铺了一块绿地毯。麦苗挨挨挤挤地手拉着手，整整齐齐地站在田地里。一些农民在给麦苗施肥，等这些营养被吸收后，一棵棵麦苗就会抽穗了。那时就可以看到壮观的麦浪了。

宅家一冬的我在尽情地吮吸着来自大自然的乳汁。雨帘的绿色渗入肥沃的土地，春风拂着温柔的翅膀把柔情洒在这明媚多彩的三月，瞬间望眼欲穿的眼目全是幽幽的绿色，如风，如雨，在风中挺拔，在雨中坚强！

春天终于来了！

父爱如山

父爱如山比喻父爱的坚毅伟大、刚强不屈。

朋友们！当我读完上面这段文字的时候，便想起了已离世20多年的父亲。

我的一个好乡亲，曾不止一次跟我讲起父亲在世时的事。我的这个好乡亲说："我很敬佩你的父亲，生产队时，你家姊妹八九个，人多劳力少，日子上挺紧挺拮据的。可是，你家无论有什么样的难事愁事，你父亲根本不放在眼里，什么事也难不倒他愁不倒他；你家无论有什么样的苦处痛处，对于你父亲来说都不在话下，什么样的苦痛他都能承受。哪怕是天塌下来，也砸不倒他，压不垮他。记得，可能是七几年吧。你家盖兆来住的那四间北屋时，找人打了两天多的培，培也就打完了，可是到了晚上，突然下起了瓢泼大雨，你家打的那四间屋的培，一夜之间，全都被雨水冲倒了。你知道吗，那个时候，作为你家来说，找人打那四间屋的培，多么不容易！唉！又摊上这……咱队里的人，知道你家那四间屋的培，全都被雨水冲倒了后，都很心疼你们家，也都为你们家难过。可是你父亲却像没事似的，看不出一点愁来。天晴了后，继续找人，重新再打，又打了两天多打完的。后来，你家总算把那四间屋盖起来了。咱队里的人都说，厚悟（父亲的名字）哪来的这股子劲头！真是个铁人呀！唉！什么铁人呀，一切都是为了儿女们！苦处痛处、难事愁事只是含着不说。父爱如山呀！"

听完我的这个好乡亲讲的我父亲的这些事时，我已泪流满面……

朋友们！我不敢用"伟大"来形容那时的父亲，可是，在我的心中，父亲是那么的顶天立地，那么的伟岸，身为他的儿子，我感到无比的荣幸与自豪！

父亲在世时，将如山的父爱深深地融进儿的血液中，融进儿生活中的一点一滴，如山的父之血液在儿的脉管里永远地流动着、流动着……

父亲的绿色母亲的花香

父亲、母亲虽离世多年了，可父亲那绿色、母亲那花香依旧生长在、飘香在我们家的院子里。

你看！这绿色，是山的颜色，清幽之景，绿色之致，无论你处何时在何地，绿色总伴你身边，因为绿色是生命之色。

你闻！这花香，清新，不似玫瑰的浓郁，也不似雏菊的淡香，却使人感到舒畅、惬意，可以感受到它独有的芬芳花香。

今天，细雨蒙蒙，我站在这雨的院子里，看这生长着的绿色，闻这飘洒着的花香。

这雨中的绿色，在画家的调色板上是很难调出来的。然而只要见过这水淋淋的绿，便很难忘却。这清新的绿色仿佛在细雨中流动，流进我的眼里，流进我的心胸。在雨中，所有的色彩都融在了这水淋淋的绿色之中，绿得耀眼，绿得透明。

这雨中的花香，在湿润空气中弥漫，给人以愉悦，给人以欢欣，给人以灵感，给人以启迪。一阵微风吹过，阵阵清香便扑鼻而来，让人心旷神怡。

雨中的我置身于此情此景，许久静默，静默许久……

啊！这就是父亲的绿色、母亲的花香……

今天丰收节

今天丰收节。丰收节，农民节。过节了，过节了……

今天丰收节。丰收节，农民节。你快看！他（她）们那金灿灿的粮食一堆堆一垛垛；你快看！他（她）们那流转的土地发钱了，发钱了……

今天丰收节。丰收节，农民节。丰收，从严冬中，他（她）们冒着的寒冷开始；丰收，从烈日下，他（她）们挥洒的汗水开始。

今天丰收节。丰收节，农民节。丰收，是他（她）们一双手，在田埂间播下希望；丰收，是他（她）们两只脚，在土地里踏出未来。

今天丰收节。丰收节，农民节。丰收啊，苦！他（她）们就用坚毅扛住苦；丰收啊，难！他（她）们就用勤劳抵住难。

今天丰收节。丰收节，农民节。丰收，在他（她）们的辛勤耕耘中；丰收，在他（她）们的辛劳打拼中。

今天丰收节。丰收节，农民节。过节了，过节了……

母　爱

2017 年，她丈夫因脑栓病，住进了桓台县中医院。输水输了三天了，她丈夫的病还没见好转。这时，她婆家的大嫂等，要她把她的丈夫转到桓台县医院去；并让她给她在武汉的儿子打电话。她静默着，啥话也没说。

她丈夫输水输到第五天了，脑栓病依旧不大见好转。这时，她婆家的大嫂等，便对她不满了，开始对她发火了。她还是静默着，啥话也没说。

那天，我去桓台县中医院时，她对我说："他（她的丈夫）的脑栓病输输水，堵塞的血管就可能通了，就不疼了，就好了。俺不是不想把他（她丈夫）转到稍好的桓台县医院去，儿子上大学时俺借的那钱，到现在还有好几千没还完；俺也不是不想给在武汉的儿子打电话，儿子结婚时俺没出上一分钱，儿子买楼房时俺没出上一分钱，一切都是儿子连借带贷，现在儿子手里也没钱，俺不能去难为儿子，他（她丈夫）脑栓病住院这电话俺不能给在武汉的儿子打……"

好人有好报。她丈夫输水输到了第七天时，奇迹出现了，她丈夫脑栓病开始好转了。医生告诉她，她丈夫的脑血管今天就能通开，再过些天就可出院。医生的话音未落，她已泪流满面……

朋友，从这位母亲默默的承受中；从这位母亲无奈的话语中；从这位母亲无尽的泪水中，我对人们所说的"母爱的平凡与伟大"有了更深刻的认识。

美国作家惠特曼说得好："全世界的母亲是多么的相像！她们的心始终一样，每一个母亲都有一颗极为纯真的赤子之心（心地纯洁善良）。"

有人说，一个家庭，哪怕家徒四壁，只要有一个正直、勤劳、善良、乐观的母亲，这样的家庭就是心灵健康成长的源泉。母亲对孩子的影响力，犹如一股永不间断的力量，将持续作用于孩子的一生。

今天是母亲节，祝这位母亲、祝天下所有母亲，节日快乐！

盘中的石榴

盘中的石榴，乡亲送的。

你看！盘中那颗较大的石榴，正咧着嘴傻笑呢。

朋友，你看错了，它不是在傻笑，它是在欢呼，欢呼秋季这个收获的季节。勤劳的农民收获了金灿灿的粮食；勤奋的学子收获了大学录取通知书；上进的小伙子收获了甜蜜的爱情；善良的他（她）收获了美丽的友谊……

你再看！盘中那颗较小的石榴，像害羞的小姑娘抿着嘴笑。

朋友，你又看错了，它不是在害羞地抿着嘴笑，它是在歌唱。歌唱农民大丰收的喜悦心情；歌唱学子走进大学校门的高兴劲儿；歌唱小伙子步入婚姻殿堂的幸福样儿；歌唱他（她）友谊里绽放着的温暖……

盘中的石榴，乡亲送的。

你看！盘中那颗较大的石榴，正咧着嘴傻笑呢。

朋友，你看错了，它不是在傻笑，它是在高声朗诵，你听：

石榴呀石榴！在中国民俗文化中，你被视为吉祥果，你是富贵、吉祥、繁荣的象征。

石榴呀石榴！你寓意着人们希望的那种红红火火的美好生活，象征着人们的生活和事业蒸蒸日上。

石榴呀石榴！你名字中的"榴"与"留"同音，是依托留住之意，成语"送榴传谊"，就是这一意思呀！

石榴呀石榴！在我们北方地区，适逢中秋、国庆两大节日，你也是亲朋好友之间馈赠的最佳礼品，互相祝福祝愿阖家团圆、幸福吉祥，你代表了亲人、朋友之间纯真的情感和友谊。

你再看！盘中那颗较小的石榴，像害羞的小姑娘抿着嘴笑。

朋友，你又看错了，它不是在害羞地抿着嘴笑，它是在低吟，你听：

石榴呀石榴！你的外表并不好看，没有苹果那样红润的光泽，使人一望便产生爱慕之心；也没有菠萝那样诱人的香味，让人闻了不由得涎欲滴。你里面可美了！只要轻轻地剥开你石榴的皮，就会露出一颗颗白里透红、亮晶晶、水灵灵、珍珠似的籽粒；取下一颗丢进嘴里，轻轻一嚼，就觉得果汁四溢；那甜滋滋的味儿，会一直甜到心里呢。

石榴呀石榴！这秋天时节你已红了，你实在红得不一般，不像深红般内敛，不像粉红般轻佻，也不像鲜红般刺目，你的亮丽只能用可爱来形容，似乎还带着点黄色，你却红得分明。

石榴呀石榴！这秋天时节你已红了，你像一盏红灯笼，在我眼里闪着火红的光辉。

盘中的石榴，乡亲送的。

你看！它们正咧着嘴傻笑呢，饱满的颗粒红润动人……

谢谢乡亲，送了这么美的石榴！祝福乡亲生活跟石榴一样红红火火，美美哒……

霜染的风采

伴着渐冷的秋风，不知不觉间，迎来了霜降。

霜降是秋天的最后一个节气，标志着秋天到冬天的过渡，俗话说，"霜降杀百草"，霜降过后，霜打过的植物，一点生机也没有。

朋友，"霜降过后，霜打过的植物，一点生机也没有"，你这话说得不对吧？

你看！田间那块霜打后的青菜，绿是深绿，绿得泛乌。太阳出来时，霜不见了，却把精神魂儿留下了，渗进那绿得碧乌的叶里面。青菜看上去，便水灵灵的，生机勃勃。

朋友，独特的田间青菜，霜染的风采，是霜降时节给予人间的一道盛宴。

朋友，你再看！地头那一堆堆经霜打过的野草，红艳艳的，远远望去就像是一片片红杜鹃。还有沟边那一堆堆经霜打过的野草，金黄黄的，在暖阳的照耀下，闪烁着耀眼的光芒。

朋友，野草红艳艳，野草金黄黄，别样的生机，霜染的风采，也是霜降时节给予人间的一道靓丽风景线。

朋友，霜时赏菊，领略菊花那霜染的风采，又是霜降时节给予我们的恩赐。

朋友，俺问你，你知道北方的桑叶吗？

桑叶在一般时候不值钱，除了用来养蚕没啥用，北方没有大规模养蚕的，所以农民一般都不会摘桑叶，桑叶就跟其他的树叶一样。但是，一旦树上的桑叶等到了霜降季节，遇到了下霜，被霜打之后，颜色呈现翠绿色，表面还有一层淡淡的霜。经过晒干之后，能够入药使用，疏风散热、清肺润燥、清肝明目等；它做成茶叶后在城里更加受欢迎，就是农民常说的"神仙叶"，药用价值更大，对人的益处更多。这个时候的桑叶，就像是"鱼跃龙门"一样，生机无限，变得值钱了。

朋友，北方的桑叶你不知道，"霜叶红于二月花"，你不会不知道吧？

霜降过后，霜打过的柿树、枫树、黄栌树等树的树叶，开始变成红黄色，如火似锦，那勃勃生机，是何等壮观！你看那黄栌树树叶，色彩绚烂，有的橙红如玉，有的猩红似火，有的桃红似酒，美不胜收；你再看那树叶虽红似火焰，其内在却温暖而柔美，柔美而静雅，静雅而灵韵。

朋友，红叶之美，霜染的风采，又是霜降时节给予我们的一大美景奇观。

朋友，俺再问你，有句农谚你可知道？"霜降见霜，谷物满仓"，这不正是霜降过后，霜打过的植物生机勃勃的硕果吗？

什么？你知道你说的"霜降过后，霜打过的植物，一点生机也没有"不对了？

是的朋友，"霜降过后，霜打过的植物，一点生机也没有"这说法不对呀！

朋友，对那些经过霜打的植物，需要静心去体察，需要用灵魂去感知，需要用爱去呵护，需要用生命去与之交融。

朋友，我们要感谢霜。霜——水的精英，冰的魂魄。在它面前，只有那些坚强不屈者才会绽放霜染的风采！

望　月

夏夜，胡同口乘凉，看见了月亮，久久仰望。

久久仰望月亮，不只是因为她靓丽神奇，还因为她的无私精神和奉献品格。月亮她本身不会发光，但她能把太阳给她的光和热，无私地再转给别人。她不辞辛苦，为给漫漫长夜的人间以光明。有时月亮隐隐约约的亮度，既不炫耀，又不矜持。世世代代人间的卿卿我我，都情愿洒在她的目光下。月亮她纯洁，世界上被污染的东西实在太多太多，唯有月亮，历尽沧桑，仍然洁白无瑕。月亮她大度，夜半来，天明去，乌云遮挡也不抱怨，拨开云雾，露出的还是一张笑脸。月亮她没有奢求，从不与太阳争辉，圆就圆得潇洒，缺也缺得干练。月亮她善良、温暖，是悲是喜都欣然地挂在天上。

夏夜，胡同口乘凉，看见了月亮，久久仰望。

望着月亮，不由自主地让我想起儿时，仿佛又坐在月亮下面，听见母亲讲天上的故事："盘古不仅开辟了天地，而且化身为天地万物，创造出了我们生活的美丽新世界""伟大的女娲造人补天完成了一系列壮举，使人类免受天灾兽害""勇猛善战的神箭手后羿射日，为民除害""美丽的嫦娥在眼看阴险狡诈的逢蒙将要搜到仙药的时候，她一不做二不休拿出仙药一口吃下，朝着月亮飞去"……这些故事深深地渗入了儿之心灵之中。

夏夜，胡同口乘凉，看见了月亮，久久仰望。

望着月亮，又想起了去世的母亲。她教我诚实做人，处处要多为别人着想。母亲说："要学月亮女神，心怀善良。"仰望圆圆的月亮，我肃然起敬，心中对月亮女神生出无限的爱，对人生充满无限的畅想。浩瀚的天际，月亮孤悬在缥缈的空中，整个夜空一片白茫茫的，恍如铺开了凝滞不飞的白霜。月亮下面，高山巍峨，海水浩荡。大自然光景万千，而人生之旅别样多彩。同样是一个明月之夜，有刘希夷对人生短暂发出叹息"年年岁岁花相似，岁岁年年人不同"，又有李白对人生的感喟"青天有月来几时，我欲停杯一问之"。月亮她默默地记载着历史，述说人间的美好。

夏夜，胡同口乘凉，看见了月亮，久久仰望。

在神奇的月亮下面，我获得了她的深情。她就像慈祥的母亲，她看着人们入睡，帮助勤劳善良的人们消除每日的疲劳。看到圆圆的月亮，也让我不由自主地回想起褓褓中的我，睡梦中，依稀能见到母亲那双带有节拍的手，在我身上轻轻地挥来挥去，听见母亲寄托希望的喃喃歌谣。月亮下面，天下所有母亲自言自语的小调，谱成了人间最美的乐章。

夏夜，胡同口乘凉，看见了月亮，久久仰望。

望着月亮的时候，仿佛听到了人民文学家王蒙的声音："文学挽留了时光，文学挽留了青春，文学让我们永远不老！"

向日葵

朋友，你熟悉向日葵吗？假如你对向日葵不是很熟悉，我可以讲给你听：

向日葵具有向光性，人们称它为太阳花，随太阳回绕的花。向日葵是太阳神的象征，因此向日葵的花语是阳光。

可爱的向日葵，始终向着太阳，即使阳光是那样的炽热，直到消逝的那一天。执着的向日葵，从日出到日落，即使只有孤独的身影，永远伴随着太阳的脚步。因此向日葵的花语是沉默的爱。

苏联人民热爱向日葵，将它定为国花，在此之后，俄罗斯把国花仍定为向日葵。"更无柳絮因风起，惟有葵花向日倾。"向日葵，向往光明之花，给人带来美好希望之花。

朋友，向日葵具有较强的抗旱性。据测试，开花前后近 40 天处于干旱的环境中，向日葵仍正常生长。

向日葵一身都是宝，其种子、花盘、茎叶、茎髓、根、花等均可入药。种子油可作软膏的基础药；茎髓可作利尿消炎剂；叶与花瓣可作苦味健胃剂；果盘（花托）有降血压的作用；葵花籽性味甘平，入大肠经，有驱虫止痢之功。向日葵把自己毫无保留地奉献给人类。

朋友，我小的时候画画，常常将天上的太阳画得和葵花一样，太阳的光芒就好像葵花边缘那生黄色的舌状花瓣，灿烂而亮眼；炽热的太阳和丰满的葵花花盘，都是那样的圆润而充实，黄灿灿的颜色，好似天上地下一对姐妹花。

朋友，大千世界有许许多多的花，但我偏爱这平凡普通的向日葵。向日葵没有玫瑰扑鼻的香味，没有牡丹高雅的气质，没有月季楚楚动人的身姿，但是它却有顽强的生命力，不怕困难的精神。

向日葵象征着坚定和坚强。每天，大自然的世界千变万化。但是，向日葵的追求始终那么坚定：太阳是它的目标，风雨不改。

向日葵象征着温暖和希望。在这多彩的世界，无论在哪个角落，有向日葵的地方总是洒满了温暖。

朋友，向日葵每天都是微笑着面对太阳，面对生活；无论是晴天，还是风雨天，向日葵坦率、坚持、昂然的生命倾注着对太阳无限的忠诚和对自然衷心的热爱。

向日葵永远保持一种向上的姿态，把背影留给黑暗的过去，而将一张笑靥朝向阳光。

如果晴天是好心情，阴天和雨天是坏心情，那么向日葵不管是好心情还是坏心情，它都会坚强。即使有的时候，无法抵抗的天气会使向日葵折腰，向日葵也会向世界万物展现出自己最美丽的笑容。

朋友，你看，狂风暴雨中的那株向日葵，虽在风雨中摇曳着，但它的头时时刻刻朝着太阳。

朋友，讲向日葵讲到这里，突然想起有位好友曾对我说过的向日葵的故事：向日葵是最忧伤的，那种忧伤是阳光底下最明媚的忧伤。向日葵的夜晚，总是孤独的。向日葵的忧伤，从不向太阳吐露。向日葵的垂首，是因为它背负的爱太沉重。向日葵只是用微笑诠释那心中隐藏的悲伤。

那时的好友所说的，到现在我也不知真否？

回溯历史，诗圣杜甫忧伤之时，是河边的向日葵使他重拾了继续奋斗的信念；德国诗人歌德忧伤之时，是向日葵的田野让他感受到天地之温暖。

朋友，讲向日葵讲到这里，我在想：知足、乐观、感恩、耐压，这或许说的就是向日葵。

朋友，当下正值秋天，收获的季节，向日葵度过了它沉默的儿时，渐渐成熟了。他带着太阳的热度，带着一种永不言弃的执着，傲然地前行在这个世界，不卑不亢，不折不挠。在成熟的季节，它迎来了自己的收获。

朋友，讲向日葵讲到这里，我仿佛梦见自己睡在向日葵上，享受着阳光带给我的力量。向日葵仿佛告诉我：只要面对着阳光努力向上，时光就会变得单纯而美好。

好的，向日葵，我要像你一样：每天拥抱着阳光，每天感受着幸福。

朋友，这就是我所熟悉的向日葵，就给你讲到这儿吧。

迎春花开

快来看呀！迎春花开了！好美好美呀！

这么寒冷的冬天，迎春花竟能绽放！

朋友，看来你对迎春花，不是很了解。

迎春花，在凛冽的寒风之中孕蕾，在满天霜华之中含苞，在冰封雪压之中怒放；迎春花，傲霜斗雪，"凌寒独自开"。

你看！迎春花她那小小的金黄花朵里，展示着一种蔑视严寒、笑傲逆境的豪放；展示着一种可贵的踏冰卧雪，逆流而上的精神。

迎春花抗寒坚强，端庄秀丽，气质不凡；迎春花是花中少有的敢于向寒风挑战的花。

你看！在寒风中迎春花傲然挺立，寒风好似一头凶猛的狮子在咆哮着，可迎春花一点都没有动摇。这是老天赋予她的一种神奇的力量，一种顽强的精神。她不畏严寒，她在寒风中站立，她在狂风中飞舞，她拥有一种别的花朵都没有的能量，而正是这种力量深深地吸引了我，感动着我！

快来看呀！迎春花开了！好美好美呀！

这么早迎春花就绽放了！百花还沉迷于深深的睡梦中呢！

朋友，看来你对迎春花，不是很了解。

迎春花在百花之中开花最早，是春天的第一枝花，也叫报春花，率先把春天到来的消息报告给人们。当春意盎然百花盛开的时候，不与百花争艳悄然离去。

快来看呀！迎春花开了！好美好美呀！

她以她那独有的姿态绽放，你看，那一朵朵黄色的花蕾，一串串芬芳的花瓣，静静地绽放出一种喜悦的心情。

快来看呀！迎春花开了！好美好美呀……

高绍新作品 *

我的邻居滚地雷家的故事

一、越来越近的邻居

看过电视剧《人世间》，我颇受感动，很想把我家老邻居"滚地雷"家写一写。我的老家，在静海县静海镇河沿大街，天泰胡同西口。他家则在大十字街北头西侧。不在一条街，交往也不多，还称不上近邻。后来，由于他家大院的西小院风岔墙倒塌，无人修补，这才拉近了我们两家的距离。加之生产队设在运河岸，两家的关系越来越近，但仍称不上近邻。

直到一九七二年，"滚地雷"的二儿子、三儿子相继娶了媳妇并先后在我家对面、我家北面三十米，盖了崭新的土房，我们两家才成了真正意义上的近邻。

改革开放后，人们生活富裕了。改善居住条件，成为家家户户的第一需求。我大哥和他家哥仨，都在经文路南盖起了红砖大瓦房，成为新的近邻。

"滚地雷"家，六口人，"滚地雷"夫妇和三个儿子一个闺女。我家与他家大致相同，少个闺女。两家的男孩子几乎般般相对，脾气也相投，老实巴交，同在一个生产队干活，更加加深了两家的近邻关系。

我妈妈说："咱队有两家最老实，一个是'滚地雷'家，一个是咱家。"

二、滚地雷其人

一九五三年，我六岁时，正月十六那一天，正值静海大集。我们家门口大街，热闹非凡。路两旁摆设高低两层摊位，一个挨一个的，挤得满满的，严丝合缝，各式各样，各种颜色的商品，摆满摊位。这条街是瓜果蔬菜杂货市场。

---

* 作者简介：高绍新，男，74 岁，中国共产党党员，退休前在天津市静海县一中二中教学初高中语文、历史、政治等课程，评定为中学高级历史教师。参加工作前后发表了大量新闻报道，文学创作次之。2022 年 4 月，参加中国诗词大赛，三首诗获两个优秀奖一个三等奖；2022 年下半年以九首诗词参加三项比赛，获两个优秀奖一个三等奖。同时，以三篇短篇小说参加比赛，皆入选，获摆渡奖，其中一篇正在出版。

小贩们的叫卖声此起彼伏。赶大集的人们，因为年货吃尽，也都纷纷上场，寻找自己喜欢的东西。

更热闹的是各种花会。会有文武高跷、赶旱船、小车会等十三道会，居民们带着孩子们来看会，会在大门脸儿前撂场子，耍上一番。

当时我出家门，专门去看会。我钻进人圈看扑蝴蝶。

表演快要结束的时候，一个卖糖堆儿的中年人，钻进场子，沿着人圈叫卖："堆儿！"静海卖糖堆儿的，只招呼这两个字。那叫卖声，洪亮、清脆、好听、悦耳，像是唱京剧老生的嗓子，半条街都能听得到。再看那人，中等身材，头戴皮帽，三十多岁，上身疙瘩襻儿，青棉袄，一条白粗布搭布，围在腰间，下身儿穿缅裤裆，干干净净，利利索索。

俗话说，要说精，一身青。这穿着打扮，罩在满身透着精气神儿的人身上，更显得不一般了。他左手提着专门卖糖堆儿的挎槽，右手拿着鸡毛掸子，那挎槽椭圆形的底儿，斜坡形的边墙浅浅围了一圈儿，干净得没有一点儿土，黑漆涂就，像新买的。挎槽里的糖堆儿，把朝里，头朝外，斜躺在斜坡上。

糖堆儿有很多类，有好红果儿的，占多数，分五个果儿的，八个果儿的；还有橘子瓣儿的，荸荠的，山药的，山药豆儿的，海棠果儿的，凡此种种，除了鲜明颜色搭配的美丽之外，通通加了一层糖，亮晶晶的，更加漂亮了。

那人绕场一周，满槽的糖堆儿卖得差不多，来到我面前，似乎认识我，把剩下的全都拿给我。他说："小兄弟，这四支全送给你，不要钱了。"我接了，他钻出人群。

这场子散了，我也回了家。母亲见我手拿糖堆儿，便问是谁给的，我如实地说了那人的长相。母亲说："那就是滚地雷了。"

"啊，滚地雷？这个人一定很厉害很混账吧？"

"是很混账。不过那是以前的事。"

接着，妈妈讲起滚地雷的来历。

"大约在反击日本以前，县城驻了军阀军队。里面有个姓朱的军官，经常骑着高头大马，穿过繁华街面儿，到城南一开阔地遛马。有个年轻小伙子给他牵马。这个军官嘴馋，见着什么好吃的，就不走。这个青年便上摊去要，不给就抢就打就骂。日子久了，人们恨他就给他起了个滚地雷的外号。滚地雷也独自上街乱抢。

"日子长了，小商贩们受不了，尤其是有名的小吃摊，谁经得住他老抢？躲也躲不得，逃也逃不得，真是没有办法。可人们总得挣钱吃饭呐，几个胆大的出头，商量怎么教训教训这个年轻人。

"那一天，又是大集，市面上摆摊的比以往多，来了许多新面孔。

"正热闹时，滚地雷独自来了。他走了几个摊儿，便来到火烧摊前。

'来十五个火烧，多夹驴肉！'

"声音那个恶。火烧掌柜心想，倒霉，这一天白干了。

"这一想，动作稍微慢点，滚地雷不干了，嚷着举手便打。

"周围的人看不下去了，悄悄围上来。一个卖麻饼的壮年站起来，倒举小镰刀，照准滚地雷，狠狠打下。

"不等滚地雷去摸右肩膀，左肩膀又挨了一下。滚地雷扬起胳膊，准备还击，哪知后背有人抢起镐把向腿腋子打去。滚地雷不由自主地跪下，又一圈拳头像大雨点般向头顶砸来。滚地雷受不住了，趴在地上，他试图爬起来，可惜不行。那些受过气的，今日有了胆量，在他身上跳跃，嘴里喊着：'看你还敢不敢欺负人！'

"这一仗打到日头偏西，不少人解了气，打够了，走了。集也逐渐散了。滚地雷想起来，可浑身疼，想着那军官派人来解救，但连个屁也没来。

"散集后酱醋店店员下班，滚地雷听到脚步声，忙喊：'高二叔，快救救我吧。'

"高二叔等人循声过去，问：'你不是很厉害吗，还叫人打成这样？'

"'快别提了，栽了。高二叔，你大人有大量，救救我吧，把我弄回家，养养伤。'

"'养好伤，你又胡作非为。我救不起。'

"'我对天发誓，再也不敢了。今后我不干了，我要当个老实巴交的人。'

"听了这话，高二叔找车，找人，找草袋子，把他弄上了车，还帮他把被打出的稀屎垫好。在这以后，又帮他学蘸糖堆，当搬运。

"'这位高二叔，就是你父亲。'

"滚地雷成了人，成了家，可坏名声却流传下来，以致影响到下一代。

"'给你糖堆儿，可能就是报恩吧。'"

三、三群

一九五七年，我上一年级。教室在学校的后院，前面是操场。班主任老师叫苏福芬。

第一节课开始点名，目的是同学们互认，师生互认，点到第二十个的时候，苏老师叫了声："李春——"

我转头看，这不就是三群嘛。

他慢吞吞地站起来，用压低、嘶哑的声音答"到"。

三群是滚地雷的三儿子，长得齐头齐脑，四方脸，圆下巴，两肩端平，穿着发白的蓝裤褂，好像现在的儿童玩具机器人，但缺乏精神。

从那时起，我俩就成为好朋友，上学放学总是在一起。

从那时起，我知道了一条近路，不用再绕胡同了。

三群家住公产房。这豪宅在中华人民共和国成立前是刘姓四合院，分三个院落，有门相隔。三群家住第一个院子的两间正房，此院还有南房东各一间；往西为第二个院落，正房南房各三间，南房略窄；再往西为第三个院子，有正房两间，西房一间。在风岔处，西墙头，不知是何时倒塌的，于是便有了我的通道。穿过风岔处，是一个没有任何房痕的大院。此大院西下坡是老管家的外院，这里有一个猪圈和草屋。再往西是管家的胡同，我家后房原在此胡同。

我的通道，是我上一小、上中学的通道，也是他们家去队房领活儿开会的通路。

一九五九年夏天的一个早晨，我照例去找他上学。他妈妈对我说："别找了，李春不上学了。"

在一九六〇年入冬时的一天，滚地雷死了。

几天后，三群出走了，怎么走的，到什么地方，一家人谁也说不清楚，也不想说清楚。大队小队也不知道，所以他的口粮照样领着。

一九六一年春夏之交，三群回来了，穿了一身黑色的新裤褂。

人们问他干什么去了，他起先不说，后来才讲给人听。

原来，他是到武清要饭去了。那里有饭吃，静海有不少闺女到此当媳妇，找饭吃。三群先是要饭，要到熟人，便给人当小工，学手艺。武清做糕点的、做豆腐和豆腐干的、做五味豆丝的，比比皆是，而且有名。三群学得了做豆腐。

三群回来，一是让家里放心，二是生产队已经恢复了生产。

一九六八年十一月，我高中毕业回到二街八队干活，又和三群在一起了。

那时，他主动要求去干外勤搬运工。当时生产队有个不成文的规定，要拿到十分工，一是揽得下耕耧锄刨全部农活，二是干得了县级以上水利工程，三是干得了搬运工。干农活过关的，很少，走另外两条路反倒容易。生产队多数青年都是走这两条道儿。三群年龄、体力已到标准，所以他向队里提出要求，要做十分搬运工。

外勤搬运是上天津火车站，跟班车，早上早下，所以搬运工比干农活的早到家。

这段时间干什么？三群背着筐子，在各条街道捡零散的青砖头。二十多年来，老房倒塌了不少，所以流散的青砖头到处都是，但有角有棱的太少。

我看见他捡砖头，尽量找有角有棱的。一筐一筐地往他家西面一块空地倒。

捡了好多日子，他又从运河背土，一筐一筐，积攒成堆。

他早起阴泥，下午来脱坯。房一间，坯一千。十几天后，一千坯脱齐了。

这些工程，全部是他一个人干，一个朋友，一个邻居，一个家人都没用。

外界、大队、生产队，谁也不知道此事。

垒基础墙的时候，更是单枪匹马，无声无息。垒基础墙需要把碎砖头按整砖去摞，外皮像画，横着一大一小排成一线，竖着见缝压砖，中间填更碎的砖头，也要压缝。这活，像妇女绣花，一针一线，含糊不得。这料，这活，八级瓦工也干不了。三群一天摞一层，十一天摞了十一层，完成了垒基础墙。

垒坯前十层，他还是一个人，后面他约了二哥，一个在墙上管垒，一个在地上管递。又垒起房山。

该上檩了。檩在哪？只见三群叫上他二哥，去老宅柴火垛扛来五棵檩。这是田野的死树，平时把它们集中放到这儿，皮也剥了枝也砍了。上檩的共三人，两间房上各一人，从一头放下绳子；平地上的人把绳子拴好，然后扛檩举檩；房上的两人一纵一纵地提绳子，这回大哥二哥都来干活了。

上笆子也是三人的活儿。哥仁两个在上，一个在下。三群在下面负责递笆子。这些都是高粱秆的扫帚笆儿，半甩半递，好递。大哥、二哥在上面前后坡对着排。

最后，是上泥：第一遍泥是压笆子，第二遍泥是找平。

剩下屋里的活儿，又是三群一个人干了。

屋子晾干后，三群搬过来住。

在新居住了半个月，有一天，三群去队房学习，刚进门，老记工员"陈老爷爷"就说："老三啊，我出二百块钱，你把新盖的房子给我。我的房子腾给儿子，他家七口人……"

三群没等"陈老爷爷"说完，就说："您老别说了，情况我都了解。您老明天就搬，房子我再盖。"

这样，三群在改革开放的前夜，赚到了第一桶金。

第二天，三群又背上背筐，开始背土垫地基。

有了钱，他买了五千块红砖，换工脱了坯，两间像样的草屋就在当年盖起来了。

四、大疙瘩

大疙瘩是滚地雷的大儿子，学名叫李明，年龄与我两个哥哥接近，和他们的交往也比和我的深。

大疙瘩中等个头，膀大腰圆，穿浅蓝却已褪色的裤褂。他是酱色四方脸，平顶，下巴稍圆，浓眉毛，大眼睛，但眼神少光气。他说话，无论对谁，对什么事，总是慢慢吞吞、低声下气的。事实上，他跟谁也没吵过架、拌过嘴。人们说，大疙瘩与他爸爸滚地雷相比，真是天壤之别。

我与他的交往是在一九七〇年。那时，他当饲养员，黑夜住饲养棚，白天事也不多，所以经常给社员们义务理发。他很会抓时间，看谁没事，就主动给人理发。他手艺相当不错，态度也好，只是没有冲洗，人们都乐意叫他理。我回队干活两年，多是他给我理发。

那天，趁着空闲他给我理理发。

理发时，我问他："怎么当上了饲养员？有什么想法？"

他说："我要求当饲养员，就是打算干点什么。你和三群一样大吧？以你为基准，往上数有多少大龄青年，一大家人凑在一起多不方便。所以我得从家里出来，得空垫地基盖房。"

又问起他怎么学会的理发？他说："小时候，我爱找刘志成玩，他爸爸在国营理发店，技术水平很高，就是脾气大，人们都叫他'王八急'。那时在他家门脸，我见过他给人理发，一来二去就学会了，但用火钳子烫发没学会。理发小时候是兴趣，大了就是手艺。记得是你爸爸告诉我爸爸的，在城里混饭吃，就得会一两手，光指望种地不行，现在看出来了吧？"

一九七五年，我在静海二中教学，每天步行到校，正好路过大疙瘩奠基的地方。这地方在静文路南运河桥东，原二街村东与稻田相交的苇子沟处。我看到大疙瘩赶着小驴车从深沟中拉土上来，在静文路南坡垫出一块平面。他每天下午五点开始动工，忙到晚上九点多。就这样，先垫出两间房做门脸，又向南垫出三间房大的一个院。这一垫，就是好几年。人们说，蔫巴人，心眼子更多。他当饲养员期间，抽时间给人们理发，练了手艺，买了人缘。他又兼职卫生员，两三个厕所，占了一车一驴，可以专时垫地方。

那一日，我又一次路过，忽然听到大疙瘩家燃放起鞭炮，一眼望去，红砖门脸矗立起来了，明亮的玻璃上写着红漆大字：利丰理发店。这么好的事，这么亲近的人不能不看。于是，我疾步走上前，道贺。大疙瘩对我说，八队社员们都来助工了，单校长买了红油漆，用柳体写了牌匾；杨师傅和我二哥找木料打门窗；于家兄弟当了瓦匠……

一日，我又过，鞭炮又响了，是大疙瘩的居住房盖好乔迁了！其实，乔迁，也没什么家具要搬，只是要的是心气：终于翻身了。

美中不足的，是大疙瘩还没有个媳妇，他已经三十六七岁了。他家的婚姻顺序与常人相反，大的在后，不过，兵草已备只欠东风了。祝愿这一天早日到来！好人好事好时，一生平安！

五、二疙瘩

二疙瘩，大名叫李亮，是滚地雷的二儿子，与其兄大疙瘩是孪生兄弟。

在外人看来，他俩的长相一模一样，没啥区别。但如果把他们放在一起，留心观察，区别还是很明显的。二疙瘩的外形比大疙瘩略小一圈儿，脑门中心偏右有一个指甲盖大小浅浅的疤，没有二郎神第三只眼正。跟大疙瘩最大的不同是，发财致富的志向，他大得多。

一九七四年，他在我家老宅河沿街的隔道对门，盖了三间土房。

当时，我在静海师范上学，走读，途中可以看到他盖房的全过程。

他这块房基地可盖四间正房，围成一个院，没有南房和东西配房的地方，东挨大堤，西邻河沿街，南邻"陈老爷爷"老宅，北近北公所遗址。从我记事起，这里就是一个浅浅的空地。每逢运河修堤时，在此取土；不修河时，雨水淤泥，逐渐淤平，成为空地。

二十多年来，这里第一次成为住宅。二疙瘩迁到此处后，全家彻底地告别了老宅。

房屋盖好后，二疙瘩和他媳妇、妹妹、刚上初中的儿子、上小学四年级的闺女，一共五口搬过来，他母亲在前几年已经去世了。

听我大哥说，十三年前，有对下放工人，看他哥几个这么老实，很愿意给说媒，原本大疙瘩为第一人选，可姑娘却看中了二疙瘩。几年后，二疙瘩媳妇从娘家乡里给老三说来了媳妇。就这样，改变了自然的正常的顺序。

十一届三中全会以后，生产队解散，该去往何处？一时拿不定主意。

二疙瘩却不假思索，散会后，一句话也没说，到家就找出父亲搁置多年的挎槽、炒勺、青石板、刀子、搭布；上街买了三斤大红果，用搭布逛洗，逛洗得又鲜又亮；剔红果，全家男女老少齐上阵；串糖堆，二疙瘩亲手做。他首先把红果大小排队，把头大的放在顶上，依次累推，最下面是最小的，最后一道工序是蘸用冰糖熬的糖。二疙瘩的特点是手头快，蘸糖匀，比所有同行每斤糖多出一支糖堆来。这一点，真真切切随其父滚地雷。

二疙瘩媳妇，也挺能干。她分工站摊儿进行零卖。这活儿非常恋晚，晚上十一二点，还有常客。冬天冰天雪地，更需要坚持。我每天晚自习回家，都看到她挺立的身躯。走过之后，我情不自禁地唱道："要学那，泰山顶上，一青松。"

二疙瘩夫妻经过这么认真地干，赚了很多钱，生活得到了改善，又在其兄家旁，盖了四间大瓦房。除此之外，他们又有新的计划：蘸糖堆儿毕竟是半年闲的行业，那另外半年干什么？他想着去上鲜货和干货。这些需要大量的本钱和丰富的经验。一般水果，在一定气温下，可能会出现"金玉其外，败絮其中"的现象，趸货不懂，就会把烂货砸在自己手里，赔了本钱，丢了行业。此外还有儿女们的房屋、婚事、职业，都要提前安排积累资金。这一代人，就是挑重担的命，在那个时代，把三代人的活儿，聚集在一代人的肩上，而且是突然集中压在三十而立年龄段的人身上，来不得半点推脱。

进入二十世纪八十年代，街（村）委会第一次发放房基地。我大哥要了一块，盖好后搬过去，恰与大疙瘩、二疙瘩成为新的邻居。

临近春节，二疙瘩家忙碌起来，架了好几个炒锅，邀我大哥炒栗子。从腊月二十三开始，到正月十五，白天炒晚上炒，一刻也不停歇。

我是怎么知道的？是大哥给我们送去的。当时我住四街，我二哥住六街，二疙瘩把我们过年吃的干货鲜货一并准备齐全，既算是给大哥的工资，又算是对我们的情义。

一年下来，二疙瘩成为二街最有钱的人物。

二〇〇八年，我从教育战线退休。没事时，我总想到老邻居家看看，终于有了时间。

静海火车站广场联盟南路东侧的一家底商，是二疙瘩家开的水果店。这个店足有三间房大。我一进店就看见水果琳琅满目，摆得既充实又整齐，分散摆的和盒装的都有，完全适合出门旅客购买。掌店人是二疙瘩的儿子成文。他向我介绍说，他爸妈都已经七十多岁了，过去劳累半生，现在体质下降，走路不便，隔段时间来店里一回，多在家里休养，平常是电话联系货源，铺面交给他们兄妹两家打理。那年，成文的老姑因病去世了，撂下了老姑父和小兄弟。二疙瘩二话没说，就把他们爷俩安排到成文这儿。

成文店里的生意很好，地势优越，买礼品的人络绎不绝。

出了水果店，我有两点感受：一是现在的私人商店，买卖大；二是感到二疙瘩人太好了，自己干好了，又带好了下一代，还收纳救济了不少困难之人。

我又到了大疙瘩家的理发店。理发店的理发师却换成了他的儿子。在他儿子六七岁时，我曾见过他，一晃十多年过去，也成了大小伙子了。这小伙子，细柳挑儿，高个儿，细皮嫩肉的，一表人才。他告诉我说，他父亲已把店传给他，也时常来帮忙。他放学后，父亲就安排他去省城学理发。他现在男活女活全都会，收入自然比他父亲高出几倍。

我又来到了三群家。他的家在北阁外花字庵，地基是居委会分的。有了前两次盖房卖房，三群有了家底儿，他盖了大瓦房，给儿子娶媳妇，办起了豆腐房。我刚要进门，里面开了门，是三群儿子换柱端着一大盘豆腐出来了，三群也跟出来，把我让进去。

我说想看看他，特别想念老实巴交的老邻居。

等换柱把豆腐搬上车，我们接着谈起来。

"现在我的豆腐很有名气，比咱二街所有家的都好，卖相也好，有三家餐厅和两家超市订货，另外就是行卖。我专管做，换柱管送管卖。"

了解了我最好的邻居的事业发展，我高兴极了。我祝愿那些像他们那样老实巴交、勤勤恳恳的人们幸福，永远幸福！

二〇二二年六月三十日初稿
二〇二二年七月十九日定稿

九里明作品 *

童年的树

4岁那年，村里有很多树林，家门口有，家后面也有。不过，院子里有一棵梧桐树，挺老的，怎么得来的如今已经无法考究了。

梧桐树很高，像是一个老者站在那里，看守着院子。从树下往上看，它几乎比房子还高出些许。从门外也可以看到梧桐树的枝叶，一看到它，也就看到了家。

那时候，小明总喜欢围着它玩耍，围着它捉迷藏，在树根下面挖洞藏东西，还会站在板凳上在上边刻字。

春天来了，小燕子在梧桐上筑巢，小明总会吓唬它，让它飞走，不过飞出去了还会回来，它会衔着幼虫带回来，放进它孩子的口中，那些小不点儿们可爱极了，张大着嘴巴，总是吃不饱的样子。不时，燕子也飞向土坯房的屋顶，在上面东张西望，像是盼着一场春雨的到来，忽地又会绕着边屋和围墙飞一遭，再回到她的巢里。它每次都会衔着吃的或者枝叶什么的回来，为它在梧桐树上的巢添砖加瓦。

到了夏天的时候，老梧桐上面结了好多的"球"，树的皮也裂开了，好厚好厚，调皮的孩子总喜欢把球球和树皮弄下来用火烧，据说是可以驱蚊子。繁星笼罩的夜晚，孩子们围着用梧桐果实和树皮烧起的烟火转来转去，乐此不疲。

后来才知道，那是一棵法国梧桐，这些果实是药，有补气养阴、明目平肝的作用，可惜大了以后，那棵两三个人都抱不过来的梧桐已经不在了！

梧桐树在我的记忆里忽隐忽现，是一首情歌，想不起名字，却不时会哼上几句！它用粗壮的臂膀拥护着家里的房子，那时候的土坯房和它相互依托，是一对情侣，是一首歌的歌词和旋律！

---

* 作者简介：九里明，本名吕嘉，出生于1988年，祖籍江苏沭阳，从小热爱文学，耕笔二十余载，对待人生有着独特的态度，善于从历史故事中寻找生活的方法和意义，想成为一个平凡的作家。

　　土坯房越是年迈，梧桐树越是厮守，斑驳的墙面上，似乎还倒映着它伟大而无私的身影！

　　土坯房在小明出生时就在了。土坯房的房顶是用木板搭上的，然后用铁钉钉在房梁上，一绺一绺耷拉下来，然后用切刀切整齐的稻草铺在上面，还会和稀泥盖在稻草上，等风干了之后，就起到了防雨的作用。

　　房子的四周墙壁也会用稀泥混着稻草涂抹，这样就不会漏风了，而且在冬天保暖效果很好，特别暖和！更有一股泥土的味道，沁人心脾，让人感到舒服！

　　某天，清晨起来的时候，一场小雨如油，打湿了院子里的小径。小明妈妈在院子里留下了靴子的脚印，应该是出门忙去了。小明回到堂屋，似乎听到了什么动静，他抬头一望，一只燕子竟然把巢筑在了屋里的梁上，就这么一夜之间，它是怎么做到的？

　　整整一个上午，小明都在想尽一切办法捉住那只燕子，可惜事与愿违，他怎么也做不到。

　　快到中午的时候，小明妈妈回来了，带了一篮子的树叶子，小明问妈妈那是什么，妈妈说这是榆树叶子，这个季节可不常有，只有村北头那棵老榆树才会有的，中午要做榆树叶玉米饼锅贴。

　　小明兴奋起来，这究竟是何等的美味？他一直跟着妈妈，摘着叶子，一片一片的，筛拣后洗干净了，与玉米面和在一起，然后贴在锅边。

　　草锅快没了稻草，妈妈让小明到门口的草垛去扯一点回来，小明拖着竹篮子，激动不已地从大门口冲了出去！这个竹篮子还不是真正的竹子做的，应该是那种桑树枝编制而成，很结实，比簸箕要大些许，带把手。

　　草垛已经被扯了好多，形成了一个"屋檐"一样的形状，"屋檐"下的草并没有因为下雨而湿掉！小明扯了一些放进篮子就飞快地往家里跑，一不小心摔成了大马猴，把草全给弄翻了。妈妈听到了动静，立刻冲出门去，把他抱了起来，让他别猴急。

　　小明妈妈扯草的功夫可厉害了，三下五除二就搞了一大篮子，很有一套。她一手提着篮子，一手拉着小明，进屋继续做榆树叶锅贴！

　　晌午了，好吃的出锅了。小明手里拿着香喷喷的榆树叶锅贴吃了起来，可好吃了，又香又脆又压饿！里面的榆树叶充满了嚼劲，还有其自带的叶香味，想想都流口水！小明妈妈说，这个东西好吃，在过去物资匮乏的年代，可是救命的宝贝！要珍惜现在这来之不易的好日子啊！但小明只顾着吃，一连吃了好几块。

　　小明心想，总有一天要去探探这榆树到底长什么样，据说是在村子北面很远的田头边上，那里实在是太远了，不过他非去不可！妈妈答应了他，说会带他去的！

小明总是那么固执，会坚持自己的执着，当然他也很顽皮！

夏天来了，树林里开始传来阵阵蝉鸣。一群调皮的小孩，包括小明在内，会自制捕蝉的工具，在树林里转悠！这工具蛮讲究的，大人们喜欢用铁圈绑在竹竿上，缠上蜘蛛网，交给孩子去捕蝉。

小明也学会了自己制作工具，把他爸爸的钓鱼竿从房梁上抽下来做杆子，没有像样的蜘蛛网，就用塑料袋，套在铁圈上，这可比蜘蛛网好使多了！他穿着裤衩光着膀子，一出去就是一个下午，尤其是放暑假的时候，他总是领着一堆孩子，到处捉蝉，有时候回来能捉一大袋子！

他的胆子越来越大，不仅捉蝉，还敢爬树捅鸟窝，爬得老高也不罢休！英子也是个调皮鬼，会在树下面晃树，吓得小明抱紧了树，嘴里开始骂。英子一走神，小明就像是猴子捞月，从树上滑下来，快到树半腰的地方，飞身跃下来，双手置地，然后追着英子满树林跑，不逮到他揍一顿不罢休！

家门口的这片林子延伸得很远，一直到西南方向。那里有一片更大的林子，还有一条人工大河，印象中大人们会到河底扒砾石，像是沙土混合物的那种，可以用来铺路。

村里农忙了，把稻穗敲打下来过后就晾在了门口的场上，小明嫌太热了，就在场南头的树林里扎了秋千，铺上麻布袋子，窝在里面睡觉，一睡就是一整个下午。梦里他闻到了稻米的清香，闻到了树林里一阵阵惬意的风的味道。

他含着笑，手中拿着榆树叶锅贴，绕着梧桐树，转着转着……

梦那么香甜，总不想醒来……

故乡的清晨

1992 年春。

村里有一条清澈如眸的小河，她贯穿着整个村庄，两边的房屋自然也就傍着她、紧挨着她。一直有文人说，这是一条冰清玉洁的手臂，穿上汉服的水袖，在女人的腰间端着！这样形容起来，还真有那么一点才华横溢的感觉，不过在我看来有些矫情。

早上六点多的时候，太阳红晕晕的，光照携着朝霞一丝不挂地躺在河面肆意温存，还在人家的土坯房的屋檐底下留下它们的足迹。

爷爷搬个藤椅带着孙子在屋檐下玩耍，确切地说是孙子在玩，爷爷在等着早饭。

手边一杯过期吃潮的绿茶泡在茶吊里冒着热气，飞向天上。他也未必就能喝上几口，要的就是那种跷着二郎腿，闻着茶的感觉。

边屋的厨房里奶奶烧着草锅饭，一缕青烟冲上云霄，是去拥抱天上的朝暾，轻抚她的霞衣吗？这幅景象，一种炊烟袅袅的感觉，"一去二三里，烟村四五家。亭台六七座，八九十枝花"。

天空已然渐变成了彤彤亮，太阳把霞边烫得金闪闪的。爷爷看着天空发呆，准备抿上一口烫嘴的茶，没喝上，若有所思。

孙子已经按捺不住了，东跑西蹿，一会儿到厨房里瞅瞅，一会儿又到院子里的井边转转，孩子他妈神不知鬼不觉地就出没在孩子旁边，一把揪住孩子的衣服领子，把他提溜起来，另一只手啪啪啪地落在了屁股上，打得孩子哇哇大哭，边打边训话："叫你不要到井边，就是不听话，掉下去了怎么办？"孩子他妈顺手就用筛子把井口盖上了，压了打满水的铁桶。所幸的是，写这篇文字的俗人，还健在，活得像个老头。

孩子他妈责令孩子不要调皮捣蛋，却又从厨房里拿了口糕饼，糯米做的那种，中间还会有半颗大红枣，给了孩子，哄哄他就不哭了！你要知道，那个时候的孩子，你给了糖吃，都可以改叫你妈，跟你回家。

不一会儿，英子和梅子从家门口跑了过来，大门外就喊小明。对，小明就是这个不听话的孩子，刚刚被揍的那个不省心的调皮鬼！

三个人一眨眼的工夫，就跑出去了，爷爷根本不知道！你想啊，喝茶喝过期发霉的爷爷，还满腹心事：既不是春花秋月，也不是镜花水月，更不可能是童年回忆。

爷爷的土坯房坐北朝南，小河在家后面，孩子们总是喜欢在河边的小路上玩耍转悠。农村的孩子，也没见过旋转木马，只见过木牛流马，就是手推平板车，跟小伙伴们在小路上跑上一个来回，看谁跑得快。这种游戏，想必跟现在城里人沿环城河晨跑有的一比。

小河边青草刚吐露的新芽，藏落在一簇簇毛草之际，三个孩子在拔新鲜的嫩草，这种嫩草在村里叫它"毛蜜子"，可以放嘴里吃，甜甜的，软软的，每年这河边都会有，而且好多好多，你看到一点青色夹在枯草之间，拨开枯草，一拔就是，把外面的皮去掉，里面就是毛茸茸的带着糖蜜似的毛蜜子！小明很快就摘了一大把，小手都拿不住了，就放在罩衣的口袋里，一定要装得鼓鼓的，才肯罢休！你想想，那个时代，一分钱的糖未必能吃得到，但不要钱的毛蜜子肯定管够。这孩子的心也是大的，还以为能收着，最起码夏天秋天还可以拿出来吃。

小河里刚开春的时候是有水的，小孩子在河边玩耍其实很危险！但孩子懂啥，还是照旧，趁着早上起来的那股劲儿，疯子一样地玩耍，不一会儿就跑到了东头的桥边了。你追我跑，我跑你追，就是那么洒脱，哪有长大以后成年人的种种烦恼可言。你要说这童心，还真是一味良药，每个人只有一颗药，也只有这一颗，可以治自己。

东头的桥是记忆中村里较好的了，是用钢筋混凝土的石板搭起来的，悬在河面上，距离河面至少有两米高，对于孩子来说，已经算是很高了，更危险的是桥两边没有护栏，光秃秃的。所以从西头家后面的石拱桥到东头这儿的桥头，是小明最大的活动范围了，再远的地方，比如村北头的大河，他妈妈是不可能让他过去的。其实啊，那个地方最好玩，开闸放水的时候，那个闸口水最多，夏天的时候，芦苇荡最多，钓龙虾也是最好的场子。

不一会儿，爷爷就从屋子里出来了，骑着凤凰牌的单杠自行车朝着马路就大喊让小明赶紧回家吃饭，连着喊了几声没人答应，他也就去上班去了。你要说小孩没听到，那是不可能的，你说听到了为啥不答应，这还真不一定是礼貌问题。

一会儿，小明妈妈急匆匆地从门口跑了出来，朝着村口喊了五六次"小明回家吃饭了"，还是没人回话，于是她先朝着英子和梅子家的方向找过去，边走边喊小明的名字。

小明已经听到了声音，再远他也能听到他妈妈的呼喊。他跐溜得像是脚上抹了油，甚至是脚上安了猛禽发动机，沿着河边和村庄之间的一连排的草垛，飞快地穿梭，他们三个像是武侠剧里的大侠，无所不能，轻功了得，就那么瞬移到了家后面。

小明看他妈妈离了好远好像也没再喊，此时此刻，只见奶奶站在门口东张西望，他以迅雷不及掩耳之势，在他奶奶不注意的瞬间，从门和他奶奶的夹缝中冲进了家门。他奶奶这才回过神来，指着他就训道："等你妈回来，就收拾你，让你再乱跑！还不赶紧洗手吃饭！"

小明妈妈到英子和梅子家问，没找到人，又从村子门口向西找了一圈，再从村门口绕到家后的小河边一路张望，喊得口干舌燥的，还是继续在喊。她朝着东面赶着碎步，头不时朝着河里顾盼，心里焦虑不安。

小明奶奶站在家后面的路口喊了一句："回来了，已经回来了！"

小明妈妈好像是听到了，从小河边扯了一根树枝，更加努力提速，跑了起来："我非要打断他的腿不可！"这种架势，你要说是在跟别人打架，还真没人敢说不是。

小明已经在厨房里又拿了一块糕饼吃了起来，奶奶进屋就把它夺了下来，打着他的小手说："你连手都不洗就吃，你看看你的手，这么脏！快洗手！"

小明奶奶扯了扯小明的衣袖，掸了掸他身上的灰尘和草碎子，又把他的手按在了盆里，好好地搓洗一遍，擦一擦透明皂，揉一揉手心手背，又涮了涮泡沫，然后抖一抖手上的水，最后拿毛巾拭一拭。

这时小明妈妈进来了，气喘吁吁，不管三七二十一就要打，他奶奶立刻上前护着，这才消除了一顿揍！

朝霞已经被太阳照成了一幅油画，美不胜收！院子里的公鸡跳到了墙头上，对着天上的彩霞来了一个迟到的打鸣。

小河这个时候已经热闹了起来，一群鸭子哗哗地扎进了水里，前空翻后空翻，扇动翅膀，像是沐浴甘霖一样，洗濯身上的旧物。真是"春江水暖鸭先知，蒌蒿满地芦芽短"呵！

小河悄悄地淌着，一群妇女端着大盆衣服和搓衣板，来到了河边，边洗衣服边聊着家长里短，七大姑八大姨的事，不时传来一阵一阵的笑声……

天际的辉降在小河里，映衬着妇女们的脸颊。

幸福的生活从朝阳开始……

李凤球作品 *

大年初一

那是二十世纪八十年代的最后一个新春佳节。

辞旧迎新的鞭炮声响过后，我正准备关灯睡觉，听到有人敲门，这个时候谁会来呢？

往年，好友叶子他们一家人，在除夕之夜的钟声敲过八分钟后，也就是大年初一的零点八分时，就来拜年了，而且年年照旧。近几年没来据说是去海南做生意了。

我问来人是谁，只听到"拜年啦，新年快乐！"哦，是叶子，是叶子他们一家人来了！

我赶紧开门："新年好新年好！"赶忙也送上祝福。

坐定后我泡上茶，端上每家每户都必备的年货：花生、瓜子和水果。

几年不见，许多的问候、许多的温暖、许多的体贴都从内心发出！

夜已深，守岁的人们早已进入梦乡。叶子起身说："好了，告辞吧，今天是大年初一，早点来我家，九点钟啊。"我连连应好。

我们准时赴约了，满以为是最早到的，可含露、朝博、彩票人生（网名）、天涯歌手（网名），他们早已到了，地上的瓜子壳和水果垃圾可以证明。

在这里，有一桌子的饮料点心，一桌子的节日气氛，以及满屋子热情洋溢的祝福！

"哎，彩票人生最近中奖了吗？"我问。

"没有呢，我老看不准。"彩票人生回应说。

"就是去年那次，我做了大半天的功课，将走势、和值、号码，都搞定了，"彩票人生很有底气地继续说，"感觉那晚开奖就是它了，又想再考虑考虑，再细

---

* 作者简介：李凤球，女，网名橄榄球。于湖南株化集团公司退休。爱好唱歌、跳舞、旅游、摄影、写作。有作品发表于《泾渭文苑》。代表性文章有：《那些年》《五个小故事》《娟妈家的黑母鸡》《我和阿紫》《那年中秋节》《怀秋》《故乡的映山红》《改变》《研媚》《大年初一》《最后一个六一儿童节》《我在 60 年代学骑单车》等。

心地看看走势、和值，这样就更稳当、更放心些，大奖就非我莫属啦，我等到晚上关机前再买。可晚上在彩票店里，我正准备投倍注时，一个彩友告诉我，前后号码要换位，和值要加大一点，我又看了看走势图，觉得他说得也有道理，因为他比我厉害又是老彩民，还经常中奖，所以我相信他了。"

"可这一改天都要塌下来了，大奖与我失之交臂！出的结果正是我最初的原号码，没有改过的号码，直选号码，拿着这改过号码的彩票，我的手在发抖，差点没晕过去，气得我要吐血。为什么会这样！"

"这个彩友我很长时间没见过他了，早不出现，晚不出现，就在这关键时刻出来！如果他那天不来，如果没有遇见他，如果我不听他的话，那天不就中……"他越讲越气："从今往后再也不买彩票了。"彩票人生叹了口气感慨地说。

叶子端来一盆土特产，自己带头吃让大家也吃，然后坐在彩票人生身边说："过年咱们不讲这些，吃东西啊。"

含露、朝博、天涯歌手，边吃着水果，边听彩票人生讲他的发财梦。

"唉，彩票人生，你不是想改网名吗?"朝博说，"你叫'漫漫人生路'可好?"彩票人生答应试试。

"唉，彩票人生，我想起一个故事来，"含露说，"这个故事绝对不会让你失望，只有收获，而且收获得盆满钵满。听吗?""不听。"彩票人生还在生气，还沉浸在痛失大奖的气愤中。

含露喝了一口茶笑了笑，然后提了提嗓门说："真不听?"

彩票人生突然来了兴致，答：

"说来听听也无妨，看看到底有什么收获?"

朝博在一旁哈哈大笑："真是财迷心窍。"

彩票人生赶紧催她："快快讲来，吾心急也。"

于是，含露就开始讲她的故事：

在一个靠海不远的山脚下，住着一个单身小伙，他的名字叫"鱼柱子"。

鱼柱子靠着上山砍柴和下海打鱼为生，将打来的鱼和砍来的柴卖到集市上换回生活所需。

日复一日，年复一年，鱼柱子的生活一如既往。

一天，小伙子跟往常一样撒网打鱼，可这一网撒下去，怎么也拉不上岸来，他用尽全身力气拉拉停停，停停拉拉，吃奶的劲儿都使上了，才将渔网拉上岸。开网一看，除了鱼，还有一个偌大的海螺，小伙子拣完鱼，便将海螺抱回海里，可接连几天，他的网里只有海螺，没有鱼了。

咋回事？自从打鱼起，就没碰到过这种情况，多少有点收获，"算了，带回家吧"，鱼柱子自语道。

带海螺回家后，鱼柱子将它放在了水缸里养着。

春天来了，花开了又谢了，小伙子还是过着上山砍柴、下海捕鱼的生活。

一天，小伙子砍柴回来，刚走到院门口，发现院子里干干净净，他放下柴担往厨房里走，灶台上饭菜热气腾腾，水缸里水也满满当当，他扫视周围一圈，一切都变了。这一切是谁干的？在这遥远的穷山沟里，鱼柱子不得而知。

所以他想探个究竟，弄个明白。

第二天，他和往常一样，准备出门打鱼，但他并没有出门，而是躲在了厨房后面的柴堆里。

一切都是那么安静，时间一分一秒过去。

突然水缸里"擦"的一道闪光过后：一个美丽动人的姑娘、出淤泥而不染的姑娘、亭亭玉立的姑娘，站在了水缸边，梳着她那美丽的长发，闪着她那动人的眼睛，而后扫地、洗衣服、做饭，动作快、做事姿势优美，如此能干。

小伙子惊呆了、痴迷了！

当海螺姑娘干完这一切，准备回水缸里时，小伙子拦住她。

问其从何而来何许人也。

原来她是海螺姑娘，海龙王的小公主。姑娘早已爱上了勤劳、勇敢、善良的小伙子，当小伙子拦住姑娘的那一瞬间，姑娘顺势倒在了他的怀里，答：

"父亲将我许配与你，几次将小女子送到你网里。"

"哎，彩票人生，这虽是个故事却说明了一个道理：看准一件事努力坚持做下去，就会成功，俗话说，天道酬勤。"

听完故事，彩票人生伸出大拇指夸赞她讲得好，有声有色。

"哎，天涯歌手，大年初一唱首歌吧，就想听你唱歌了。"含露说。

"好吧，唱首什么歌呢？"天涯歌手说："哦，且慢，唱歌之前，我想起一件永生自省的往事。"

"那年也是大年初一，同学几个约好去唱歌，2岁的弟弟要跟着去玩，我便带上他，路上嫌他走得慢，一把将他抱起扛在肩上，没扛稳，弟弟从我肩上摔下来，顿时他痛得哇哇大哭，鲜血直流，我也吓得脚都软了，赶紧抱起他，他是头朝下摔的，额头上已经肿了，我赶紧抱起他回家。

"母亲见状，心疼地大骂了我几句，若不是大年初一，说不定还会继续骂！

"这以后只要提起唱歌，首先要自省一番再唱。

"当然我喜欢唱歌，高兴时唱歌、空闲时唱歌、悲痛时唱歌、困难时唱歌、随时随地唱歌。歌声里有我的希望、前进的动力，我的生活里有歌声陪伴就足矣。"

天涯歌手激动地述说着他的故事。

田野一家人也来了，主人叶子热情地招待他们之后，就去忙碌了。

"大家过年好，都来得很早吧，主人说你们在谈论人生、讲故事。"

田野好像要弥补晚来的尴尬，又接着说："哦，我也讲个故事吧，这是一个反特侦探故事。在一个风雨交加、伸手不见五指的夜晚，某大城市医院的太平间里，窗户突然被北风呼的一声吹开，借着雷光闪电，一个黑影一跃跳进了太平间。与此同时，掉下一只鞋，一只绣花鞋。"

"黑影进了太平间后，快步如风地走到一具假尸体旁，取出发报机，向敌特发报，业务之娴熟、动作之快，神不知鬼不觉，只有那么几分钟，而后又轻快地出了太平间。这就是反特故事片《一只绣花鞋》里的一小段，故事太长，因为时间关系，若想知结果请听下次解说。"

田野笑了笑，然后喝了口水又继续说："我来朗诵一首诗吧，是我自己创作的。"

朝博抢着说："我来我来。"

在欢度新春佳节的日子里，
我们迎来了祖国 40 年华诞！
40 年里，
我们为您的奋起直追奋斗过！
40 年里，
我们为您的繁荣昌盛而努力过！
40 年里，
我们和您风雨兼程！
今天，
我们将为您继续努力奋斗！
为富强的祖国而高歌吧！
为科技化的祖国而骄傲吧！

"朝博，于大年初一有感而发。"

朗诵完后，大家都拍手叫好。

"大家都有故事和诗，我还没做一点贡献，那我就唱首歌吧。"

我提了提嗓子说：

正月里来呀是新春，

大年初一来到叶子家里，
久别的朋友欢聚一堂呀，
祝大家开心又快乐！
嘿呀海棠花呀，
嘿呀海棠花，祝大家开心又快乐！

于 2021 年 11 月 25 日晚完稿

林文成作品*

包粽子

记得我念初中的时候，每逢端午节前夕，母亲总是搬着一张小凳子，坐在旧教堂大院的角落，娴熟地包着粽子。只见她左手拿着包裹好的有着尖尖的小角的粽叶，右手往粽叶里装糯米与花生，接着两手配合，粽叶就又被她多折出了两个角，最后再用绑在长椅上的绳子在粽子上打几个圈缠紧，一个粽子就包好了。

那时候的我也跃跃欲试，母亲一下子就把我赶走了，"念你的书去，这个你弄不来的"。我的心里可失落呢！好在我不怎么爱吃粽子，年少的我有太多所谓的事情要忙，于是也渐渐地忘了包粽子的事情。

时隔多年，我已为人母，老教堂应该拆了有十几年了吧，母亲搬到老街的房子也有几年了。有一次，我记得也是端午节，母亲照常包起了粽子，嘴巴不由自主地念叨着："现在我包给你们吃，以后我老了，爱吃的时候谁包给我吃哦！"

说者无意，听者有心。回家后，我就自己买了糯米和粽子叶，上网照着视频学起了包粽子。刚开始的时候，包得难看不说，三个角老是出不来，要不然就是漏米，蒸出来的粽子苦涩难吃，没有味道，母亲尝了之后，连连摇头。可我却自得其乐，有空就包，还告诉母亲："这样淡淡的味道挺好的，我喜欢！"

直至这次父亲又上省城住院，母亲要短期待在上面回不来，我才突然意识到，我得带点粽子上去，否则，母亲连个念想都没有！

那天傍晚从省城回来，我去市场买了包粽子的材料，并听从了店里阿姆的好建议，除了花生外，另加入了豆子，适当地放点盐巴，并在锅里蒸了好久。出锅的时候，我尝了一下，味道还挺清新的呢！只是包的粽子有大有小，小的就像小老鼠，我就留着自己吃，大的都带上去给了母亲，可也不过才几个。虽

---

* 作者简介：林文成，女，出生于 1981 年 1 月，于福州第二技师学院任职，高级讲师。文学爱好者。

然母亲嘴巴不说，但我想她心里面可高兴了，妹妹打电话来的时候，只听她一个劲儿地念叨着："今天还好姐姐带粽子上来……"

离开父母，才是真正的成长。像我这样以前眼里只有读书的人，居然也学会了包粽子。

学习是人生，工作是人生，生儿育女建立家庭是人生，那么包粽子也是一种人生！孝敬父母！

种　花

春天到了，泥土散发着青草味儿，给人以生机无限的感觉。

一个烟雨朦胧的早上，我去便利店拿花。看到花苗的那一刻，我有点儿傻眼了。这花养得活吗？几根孤零零的枯杈子插在土壤里，一丁点儿叶片子都没有。我有些无奈，随手把花丢在空调外机上，就去忙别的事情了。

过了几天，当我浇花的时候，看了几眼那盆花，怎么一点动静都没有？当我正想着把它丢了算了的时候，突然间发现，一根枯杈子的旁边居然冒出了一丁点儿绿色的嫩芽来。我偷偷地乐了，这下有救了。

可能是春夏时节温度适宜的缘故吧，那叶子以肉眼可见的速度迅速地生长着，没过两天已经长得有食指那么高了，青翠嫩绿的样子着实让人喜爱。再过几天，叶子的旁边又长出了几片嫩叶，在微风中轻轻地摇曳着，别有一番风味。

大概过了两个月，我去了贵州一趟回来，发现一根花杈上的叶子顺着梯子蔓延着，长得枝繁叶茂，只是尾巴有一小截枯萎了。这花儿奇怪得很，两个月来，除了一根花杈上有叶子生长外，其他杈子上，一片叶子都没有。现在这根花杈上的尾部的叶子又枯萎了，不就意味着它不会再生长了吗？我不由得暗暗担忧着。

可是，过了两天，我发现，另外一根杈子上也长出新叶来了，嫩绿嫩绿的，那新翠的样子让我心怀荡漾。太好了，这样生长下去，嫩叶应该会铺满整个阳台吧！

那几天，我时不时地看着这盆花，它还在青春靓丽地生长着。我想，每一样生物都有它的生长规律，当我们凭着眼界觉得它一无是处的时候，往往它却成长得那么绿意盎然。

风雨中，我感觉花儿对我点点头，似乎在说，珍惜生命，不要放弃每一个成长的机会！

杨厚发作品*

<h1 style="text-align:center">开封之旅</h1>

4月3日晚，我从郑州下飞机后直奔我国八大古都之一、先后成为八个王朝的都城、有着四千年建城史的开封市。由于职业关系，也有个人的性格使然，多年向往去包拯办案地点实地察看，这一想法，终成现实。

4月4日一大早，我和老伴来到开封府衙，一进院，一硕大石砣上写有"公生明"三个大字，后面就是正厅，内悬"正大光明"匾额，下边是包拯坐堂审案的座椅和文案，案前摆放龙头、虎头、狗头三口铜铡刀，让人望而生畏，两旁两排持杖官兵，整个大厅显得庄严威武。府衙题名记载：这里147年里，共有183人任开封府尹，包拯是第93任，最有名望，比较有名的还有欧阳修、寇准等。清心楼有目前国内最大的铜铸包拯站像，高3.8米，重达3吨，神态威严，令人叫绝。在府政西狱设典狱房、男女牢、死牢及各种刑具等，重现了当时狱政实行的真实场景。府衙内共有50余座大小殿堂，齐民堂和明镜湖均寓意为"齐等无贵贱"和当官"清如明镜"。在参观中不仅看到了史料、史物、史迹，还看到了还原当时包拯审案的场景演出，开衙仪式庄严肃穆，有《包公怒铡陈世美》《铡赵王》等经典曲目，演得活灵活现，形象逼真。特别是扮演包拯的演员，从神态到语气，俨然包公再世、善辨忠恶、铁面无私、执法如山，再现了包拯的刚直不阿和丰功伟绩，令人遐思神往，大开眼界！

出了开封府衙，我们便来到清明上河园，这里是以清明上河图为蓝本，以宋代市井文化、民俗风情、皇家园林和古代娱乐为主题的仿古公园，集中体现了千年繁华景胜，看后令人产生"一朝入画卷、一日梦回千年、穿越时空进北宋"的时光倒流感！畅游龙亭公园中的龙亭大殿、北宋宝城遗址、玉带桥等20余处古建筑群，亭台楼阁，各有其异，风格独特。随后我们游览了历史上第一

* 作者简介：杨厚发，男，出生于1952年，辽宁省丹东市人，八年军旅生涯，复员转法院，系全国法院干部业余法律大学毕业，四级高级法官，热爱阅读。闲暇时喜欢以散文、诗词等形式，记载生活的所见所闻，抒发情感，自娱自乐自赏，愉悦地安度晚年。

座"为国开堂"的千年皇家寺院——大相国寺!这里高僧辈出,名仕荟萃,建筑宏伟,诗藏丰富。苏轼、王安石等在该寺留有足迹,还有鲁智深倒拔垂杨柳更是家喻户晓。大相国寺匾额为乾隆皇帝墨迹,镇寺之宝为千手千眼观音,共有眼和手1084只,五百罗汉神态各异,法相庄严,令人眼花缭乱,被誉为"全球第一佛乐",还被列为国家非遗。我们还参观了开封铁塔,发现它通体遍砌彩色琉璃砖,砖面饰以栩栩如生的飞麒麟、伎乐等数十种图案,即使历经战火、水患、地震等灾害,也依旧巍然屹立,令建筑专家叹为观止。毛泽东、刘少奇、杨尚昆、江泽民等都前来视察过,享有"天下第一塔"的美称。紧接着我们游览了"天波杨府",占地100亩,是集湖光、山色、历史文化和宋代建筑于一体的大型私家园林。因杨继业忠心报国,杨家将世代忠良,皇帝宋太宗特敕建了一座府邸并亲自御书"天波杨府"赐其居住,还下旨:凡经此门前通过的满朝文武官员,均下马下轿以示对杨家的敬仰。

4月5日早晨六点,我们来到开封古镇的发源地——朱仙镇。这里有李自成率农民军击败明军主力、岳飞大败金兵时的点将台等史迹。开封故园里有大量古建筑群,造型优美精致;有开封各种美食,风土人情,镇湖相连、景湖相依,具有独特的中原水乡风貌,不愧是我国四大古镇之首。朱仙镇岳飞庙,里边由正殿、拜殿、碑廊,以及岳飞等彩色塑像组成,是我国四大岳飞庙之一。进入庙门便见照壁上写有"精忠报国"四个大字,后面便是五个跪拜铁人即"五奸跪忠",旁边有一根鞭子,是专供游人抽打秦桧等陷害忠良的五位罪人的。"五奸跪忠"跪拜的方向正是正殿,里边供奉岳飞神像,上边高悬岳飞手迹:"还我河山"的横匾,彰显民族英雄保家卫国、气贯长虹的精神。乾隆、胡耀邦等多名名人曾来此赡分留墨。出了岳飞庙向左一拐便是关帝庙,里边大树参天,几处殿堂,主要是春秋宝殿,一个古代战神的祭祀殿堂,内有关帝雕像,世代供奉。院内有一棵枝繁叶茂的大松树,非常奇特,主干分四支树杈,当地百姓叫桃源"四结义",三支喻"刘、关、张",一支为诸葛亮,听起来很新颖。从庙内外的展现来看,关帝是忠、义的化身,为世人称颂。

出了关帝庙我们又来到包公祠。这是开封市为纪念清官包公在包公湖修建的,里边陈列、设施齐全,内容与开封府衙基本相似。最后我们来到刘少奇在开封的陈列馆。馆内有刘少奇铜像、汉白玉纪念碑,生前病历、病床、衣物、皮箱等生活用品,逝世时的房间、照片等,正门馆名由薄一波题写,有邓小平、陈云、李先念、彭真题词,还有刘少奇《论共产党员》修养部分手稿。展厅内大量珍贵图片和文物展示了少奇同志的光辉业绩等情景。参观后我怀着崇敬的心情,向刘少奇铜像三鞠躬以示敬仰。

开封之旅结束了，几天来所见所闻，给我留下了深刻的印象，故留此笔记便于以后翻阅。

2021 年 4 月 10 日于大连

漫游三孔　拜谒先圣

到了山东曲阜，走进孔子故里，首先拜谒了至圣先师——孔子的雕像。在导游的引领下，游览了孔子出生地、孔家故井、孔家豆腐房。当走到一个挺拔的孔子画像前，我感觉这画像很别致，黑底白线条，导游解释说，这个万绘师表整体画，每笔每画全是论语的精辟词句，集中体现了孔子的政治主张、伦理思想、道德观念及教育原则。我听后明白了，但用文字画像书写人生还是第一次遇见。当看到排兵布阵、搭弓射箭、攀迷道等，我就不解地问：孔子是个教书的，这里边怎么还有舞枪弄棒的呢？通过导游的解说，感悟到孔子一生崇尚和倡导的六艺：礼、乐、射、御、书、数的精华，在追忆和体验中领略儒家文化的灵魂。参观孔子六艺城，真是大开眼界，这里有千军万马列兵布阵的缩影。了解开城迎宾礼、阅兵礼，以及领略"不学礼、无以立"是礼文化。观看现场文艺演出，舞姿翩跹、音韵飘逸，在赏析中感受音乐魅力是乐文化。搭弓射箭、骑马猎杀以展英雄气概是射文化。伴着牛车，追随孔子足迹，周游列国十四载，艰苦历程刻印脑中，是御文化。聚精会神听讲座，挥毫泼墨展书法，潜心修习是书文化。解谜题，探迷宫，扩展思维，其乐无穷是数文化。这真是：苍茫万古意，六艺城中来。为了不虚此行，在孔子故里请著名书法家，为我孙儿杨皓然，书写了一首诗词用以留念。

走进孔府，大门高悬明相严嵩手书：圣府匾额，门两旁悬挂着纪昀手书对联：与国咸休安富尊荣公府第，同天并老文章道德圣人家。这形象地说明了孔府在封建社会中的显赫地位。孔子及其学说"德侔天地"道冠古今能天地并有，日月同光。再往里走是二门，有明大学士李东阳手书：圣人之门。现在孔府基本上是明清两代建筑，九进院落，是典型的中国贵族门户，有号称天下第一人家的说法。孔府花园里有一棵古老的柏树，派生出五个分支，内含一棵槐树，相传一只小鸟衔一粒槐树种子在空中飞行时掉在五柏树中间，生根发芽长出一棵槐树，正好在五柏树中间长大，形成"五柏抱槐"，世所罕见。出了孔府到阙里街，是孔子及后人生活的地方，是繁华的步行一条街。吃的、喝的、纪念品，卖什么的都有，其中有一种教学用的戒尺，上边刻有三字经、论语等，有不少人买。这里相当于现在的夜市，人来人往。

来到孔庙，我们感到庄重、肃穆，这是祭祀孔子的本庙，是中国三大古建筑群之一，拥有宏伟古建筑一百余座，建筑风格各朝代有所不同，有殿、堂、坛、阁、亭、门坊、台，左右对称，布局严谨，黄瓦、红墙、绿树交相辉映。这里有汉代以来碑刻一千余块，有追谥、加封、祭祀孔子和修建孔庙的记录，也有帝王将相、文人学士谒庙的诗文题记，既喻示出孔子思想的博大精深，又喻示了儒家思想的源远流长。金声玉振象征孔子思想集古圣先贤之大成，杏坛是孔子讲学处，大成殿中有雍正帝手书："生民未有"匾额，康熙帝手书："万世师表"匾额，光绪帝手书："斯文在兹"匾额。我们在参观中，看见一帮帮大、中学生穿戴汉朝服装，在庙前朗诵课文，导游介绍说这些大、中学生都是学中文的，服装是租用的，经常来这里朗诵课本、祭拜孔子。庙内有一棵古老的树，是孔子亲手栽植，历经数次枯荣，后在清雍正十年（1732 年）重生，至今茂盛，真是奇迹。孔子的孔圣殿，高度为 28.26 米，在曲阜老城区，为了尊孔，新老建筑一律建在 28.26 米以下，没有一例超过这个高度的。听了导游的介绍，我由衷地敬佩曲阜人民对孔子的敬意。

走到孔林，来到"万古长青坊"，这是孔子及后裔的墓地，至今已有 2400 余年，占地 3000 余亩，是我国规模最大、持续时间最长、保存最完整的氏族墓葬群，被列为世界遗产名录，现有 10 万多株各式树木，坟冢 10 万多座。孔林又称至圣林，往前不远处一个高大的墓碑展现出来，香案供果，鲜花拥簇，墓碑上写着：大成至圣文宣王墓，这就是孔子墓了，孔子墓东为其子孔鲤墓，南为孙子孔伋墓。我缓缓走到孔子墓前，情不自禁地鞠了三躬，以表崇敬。面对一个沉睡几千年的思想者、东方特有思维方式的引路人，奉上对圣贤的缅怀之情以寄托追思吧。

漫游结束了，在回来的路上我始终在沉思：中国历史上最有影响力的帝王，就有四人在这驻足祭拜，拥有如此地位、排面的人，也只有文化哲人、被称为万世师表的孔子！

2019 年 11 月 16 日于山东曲阜

雅木作品*

我和小动物的奇妙之缘

小巴的迷路

傍晚时分，我和往常一样出门散步，刚推开门，门缝下有一条长长的黄色的还在动的东西，一会儿又不见了，我认为可能是一条蛇，这把我吓一大跳。

我想这是五楼顶楼啊，又没电梯，蛇的可能性不大，慢慢推开门，原来是只小狗。小狗蜷缩在地上，看见我出来，它站起来不停地摇尾巴，并把头朝着我，嘴上下动着。我明白了小狗的意思，给它拿了水和食物，它开心地吃着。

第一次见它，我有点害怕，但又特别想去摸摸它，把手伸了出去又缩了回来。小狗似乎也明白我的心思，蹲坐下来，小眼眯着，小脑袋伸过来，神情既可爱又逗趣。正是由于我们这种"心有灵犀一点通"，我喜欢上了小巴。

经过打听，我知道是仓库小战士养的小狗，下午跑出来玩，迷路了，在我家门口蹲了几个小时，不叫也不闹。

我经常去看它，小战士也不知道它叫什么，我就给它取名：小巴。

小巴是萨摩耶和金毛的混血狗狗，长相可爱，性格乖巧。每次见到我，它都很高兴，围在我身旁不停地跳跃，见我拿出手机给它拍照，立马蹲坐下来，仰起头，目光坚定，摆出酷酷的造型，像极了一位昂首挺胸的小战士！

现在小巴是一只一岁的成年狗了，体形硕大，每次去遛它时，都是它拖着我向前跑，但这丝毫不影响我对它的喜爱。

---

* 作者简介：雅木，出生于 1987 年，湖南怀化新晃县人。现居深圳市龙华区，曾在部队当过宣传员，在电视台当过主持人，对写作有着浓厚兴趣。

敬佩又啼笑皆非的鸟

这两天，我的脾胃又闹腾，只好在家休憩。下午上洗手间时，听到"咣当"一声大响，我以为是楼下搞装修也就没在意。

不一会儿，出洗手间时，只见一个黑影像一支利箭，风驰电掣般从我书房飞向小卧室。"扑通"一声响，我急忙走过去，只见一只小鸟睡在地上。它见到我，立即起身，又以闪电般的速度飞向窗户，又是"扑通"一声响，小鸟撞晕了，倒在了地上，玻璃上留下斑斑血迹。

我很心疼这只小鸟，把它捡起来捧在掌心里。小鸟的脑袋已被鲜血染红，看着更加让人心疼。我轻轻地抚摩着它，希望能缓解它的疼痛。小鸟黑黝黝的眼珠不停地转，十分灵动，特别招人喜欢。

这时我手机铃声响了，可能小鸟受到了惊吓，从我手中挣脱出来，又以百米冲刺的速度飞向书房的窗户，又重重地摔了下来。小鸟可能摔疼了，躲到了书房两个大纸箱中间缝隙的角落里。

我赶紧挪开纸箱，腾出空地让它休憩一会儿，接着把窗户打开，半小时后小鸟还蜷缩在角落里，于是，我拿上食物逗它，想让它忘却恐惧飞起来，没一会儿，它就飞出窗外，飞向了自己的家。

让人啼笑皆非的是，小鸟停在右上角空调管道外口上休憩，出于好奇，自己推开了空调管道的内阀门，从这条管道飞进来，却飞不出去。

我很喜欢小鸟勇敢执着的性格，敬佩它，哪怕头破血流，仍不放弃进行一次又一次的尝试；只是它有时记性太差，只会飞进来，却忘了飞回去的路。

北帝山游记

——特殊的鼓励　不一样的温情

旅途中会遇到形形色色的游人，有性格相投成为好朋友来桂林找我玩的；也有脾气不对差点动手的。登北帝山却是发生了温情有趣的一幕，令我久久挂怀。

北帝山位于广西壮族自治区贵港市平南县，素有"小张家界"之称。境内山清水秀，风景宜人。北帝山奇妙之处在于它"山上有山，画中有画"。它下面部分是普通的山坡，只有登上山顶一览全景，才发现山上有小山。小山巍峨挺拔、山山独立、形状各异。有像锋利宝剑直插云霄的，有像一匹飞奔的马儿奔向前方的，造型千奇百怪，竟然浑然天成，不得不感叹大自然鬼斧神工，天机独运。

我虽是野战部队女兵出身，但自从去年动了手术后，体力大不如从前，海拔将近 2000 米的北帝山，要靠双腿走上去，对于现在的我也是一次大挑战。

一个有七口之家的游人，和我同乘一辆景区旅游大巴车，制定相同的上山路线并走相同的下山路，就这样我们相互认识，成为登山队友。

将近三个半小时的登山，我已筋疲力尽，连最后的吃奶的劲儿都使完了。在山顶欣赏完美景，短暂休息后，我们就拖着疲惫的身体下山。下山路不仅陡峭，还高低起伏，一个小山坡连着一个小山坡。

没多久，我和下山大部队中的队友穿红衣的大姐落在最后，我俩走走停停，停停坐坐，缓慢地下山。天渐渐变黑，小动物们纷纷出来鸣唱，仿佛在说："你俩快点，再晚点天就黑了，鸟、兽、大型动物要出来了。"

我俩铆了一会儿劲儿，继续艰难地一步一个台阶向下走着。下山路也走了一个多小时，我俩很想就地安营扎寨，直接躺下睡了，不走了，因为太累了，浑身没劲。可这只是我俩的奇思幻想，我俩必须赶在天黑前下山，因为最后一趟出景区的班车要下班了，景区大门到山脚下还有 5 千米蜿蜒的山路。

没办法，我俩继续往下走，不时听见队友在前方焦急地大喊："快点，快点，班车要开走了。"我也想赶上大队伍，可脚就是不听使唤，挪一步大腿小腿连着疼。

前方又是一个向上的小山坡，"啊！"我无奈地大喊一声，随后静静地站着，呆呆地望着前方，心中绝望却又没办法，感叹下山路怎么看也看不到尽头！

哪怕只剩最后一口气也得爬啊。只见红衣大姐低下头弯下身双手着地，两眼欲哭无泪地望着前方。红衣大姐就这样手脚并用，沉重地一步一步向上爬。

我稍微好一点，能直立地站着，但脚好像不是我的了，酥软无力，上半身也不听使唤，全身就像一团棉花软弱无力，需要有一个力量支撑才能凝聚起来。于是，队友把我的手臂架在她的脖子上，提着我一步一步向下走。

我俩互相看了看对方，红衣大姐顿时大笑，这是我在今天爬山途中见到她最开心的笑。红衣大姐可能觉得我下山姿势太逗。我看见她爬山的姿势，实在控制不住自己，也哈哈大笑起来。这一路上我俩你笑我，我笑你，你嫌我姿势丑，我嫌你动作难看，就以这种"互嘲"的特殊鼓励方式，互相给对方加油打气。

在笑声中，顿时觉得下山路也没有那么枯燥无味，没有那么疲惫，无形中像获得了能量，腿脚有劲了。半个小时后，我俩成功与大部队会合，坐上最后一趟班车，还相互约着下一次继续一起爬山。

其实生活中一些小小的举动，往往最能温暖人心，就像一股暖流一样，滋养全身，给你温度，让你有力量继续勇往直前！

郑伟作品 *

我听《哥德堡变奏曲》

270 年前的一天，在德国莱比锡的一个住所里，巴赫慢慢地从椅子上站起身来。他刚刚用羽毛笔在一页乐谱上涂写了一部新作品的最后一个音符。刚才他满脑子都是乐思，现在他只有一个念头：该告诉哥德堡了。

谁是哥德堡？他是巴赫的一个学生，键盘乐器演奏家，侍奉俄国驻德累斯顿使臣卡尔·冯·凯瑟琳伯爵。凯瑟琳当时就住在莱比锡。这位伯爵患了失眠症，每当睡不着的时候，就叫哥德堡为其演奏。为了提高演奏技巧，伯爵把哥德堡不时地送到巴赫身边。于是哥德堡求巴赫为他写一些新曲子，以满足演奏的需要。为了表达感谢，慷慨的伯爵还送给巴赫一个装满一百枚金路易的金杯。虽然不知巴赫的新键盘曲是否治好了伯爵的失眠症，但是音乐史上一部伟大的作品就这样诞生了，这就是巴赫的《哥德堡变奏曲》。

变奏曲是一种将一段音乐主题变幻成各种各样曲段的音乐作品。音乐史上的变奏曲很多，最为恢宏的就是巴赫的《哥德堡变奏曲》和贝多芬的《迪亚贝利变奏曲》。此外著名的还有勃拉姆斯的《海顿主题变奏曲》、舒曼的《交响练习曲》、拉赫玛尼诺夫的《帕格尼尼主题变奏曲》和布里顿的《布里奇主题变奏曲》等。

音乐对于我而言只是爱好，不是专业。但我喜欢听变奏曲，喜欢玩味一段音乐，看它的主题是怎样被多次变形、重组、扭曲、模仿、雕饰、改变声部，翻来覆去的变化，展示各种各样的可能性，有时离题千里，有时又近在咫尺。好似一处风景，被朝霞、黄昏、风雨、艳阳、月光、瑞雪、白昼黑夜、春夏秋冬不停地打扮、涂抹，水光潋滟，山色空蒙，淡妆浓抹，呈现万千气象；又像一段人生，经历各种际遇，阅尽世事沧桑，尝遍酸甜苦辣，使聆听音乐的人，在短时间里，浮想联翩，体味苍茫，引来无尽的感怀。大自然的阴晴圆缺，人世间的悲欢离合，乃至心灵里的种种幽微，也许都在那里面，看你怎样去欣赏，

---

* 作者简介：郑伟，男，出生于 1956 年，重庆市人。后在重庆长江轮船公司工作。热爱古典音乐，曾在多家媒体发表音乐文章。现退休居于重庆。

去体味。

《哥德堡变奏曲》开篇的主题，名为"咏叹调"，是一首萨拉班德舞曲。寥寥数音，和缓、平静地响起，沉思般地展开，极为柔曼婉转。那轻轻的几声颤音，夜凉如水，撩拨心弦，善感的人要听出泪来。或是对上帝的感恩，或是对世间的慨叹。每次我听这段音乐，心绪都不能平静。两三分钟的时间，云舒云卷，往事苍茫，仿佛经历一世。

主题后面，就是三十段变奏了。三十段变奏，徐急错落，长短不一。有卡农曲、赋格曲、创意曲、托卡塔、咏叹调等各种形式。旋律起伏多变，技巧瑰丽险奇，风格多姿多彩，结构庄严奇妙。有萨拉班德舞曲风格、西西里舞曲风格、幻想曲风格、前奏曲风格等，还使用了意大利和德国的民歌。或华丽、或质朴、或刚健、或轻柔、或喧腾、或宁静，山清水秀，波澜壮阔。让听者在数十分钟内，体验了万里风光、百世浮沉。三十段变奏相互独立又相互联系，和主题构成一个完美的整体，令人叹为观止。

三十段变奏结束时，在耳边，又响起了那令人沉醉的主题曲"咏叹调"，在经过了三十次变奏过后，已经变得异常的丰富、复杂，仿佛回到起点却再也不是起点了。好比一个游子，重回阔别的故乡，这时心中的故乡，已不是从前的故乡。重听主题曲，不似向前声！使人更加感怀，更加沉思，却又心绪平静，心念上苍，心境澄明。

音乐本来是无可言说的，我相信，当年巴赫创作音乐的时候，心中只有对上帝和音乐的爱。然而听音乐的人，有着不同的聆听经验、情感经历和世故阅历，听音乐时就会有不同的感动。聆听音乐其实是一种客观加主观的活动。我们从来就不想去解说音乐，任何伟大的艺术作品自有震撼心灵的力量。我只是想说，音乐带给我们的，不仅仅是乐音的高低起伏、抑扬顿挫。有道是："山路元无雨，空翠湿人衣。"

《哥德堡变奏曲》录成唱片，版本众多。我现今仅收藏了六个版本。用现代钢琴演奏的，不能不说到古尔德。这位加拿大钢琴家，特立独行，堪称怪杰，演绎曲目从不循规蹈矩，争议不断。他演奏巴赫的唱片很多，评价不一。《哥德堡变奏曲》他有三个录音。1955 年，古尔德首次在纽约的音乐会上演录此曲，引起轰动。那是不加任何感情色彩的演奏，灵动飞扬，纯净轻快；其灵敏的触键、变幻的节奏、微妙的和声、对比的力度、凌厉的技巧，至今无人超越，让人充分享受到乐曲的旋律、和声、分句的美妙，钢琴错落的音响和珠落玉盘的快感。曲终，真有一种"卷地风来忽吹散，望湖楼下水如天"的感觉。我以为应该是接近巴赫原旨的。全曲奏完不到 39 分钟。另有一个是 1959 年的录音。最后是 1981 年的录音，速度慢了许多，此版明显不以触键技巧取胜，功夫似在键外。时隔二三十年，钢琴家似乎多了一些感触，不得而知。头尾两版我都有收藏，时常对比来听，值得玩味。

俄国钢琴家加夫里洛夫的演绎，是我最先得到的《哥德堡变奏曲》的唱片。当时在上海，在书店的一个私人柜台里看到这张唱片，柜台却上了锁，没有售货员，急得我抓耳挠腮，甚至想要敲碎玻璃。半个月后我又到了上海，首先便是冲到那个书店，终于如愿以偿。这个版本我也喜欢，和古尔德的演绎不同，有较多的感情投入。此版长达 74 分钟，和古尔德版相比，速度效果差别极大。

我另有一个阿根廷钢琴家巴伦勃依姆的版本，专家对此版本评价较高。听说俄国女钢琴家尼古拉耶娃的演绎，技巧和内涵均绝妙，想听还没有买到。除钢琴外，我还有羽管键琴演奏家柯克帕特里克的羽管键琴版，原汁原味。我还藏有一个弦乐三重奏的改编版，由拉赫林、伊麦和麦斯基演奏，相比之下，不太喜欢。此外，我电脑里还下载了一个魏森伯格的版本。

我知道，还有许多有名的版本：席夫，图雷克，兰多夫斯卡，阿斯佩伦，等等。

同一个音乐作品，我一般不喜欢多买几个不同版本，有一两个经典录音就满足了，但巴赫的《哥德堡变奏曲》，我一买再买，只因为我对这部伟大的作品情有独钟。

今晚，月光皎好，我又拿出《哥德堡变奏曲》的唱片。能够聆听音乐的人真的有福，我认为自己就是一个幸运的人，活到现在，能够沐浴艺术的光辉，享受心灵和精神的快乐，能够聆听《哥德堡变奏曲》这样的音乐。270 年前哥德堡的一个要求，使我们多了一个慰藉心灵的去处。感谢凯瑟琳伯爵和他的失眠症，感谢哥德堡，感谢巴赫！同时也感谢我自己，有一颗对艺术敏感的心灵，不至于在人类伟大的杰作面前无动于衷。

听德彪西室内乐

晚饭后，将德彪西的室内乐 CD 放进音匣，然后坐在屋里，眼望着门外的江流，让那有声的愁绪浴遍全身，心里说不出是惆怅，是伤感，还是落寞？也许都不是，反正不是平静。几首奏鸣曲，正好和风景、心境构成对位似的和声。

　　德彪西是我最喜爱的作曲家之一，他的音乐特别是室内乐，细腻悠远，缥缈虚幻，沉郁而神秘，使人想起中国的唐诗宋词。《小提琴和钢琴奏鸣曲》，表达深刻，撩拨心绪。《大提琴和钢琴奏鸣曲》，沉吟哀婉，琴声如诉。两分钟的长笛独奏曲《绪任克思》，像一首宋代小令，柔曼多情却欲言又止，刚刚吟咏就悄然结束，却又余味隽永，意犹未尽。《长笛、中提琴和竖琴奏鸣曲》，第一乐章，是"暝色入高楼，有人楼上愁"的孤寂；第二乐章，是"斜晖脉脉水悠悠，肠断白苹洲"的惆怅；第三乐章，是"而今识尽愁滋味，欲说还休"的慨叹。《弦乐四重奏》，更是展现一种欲言又止，欲哭无泪，若即若离，欲辩忘言的景致。正是"多少蓬莱旧事，空回首，烟霭纷纷"，"伤情处，高城望断，灯火已黄昏"，或曰："便纵有千种风情，更与何人说?"

　　这是一张德彪西的室内乐唱片，由 EMI 出品。它让我爱不释手，多年前的一个雨夜，我在上海一个僻静小街的小店里买到它。以后，它陪伴了我更多的夜晚。我喜欢在夜深人静的时候聆听室内乐，这样能够让音乐更好地进入内心。德彪西有精彩绝伦的《大海》，有诗意盎然的《牧神的午后前奏曲》，有异彩纷呈的《夜曲》，还有神妙奇特的歌剧《佩利亚斯和梅丽桑德》，但我更喜欢德彪西的室内音乐，它们意境深邃，意象丰富，有着独特的艺术魅力。比如两册钢琴前奏曲，含蓄蕴藉，像古典诗词，像水墨丹青，给人一种极佳的艺术享受。《G 小调弦乐四重奏》，多样化的音乐主题，呈现出缤纷的色彩，旋律奇妙迷人。还有器乐奏鸣曲《钢琴三重奏》，以及众多的钢琴组曲和独奏曲，都是德彪西室内乐的珍品。

　　人们把德彪西称为印象派作曲家，大概是因为他作品里呈现的诗情画意。我认为德彪西的音乐除了缤纷的色彩，还有一种沉郁的气质，一种内省的情感，一种精神的内涵，所以，德彪西的音乐特别是室内乐，那么耐听，独一无二，魅力无穷。

　　小提琴还在柔情地诉说，钢琴还在轻轻地沉吟，缥缈的乐曲，伴随着我的思绪，如眼前的江水，久久地流淌。

吴国芬作品*

浓浓医患情反哺着我

6月4日上午，一对祖孙俩给我送来了一件特殊的礼物，这礼物令我终生难忘，这礼物令我患干眼症的眼睛湿润了起来，这礼物令我感动万千，这礼物令我从中汲取了力量，备受鼓舞地更加努力工作着。

4月11日上午，我接诊了一个6岁的小患者。患者因桡骨下端骨折，经人介绍，来我处治疗，一看片子，是桡骨下端背靠背移位，属于难度系数极高的移位，想保守治疗，自然难度也极高，想完美保守治疗，则难度更高。

我照例叫患者一家在诊室外先等着，等得空了再予以手法整复。因为手法整复时一定要心静，有时候手法复位，就像做气功，术者一定要心无旁骛。

接近下班时，终于有空，我与患儿父亲一起整。年轻父亲很勇敢地给我当起了助手，我边指导边整，小孩自然疼得哇哇直叫，年轻妈妈也很勇敢地安慰着说："宝宝要坚强，忍一忍，不然就去开刀了，我们是不想开刀才来的，不是吗？"小女孩很懂事，尽可能配合着。在我"回旋"后"折顶"时，明显感觉年轻父亲的手力发了一下"慈悲"。整复完毕后拍片检查显示：侧位片已基本纠正，正位片显示对位一半，桡骨远断端向外侧移位。我告知家属功能复位的标准已基本达到，结合日后小孩生长发育时自身的塑形能力，先可采取保守治疗。

虽然医者嘴巴上告知可以保守治疗，但谁不愿意复位更完美一些，达到解剖复位呢！

接下来我就在固定上动足了脑筋。先按往常的"固定垫"加压固定，两周后正位位置纹丝不动。我心里有些紧张起来，不停地盯着片子动脑筋，而后我在断端近端掌侧加了用棉花卷起来的一枚分骨垫，在桡骨远端桡侧另加一块小树皮，常规固定后另用胶布由桡侧拉向尺侧做额外固定，这样可形成一对杠杆力，以近断端分骨垫处作为一个支点，其合力使桡侧远端块指向尺侧。5天后，复查拍片显示远侧断端正在向指定方向"挪"，且在我们期望的方向上骨痂明显生长了起来，就像植物的光合作用般，向着阳光的方向生长，这也充分印证了

---

* 作者简介：吴国芬，现任浙江杭州富阳中医骨伤医院骨伤副主任医师，业余时间喜欢写作。

wolff 定律：骨骼的生长会受到力学刺激影响而改变其结构。

按照这样的固定方法整复了一个月左右，拍片检查显示正位骨位已基本达到解剖对位，且小手臂没有任何因额外加压固定而不舒服，因为在加压固定处一定要体现力学平衡，这样不至于出现压疮而引起疼痛从而导致整复失败。最后两周因皮肤有点过敏而解除固定垫固定，改做常规并开窗固定，最后拍片显示：骨位正位与侧位都基本达到解剖复位。共固定了两个月，6月11日就诊时已全部解除树皮等外固定物。

医患的共同目标与心愿本是一致的，都想竭尽全力让患者得到最大化痊愈，这是医生的职责也是本能。但万万没想到患者一家居然如此有心，给我送来这么一件饱含深情的礼物。这件礼物反哺着我，温暖着我，并触动着我那早已波澜不惊的心弦，升腾起当医生还是不错的初念：用自己的医技既可以服务好病患，又可以像自己羡慕的侠客一样去挥洒仗义，在诸多疑难杂症中，在"驰骋"疾战里，真恨不得能有神仙之力，去助患者康复，凭自身实力力挽狂澜。在当今医患关系中，虽有时也会受无端之指责，但此情此礼足以让你重新唤醒与拥有"镜破不改光，兰死不改香"之初心。这初心让你更加坚毅如磐，这初心像汩汩而涌的那般清泉之源。

这件礼物用玻璃做成，一边画上我与小患者的肖像，另一边是小患者自己画的一幅树画，上面写着：

亲爱的吴医生：感谢您！让我的小手获得了重生，像这棵小树一样快乐地成长！爱您的小患者：沈张忆。

我不知道应该如何表达我对他们这一家如此用心的感谢之情。思虑良久，将此记录下来，我想告诉小患者及她的爷爷、奶奶、爸爸、妈妈，感谢你们！在退休前夕的职业生涯里，能收到如此礼物，足矣！幸矣！同时也感谢他们的信任与配合，如果没有相互的信任与配合，则断不会呈现出最完美的效果。

2021 年 7 月 10 日

天津掠影

国庆佳节，我选择到天津游玩一下，因为不久前看了 66 集电视剧《东方战场》，里边提到过好多次天津。

到达天津后的第一天，地铁上的一个扶手架吸引我拍下了第一张照片。这扶手，由很多小扶手组成，其功能自然不必多说了吧。

让我拍下第二张照片的是这"左右冯袁"。忽然间，一张张中国近代史的过去时与现在时的画面"穿越"到了我的眼前，课本里与电视里看到的清末、"民国"初期的历史，仿佛就像一幅历史画卷，在眼前展现开来，让我身临其境般地、真切地感受到了那段历史。

左边的建筑是直系军阀首领冯国璋（也即冯巩的曾祖父）的府邸。我不禁惊诧于它的长度（南北距离），于是我用自身携带的小卷尺量了一下：净长 60 米，高度在两层间。据说购于清末年间，后由德国建筑师设计扩建，造型别致，冯国璋下野后曾居住在这儿。而就隔开一条民主道的对面是袁世凯邸宅，是一幢欧式风格的小洋楼，外观看上去虽然不大（相比于冯府），但却是富丽堂皇的漂亮。之所以称为邸宅，是因为袁本人没有住过，却建造了 10 年。

来到天津，我一定要去的地方就是我们敬爱的周总理在他青年时期就读过的南开中学。我在校外驻足许久，看到这老结构区的南开中学，思潮此起彼伏。90 后的宝贝女儿不会懂得我们这代人对周总理的敬仰之情，她在旁边公园坐着，叫我过去拍些照（当然，她能专程陪我过来也已经够棒的了）。但是周邓纪念馆处就无法一睹风貌了，因为队伍排得太长太长了，再加上比较严格的安检，而我们时间太有限，我想敬爱的周总理反正一直活在我的心中，也算专程特地到达了，就只好极目望望纪念馆便遗憾离开了。

来天津还有必到的地方就是素有"万国建筑博览会"之称的五大道及意大利风情区。

漫步于五大道，简直像到了另外一座"城市"，这座城市就像个舶来品从远洋移植到了天津。每一幢建筑都不同，有英式、意式、法式、德式等各色洋房建筑，这里也是比较安全的避风港，因此各界要员都曾在这儿居住过。

规划两小时的游览时间很短，我们的足迹无法丈量这么多建筑，这每一幢建筑都有其深厚的故事和历史背景，但在这众多的建筑群中，我特别记住的是打响抗日战争第一枪的马占山旧居，我专门逗留了几分钟看了一下，想象着这第一枪主人那侠肝孤胆及充满民族正义的热血。还有让我特别记住的是和平宾馆，毛主席、周总理、邓小平等曾下榻过这里。当然，我也记住了张学良二弟的旧居……

而在意风区里，有蔡锷将军与梁启超讨伐袁世凯护国大计的足迹，也有赵四小姐的家……有《建国大业》《梅兰芳》《风声》《非常完美》等多部电视剧的拍摄地点在意风区，足见这些建筑群的精致和优美了。

近代中国几多峥嵘岁月，几多铁血纷争，几多战火硝烟，还被迫陷入鸦片战争、洋务运动、义和团运动、辛亥革命、军阀混战等苦痛悲伤之中。早已收回并带有身份象征的一幢幢精美纷呈的租界遗存,如今都一一化作了古迹旧址;当年这些名流之区之宅,现已成为常人经商、唱歌、玩乐器的场所。在意风区里,我们点了份牛排,边用起了刀叉边欣赏起帅哥那带有磁性的歌声,我第一次零距离看到这位帅哥用颤抖的喉结发出颤抖的声音,我原本以为发颤音时是无须让喉结颤抖起来的。

很庆幸历史的车轮沿着正确的道路滚滚向前,这块块曾经的租界地,如今成了我们这个时期及以后人们旅游观光的胜地,当然也成了清末民初的见证史:落后是要挨打的,唯有自身崛起,才会拥有一个屹立于世界名族之林的新中国。

如今的天津高楼大厦高耸入云,鳞次栉比,前不久举办了第十三届全运会,可见其实力和容纳力。在天津两种迥然不同时期、风格的建筑物在此交相辉映,用独特的历史之笔书写着不同的历史故事。尤其是架在天津母亲河上的金汤桥和解放桥,更有着深远的历史风貌。其中金汤桥又称会师桥,是天津解放时解放军在此地的会师点,驻足在此,缅怀英烈之情油然而生。而这座钢架结构的解放桥,就像是一个坚硬的耄耋老人见证了当年人民解放军的神勇,宽广的张自忠路就紧贴在桥的旁边。而架在海河上的还有一个更令人啧啧称奇的景观——天津之眼,一座世界上唯一的桥上摩天轮。坐在摩天轮上,可俯瞰天津海河两旁的风景,只是恐高的我,当被"腾云驾雾"般地升到了120米的高度后,我竭尽所能克服恐惧心理,眯着眼看了看120米高度下的海河。

在海河上建造的百年间可开启不同功能的金汤桥、解放桥,以及凌驾于河上的这座现代化摩天轮,彼此骄傲地一起携手迎接着每一位游人。

我游览过国内许多名城名市,但是想要用心用笔记录下来游览两天见闻的,却还是第一次。

2017 年 10 月 7 日

卞君作品*

被两句诗耽误的绝世美景

——雁荡三绝

"五岳归来不看山，黄山归来不看岳。"我不知道徐霞客这两句诗，曾经影响过多少人，但至少，我就是其中一个。

就因为这位旅游文学开山鼻祖的一句话，自黄山归来之后，我就再也没有了去爬其他山的冲动。当然，这也是给自己的"懒"，找了一个堂而皇之的借口。

这一"懒"就懒了五年，直到从黄山归来的第五个年头，我才再一次有目的地登上了另一座名山——雁荡山！

为什么说这次爬山是有目的的呢？因为我发现，我被徐霞客"忽悠"了！他游黄山归来之后，不但再游了雁荡山，而且还是一年之内去了两次，并留下了"欲穷雁荡之胜，非飞仙不能"的感叹。既然说好了"五岳归来不看山，黄山归来不看岳"，那徐霞客何以"食言"？不但一生三次打卡雁荡山，还不惜笔墨，前后写下两篇共计七千余字的《游雁荡山日记》。单从这里就可以窥见一斑，想必这雁荡山之美，并不输于黄山！

雁荡山素有"海上名山和东南第一山"之美誉。如今的雁荡山与时俱进，已经和黄山、庐山并称为现代最受欢迎的"新三山"了。

雁荡山主要分为北、中、南雁荡山，其中以北雁荡山最为有名，也就是我这次专程来旅游的目的地——温州乐清雁荡山。

三月的乐清，仍有些微冻。偏偏天公不作美，一大早又下起了毛毛细雨，让温度本就低于市区的群山里，更增加了几分寒意。

不过，这也并非完全是坏事！因为，在平时喧嚣嘈杂的闹市，弥足珍贵的

---

* 作者简介：卞君，男，原籍山西太原，英国威尔士大学工商管理硕士。1998 年南下广州，至今仍在，曾在多家国际知名企业担任管理工作，有丰富的人生阅历和社会实践。酷爱写作，曾发表各类作品逾百万字，代表作有中长篇小说《青春，谁主沉浮》《粤囝》《红颜一怒为冲冠》等。

负离子，简直就是可遇不可求的奢侈品。而在这里，大自然变成了一台可以无限供应的制氧机，可以任由我们肆意地索取。

那种酣畅淋漓的深呼吸，让每个人都变得"贪婪"起来。然而，这种发自内心的"贪婪"，或许才是人类对大自然最好的赞美与感激。

要说这雁荡山，还真是一座带着一抹仙侠之气的名山，有很多古装片都曾来这里取过景。而这其中最著名的一部古装片，说出来你一定知道。它不仅是某平台古装剧评分年度冠军，而且曾是多个电视台的收视冠军。不过，这里先卖个关子，后面再揭晓谜底。

进入雁荡山景区，顺着人行道拐几个弯，在尽头不远的地方，有一座古色古香的长亭，这便是"大龙湫"的入口。

北雁荡山有三绝：大龙湫、灵峰和灵岩。说起这"大龙湫"可不简单，它是我国目前最长的瀑布，据说瀑布的落差近两百米，素有"天下第一瀑"之美誉。

大龙湫景区四周的山峰并不高，但岩石的纹理却明显与众不同。这些岩石都是由火山喷发而形成的，距今已经超过一亿两千万年。

景区内有一座巨石，堪称奇景。通过移步换景，从不同的角度，竟可以看出完全不同的造型。

从正面看，它好像一把裁缝手中的剪刀，刀尖朝上，似乎把天空看成了一块上好的布料，正准备量体裁衣。

而换一个角度，它就变成了一只攀附在树干之上的啄木鸟，好像正在为嗷嗷待哺的小崽而奋力觅食。

再往前，走到景区深处，蓦然回首，那啄木鸟不知何时已飞得不见踪影了。留在原地的，只剩下一根孤零零的桅杆。

正当我沉浸在巨石的变化多端，为此感叹不已之时，远处忽然传来一阵虎啸龙吟。那声音来得突然，仿佛是从天而降，让人猝不及防。

几乎就在同时，便听到前边不远处的游客兴奋地大喊："瀑布！好壮观的瀑布！"

我闻声，也忍不住加快了脚步。随着龙吟之声越来越大，也越来越近，忽见一条百余米长的银龙从山顶呼啸而下，然后重重地撞击到地面的潭水中，激起了无数浪花。

那声音震耳欲聋，犹如千军万马的战场，鼓角齐鸣。周围飞溅起的水汽随风而舞，隔着十几米远就能感受到一丝清凉与惬意。果然不负"大龙湫"之美名！

　　李白若是见到此情此景，那句"疑是银河落九天"的感慨，想必就不会放在庐山瀑布了。

　　大龙湫再往上行，便来到了三绝之一的"灵峰"。这里之所以被称为"灵峰"，是因为这里的每一座山峰似乎都带着灵气。

　　不管是远观还是近望，山体的轮廓都像一张张大自然的剪影。没有任何人工打造的痕迹，却个个都活灵活现，惟妙惟肖，可以说是鬼斧神工一般。尤其是在夜间，它会给你带来无限的遐想和灵感的释放。

　　白天看，每一座山峰各有自己的一副形态。到了晚上，在天幕的映衬下，它们又会呈现出另一种酷似人形或动物的轮廓，更增加了一层神秘而神奇的色彩。

　　有的像情侣约会，有的像犀牛望月，有的像将军别妻，有的像神鹰守护，有的像牧童骑牛。每一座都神采各异，栩栩如生。我实在忍不住，也来作诗一首，抒发一下自己的感叹：

　　灵峰夜景归奇途，山作情书天作幕。青丝万丈发如雪，红颜望断归客路。几步相思芳草休，观音送客到桥楼。莫道朝阳春尚早，相逢一笑已白头。

　　说了大龙湫和灵峰，自然不能不说三绝之一最后一个的灵岩。灵岩实际上是由一座座高两百多米的巨型岩石组成的风景线。

　　值得一提的是，灵岩景区西面有一个打卡地，叫作方洞景区。洞内有三处泉水滴下，据说这泉水是可以直接喝的。

　　离洞口大概百米之遥的地方，有一座悬崖之间架起的吊桥，这就是著名的"银崖天廊"。

　　吊桥由铁索相连，修在两峰之间，下面是深不见底的深渊。胆小的人往往不敢从桥上走过，因为吊桥是会晃动的，尤其是风大的时候，更有一种摇摇欲坠的感觉。

　　而我登山的那天，恰巧又碰上蒙蒙细雨，整个山峰都被笼罩在烟波缥缈的云雾之间。吊桥，只能看到靠近自己这边的那一半，而伸向远处的另一半，直接插进了云雾之中，什么也看不到，仿佛变成了一座人间通往天庭的"天桥"，在看不到尽头的云雾里摇曳。

　　走在吊桥上面，桥体摇摇晃晃的，脚底下也是云雾缭绕，根本看不到山底有多深。胆大的人，倒会有一种飘飘欲仙的感觉。

　　灵岩景区的景点还有很多，如屏霞峰、灵岩寺、小龙湫等，当然，还有架在两峰之间的"灵岩飞渡"表演，以及环绕在半山腰，令人腿脚发麻的玻璃栈道。这些都是令人心有余悸，又回味无穷的美景。

　　雁荡山有柔水的秀美，也有峰峦的险奇，更有云雾的仙侠之气，所以，才成了很多古装剧的取景之地。

　　还记得开篇所说的那部，在雁荡山取景，风靡一时的古装大剧吗？没错！它就是《琅琊榜》。

　　听完这些险、奇、秀、美，以及带着仙气的雁荡山绝景，你心动了吗？

　　其实，雁荡山之美，以徐老之功力，以古文之简约，尚且洋洋洒洒写了七千余字，自然不是我们用只言片语的一篇短文，就可以总结归纳的。

　　更何况，一千个人心中，就有一千个哈姆雷特。每个游客，当然也都有自己心中最美的雁荡山。

　　我只想告诉你，我心中的雁荡山是这样的：

脚下浮云人在天，
但闻龙吟不见仙。
万马嘶鸣声犹在，
人间一眼已千年。
雾海峭壁鹰难渡，
南天索桥猿也寒。
未曾闻香人已醉，
何须斗酒诗百篇。

杨挥师作品 *

岁华如桌

　　每当在平淡的岁月中百无聊赖之时，我总是会不由得去挖掘自己记忆深处的种种事情，忘了究竟是何时，只记得在过往的岁月中，我曾不止一次地记录过一件事物在其样貌上的变化过程。已记不清当时我这样做的意义，可每当回想起那段记忆时，依旧会令我若有所思，深有体会。

　　那是一张极其普通的桌子，被摆放于一间我经常自习的教室中，根据教室桌椅的摆放方式，它正处于我所在位置的正前方。

　　可能是因为我与那桌子的主人本就无缘，抑或是双方在时间上的确没有交集，我从未与他见过，后来，通过观察他桌面上书本文具摆放位置的变化，才推断得知，他的自习时间恰好与我的交错。

　　教室中供我们自习看书使用的桌子都为两人桌，也就是一个桌面两个柜壳儿，再配两把椅子。这样，既可以一个人独自使用也可以两个人一起使用。

　　通过观察桌面上文具、水杯以及其他物品的颜色和样式（暗色且简约），我推断得知，这位桌子的主人应该是一位男生。不难看出，他的个人习惯很好，桌面上大大小小的物品摆放得都很整齐。他常常将那些书本类的东西摆放在桌面的左上角，桌面的右侧则是笔袋、水杯及各种学习用具等。他是坐在右侧的，因为左侧的椅子上放着他灰黑色的书包。

　　在我的印象中，那段时间他的桌面基本上一直都维持着"左侧书右侧文具"的样貌，整整齐齐，有些赏心悦目。要说变化，那也只是每次桌面上书本堆叠的顺序、草稿纸上列算公式的多少、水杯中剩余水位的高度等这类细微的变化。

　　也不知这个样貌维持了多久，只记得某一天，我还是像往常一样到教室自习，却惊奇地发现那张桌子的样貌有了很大的变化。平时他放置在左侧椅子上

---

　　* 作者简介：杨挥师，男，笔名东方之既白。山西大同人，目前就读于山西大学。业余时间喜欢写作，有多次参加征文比赛与投稿的经历，作品有《寻雾》《百感交集，千川归来》等。

的书包这次放在了右侧，其原来位置上则出现了一个淡粉色的小书包。原本左上角堆叠的书也被放在了右侧的柜壳儿中，桌面上的文具和水杯等常用的东西又多了一套，只不过被摆放在了左侧，其颜色偏向于暖色调，可以说为这张桌子添了一种新风格。

在这之后，桌上开始时不时出现奶茶、水果和零食等之前不会出现的东西。奶茶每次都是左右各一杯，而水果零食一般是放在中间，如果赶巧了的话，偶尔还可以在左侧的桌面上看到有口红或小镜子。很长的一段日子中，桌子一直都维持着那个样貌，对此，不得不承认，当时的我的确是有些羡慕的。

时间的脚步不曾有过停歇，随着草木枯荣，气候变化，那张桌子的样貌也开始变化，并没有就此定格。一个下雨天，我依旧前往那个教室自习，但还没能等我坐下，便发觉到有不对劲的地方——以往那抹粉色消失了！

犹如一种美学的平衡被打破，桌子左半部分的物品全部消失了，甚至没留下一丝痕迹，就好像连那段时光的痕迹，也随之消散了……徒留下空荡荡的左侧桌子。再看向桌子右侧，还是和以前一样，保持着原状。书本书包等物品的摆放并没有去"踏足"那空荡的左侧，它们仿佛是在默默守候着那段过往的时光，留下余位来以此期待着那抹粉色的归来。

可是，奇迹没有发生，那一抹粉色终究是没有归来。空荡的左侧依旧空荡着……

又不知过了多久，再看到那张桌子时，它的桌面早已没有了昔日那整齐的光芒。书本文具肆意摆放，碎纸断笔凌乱不堪，被揉成一团、被撕得粉碎的纸到处都是……整个桌面已然成为一个烂摊子，简直不堪入目。我难以想象这段时间究竟发生了什么，看到此景，唯有以一惋惜而给予落幕。

在此之后，这位桌子的主人好像并不经常来自习了。窗外的云烟早已不知变化了多少种形状，教室中来来往往的学生也不知换了几波。可以看到，这张桌子上的灰尘也已浅落了一层，桌上也仍旧凌乱不堪。

在不知我完成了多少门功课，阅读完多少本书后，那张桌子的样貌终于再次发生了变化。它不再凌乱，回到了原先的样子——左侧书右侧文具，干净整齐，赏心悦目。

可以明显看出，他在某个时段用心整理过那张桌子，平心静气，将一切都回归到从前的模样，但他终归是一个普通人，他无法拽住时间，也没能叫停四季，流年似水，云淡风轻。

再后来，那张桌子上再没有了任何东西，干净且空荡来静候他人使用。可能是他换了间自习室，抑或是考研毕业离开了学校，但这些也仅是我的一些猜想，他究竟去了哪里，我无从得知。

待到他人使用起这张桌子后，我便不再去继续记录了，脑海中的记忆也就停在了这里……

岁月匆匆，韶华易逝，无人不知它似流水，可它精彩，如歌，如梦，也正如此桌。

辛立和作品*

好事天成

我做了一件莫名其妙的好事，时常感觉自己跟不上时代，把简单的事情复杂化，有一种学习学习再学习的冲动。

5月4日中午，我们众亲友在山×腔大酒店，庆祝四太爷（我四叔，我们排孙辈叫太爷）九十大寿，大家非常高兴，又是敬酒又是献花，又是唱歌又是拍视频。四太爷兴高采烈，满面红光，一边接受大家祝贺，一边要求各位发扬中国传统文化，好学上进，爱岗敬业，尊老爱幼，勤俭持家，宽容善良，多做好事善事爱国事，不贪不占不欺骗，心安家安大家安，这样健康长寿不会难。说得我们连连称是，举杯同庆，享受团结欢乐、热烈喜庆的氛围！

宴会后，大家意犹未尽，继续回家喝茶聊天。不知不觉到了下午3点多，我骑上电动车，戴上头盔，到城西北荡小区转悠转悠，在丰苑园菜场东门门口买了点喜欢的手工擀面条，又到东北角支好车子，将头盔放在车篓里，到小超市买了一件饮料，身边有零钱，也未用手机扫付。出门又骑上电动车，将头盔里的手机装进口袋，又到丰苑小区对面碧云农民街买些合适的东西。这里是滨海县城最有人气的地方，杭州特色米粿，马家、李家牛肉汤，徐州烧饼，粥店酒家，各种烤串、水果、花草虫鱼，应有尽有，是我常常光顾的地方。推着电动车，见到了抖×上很火的杭州特色米粿店对面的特色肉制品店，便信步走去。一看真和抖×视频中一样，各种卤制品很多，猪头肉更是原色原味无添加，我立即叫老板切上调好，想到晚上再弄点小酒，岂不美哉！老板人好技高，热情健谈。我们从他们创业艰辛，谈到抖×视频交流正能量，很快到4点多了，赶紧掏

* 作者简介：辛立和，出生于1952年5月，江苏滨海人，中国共产党党员、滨海县人社局退休干部。于1970年在家乡高中毕业后，到部队服役，担任过战士、班长、文书、排长、副指导员、团宣传干事、指导员、团宣传股长等职，参加文化学习，获大专文凭，获聘军报通讯员、特约记者。1987年转业到江苏滨海县人社局，历任局办副主任、市县改革办成员，就业培训中心主任，社会保险处主任，二级主任科员等职，为县直机关党委成员、处党支部书记。多次在市级以上报刊发表调查报告、工作研究、专题论文和经验总结等各类文章。曾获省、市表彰奖。

出手机扫码付款。咦，怎么是一部高档手机？我问老板，是不是他们的手机被我拿错了？老板说，这万元以上的手机他们从未用过。我赶紧掏口袋，还有一部自己的手机，扫码付款后，便骑车去找机主了。

我到我停留、买东西的所有店铺一一询问，都说没有错放、丢失手机的，最后到菜场东北角超市，老板娘也说，他们手机都在，也未见过这高档手机。一时间我莫名其妙，感觉不可思议，怎么会天上掉个手机到我口袋？如果是别人掉的，我也没捡呀！这可如何是好？我只好先回家，看着这手机，又不会操作，无法打开。爱人说，是不是中午吃饭时家人在桌上拿错了。对呀，我立即打电话给兄弟，他说他问一下，过了一会儿，他说他一一问了所有在场吃饭的人，都没有人丢手机。

这就怪了，我急得直冒汗，拿错不是拿错，捡又不是捡的，无法还给人家，高档手机我也打不开，无法联系机主。爱人也埋怨，怎么多了部手机都不知道从哪里来的，人家能不急吗？我说还是去找专业人士吧，想办法联系机主！

看看天色已晚，6 点多钟时，突然手机响起铃声，我赶紧接听，对方说他就是机主，现在是用朋友手机打的，几人找了很多地方，现在到国际大酒店了。我告诉他，我联系了很多地方和人员，都无法找到机主，正急呢！于是，我们立即约在我家小区对面的体育场见面。一会儿，我到达那里，三个年轻人开着车子已到，我问他们手机机型、丢失地点和怎么在我这里，他们其中一位机主讲下午在丰苑那里丢了，怎么回事他也搞不清。我核实后立即将手机交给他们，可他们哪里肯让我走啊，把我拉住，说一定要答谢我。我对他们说，拾金不昧，是我们中华民族的传统美德，是我们家族家庭的家教传承，也是我们滨海人都具有的品德，我战友程股在纬中路捡到皮包现钞还请警察找失主呢！我觉得我做得还不够，没有学好科技网络知识，不能及时打开手机找到你们，耽误了你们年轻人的时间和工作。说来说去，年轻人一定要答谢，最后见我坚决推辞便随了我。

说了这么多，这手机究竟是怎么到我身边的呢，老天怎么让我来做这好事呢？我和他们未接触，错拿不可能，他们丢了，我并未在哪里捡到，一切都是谜团。让网络视频告诉你吧：原来，我电动车停在丰苑园菜场外车位，头盔朝上放在车篓里，机主几人一起站在我车旁说笑，不小心手机正好掉在我头盔中，他们当时未察觉，就又到别处去了。我买东西出来后，自然地把手套套上，拿起手机装进口袋，骑车去另一个地方买东西，掏出手机扫码时才发现不对，就有了前边那样曲折的找寻过程，很有趣吧！

2022 年 5 月 5 日随笔

高志强作品*

爷爷的奖学金

　　每次登山我总会遇到一个捡矿泉水瓶的老人，他手拎铁钩肩背布袋，开心地走在山道上，左顾右盼，仔细寻找丢弃在路边和草丛中的矿泉水瓶。他走到山上垃圾箱旁，都会放下袋子停下来，手拿铁钩在垃圾箱里面翻找他所需要的东西，每捡到一个瓶子，老人都乐呵呵地把它装入他的那个大袋子中。他看着慢慢鼓起来的袋子非常开心，仿佛这个袋子承载着他一天的快乐。看外表老人有六十七八岁的样子，他瘦高的个子，脸上布满深深的皱纹。老人性格乐观开朗，在山上碰到熟人总是笑着说话，他就是人们常说的笑面型，时间长了，登山的人都熟悉了他，熟人遇到他都会停下来和他唠上几句家常。

　　由于我们登山经常会碰面，时间久了也就逐渐熟悉了。

　　通过交谈了解到，他原是开火车的司机，退休后，每天都登山锻炼身体，他走在山路上，不经意间总能发现被丢弃的矿泉水瓶子。他想：如果借登山锻炼之机，顺便捡瓶子卖也是一举两得的好事。于是，他决定利用登山锻炼身体的机会，捡矿泉水瓶子去卖，他回到家中马上找来了捡瓶子的工具，开始实施他的捡瓶子计划。经过一个月的实践，他深有感触地说："你还别小瞧这矿泉水瓶子，一个月卖瓶子换来的钱，也是一笔不小的收入。"他拿着卖瓶子换来的钱，心里盘算着如何让这来之不易的辛苦钱，去发挥它更大的作用。老人3个儿女都已成家立业，他们的孩子也渐渐长大了，老人大一点的孙女已经上了高中，小一点的孙子也升了初中。爷爷对孩子们的学业非常关心，经常过问孩子们的学习情况。为了激发孩子们的学习热情，他决定用卖瓶子的钱给他们设立

---

　　* 作者简介：高志强，出生于1965年11月23日，中国共产党党员，吉林省通化市人，现在就职于国有商业银行，有丰富的社会和生活阅历，在矿山当过3年井下工人，在井下工作期间经历了生与死的考验，而后服役于中国人民解放军第39集团军某部特务连，在部队担任文书时喜欢爬格子，复员参加工作以来，闲暇时经常在各类刊物以及网络上投稿并被采用，创作的《爷爷的奖学金》这篇文章就被今日头条采用发表。曾在各类刊物网站发稿2000余篇。

个奖学金。条件是要想获得爷爷的奖学金，必须在班里考试成绩排在前三名，如果在班里考得第一名，奖金会更高一点。他的大孙女当时在通化市靖宇中学念高中，在爷爷奖学金的鼓励下，学习进步很快，2017 年期中考试成绩在班里还是排在第三名，2018 年期末考试成绩排在第一位。爷爷看了大孙女的学习成绩非常高兴，依据他设立的奖励标准马上兑现了承诺。2018 年一年，大孙女已经连续两次拿到爷爷的奖学金了！当时老人高兴地对我说："我今年已经对大孙女进行两次奖励了。"我好奇地问："你两次奖给孙女多少钱呀？"他说："我已经奖励给大孙女 1200 元了，每次奖励给她 600 元。"

老人从小家庭生活条件就很差，在他求学的年代，尽管他求知欲很强，但贫寒的家境使他没有选择继续深造，而是早早走上了工作岗位。

说到这里，他的脸上显露出曾经的遗憾。他说："现在生活条件好了，每个家庭都给孩子创造了良好的学习和生活环境，可是有些孩子并不珍惜当前的大好时光，每天上课不好好上，导致学习成绩始终提高不了。"所以，他就想通过各种方法激发孩子们的学习积极性，使孩子将来不用因虚度年华而悔恨，让他们在学习道路上获取更多的知识，将来做一个对社会有用的人才。

他可能觉得用奖学金的方式，比直接把钱给孙子孙女更有意义，通过实践，老人设立的奖学金也取得了很好的效果。

这足以可见爷爷设立奖学金的良苦用心。

李江垚作品*

故乡的水窖

一排排坍塌的土窑洞在长满荒草的丛林中依稀可见，这一大圈首尾呼应的土窑洞就是我的故乡旧村所在地了。旧村的周围会有一个个水窖，小时候经常去挑水、担水，然后回到家里倒进水瓮里，用来做饭、洗衣服、饮用、喂牲口、浇菜园子等，这里有我永远不会忘怀的儿时的记忆。

我的故乡，位于千沟万壑的黄土高原的一个"垣"上。小的时候，我们村没有水来供生产生活所用，于是，家家户户都打有"水窖"，一家一般都打两至三个。水窖的功用就是储蓄水，这些水是来自天上的雨水，如果年景好，雨水充沛，那么一家储蓄的水就能够满足那家一年基本的生产生活用水，如果遇上年景不好的年份，家家户户就都没有水可用了，只能在秋冬时节去隔壁村的河里拉水，这些水拉回来倒进各家的水窖里面，储存起来，供人们日常使用。小的时候经济条件不好，生活条件也不好，家家户户拉水都是用牲畜拉车，比如牛拉车、马拉车、骡子拉车、驴拉车，那时，我们村到隔壁村有 5 千米的土路，一天最多能拉两回水，这个吃水都困难的地方就是我的故乡。通过改革开放四十多年的发展，特别是脱贫攻坚战役的胜利，我们这个属于全国十四个集中连片贫困区中的小村落彻底告别了"靠天吃饭""靠牲畜拉水"的历史。现在我们村已经有了水塔，家家户户都安装了自来水，既便于生活用水，又便于生产用水。古老的"水窖"依然存在，但是它发挥的作用已经只是补充和辅助作用了。

水窖储水作为黄土高原上特有的储水方式，一直就在记忆里。记得小的时候，我们家打水窖的情景，一般是四五个人一起进行，选址要选好，然后就是要设计好，多深、多宽、储多少水，都是根据经验提前规划好的，再就是开始

---

* 作者简介：李江垚，出生于 1987 年 5 月，山西省柳林市人。文学是文明的传承，文章是时代的产物，写文章是我的业余爱好，它充实了我的生活。我平时爱学习且不断思考，爱阅读且涉猎广泛，爱通过写作来记录时代和生活，这充分锻炼了我的思维和思考能力，这也是我写作的初衷。

打水窖。一般都是两三个人往出挖土，两三个人往出吊土，把土地吊出来以后还得把土堆积到周围，用来垫收水场和做水道，一般一个水窖深度要达到十米多，上部分窄，下部分宽，上部分的面积要比一个大铁桶大些，这样往起吊水时就不会磕碰周围的墙壁，下部分很宽是用来储存水的，打出毛坯子以后，用水泥、白灰和一部分草泥搅拌均匀，涂在水窖的储水的部分，而且还必须得厚，以防以后漏水，或者储存不住水。那时候打水窖没有机械器具，都是用人工，一箩筐一箩筐的土往外吊，然后一下一下往地底掘挖，这是非常费时间的，一般需要一个月左右才能打好一个水窖，所以谁家的水窖多，谁家就比较富足。水窖打好以后，还得在水窖周围垫一个比较大点的收水场，这个收水场还得坚硬不渗水，还有水道，而且留有水眼，水眼的作用就是在水窖收满水时堵住水往里流，防止水多了让水窖崩塌。水窖就是人民群众智慧的体现，这个既顺应自然，又非常实用。

黄土高原上的水窖，作为求生存发展的产物，已经完成了它的历史使命，将会被载入史册，但是它作为时代变迁的见证，还会继续存在很长一段时间，并且会继续发挥它最初的作用，这也是时代发展的缩影。

2022 年 5 月 7 日于太原

武子山人作品*

桉树赞

深圳市南山区星海名城小区西北边被月亮湾大道所包围。公路和小区之间，有环绕小区的自行车道和人行道。道旁一边是两行木麻黄，一边是十米宽的桉树林带，中间分路的树是高山榕。木麻黄高大苍劲，叶垂若柳，繁枝雾罩。高山榕枝叶婆娑，盘根错节，虬枝交接。但是它们都缺乏自信和精神。偶遇干旱，就显得疲惫，老态。而那排排桉树，挺拔伟岸，枝叶光亮，树皮在夏季剥落掉红褐色，变成白银色。它笔直的树干，是那样的率性，直插天空；它纤细的枝叶，是那样的茂密，颇有一股傲气。它美丽、端庄、优雅、高贵。它像一排排站得整整齐齐、端端正正的士兵在站岗。一群群鸟儿在树顶上飞来飞去，叽叽喳喳地唱着清脆悦耳的歌儿，让人感到赏心悦目。每天晨练，走路或跑步，只要从桉树旁经过，你就会在无形中受到鼓舞和激励，增长积极向上的力量。春末夏初，圆形树冠开满白色小花，香味清新，令人陶醉。

两年前这些桉树还没有木麻黄高，树头仍在人的视线之内；现在不仅高出木麻黄，而且让人举头仰望。桉树生长的速度，似乎也是一种"深圳速度"，它一天能长3厘米，一个月能长1米，一年能长10米。它是世界上长得最快的树种。它可以长到100多米，也是世界上最高的树木。

和深圳这个移民城市一样，这里的桉树也是移植而来。它也具有深圳人那样的坚毅精神和强韧性格。从湿润肥腴的海滨到干旱酷热的沙漠，从热带平原到飞雪高山，它能适应各种环境，自强不息，茁壮生长。

桉树被誉为"来自大自然的馈赠"。它不仅能起到净化空气和美化环境的作用，而且浑身都是宝。它以栋梁之材，用于悉尼歌剧院，身居大厅广厦也不受宠若惊；它以薪材，为百姓炊饭取暖，燃于釜底而欣然不涕。它能像春蚕吐丝，

* 作者简介：王武高，笔名武子山人，出生于1943年，陕西省三原县人。1967年毕业于西安建筑科技大学。历任陕西第一建筑公司经理、高级工程师，陕西华美建筑有限公司董事长等职。业余时间喜欢写诗作文。

似凤凰涅槃,洗礼升华,化身为纸,承载语言符号,传播人类文明。因此,种植桉树的人们,都能得到极其可观的经济效益。

人们赞美桉树的风格和精神。但愿人们如桉树一样,刚正端直,不屈不阿;但愿人们如桉树一样,四海为家,哪里需要就在哪里扎根。

黄昏之歌

——献给老年朋友

早晨,太阳从东方海平面上升起;傍晚,太阳从西方的山顶上落下。日升日落,构成了一日完整的、美丽的史诗般的图画。

人们爱看日出,我也是,而且我也爱看日落。人们喜欢朝曦,我也是,而且我也喜欢黄昏。

目前,时值隆冬,也许有些人的头脑会有一些朦胧,但大自然的物景一点也不逊于春秋的。傍晚,向西方望去,片片浮云时聚时散,会化为绛色的碎片,其色柔和,如丝如缎;其状缱绻,难舍难断。空气氤氲,充满活力。霞光所照之处,秃树皆熠熠如尖塔着火。东方一片蔚蓝,成为奇妙的背景。花朵谢落,然点点犹如繁星弥漫;败枝残干,风霜之迹斑斑可见。

黄昏,百鸟归巢。繁忙的人们也接连回家。如能坐在躺椅上,手捧温茶或浅斟美酒,尽情享受黄昏的佳境,那是多么的惬意。

独对黄昏,如人生千帆过尽,喧哗隐退,华筵结束,带给人们的感觉是多么的淡然、宁静。

这一切,难道不是最美的诗画,令人投入?这一切,难道不是无声的音乐,令人陶醉?

曹洪恩作品 *

唯先贤者书

自幼便读先贤者书，站在巨人的肩膀，本着交流的原则，和大家分享自己的一些看法。

"书中自有颜如玉，书中自有黄金屋"，曾激励着我走过初中高中的生活。以前一直认为读书就是为了赚钱，改善生活。但当我真正从学校走出来的时候，我开始思考一个问题，21世纪的现在，我们学习读书的目的到底是什么？我想，早已经不是为了填饱肚子，改善生活。我想是为了，来过这个世界，我想去看看。看看哺育我的土地，滋润我的江河。看看守卫我国国土安全的一道道城墙，彰显我国悠久历史的瑰丽建筑。看看生我的父母和我生命的延续，陪伴着笑着走下去。我读书学习，是因为只有通过学习才能更轻易地看懂那些美好。如果不读书，你看不懂长城的美，是一位位华夏儿女血与骨的堆砌，那似保家卫国的铿锵战歌，敲打着我的心。如果不读书，你读不懂李太白那句"乘风破浪会有时，直挂云帆济沧海"的豪情。逆境中发出多少次行路难的感慨，但我沧海一声笑，滔滔两岸跬步行，那是我面对逆境的淡然和从容。

"学海无涯苦作舟"，我的理解是我喜欢的，感兴趣的，那是我的天赋所在，它能帮你成为一个成功的人；我不喜欢的，不感兴趣的，如果能做好，它能帮你成为一个伟大的人。为了黎明的曙光，我投笔从戎。为了养我的土地，我替父从军。为了革命的胜利，我奋勇前进。时代变了，大环境变了，当亿万人民走过亿万伟人铺好的路的时候，我笑了，因为我看见他们在笑。延乔路的尽头是繁华大道，述说着延年、乔年那令人动容的故事。

此生无悔入华夏，丹书铁券传心间。

食书弄墨舞骚客，他年愿做挖井人。

---

* 作者简介：曹洪恩，男，出生于1996年，山西运城市人，毕业于山西省太原理工大学，现就职于山西新元煤炭有限责任公司。喜欢文学知识，爱好文学创作。愿与智者同行，能者共舞。以己之见，借前人之光暖人心。

欲

幼欲怡情，贪欲伤身。欲，是一个人生活在世间最基本的东西。存天理灭人欲，我觉得是片面的。如果我们连穿衣、吃饭、睡觉、观光、享受美景与宁静生活的欲望都没有了，那我们的人生该多么的无聊。就像是你吃饭不加作料一般，没有盐，没有醋，没有酱油，没有香油，你会觉得这顿饭不是很难吃，但自己确实不喜欢。所以，人有欲是正常的。欲，如水一般，需要我们引导，释放，消逝，然后再产生。如果你不产生这种欲望，不产生那种欲望，那这些欲望不会无缘无故地消失，它会让你的内心改变，可能很细微，也可能让你的心长得很畸形，和正常产生欲望、实现欲望的人在看待问题、应对问题时都不一样。有的人有了欲望，就自己加把劲努力实现，给自己一个小目标，通过这种小的"欲望"一步步向上生长。有的人面对生活的种种困境，给了自己一个"冲刺"的理由，妄想一步升天，到头来，灰头土脸，徒劳无功。其实这些都不是欲望本身的错，关键是看你自己对待欲望的选择。做一个简单的比喻，地球少不了水，我们也少不了欲，关键是看我们是堵还是疏，是面对还是逃避，是幼欲还是贪欲。给自己一颗享受生活的糖，因为它是我们在遇到困难挫折时的慰藉和光。命运不需要对我们有多大的眷顾，只需要给予一点点的"小确幸"，这足以带给我们欣喜和坚强。

如果你改变不了你的环境，你就改变你自己。调整你自己的欲望，让它化为你前进的动力，它应该是你自身可以达到的一个目标，让它来指引你不断前进。

陈卫作品[*]

让人感觉舒服的程度，决定了你能达到的高度

哈佛大学心理学博士、情商之父戈尔曼在《情商》一书中说过，让人感觉舒服的程度，决定你能达到的高度。智商高，情商也高的人，春风得意；智商不高，情商高的人，贵人相助；智商高，情商不高的人，怀才不遇；智商不高，情商也不高的人，一事无成。

以前还不能很透彻地理解这句话，直到在新公司遇到一位同事。这位同事，全公司的人都不喜欢和他说话。刚开始我还不是很理解，相处了一段时间之后，就慢慢明白了。

这位同事和人说话，总是会不由自主地拔高音调，让人感觉很不舒服，好像与人吵架一样，不断刺激着对方。和人谈话，一般都是以吵架作为结束。而且在平时的交谈中，他总喜欢和人争论输赢。争论中，往往音调最高的就是他。但是到最后，错的也是他。久而久之，除了必要的工作交接，没有人再愿意和他讲话了。

在他又一次和公司一位女同事爆发吵架式谈话后，我与他进行了一次交谈。

我说："你说话为什么不能轻言细语呢？你音调那么高，好像吵架一样，谁能受得了？本来没脾气的人也会被你逼得发脾气。"

他说："我就是这样的性格，其实我心里没什么其他的意思。"

我说："声音大并不表示你就是对的。但是能催生并激化矛盾。"

他说："我就是这样的性格，改不了，而且我这叫耿直。"

我说："说好听点这叫幼稚，说不好听点这叫缺心眼。"

戈尔曼说过，情商其实就是情绪的管理能力。一个牧场主人养了许多羊。他的邻居是个猎户，院子中饲养了一群凶猛的猎狗。这些猎狗经常跳过栅栏，袭击牧场里的羔羊。牧场主人几次请猎户把狗关好，但猎户不以为然，只口头上答应，没过几天，他家的猎狗又跳进牧场横冲直撞，咬伤了好几只小羊。

＊ 作者简介：陈卫，重庆潼南人，私企业主，喜爱诗词和进行文章创作。时有作品发表。

后来，牧场主人挑了三只羊送给猎户的三个儿子。看到洁白温顺的小羊，孩子们如获至宝，每天放学都要在院子与小羔羊玩耍嬉戏。因为怕猎狗伤害到儿子们的小羊，猎户就做了一个非常结实的大铁笼，把猎狗锁了起来。从此，牧场主人的羊群再也没有受到骚扰。为了答谢牧场主人的好意，猎户开始给他送各种野味，牧场主人也不时会用羊肉和奶酪回赠猎户。渐渐地两人成了好朋友。

拿破仑·希尔需要聘请一位秘书，于是在几家报纸上刊登广告。结果应聘的信件如雪花般飞来。但这些信件大都一样，开头第一句话基本上都是：我看到了你在报纸上刊登的招聘广告，我希望可以应聘这个职位，我今年××岁，毕业于××院校，如果能荣幸被你选中，我必会兢兢业业地为公司工作。

拿破仑·希尔对此很失望。有一天，一封特别的信件让拿破仑·希尔一下子惊喜不已，认定秘书人选非她莫属。她的信是这样写的："敬启者，您所刊登的广告一定会引来成百乃至上千封求职信，而我相信您的工作一定特别繁忙，根本没有足够时间来认真阅读。因此，您只需轻轻拨一下这个电话，我很乐意过来帮助您整理信件，以节省您的宝贵时间。您丝毫不必怀疑我的工作能力与质量，因为我已经有十五年的秘书工作经验。"

后来，拿破仑·希尔说："懂得换位思考，能真正站在他人的立场上看待问题、考虑问题，并能切实帮助他人解决问题，这个世界就是你的。"

蔺相如因为"完璧归赵"有功而被封为上卿，官位在廉颇之上。廉颇很不服气，扬言要当面羞辱蔺相如，给他好看。蔺相如得知后，尽量回避、容忍、退让廉颇，不与廉颇发生冲突。

蔺相如的门客以为他畏惧廉颇，然而蔺相如说："秦国不敢侵略我们赵国，是因为有我和廉将军。我对廉将军容忍、退让，是把国家的危难放在前面，把个人的私仇放在后面啊！"这话被廉颇听到后，廉颇感到万分羞愧，于是就有了廉颇"负荆请罪"的故事。

让人感觉舒服，就要具备为他人着想，站在对方的角度换位思考，能容人短处的气量。谁都不会愿意和一个气量狭小的人交往的，因为那样你需要时时小心翼翼，甚至在你不知情的情况下就把他得罪了，与这样的人交往，太累了！

面对一些看起来微不足道的小事，也能换位思考的人，永远会让别人感到舒服。这样的人，不管是在生活中还是工作中，都能达到自己想要的人生高度，因为他们已经给自己的人生创造出了各种机会。懂得换位思考，能真正地站在他人的立场上看待问题、考虑问题，并能切实地帮助他人解决问题，这个世界就是你的。而能容人短处的格局，是一个人宽宏大量的表现，是一个人不在小事上浪费自己的时间和情绪的控制力，是一个人最值得尊敬和学习的地方。

所以，戈尔曼说，如果问我们时代最需要的两种道德立场是什么，那就是自我克制和同情心。

李栖茜作品*

北京秋色美

北京的初秋，气候宜人，并没有想象中的秋雨绵绵。这时候，七月流火，阵阵秋风吹来，很是舒爽。小区楼下朵朵洁白的玉兰花已然败落，只有五颜六色的月季花在风中微笑，各色的菊花也开始绽放。随着风的到来，艳丽的花朵散发出阵阵花香。

在这样舒爽的天气里，周末我必定会去三里屯的银杏街。这个季节的银杏叶已由翠绿变得金黄，在阳光的照射下金光闪闪。金色的叶子向行人摆手，我仿佛置身于金钱的海洋，一阵秋风吹过，飘落几片金色的叶子，我必定会捡起来，拿回去放在书中珍藏。

秋风吹了很久，深秋在不知不觉中已然到来。香山红叶也是要去看一看的。周末我起了个大早，因为香山离市中心很远，路上必定堵车40分钟。午后终于到达香山，满山的红叶瞬间让人兴奋起来。我一遍又一遍去抚摩这神奇的叶子，为什么春天是绿色的，秋天却会变得这样深红。

秋天快要走了，抽时间坐5号线地铁到雍和宫看看，院里的大树依然像春天时郁郁葱葱。闭上眼睛，静听住持诵经，那美妙的声音仿佛天籁之音，身心不由得愉悦万分，所有的烦恼在这时候荡然无存，只剩下洁净的心灵和幸福的满足。

记得有人说过，我们喜欢一个城市，不是因为那个城市有多美，而是因为那个城市的人心很美。因为喜欢那里的人，所以才会喜欢那个城市。北京是祖国的中心，这里的人们以博大的胸怀，宽厚的性格，尊重并善待来自中国各地的公民，也以极大的友善迎接前来旅游、学习、工作的世界各国友人。

北京的秋天很美，北京的人心灵更美，我爱北京的秋天，我更爱北京这个

* 作者简介：李栖茜，笔名温暖的西风。女，在报纸上发表过杂评，2020年12月在中国散文三亚杯大赛中作品《北京警察》获铜奖，2021年《北京秋色美》于"中华情"散文诗歌大赛获银奖。

伟大的城市。它的宽厚，善良，博大的胸怀不由得让人心生敬佩。作为一个在京工作的外地人，我很喜欢北京人说的一句话：北京欢迎你。

北京警察

那年，我从家乡前往北京，下车后进入地铁站，如潮的人流裹住我把我推向前方，我茫然四顾，人生第一次遇到这么多的人，心慌不止。我向四处张望，附近有一张桌子，那里坐着一个警察。我走上前，那个警察看到我站在他面前，立刻站起来向我行了一个礼，"请问有什么可以帮助您的"，我便说了要去的地方。他仔细地告诉我行程，怎么转车，有几趟，多长时间一趟。我慌张的心一下子安定下来，一股温暖的感觉涌上心头。北京的警察这么好，这么贴心，这一刻，因为这个警察，我喜欢上了北京这座城市。

现在我在北京已将近十年，独自一人远离家乡，警察早就成了我最亲的人，每当有困难，第一时间永远是找警察，而实际情况是警察总能在第一时间赶过来解决问题。这么多年来，每当发生特殊情况，也是在警察帮助之后，远在万里之外的亲人才会随后赶到。

这几年在北京，我举报过很多违法行为。有一次，犯罪嫌疑人家属对我进行跟踪，我告诉警察，警官们及时赶到，对她们进行了批评教育，并告诉我他们24小时开机，有事随时打电话，他们会及时赶来保护我。这些警察的所作所为，让我觉得，生活在北京是多么幸福啊。

2020年由于手术，我离开了北京，回到家乡养伤。很多人都问我，北京怎么样？我的回答是，北京警察的素质很高，我想，北京基层民警在每一次执法过程中，严格执法、普法，让群众知法、守法、懂法，提高了百姓的素质。虽然我现在远在故乡，但我还是想说，北京的警察辛苦了，感谢你们曾经那样帮助我，在这个和平时代，你们就是我心中最可爱的人。

陈胜勋作品 *

流　言

那时候，生意人到村里收购杉木，运到城里做门窗，村里的杉树都被砍光了。

远望山头，只有刚长两三年的小树苗，立在被红薯地包围的山头，像几条向上竖起的狗尾巴，随风招摇。

我家有一片自留山，在水库中央的孤岛上。岛上挺立的几棵大树，被村民议论过好多回了：村里只有那几棵树可以变钱了。只是苦于被水阻隔，才幸免于难。

赶在一个泄洪的空档时间，我冒雨抢先登岛砍树。砍倒的树直接倒在水里，耗了我大把的时间，至天黑时，才把杉树捆绑成树排，渡到对岸分解，一根一根扛回家已经不可能了，只能在岛上过夜了。

我住进了一个废弃的养鱼人住过的棚子里，不能御寒，但可以避雨。夜晚能听到的只有铿锵的洪水声。不同方向的洪水奔入水库，相互在山谷间回应，此起彼伏，根本分不清方向。四周是山，旁边是水，一片漆黑，我好像掉落在千丈井底，孤立无助，让人毛骨悚然。

我在想：风和日丽的时候，潺潺的流水，从山腰漫到山底，所到之处，轻柔流畅，正所谓行云流水。低洼之处，汇成一潭清水，清澈见底，小鱼嬉戏，小虾跳跃。捧起水，一饮而尽，仿佛与小鱼小虾亲了个嘴。偶尔，也能见到小鸟在水里洗澡欢叫。大雨滂沱的时候，温柔的小溪，变了模样，一同涌入水库，仿佛要将一切淹没，变得暴躁、可怕。

天蒙蒙亮，我满身是水地扛着树回到了村里。朦胧中，前面一个人也扛着树迎面过来，到跟前才看清那是一张俊俏的脸。他怎么会这么早干这粗活?! 几

---

* 作者简介：陈胜勋，男，出生于 1968 年，湖南省益阳市安化县人，现任湖南中禹航律师事务所律师。1986—1989 年，在湖南省益阳市第七中学读书。1991—1993 年，在湖南省政法管理干部学院进修（现并入湖南师范大学法学院）。1994—2001 年，在中铁十一局集团建筑设计研究院工作。2002 年至今，在湖南中禹航律师事务所工作。

个月前，他和同伴邀请一个外地人打牌，用套路骗了外地人几千块钱。我揭穿、指责了他们，他们只好退了一些钱。他说我吃里爬外，不帮自己村的人。

我们不是一路，我没有搭理他，擦肩而过。

几年后，我一直不顺。借钱，没人给我；请人，没人帮我……

我少有朋友，亲戚也少有往来，常常是我热脸贴了人家的冷屁股。我百思不得其解，我堂堂正正，实在没做过什么亏心事呀！

一次偶然的机会，我和一个朋友，在镇上喝酒。他骂服务员上菜慢了。我说不急，人家事也多。他转而说我，你以为你是个什么好东西?! 你偷人家老婆，被她老公赶到水塘里，你偷人家的树卖钱……

我问他听谁说的。他说全村人都知道。我问他还听说了什么。他说，多呢，不想和我这种人打交道，随后愤然而去。我愕然……

后来，我离开了村子，算是远走高飞。

再后来，那个外地人打听我。村里人说我已经背井离乡。外地人说："哦，我差点把他当好人了。"

此后，路见不平时，我仍然会站出来。但夜深人静时，我常常会想起：

那黑夜，那孤岛，那洪水……

高照旭作品*

路　上

盛夏的午后，我驾车奔驰在笔直平坦的高速路上，两侧是生机勃勃、无穷无尽的田园。时有黑色的小燕子轻快地飞舞在绿油油的苗田上；时有长尾的灰鹊优雅地盘桓于临巢的树梢；时有安谧的村庄倏然旋出群翔的白鸽；时有像羽毛、像牛马似的白云静静地飘行在田野的上空。

我怡然自得走了一程，便心平意淡了。这是自小见惯的朴素景象。我有兴趣的是，看看峰回路转地穿越大山，或弯弯曲曲地绕着湖海的新奇别致的路。看着匆匆的车流，耳边唰唰唰，轮胎滚动的声音越发响个没完。

又匀速行驶了一阵儿，开始神游，到底是闲适沉淀成难挨的寂寞，还萌生出蠢蠢欲动的心力。清思何寄，何所适从呢?

无聊之际，我忽然发现前方的天上一座高山似的白云崛起了。它平地而起，雪堆玉砌似的叠罗而上，每层的峰峦崖岭分外的清晰、险峻、别致、新奇。高峭突兀处湛湛悠悠耸峙凌霄瞰世之绝境；舒缓倚幽间葱葱茏茏荫映琼楼玉宇之妙界；还有那冰滑玉白蜿蜒深邃的峡、谷、窟、穴，令人怦然心动，诱发出寻奇探秘的遐思。它恣意横生，蓬勃突起，扶摇而上，嵬然直抵苍穹。那巅峰旁翩跹的轻纱羽毛似的白云絮，和它的麾下依倚的牛马以及各种动物似的白云朵，陪衬着它雄姿伟态，巍峨而不失婉约地屹立在大地的东方。一时间成为天下最高大，最显赫，最让人神往和仰慕的景观。

幸好我走的路正是朝着这山似的白云而去。我兴奋了，加大油门向前驰去。我要赶到它移开之前，冲进它里面，去看看它玲珑剔透、冰雕玉琢的世界。

左侧隔离带是一人高的冬青树。它们一株株枝招叶展、兴高采烈的样子，也集结成队，顺着大路直拥向尽头的白云山里去了。大地在脚下滑动，前头的景物由远及近。透过路旁闪过的棵棵、队队、成林的大树，我看到田野远处的铁塔、楼舍和天空像牛像马似的白云也都在角逐似的向前移动踊跃着。但不一

* 作者简介：高照旭，男，河北省晋州市人，1986 年入伍坦克一师，2000 年至今转业晋州市乡镇工作。

会儿，它们就纷纷落到车后边去了。

车旁凑上来一只小燕子，急急地拍着翅膀，和我的车并驾齐飞。是要超越阻拦我吗？飞得还挺快，但是我的车是势不可当的。它坚持着飞行了一段，就泄劲地将头一仰，败下阵来，往一边斜滑而去。前头又出现一只大鸟横空截过大路来，我没减速，眼看快撞上了，它吓得慌忙朝高处跃，从车头上擦身而过。我似乎看清了它的圆眼睛惊慌失措地瞋了我一眼，似乎有些幽怨。还有小飞虫们，只是在前挡外留下一抹抹白色的浆痕。

我在密不透风的车子里适宜地操纵，随性主宰着自己奔赴的方向和速度。点开首激情奋进的曲子，心也随之澎湃起来，一任身边的景物剧烈地演变、快速地飞逝。我心无旁骛、风驰电掣般向着理想之地嗡嗡地驰去。

当我看到外面树枝颤动，大地开始阴暗，飞鸟惊慌得像落叶一样掠去，我发觉自己已经来到那座白云的下边了。这里因阳光照射不进来，一切不再明艳，树木、花草、鸟雀也失去了以往兴高采烈、自得其乐的样子。并且越向前走越阴暗，田间阴影来袭，微澜乍起；路上迷蒙不清，形影憧憧；天上乌烟瘴气，暗流涌动，确是酝酿着一场特大的雷电风雨。

我没有想到，我所追求的、那块如山一样高大、外表那么圣洁亮丽的白云，它的里面会是这么阴暗，内心如此险恶，世间万物都为之动容，无可奈何而屈身顺应它的气色、俯首承受它的侵扰。真可谓昭昭之势，昏昏之实；我的兴之所至，却是奔赴风雨飘摇。

然而，路上的老司机们都明白：天变了，其实它只是一块云彩。他们全打开了大灯，加大油门，沿着公路向前冲，都想尽量赶过这段，躲开这阵风雨。他们清楚：那峰回路转、弯弯曲曲、新奇别致的路段，其实是危机重重、易发生事故的路段；而阳光灿烂、阔野平川的大路才是最安全、最理想的坦途。

这时我的心里蓦然明确了一个事实：华丽或朴素的外表都可以诱惑或淡漠化人的心智。我因新鲜或见惯而忽视了它们的实质。现在进入了黑暗，方才觉得阳光多么重要，太阳是多么的美好。当初的那份明媚，那份蔚蓝，那油绿和洁白，全然是阳光照射的结果。我因司空见惯而忽略了它们的存在。

珍贵一旦拥有，欣赏迟早有够；新奇别致，是给陌生准备的。我所见惯的，那安谧、旖旎、平淡、祥和的故土，焕发着勃勃生机的最朴素自然的地方，才是实实在在人间最可缠绵的地方。

我加大了油门嗡嗡嗡地向前驰去。让那理想的天堂永存于纯真的憧憬和虚无缥缈的幻想中去吧。我要加入快车道的滚滚车流，冲破黑暗，避开这场风雨，向着原来光明而又太平的世界飞速前进。

孙云飞作品 *

大山的情怀

我是从大山里走出来的。20 世纪 90 年代，我成了村里第一个大学生，十里八乡都为我骄傲。

我在大学的时候，正赶上大学生下乡、支教、支医、支农的热潮。毕业后，我就响应国家号召，决定去支教。在我看来，"支教"是我作为国家培养出来的大学生义不容辞的责任，我毅然决然坐上了去山区支教的客车⋯⋯

那时候，支教的工资普遍都不高，也就四五百元，但我们这些刚毕业的大学生都有一腔热血想要洒向山区教育事业，所以钱并不是第一位的。

我支教的地方是黔东南州的苗疆腹地——台江县革东镇。省城到台江虽然只有两百多千米，但我早上九点从省政府出发，一路颠簸，经过了七八个小时，直到下午六点半，才到达黔东南州台江县城。我在台江县挂职革东镇镇长助理（分管教育）和革东小学副校长，同时担任六年级三班班主任（教数学）。

那时候的农村，条件是很艰苦的。农村的孩子普遍都比城里的孩子更加勤奋努力。上课的时候，那一双双眼睛，是如此的凝神专注，让我感受到了他们对知识强烈的渴求；下课的时候，他们很少玩耍，大都在背书、做作业。学校老师说："这里的学生绝大多数都住在山沟里，除了要搞好学习外，放学后还要做家务⋯⋯"我看得出来，他们都想出人头地，学得那么认真、那么刻苦，实在是令我感动。

在山里面教书，是非常辛苦的。除了教书环境不好外，由于当地是苗族聚居地，语言也是一大障碍，他们在学习中的接受能力要比城里的孩子差一些，所以，老师们在上课过程中付出的远比在城里要多很多。不过，这都不算苦，最难的还是家访。那里的山路都不好走，有的学生住得太远，一个单边路程都要走两个多小时。家访中遇到最大的障碍，就是语言交流。百分之九十的学生

---

* 作者简介：孙云飞，男，汉族，1977 年 7 月生于贵州省遵义市湄潭县。曾当过老师、记者。现是贵州云飞教育咨询服务有限公司董事长。

家长不会说汉语，只能用苗语与我交谈。我听不懂，都要学生当"翻译官"，随时给我进行苗语翻译，如果遇到一些词语无法翻译，他们就用手势来比画。

尽管支教很苦很累，但孩子们还是给我带来了很多欢乐和感动。

孩子们很爱我，每次，不管我是在学校里，还是在学校外，他们都是很开心地跑向我，向我打招呼问好。他们还常常邀约我去山间游玩，爬山摘桃子、钻溶洞、下河捉鱼、戏水、欣赏山里风景等。遇到节假日，我教的那群孩子，还会上山采来野花，然后贴在纸上，做成一张张卡片，写满祝福的话语送给我。有时他们还会拿些桃子、杏子、苹果，放在我的房间里……

山里人很淳朴，家里有好吃的东西，都要让孩子们给我带来。

光阴似箭，日月如梭，支教的日子，一晃过去了二十一年。我的"孩子们"也都出人头地了，一个个成家立业，一个个功成名就，有的当了人民教师、有的做了企业老板、有的成了军官……我从心底里感到自豪，特别欣慰。

后来，也有人问我，支教给我带来了什么。我一直把当年下乡支教的经历当成前进的动力，在工作中时刻铭记那些艰苦岁月。我的付出得到了学生和家长的信任、认可和尊重，这让我受益匪浅，终生难忘。

这么多年过去了，我常常想，作为国家培养的一名大学生，有幸参与"支教"，我在传道授业，也在教书育人，这经历是难得的，我是幸运的。

在我的人生中，我要感谢那段在大山中支教的岁月，可以说，它成就了我的今天，具有坚韧的精神，博大的胸襟，让我收获了永恒的大山情怀！

2022 年秋于贵阳

怀念我的母亲

"妈妈，烛光里的妈妈，您的眼睛为何失去了光华……您的腰身倦得不再挺拔……"每当听到《烛光里的妈妈》这首歌，我都会情不自禁地流下眼泪，想起我深爱的母亲。

今天是 2022 年 9 月 10 日，又是一年中秋佳节，可我非常孤独，无比感伤。每一个节日，我都很注重仪式感，要回家陪家人或邀朋友相聚。可是今年，我只能一个人待在家。此时此刻，望着夜空中悬挂着的一轮明月，我又情不自禁地想起了去世多年的母亲，她那慈祥的面容仿佛出现在我的眼前……我在月下独酌，遥望夜空中最亮的星，期盼那是我的母亲。母亲，我好想您啊！

我家住在黔北偏僻的小山村。儿时的我很顽皮，常跟着母亲到田间玩耍，她在前面干活，我在后面捣乱，把她辛辛苦苦栽种的东西又刨了出来，惹得母亲很生气，但她始终会控制住情绪，只是用手轻轻地拍打我的小屁股，耐心地教育我说："这样做不对。"

记得上小学走读，母亲总是天还没亮就起床，给我煮好早餐，赖床的我总是不让母亲省心。吃完早点，母亲打着火把送我上学，直到天亮走上了大路，她才往回走。下午放学后，母亲又会到半路来接我，每次我都叫她别来，可母亲总是笑着说："没事，这段山路难走，你还小，一个人走我不放心。"上初中后我住校了，母亲就没再送我上学了。那时候，我每个星期回一次家，母亲都会拉着我左看看右看看，边看边说："儿子，这个星期又瘦了。"然后，就忙着给我做很多好吃的。母亲的关心和牵挂总是无微不至，如影随形。

后来，我到县城读高中，再后来到省城读大学，要很久才回家一次，母亲就更牵挂我了。我清晰地记得，每次一到我回家的日子，她便早早赶到镇上，不顾十多里山路的辛苦，给我背行李。那时候，我总是嫌弃她碍手碍脚，表现出不耐烦的样子，可母亲却不在意，反倒很开心，遇见熟人就说："我儿子读书回来了，我来接他。"在她心里，我是村里的第一个大学生，是她最大的骄傲！我也很争气，大学毕业后，留在了省城工作。

参加工作以后，我回家的次数就更少了，非常少了，母亲对我的牵挂也愈发浓烈，果真是儿行千里母担忧。可很多时候，我都以工作忙为借口，只用电话报声平安。那时候，母亲每次通话都想说让我常回家看看，可每次她都没有说出口。

直到有一天，我接到家中电话，得知母亲去世了，这消息犹如晴天霹雳，我感觉天塌下来了，泪如雨下，悲痛不已。放下电话，我连夜往家赶，第二天中午，我终于回到了阔别已久的家。我三步并作两步冲进家里，映入眼帘的不再是母亲温和慈祥的笑容，而是"睡着"的母亲……我内心对母亲的愧疚一下子涌上心头，跪着的我早已是泣不成声……"妈！妈！妈！"

后来我才知道，母亲在生病住院期间，不准家里人给我打电话发信息，说我刚参加工作，怕影响我的前程。她自己生病那么严重，却时刻牵挂着怕影响在省城工作的我。家人说，母亲在临终前一遍一遍地念着我的名字："飞儿，飞儿，我的飞儿……"当我听到此处时，伤心欲绝。母亲是多么想我啊，可我呢？

从我记事起，母亲，您总是晚睡早起，每天都在为儿女们忙忙碌碌。为了您的儿女，您任劳任怨，无怨无悔。

妈妈，今天是中秋节，万家团圆的日子。母亲，中秋节快乐！您的笑貌一直留存在我的脑海，从未逝去。母亲，儿子知道，我欠您的实在是太多太多，那时的我没读懂您的心，等明白过来的时候，您却已在天国了。《烛光里的妈妈》又在我耳边响起了，您听见了吗？母亲，我爱您！母亲，我好想您！母亲，我永远怀念您！

亲爱的朋友们，人生易老，尽孝趁早，切勿子欲养而亲不待。祝愿全天下所有的母亲，中秋佳节快乐！

2022 年 9 月 10 日中秋于贵阳

刘江锋作品 *

人生杂笔

如果问人生的意义，那就是沉浸在往昔的记忆后给生活以和解，露出一个云淡风轻的微笑。

过好每一天，世事难料。

不要艳羡别人的财富名望，那样会很痛苦。上天给你关上了一扇门，就会给你打开一扇窗。平凡人有平凡人的乐趣，只要每天过得充实就很幸福。

有时候，停下脚步，以局外人的身份看待自己，笑一笑，摇摇头，那分明是别人的故事。放下执念和不甘，以平凡心对平凡事，云淡风轻地活着。

夜的梦魅

夜半醒来，不能入寐，竟无人能打扰。想起年少时的轻狂与随性，抱一本武林梦，进入江湖的世界，竟通宵达旦。

间或穿衣起行，走在月光下的林荫小道上，感受夜的魅惑。那时的农村乡土味很浓，大自然有一种梦魅的美。

那个年代，那个乡土味的农村，被钢筋混凝土的城镇所淹没。那霓虹闪烁，再也没了夜的黑。

所有的繁华，都掩藏着成长的代价。没了金庸与梁羽生，自己再也没了武侠梦。白天为生存而奔波……若然相遇，我们就狂欢吧，在霓虹闪烁的永夜。

---

* 作者简介：刘江锋，农民，出生于 1971 年 11 月 22 日，中专毕业，自由职业者。籍贯河南省南阳市。曾就业于保险，建筑，保健等行业。自幼热爱文学，曾于 2022 年"新春杯"全国诗词艺术大赛中，获得二等奖。

雨中漫步

三月的细雨，梦一样地挥洒。醉了柳叶的眉，迷了桃花的眼。

我在雨中漫步，雨儿淋湿了我的脸。昨日你那温馨的笑靥，依然摇曳在花枝间。脆铃般的笑声，还回荡在耳边。

多想回到那一天，那美丽的旧时光。一声清脆的鸟鸣，惊醒心中的梦幻。淅淅沥沥的细雨，淋湿了心的柔软。你是别人的风景，却润湿了我的眼。

张小兰作品 *

世界再辽阔，心中思念的地方还是故乡

雨后，园子里的小径还是湿漉漉的，紫荆花落了一地，混着泥土和雨水，被人踩得细细碎碎的，染红了路边的小花小草，染红了青石板路，心里一阵疼痛。忽然之间，耳旁传来一个忧郁的声音夹杂着沧桑的旋律。"微凉的风吹着我凌乱的头发，手中行囊折磨我沉重的步伐，突然看见车站里熟悉的画面，装满游子的梦想，还有莫名的忧伤，回家的渴望，又让我热泪满眶……"

就是那样的旋律，那样的声音，一下子让喧闹的世界静谧得让人柔肠百结。魂也牵，梦也萦的故乡啊！弯曲的田埂，层叠的水田，水鸟从田间飞过，在空中划出一道美丽的弧线；路边的野菊花，粉白的，淡黄的，傲霜挺立，凌寒而开；河边的芦苇花里有斑鸠在咕咕叫。孩子们在野地里奔跑，找鸟窝，捡鸟蛋。太阳斜斜地落下去，当最后一点微黄的光晕被夜幕遮盖时，村庄上空的雾霭渐渐加重。耕种的人扛着犁头，牵着牛，朝着炊烟袅袅的方向走去。

初冬时节，院墙外的红薯堆得像小山丘一样高。母亲说猪吃完那堆红薯就长得膘肥体壮了，就可以杀年猪了。我们盼着，望着。终于等到第一场雪下来，吃完午饭我们就在院坝里架起一口大锅，烧起大火。坝子里一片热气腾腾，看热闹的，帮忙的，亲朋好友来吃年猪饭。灶里的柴火燃得噼里啪啦，火焰映红了每个人的脸，孩子们欢呼雀跃，母亲却悄悄垂下几颗映红的泪珠。一块块肥瘦相间的肉挂在墙边的长绳上，在寒风中摇荡出一道风景线。它向人们展示着五谷丰登、六畜兴旺的喜悦。最高兴的莫过于我们姊妹仨了，我们将会过上一段有肉吃的奢侈生活。

明月夜，月光透过房顶的瓦片缝隙落在屋子里，或是从没有玻璃的木窗格子爬到写字台上，像雪一样，晶莹的，透亮的，花朵般的，给我们昏暗的房间增加了一些亮光。夜深的时候，还会有很多天籁之音：草的，虫的，竹林的，

* 作者简介：张小兰，笔名六月飞雪。文学领域优质创作者，中国好文章优秀作者，创作学院签约作者，曾在报纸、杂志、网络上发表过多篇文章，深受广大读者的喜爱。

树叶的，泥土的，它们安睡在村庄里，宁静而又祥和。可每到寒冬腊月的夜半三更，就有人惦记着别人家墙上的腊肉。他们把自己脸上涂上一层厚厚的锅灰，随风潜入夜里，潜到别人家里。这时就会有人喊"打贼啰，打贼啰……"，鸡叫声，狗吠声，捉贼声响成一片。我们被吓得缩成一团，用被子紧紧捂住头，不敢出声。守着村子里的几亩田地，想要过上丰衣足食的生活似乎有些艰难，守住墙上的腊肉到过年则更艰难。往后的岁月，为了有肉吃的生活，我们仨在月光落窗时，睡三更，起五更，熬过无数个挑灯夜战、寒窗苦读的日子，最后远离了故乡。

如今，我们都过上了曾经向往的生活，家有六个大学生成为母亲后半生的骄傲。只是故乡早已物是人非，那一间间低矮的、历经沧桑岁月的砖瓦房早已远去，取而代之的是高层洋房、现代化工业园、电商孵化园。母亲再也无法回到村子的古井边，在核桃树下与村里人一起洗衣服，话家常，炫耀她的故事。还有黄昏的屋檐下，父亲的身影没在一层夕照的金粉里，他嗒嗒地踩着缝纫机，身旁围着一群嘻嘻哈哈说笑的妇女，这个叮嘱衣服的领口不要开太大，那个说裤脚不要做太长，那样的日子撩拨着别样的幸福，别样的感动。

窗外，阳光淡淡扫过，空气中，有微尘曼舞，故乡的一切又重回到我心中，我的眼里蓄满了温情和力量。

赵晋雅作品*

我心中最亮的星

　　茫茫人海，犹如星河；繁星所向，皆为星光。放下翅膀，收起疲惫；回首望向星海，被光阴踱过的星，哪一颗最亮?

　　时光似海，不绝于耳。匆匆数年，谁是谁的星光，谁是谁的不舍，我，无从知晓。

　　十三年光阴悄逝，时光的河冲刷走我的稚气，时光的海带来我的阅历。或许，我心中最亮的星应是家国英雄吧；或许，是哪位杰出的院士吧；但不然，我心中最亮的星仅是身边的一位普通人。

　　灯火不繁亦为火，星光不明亦为光。她是朴实无华的历史教师，没有为国家抛头洒血，也没有为真理牺牲自我。她是我心中最亮的星。

　　当傍晚的夕阳悄翻进窗，洋洋洒洒地趴在书桌上，"中国历史"被照得雪亮，少年的心亦为之荡漾。翻开书，是书香，是笔记，是她为我讲过的知识，是我问过无数次的题目。日光把她鬓角的银丝照得金黄，白发亦是她为我们操劳的证明，但也正是她再苦再累不掉队的精神感染着我，让我在沉沦中挺起身板，大步向前。

　　那次落第，各科老师的斥责令我消沉悲伤，昏暗中我拖着疲惫的身子走到办公室，哑着嗓子问道："在您心中，我是个怎样的学生?"她收起愁容，坚定又坦诚地说："无论别人怎么说，我决不会用耳朵去了解你。"说罢，她摸摸我的头，我的信心便随着热血流淌心间。克制住在眼眶中打转的泪水，我哽咽地向她表达感谢。走出办公室，阳光更温暖，灯光更明亮，背上书包，收好心情，少年还是那么无忧无虑，仅走数步，忽而想起她眼角的细纹和急忙收起的愁容。是否，在数年前，她也像我一样，背着书包，披着夕阳，心中尽是美好与阳光。

　　岁月不问人间愁，学子成才先生茫。我们长大，老师变老，似乎是常理之

----

　　* 作者简介：赵晋雅，05后作家，擅长创作散文、小说一类的作品，擅长刻画细节与人物形象，经常以隐喻的方式表达深层含义。

中。但当我们历经沧海，奔赴东西，记忆港湾的某个角落能否记起当年的那位教师，记起被星照亮的夜空，与夜空下的美好？

我心中最亮的星，于漫漫长空并不耀眼，但足以照亮我心中的每个角落，我将永带着这颗星，带着她给予我的力量与精神，向着星河奔去，无论我身在何方，身处何职，做着什么，守着什么，我心中最亮的星，星光永不灭。

后　记

　　本书由感人至深的亲情故事、难以忘怀的人生经历、念兹在兹的山河游历、独一无二的风土人情、诚恳真挚的祖国礼赞等内容组成，在作者的遣词造句中，真挚的情感跃然于纸上。本书的内容未经浓墨重彩的渲染，源于生活，融于生活，于细微处见真情。

　　本书是由一篇篇文章形成的书稿，文章的作者在平凡中用笔记录人生的点点滴滴，他们并不是作家或专业的写手，他们热爱书写，在平凡中用真心、真情、真意的文字记录人生的点点滴滴，表达他们对生活的热爱和礼赞。书中的作者是一群可敬的文字书写者、文学爱好者、勇于追梦者，故在文稿的编辑中我们保留了作者淳朴的文风，没有刻意追求语言的精练和华丽。本次文章征集的初心是"平凡中的我们用文字来礼赞我们的生活和我们所生活的美好时代"，在编辑本书的过程中我们删去了很多虽文字优美但表达另类的文章，在此也想向这些作者致歉。本书的出版得到了很多投稿作者的热情支持，特别是文章收录"好文章书系"的作者们，没有你们的鼎力相助，以及那份对文学的孜孜以求与无限热爱，便没有本书的出版，在此，向你们鞠躬致谢！在此还要感谢那些为本书的出版付出辛勤劳动的编辑和工作人员。

　　"文化兴国运兴，文化强民族强。"在提倡文化强国的今天，新时代需要平凡普通人用自己的语言和手中的笔去感染我们身边的人和事书写不平凡的人生，用正义的声音去传播正能量。编委会总想把"好文章书系"出好，不辜负作者和读者们的殷切期望，但考虑的事情众多诸事繁杂，且书中作者大多出于自身对文字的热爱，非专业作家，书中不足之处在所难免，我们怀着虔诚的心请求读者朋友在欣赏本书时，宽容待见，批评指正。

"中国好文章"大赛编委会